Peter Heimdall
Schwerter des Nordens

Buch

Im Jahre 870, fast 80 Jahre nach dem Angriff der Wikinger auf das Kloster Lindisfarne im englischen Northumberland, wird Harald Hårfagre »Schönhaar« (Harald I.) König von Norwegen. Die meisten Stammesfürsten, die bisher autark über ihre Untertanen in den Dörfern und Weilern herrschten, schwören ihm die Treue. Doch einige leisten ihm erbitterten Widerstand …
Äußerst unzufrieden mit seinem Herrn, dem Jarl Eliwagar, beschließt der Wikingerkrieger Asbjorn, sich dessen Rivalen Grimmsson anzuschließen. Eliwagar ist nicht bereit, diesen Affront hinzunehmen. Er zwingt Asbjorns besten Freund, den Abtrünnigen zu jagen. Doch dann begeht Eliwagar einen folgenschweren Fehler, und die beiden Freunde besinnen sich darauf, dass ihr wahrer Feind der gleiche ist. Gemeinsam beschreiten sie den Pfad der Rache – und setzen Skandinavien in Flammen!

Autor

Peter Heimdall, geboren 1949 in der Oberpfalz, veröffentlichte seinen ersten Roman – einen Western – bereits 1974. Seitdem hat er zahlreiche weitere Romane publiziert. Er hat drei Kinder und lebt mit seiner Frau noch immer in seiner Heimat, der Oberpfalz.

PETER HEIMDALL

SCHWERTER DES NORDENS

ROMAN

blanvalet

Sollte diese Publikation Links auf Webseiten Dritter enthalten, so übernehmen wir für deren Inhalte keine Haftung, da wir uns diese nicht zu eigen machen, sondern lediglich auf deren Stand zum Zeitpunkt der Erstveröffentlichung verweisen.

MIX
Papier aus verantwortungsvollen Quellen
FSC® C014496
FSC www.fsc.org

Verlagsgruppe Random House FSC® N001967

1. Auflage

Redaktion: Peter Thannisch
Umschlaggestaltung: © Johannes Frick unter Verwendung eines Motivs von Arcangel Images (© Collaboration JS)
HK · Herstellung: sam
Satz: Vornehm Mediengestaltung GmbH, München
Druck und Bindung: GGP Media GmbH, Pößneck
Printed in Germany
ISBN 978-3-7341-0428-2

www.blanvalet.de

Prolog

Das große Feuer in der Mitte des Platzes warf zuckende Schatten in die Gesichter der Männer. Sie standen im Kreis und warteten darauf, dass Harald Hårfagre das Wort ergriff. Es waren die Stammesführer, die Harald aufgerufen hatte, um an seiner Seite gegen die Könige von Rogaland, Hordaland und Møre zu kämpfen. Diese wollte er sich unterwerfen und künftig ihre Länder beherrschen.

Es war Nacht, die Finsternis ringsum war mit Blicken kaum zu durchdringen. Der Himmel war bedeckt, und der Mond zeigte sich nur als verschwommener gelber Fleck hinter den Wolken. Lediglich dort, wo die verschiedenen Stämme lagerten, flackerten Feuer und waren verworrene Geräusche zu vernehmen. Die Stimmung war gedrückt, denn keiner der Krieger, die dort saßen, wusste, ob er den morgigen Abend noch erleben würde.

Es war die Nacht vor der großen Schlacht. Die Seher hatten einen grandiosen Sieg prophezeit. Um die Götter gnädig zu stimmen, hatte man ihnen tagsüber Menschen und Tiere geopfert, und die Krieger hofften, dass für sie die Tore von Walhall offen standen, sollten sie im Kampf fallen.

Schließlich kam Harald. Einige bärtige Männer, hochgewachsen und mit Schwertern oder Streitäxten bewaffnet, begleiteten ihn. In ihren Augen spiegelte sich der Feuerschein, und im Wechselspiel von Licht und Schatten sahen ihre Gesichter düster und maskenhaft aus.

Das leise Murmeln und Flüstern versiegte. Die Blicke aller waren auf den großen Mann mit den langen blonden Haaren gerichtet. Er blieb vor dem Stuhl stehen, der für ihn vorgesehen war, und blickte in die Runde. Er war nicht älter als zwanzig Jahre und bekleidet mit langen, gerade geschnittenen Beinlingen aus braunem Leinen, einem Rock aus rotem Stoff und einem Wolfsfell, das auf der rechten Schulter mit einer Fibel geschlossen war.

Im Kreis der Männer herrschte nun vollkommene Stille. Es waren fast zwei Dutzend, und es handelte sich nicht nur um die Stammesführer, die dem Ruf Haralds gefolgt waren, sondern auch um deren Vertraute und Stellvertreter. Sie ernteten von Harald forschende, abschätzende Blicke, erst dann setzte sich der König auf den schweren Stuhl mit den Armlehnen und der hohen Rückenlehne, welche die sitzende Gestalt überragte. Überhaupt erinnerte der Stuhl sehr an einen Thron, wenn er auch absolut schmucklos gestaltet war.

»Ihr kennt den Grund unseres Hierseins, ihr tapferen Krieger aus allen Teilen meines Reichs«, begann Harald mit lauter Stimme zu sprechen. »Jeder von euch ist über meine Pläne informiert. Ich werde dem Vorwurf entgegentreten, es würde sich kein Mann finden, der den Willen und die Kraft aufbringt, Norwegen zu einen und es zu einem starken Reich zu machen. Ihr wisst, dass ich geschworen habe, mein Haar so lange nicht zu scheren und nicht zu kämmen, bis mich ganz Norwegen als Herrscher anerkennt.«

Zustimmendes Gemurmel und Geraune erhob sich, das aber sofort wieder verstummte, als Harald die rechte Hand hob und so Ruhe gebot. »Die Könige von Rogaland, Hordaland und Møre haben sich geweigert, meine Oberhoheit anzuerkennen«, fuhr er fort, »doch ich werde sie mir unterwerfen. Die Runen haben mir einen großen Sieg in Aussicht gestellt. Den kann ich aber nur mit eurer Hilfe erringen. Diejenigen von euch, die in der Schlacht getötet werden, dürfen morgen Abend schon bei Odin in dessen Schloss in Asgard tafeln und feiern, die anderen werde ich fürstlich entlohnen. – Bekan Snorrason, tritt vor!«

Einer der Männer löste sich aus dem Kreis, machte einen Schritt und sank aufs rechte Knie nieder. »Ihr ruft meinen Namen, Herr.«

»Du warst der Erste aller Stammesführer, der mir die Treue schwor. Wenn wir morgen siegen, werde ich dir Rogaland als Lehen übertragen. Du wirst als mein Statthalter die Geschicke Rogalands und seiner Bewohner leiten, mit allen Rechten und Pflichten, die auch mir obliegen, und mir alljährlich den Tribut leisten, den ich noch bestimmen werde.«

»Danke, vielen Dank, mein König«, sagte Snorrason. »Ich weiß dies sehr wohl zu schätzen, und ich werde Euch niemals enttäuschen.« Er drückte die rechte Faust gegen die Brust und deutete eine Verbeugung an.

»Ich weiß«, sagte Harald und bedeutete Snorrason mit einer Handbewegung, sich zu erheben. »Du wirst als mein Statthalter den Titel eines Jarls tragen. In dieser Eigenschaft wirst du mir noch ein weiteres Mal den Treueid leisten. Das gilt auch für die anderen, die von mir Lehen erhalten. – Meldun Eliwagar, trete nun du nach vorn!«

Snorrason verneigte sich und ging in den Kreis der Stammesführer zurück, aus dem der Gerufene vortrat. »Mein Gebieter …« Während er die beiden Worte aussprach, sank er aufs Knie, legte die rechte Hand flach vor den Leib und senkte demütig den Kopf.

»Dir, Meldun Eliwagar, werde ich Hordaland als

Lehen geben, und du wirst ebenfalls den Titel eines Jarls tragen. Ich denke, du weißt dies zu schätzen.«

»Gewiss, mein König. Ich bin mir der Ehre voll und ganz bewusst und werde Euch Gefolgschaft leisten, solange ich lebe. Habt Dank, mein König. Ich will heute noch Odin anrufen, damit er Euch zu einem ruhmreichen Sieg über unsere Feinde verhilft und letztendlich zur Herrschaft über ein geeintes Norwegen.«

»Ich bin mir deiner Treue sicher, Meldun Eliwagar«, antwortete Harald. »Und ebenso wie ich auf dich vertraue, kannst du dein Vertrauen in mich setzen. Unser Bund soll unerschütterlich sein.«

»Das ist mein Wunsch, Herr«, erklärte Eliwagar, ein Mann um die vierzig mit einem finsteren Gesichtsausdruck und einem harten Zug um den Mund, der Unduldsamkeit und Entschlossenheit verriet. In seinem Gürtel steckte eine Streitaxt, deren scharf geschliffenes Blatt den Feuerschein zurückwarf.

»Wir werden uns nach der Schlacht in Avaldsnes zum Thing treffen!«, rief Harald. »Noch ist Avaldsnes nur eine unbedeutende Ansiedlung, doch ich habe vor, sie zu meinem Königshof zu erheben. Wir wollen bei diesem Treffen das weitere Vorgehen beraten, und dort werden mir die neu ernannten Jarls und ihre Stämme die Treue schwören. – Knut Alfrothul!«

Der Gerufene trat vor und kniete nieder. »Mein König.«

»Du, Knut Alfrothul, erhältst von mir Møre zur Verwaltung. Bist du damit einverstanden?«

»Natürlich, mein König. Ihr könnt Euch meiner Treue stets gewiss sein.«

»Das weiß ich. Daher habe ich mich für dich entschieden.« Er sah in die Runde, und seine nächsten Worte galten der ganzen Versammlung. »Wir werden auch die Gebiete Hardanger, Stavanger, Telemark und Sørland erobern müssen, aber mit Eurer Loyalität ist es nur eine Frage der Zeit, bis ich Norwegen unter meiner Oberhoheit geeint habe. Odin selbst hat mich berufen, Herrscher dieses Landes zu sein.« Und dann rief er laut: »Odin sei mit mir! Odin gebe mir Stärke!«

»Odin sei mit Euch!«, erklang es wie im Chor. »Odin gebe Euch Stärke!«

Als die Worte verweht waren, trat ein rothaariger, riesenhafter Mann aus dem Kreis, warf sich in die Brust und rief: »Mein König, war ich Euch nicht auch immer treu ergeben? Habe ich mich nicht ohne Zögern bereit erklärt, an Eurer Seite gegen die Könige von Hordaland, Rogaland und Møre zu kämpfen, um Eure Position im Land zu festigen und ...«

Harald unterbrach den Sprecher mit klirrender Stimme: »Ich habe es befürchtet, Gunnarr Grimmsson! Ja, ich war mir sicher, dass du meine Entscheidungen infrage stellen würdest! Auf welches der Gebiete erhebst du Anspruch? Sprich! Und liefere mir auch eine Begründung für dein Begehren!«

»Ich erhebe keinerlei Ansprüche, Gebieter«, vor setzte Grimmsson. »Aber ich frage mich, aus welchem Grund Ihr die Männer, die Ihr eben mit großen Gebieten bedacht und umfassenden Vollmachten ausgestattet habt, meiner Person vorzieht. Bin ich in Euren Augen weniger wert als sie? Ist Euer Vertrauen zu ihnen größer als zu mir?«

»Auch du wirst nicht leer ausgehen, Gunnarr Grimmsson. Du bist nicht weniger wert als sie, und mein Vertrauen dir gegenüber ist nicht geringer als das zu ihnen. Aber ich habe im Moment nicht mehr an Ländereien zu vergeben, und meine Wahl ist auf Bekan Snorrason, Meldun Eliwagar und Knut Alfrothul gefallen.«

»Vergebt mir meine Offenheit, mein König«, stieß Grimmsson hervor, »aber es enttäuscht mich. Und es verletzt mich.«

»Ich habe mir Gedanken gemacht, ehe ich meine Entscheidung traf«, erklärte Harald mit einer Stimme, die Verärgerung verriet. »Und so, wie ich es beschlossen habe, sei es. Wir werden weitere Schlachten schlagen und noch viele Gebiete erobern, Gunnarr Grimmsson. Dann werde ich dir das Land übertragen, das du für mich verwalten sollst, und dich zu meinem Statthalter in diesem Gebiet ernennen.«

»Dieses Versprechen empfinde ich als ausgesprochen vage, mein König.« Grimmsson trat einen weiteren Schritt vor. »Was ist, wenn es Euch nicht gelingt, die Könige von Hardanger, Stavanger, Telemark und Sørland zu besiegen?«

»Dann gehst du leer aus, Gunnarr Grimmsson. Wenn wir morgen geschlagen werden, erhalten auch Snorrason, Eliwagar und Alfrothul nicht die von mir zugesagten Gebiete. Aber über Sieg oder Niederlage zu bestimmen ist Sache der Götter, und ich werde ihren Entschluss akzeptieren, ebenso, wie du den meinen zu akzeptieren hast. Sind wir uns einig, Gunnarr Grimmsson?«

»Ich fühle mich benachteiligt, mein König. Es nagt in mir. Ja, ich fühle mich von Euch zurückgesetzt, und es wird meinem Ansehen schaden, denn man wird hinter meinem Rücken über mich spotten, und die Skalden* werden mich in ihren Gedichten und Liedern verhöhnen.«

Ein Schatten schien sich, während Grimmsson sprach, über das Gesicht des Königs zu legen. Als der Rotbärtige endete, blickte Harald ausgesprochen finster

* höfische Dichter

drein, und nach kurzer Überlegung rief er: »Du hast mir Treue geschworen, Gunnarr Grimmsson, und auf diesen Eid solltest du dich besinnen! Deine Worte entspringen einer Unzufriedenheit, die ganz und gar unbegründet ist, denn ich versichere dir, dass du, sobald die Zeit reif ist, ebenso von mir bedacht wirst wie Snorrason, Eliwagar und Alfrothul. Nun füge dich! Und wage ja nicht, irgendwelche Konsequenzen, die mir schaden können, aus meiner Entscheidung abzuleiten!«

Grimmsson starrte Harald an, als wolle er den König mit seinem Blick niederzwingen. In seinen Augen glühte der Zorn, das war unübersehbar, und in seinen Mundwinkeln hatte sich ein herber Zug festgesetzt. Harald hielt dem Blick stand. Es war ein stummes Duell, das nur der Mann mit den stärkeren Nerven gewinnen konnte, und Grimmsson unterlag schließlich. Ruckartig wandte er sich ab und trat in den Kreis zurück.

Harald erhob sich und rief: »Alles, was es zu sagen gab, wurde gesagt. Mögen die Götter uns morgen in der Schlacht gnädig gesonnen sein. – Jarl Eliwagar, komm nachher in mein Zelt! Ich muss mit dir sprechen. Ihr anderen, ruht euch für den Kampf morgen aus. Odin sei mit euch!«

»Odin sei mit Euch, Gebieter!«, stieg es aus den Kehlen der Stammesfürsten und der anderen Männer, die an der Versammlung teilgenommen hatten.

Dann gingen sie auseinander, jeder suchte den Platz auf, an dem seine Krieger lagerten und Met tranken.

Meldun Eliwagar begab sich in das große Zelt des Königs, in dem in einem kleinen Steinkreis ein niedriges Feuer brannte und für Licht und Wärme sorgte.

Harald gebot dem Stammesführer, sich zu setzen, dann schickte er seine Leibwächter aus dem Zelt. Als er mit Eliwagar allein war, sagte er: »Du hast dich mir gegenüber als der Loyalste von allen erwiesen, Eliwagar. Darum betraue ich dich nun mit einer besonderen Aufgabe.«

»Ich werde sie, wenn es in meiner Macht steht, erfüllen, mein König«, versicherte der Mann mit dem finsteren Gesichtsausdruck.

»Davon bin ich überzeugt. Also höre …«

Meldun Eliwagar kehrte zusammen mit Niobjorg Bryngeror, seinem engsten Vertrauten, ins Lager zurück und begab sich zu einem Feuer, an dem fünf Männer saßen. Es waren Krieger, keiner älter als fünfundzwanzig, deren Gesichter aber bereits von einem harten, entbehrungsreichen Leben geprägt waren. Erwartungsvoll musterten sie ihren Anführer.

Eliwagar ließ sich nieder, schaute von einem zum anderen und sagte schließlich: »Der König hat mir Hordaland in Aussicht gestellt, wenn wir morgen die Schlacht gewinnen. Er wird mich zum Jarl über dieses Gebiet ernennen.«

»Und wenn wir die Schlacht verlieren?«, fragte ein breitschultriger Mann mit langen blonden Haaren und einem kurzen Bart von derselben Farbe. Obwohl er saß, war zu erkennen, dass er sehr groß war. Zudem war er ausgesprochen kräftig gebaut.

»Das sollten wir gar nicht in Betracht ziehen, Jalvaror.«

»Sollten wir nicht?«, hakte der Krieger nach, dessen vollständiger Name Jalvaror Blavorr war. »Die Könige von Rogaland, Hordaland und Møre haben ebenfalls ein großes Heer um sich versammelt, und auch ihre Männer können mit dem Schwert, der Axt und dem Speer umgehen.«

Eliwagar schüttelte entschieden den Kopf. »Ich spreche nicht mit dir über eine mögliche Niederlage, Jalvaror. Mit uns ist Odin, er bestimmt unser Schicksal, und es ist sein Wille, dass Harald Hårfagre unser Land eint. Darum werden wir siegen, und ich werde Statthalter des Königs in Hordaland sein.«

Ein anderer der jungen Krieger mischte sich ein, indem er sagte: »Und was erhalten *wir* als Lohn? Wir werden wieder auf unsere Höfe zurückkehren und unser Land bestellen, damit wir im Winter nicht hungern müssen. Der König erwartet von uns, dass wir für ihn sämtliche Kleinkönigreiche und Stämme Norwegens niederkämpfen, dass wir ihm zur Macht über ganz Norwegen verhelfen und dabei unsere eigenen Belange zurückstellen. In der Zeit, in der wir mit dem Schwert oder der Axt in der Hand seinen Willen durchsetzen, könnten wir in Britannien reiche Beute machen. Unsere Schiffe liegen nutzlos bei den Anlegestellen, und während wir für König Harald unser Leben riskieren, plündern andere die Schätze Britanniens. Sie werden reich sein, wir aber bleiben arm, denn von dem Ruhm, Norwegen unterworfen zu haben, können wir uns nichts kaufen. Unser Dasein bleibt ein täglicher Kampf ums Überleben, und wir werden …«

»Schweig, Asbjorn Eriksson!«, fiel ihm Meldun Eliwagar ins Wort. »Du unterstehst meinem Befehl, und mein Befehl lautet, morgen für Harald Hårfagre in den Kampf zu ziehen und – wenn es die Götter so wollen – sein Leben für ihn zu geben!«

Asbjorn war zwanzig Jahre alt und dunkelhaarig. Er trug einen Zopf, der bis über die Hälfte seines Rückens hinunterreichte. Auch sein Bart war kurz, und so entging es Eliwagar nicht, dass der junge Krieger nach der scharfen Zurechtweisung die Lippen zusammenkniff und die Mundwinkel geringschätzig nach unten zog.

»Aber Asbjorn hat recht«, ergriff Jalvaror wieder das Wort, und als Eliwagar den Blick auf ihn richtete, wich er diesem nicht aus, sondern erwiderte ihn geradezu trotzig. »Wir könnten in der Zeit, in der wir Harald Hårfagres Krieg führen, in Britannien reiche Beute machen.«

Eliwagar dachte kurz nach, dann erwiderte er: »Die Brüder Halfdan Ragnarsson, Ubba Ragnarsson und Ivar der Knochenlose bemühen sich mit zäher Verbissenheit, in Britannien Siedlungsraum zu gewinnen. Ihr Heer hat bereits die Königreiche Northumbria und East Anglia erobert, und es ist dabei, auch das Königreich Mercia einzunehmen. Sie werden es nicht dulden, wenn wir ihnen dabei in die Quere kommen. Viele kleine Heere haben schon versucht, im Fahrwasser der Brüder Beute zu machen, und sie alle wurden von ihnen vernichtet.«

»Ich spreche von Wessex«, versetzte Jalvaror. »Wessex ist bisher von der Invasion der Söhne Ragnar Lodbroks verschont geblieben. Ich weiß das von Männern, die von ihnen geschlagen und aus Britannien vertrieben nach Hause zurückgekehrt sind.«

»In Wessex regiert König Ethelred«, sagte Eliwagar ablehnend. »Er hat ein großes Heer zur Sicherung der Küste aufgestellt und gilt als ausgesprochen entschlossen. Nicht einmal die Brüder Ragnarsson und ihr verkrüppelter Bruder Ivar wagen es, ihn herauszufordern. Darum haben sie sein Reich bisher verschont.«

»Auch in Northumbria, East Anglia und im Königreich Mercia standen schlagkräftige britannische Heere, doch die Brüder haben sie besiegt«, wandte Asbjorn ein. »Darum muss König Ethelred sein Land vor allem nach Osten und Norden hin schützen, denn von dort bedrohen ihn die Ragnarssons. Seine Armee ist im Süden jedoch ziemlich schwach, und es ist seinen Soldaten wohl kaum möglich, jeden Klafter Boden der Küste zu überwachen. Es dürfte daher kaum Probleme bereiten, in Wessex einzufallen, Beute zu machen und wieder zu verschwinden, so wie wir es seit dem Überfall auf das Kloster Lindisfarne vor mehr als einem Menschenalter immer gemacht haben.«

Eliwagar befeuchtete sich mit der Zungenspitze die Lippen und antwortete schließlich: »Wir sprechen nach der Schlacht darüber. Im Moment hat die Festigung von Haralds Herrschaft Vorrang, und ich unterstütze ihn mit allen Mitteln, die mir zur Verfügung stehen. – Jalvaror, ich möchte dich unter vier Augen sprechen. Komm in mein Zelt. Und dir, Asbjorn, rate ich, niemals Harald hören zu lassen, dass du nur mit Widerwillen für seine Interessen eintrittst. Er könnte das als aufrührerisch, vielleicht sogar verräterisch betrachten, und was das heißt, brauche ich dir nicht zu sagen.«

»Asbjorn ist ein freier Mann«, ergriff Jalvaror sofort Partei für seinen besten Freund und Ziehbruder, »und als solcher darf er seine Meinung kundtun.«

»Natürlich«, stimmte Eliwagar zu, »doch sollte er vorsichtig sein in der Wahl seiner Worte.« Damit erhob sich der Stammesführer. »Begleite mich, Jalvaror. Wir haben zu reden.«

Auch Jalvaror stemmte sich in die Höhe. Er war in der Tat sehr groß, seine Schultern waren breit, und alles an ihm zeugte von Kraft und Zähigkeit. Er war durchaus ein bemerkenswerter Mann, der ein hohes Maß an Ruhe ausstrahlte und dem dennoch etwas Animalisches, Wildes anhaftete.

»Ihr anderen geht schlafen«, sagte Eliwagar. »Der Tag morgen wird hart, und nur wer ausgeruht ist, kann im Kampf bestehen.« Er nickte Jalvaror zu, drehte sich um und schritt davon in der Erwartung, dass Jalvaror ihm folgte.

Der junge Krieger wechselte mit Asbjorn einen schnellen Blick, dann setzte er sich in Bewegung.

Asbjorn stand ebenfalls auf. »Schlafen wir, damit wir morgen einen starken Arm haben und möglichst viele Feinde erschlagen können.«

Er marschierte in Richtung seines Zelts davon und kroch hinein.

Asbjorn teilte das Zelt mit dem neunzehnjährigen Hogni Bork. Er war der Bruder von Dalgrun, und sie wiederum war Jalvarors Weib, mit dem dieser zwei Kinder hatte, nämlich den fünfjährigen Ulfar und die dreijährige Ingibjorg.

Hogni hatte schon geschlafen, doch nun war er wach geworden und richtete sich auf. Obwohl ihn absolute Finsternis umgab, merkte er, dass sich Asbjorn nicht auf sein Lager legte, sondern sich an der Rückwand des Zelts zu schaffen machte. »Was tust du da?«, fragte Hogni.

Asbjorn hatte keine Zeit für lange Erklärungen, sondern stieß hervor: »Etwas passiert, das mir nicht gefallen will. Folge mir, Hogni, du musst mir gegebenenfalls den Rücken freihalten. Beeil dich!«

Hogni stellte keine weiteren Fragen, sondern warf das Fell, mit dem er sich zugedeckt hatte, zur Seite und kroch nach hinten, wo sich Asbjorn bereits ins Freie zwängte. Im Schutz der Nacht schlichen die beiden zu Meldun Eliwagars Zelt …

Meldun Eliwagar hatte ein Talglicht angezündet, das nur spärliche Helligkeit in seinem Zelt verbreitete. Der Stammesführer saß auf seinem Lager aus Zweigen und

Fellen, während sich Jalvaror in der Mitte des Zelts auf ein Schaffell niedergelassen hatte, die Beine überkreuzt. Die flackernde Flamme ließ die Augen der Männer glitzern und malte düstere Schatten in ihre Gesichter.

»Dein Vater und ich sind gute Freunde, Jalvaror«, begann Eliwagar. »Er hat mir zeit seines Lebens die Treue gehalten.« Jalvaror entging nicht der lauernde Ausdruck im Blick des künftigen Jarls. »Und auch du hast dich mir gegenüber immer als loyal erwiesen. Kann ich auch künftig mit deiner Treue rechnen?«

»Warum fragst du?«

»Ein Stammesoberhaupt, das Harald den Treueid leistete, fühlt sich nach dem heutigen Abend vom König benachteiligt und hat aufrührerische Worte in den Mund genommen, was Harald als ernst zu nehmende Drohung aufgefasst hat.«

»Von wem ist die Rede? Und was waren das für Worte, dass sie den König in Unruhe versetzen?«

»Es geht um Gunnarr Grimmsson aus Skiringssal. Der König hat in der Versammlung vorhin die Länder, deren Heere wir, wenn man den Prophezeiungen der Seher glauben darf, morgen vernichtend schlagen werden, an die tüchtigsten und treuesten Stammesführer zur Verwaltung übergeben. Grimmsson hat er nicht berücksichtigt, worauf dieser dem König Konsequenzen androhte.«

»Worin könnten die bestehen?«

»Untreue, Verrat …« Eliwagar zuckte mit den Schultern. »Alles Mögliche kann im Kopf eines enttäuschten und auf Rache sinnenden Mannes vorgehen.«

»Und nun?«, fragte Jalvaror, der sich keinen Reim darauf machen konnte, weshalb Eliwagar ihm dies in einem Vieraugengespräch mitteilte. »Ich kenne Grimmsson kaum, und auch du …«

Jalvaror verstummte, als ihm Eliwagar mit einer ungeduldigen Handbewegung das Wort abschnitt. »Du und ich und jeder, der Harald die Treue geschworen hat, kann nicht dulden, dass jemand dem König droht. Und der König selbst verzichtet gerne auf einen Mann, dem er nicht mehr vertrauen kann. Du verstehst?«

»Ja, ich verstehe«, murmelte Jalvaror, nachdem er mehrere Male genickt hatte. »Du hast dich bereit erklärt, es zu übernehmen, ja? Und ich soll nun das Werkzeug sein, das für dich diese Aufgabe erledigt.«

»Harald will uns reich belohnen. Ich bekomme das Land Grimmssons zugesprochen, und du kannst dort als mein Statthalter fungieren, denn ich werde mich nach der gewonnenen Schlacht nach Hordaland begeben, um dort das Amt des Jarls zu bekleiden.«

»Weiß der König, dass du mich dazu ausersehen hast, seinen Willen in die Tat umzusetzen?«

»Er wird es erfahren, sobald ich ihm den Vollzug melde. Es soll nach unserem Sieg über unsere Feinde geschehen. Sobald Grimmsson tot ist, wirst du dich mit einigen Getreuen in die Gegend von Skiringssal begeben, wo Grimmsson zu Hause ist, und den Rest seiner Familie auslöschen, denn solange einer aus seinem Geschlecht lebt, muss der König … müssen auch wir damit rechnen, dass er eines Tages Rache übt.«

»Wie soll es geschehen?«, fragte Jalvaror.

»Das ist dir überlassen. Wichtig ist, dass Grimmsson keine Bedrohung mehr für den König darstellt. Ich weiß, dass ich mich auf dich verlassen kann. Du wirst es nicht bereuen, mein Freund.«

»Asbjorn und einige weitere Männer unseres Stammes sollen mich unterstützen«, verlangte Jalvaror. »Und nachdem Harald von Odin selbst dazu auserkoren wurde, unser Land unter seiner Herrschaft zu einen, wird Odin auch die Mission unterstützen, mit der du mich eben im Namen des Königs beauftragt hast.«

»Asbjorn war vorhin ausgesprochen anmaßend«, wechselte Eliwagar das Thema, und er klang auf einmal geradezu aggressiv. »Er muss aufpassen, denn Harald hört es nicht gern, wenn jemand Kritik an seinen Entscheidungen übt. Sprich mit deinem Ziehbruder, Jalvaror, damit er sein loses Mundwerk künftig besser im Zaum hält. Ich schätze Asbjorn sehr, denn er ist ein ausgezeichneter Seefahrer und Kämpfer. Aber er darf meine Geduld nicht überstrapazieren.«

»Ich werde es ihm sagen, Herr. Doch sei versichert, dass Asbjorn dir und dem König treu ist. Er ist lediglich voller Tatendrang.«

»Den kann er morgen auf dem Schlachtfeld austoben. – Odin sei mit uns allen, Jalvaror.«

Asbjorn und Hogni hatten genug gehört und zogen sich zurück. »Ich werde Eliwagars Plan vereiteln«, flüsterte Asbjorn. »Dann wird der König sein Scheitern als klägliches Versagen auslegen und seine hohe Meinung über ihn ändern.«

»Ich bin dabei«, murmelte Hogni Bork und kicherte. »Ich möchte diesem überheblichen Kerl schon lange eins auswischen, und nichts kann ihn härter treffen, als bei Harald an Ansehen zu verlieren.«

Sie schlichen in das Lager von Gunnarr Grimmsson und dessen Kriegern und pirschten sich an das Zelt des Stammesführers heran. Asbjorn schlug leise das Fell zurück, das vor dem Eingang hing. Tiefe, regelmäßige Atemzüge waren zu vernehmen. »Grimmsson, hörst du mich?« Asbjorn sprach die vier Worte gerade so laut, dass sie lediglich jemand, der sich im Zelt befand, vernehmen konnte. Seine Stimme versank in der Stille, doch schließlich war ein zorniges Murmeln zu hören, dann ein Rascheln, und gleich darauf erklang eine grollende, wenn auch noch schlaftrunkene Stimme: »Wer ist da?«

»Ich will dich warnen, Grimmsson. Harald sieht in dir eine Gefahr und hat den Auftrag erteilt, dich und deine Familie zu töten. Es soll nach der morgigen Schlacht geschehen.«

Misstrauen schwang in Grimmssons Stimme, als er fragte: »Aus welchem Grund warnst du mich?«

»Haralds Führungsweise gefällt mir nicht. Ihm geht es nicht darum, die Stämme Norwegens zu einen, sondern nur darum, seine eigene Macht und seinen Reichtum zu mehren und um die Befriedigung seiner Geltungssucht. Die meisten der Männer, die an seiner Seite stehen, sind nicht besser als er, und sie halten ihm nur die Treue, weil sie sich ebenfalls Macht und Reichtum versprechen – mehr Macht, als sie sowieso schon haben, und mehr Reichtum, als sie bereits ihr Eigen nennen. Ich bin nur ein Krieger, der Befehle zu befolgen hat und der morgen in die Schlacht zieht, weil er zum Gehorsam verpflichtet ist. Der nicht gefragt wird und der sich zu fügen hat.«

»Sag mir deinen Namen, Freund, damit ich dir eines Tages den gebührenden Dank erweisen kann.«

»Asbjorn Eriksson. Doch am besten, du vergisst ihn sofort wieder.«

»Was leitet dich wirklich, Asbjorn? Dass Harald möglicherweise ausschließlich persönliche Ziele verfolgt, kann doch nicht der einzige Grund sein. Wieso macht sich einer wie du überhaupt derartige Gedanken?«

»Harald nutzt uns alle aus. An seinen Händen klebt das Blut vieler Männer, die er seinen Interessen geopfert hat. Sie sind einen sinnlosen Tod gestorben, und wenn ich für ihn kämpfe und sterbe, ist auch mein Tod sinnlos. In Britannien könnte ich Beute machen, aber hier …« Er verstummte.

Doch mehr brauchte er auch nicht zu sagen, denn Grimmsson erwiderte: »Ich verstehe dich, Asbjorn. Kein Mann soll sinnlos sterben, denn dafür haben ihm die Götter nicht das Leben geschenkt. Auch mein Tod wäre sinnlos, aber dank deiner Warnung werde ich mein Leben bewahren. Du hast in mir einen Freund gefunden, und diese Freundschaft soll währen, solange ich lebe. Ich werde fliehen und es dich wissen lassen, wenn ich für meine Familie und mich einen guten Platz gefunden habe, an dem wir bleiben können. Mögen die Götter morgen ihre schützenden Hände über dich halten.«

Asbjorn und Hogni kehrten zu ihrem Zelt zurück. Auch dieses Mal umgingen sie geschickt die Wachen, die den Lagerplatz sichern sollten. Als sie ihr Zelt erreichten, richtete sich ein Mann auf, der davorgesessen hatte und dessen Gestalt in der Finsternis mit dem Zelt verschmolzen war. Eine dunkle, barsche Stimme erklang: »Wo kommt ihr her?«

»Ah, du bist es, Bruder.« Asbjorn hatte abrupt angehalten. »Muss ich dich etwa fragen, wenn ich mein Zelt verlasse?«

Asbjorn konnte die hohe Gestalt Jalvarors nur schemenhaft ausmachen, aber er hatte die Stimme erkannt, und sie hatte ihm verraten, wer sie erwartet hatte.

»Warum liegt ihr nicht auf eurem Lager und ruht euch aus für den morgigen Tag?«

Hogni stieß scharf die Luft durch die Nase aus, schwieg aber.

»Seit wann bin ich dir Rechenschaft schuldig, Jalvaror?«, fragte Asbjorn verärgert.

»Ihr seid mir zum Zelt Eliwagars gefolgt, nicht wahr?«

»Und wenn es so wäre?«

»Es wäre womöglich nicht gut für euch. Sag es mir, Asbjorn. Hast du uns belauscht?«

»Wir kommen eben aus dem Lager Grimmssons«, erklärte Asbjorn. »Du kennst meine Einstellung zum König und weißt, dass ich ihm freiwillig niemals folgen würde.«

»Ihr habt Grimmsson gewarnt«, stieß Jalvaror fassungslos hervor. Es war keine Frage, sondern eine Feststellung.

»Ja, denn ich bin der Meinung, dass er den Tod nicht verdient hat«, erklärte Asbjorn. »Wenn ein freier Mann Ansprüche erhebt, auf die er sich ein Recht erworben hat, so ist das meines Erachtens nach kein todeswürdiges Verhalten.«

»Denkst du ebenso, Hogni?«, fragte Jalvaror.

»Asbjorn und ich haben uns oft über dieses und jenes unterhalten«, antwortete Hogni Bork etwas zögerlich. »Die Politik, die der König verfolgt ...«

»Schweig, Narr!«, fauchte Jalvaror. »Verschon mich mit derart aufrührerischen Gedanken! Das grenzt an Verrat, und der König lässt euch hinrichten, wenn ...«

»Das kannst du verhindern, indem du schweigst, Bruder«, unterbrach ihn Asbjorn.

»Nenn mich nicht Bruder! In deinen Adern fließt nicht dasselbe Blut wie in meinen!«

Es war siebzehn Jahre her, dass gemeine Mörder das Haus von Asbjorns Vater überfallen, seine Eltern und ihr Gesinde getötet und alles geraubt hatten, was ihnen in die Hände gefallen war. Asbjorn hatte wohl unter dem besonderen Schutz der Götter gestanden, denn er hatte sich vor den Schurken verbergen und so sein Leben retten können. Jalvarors Vater hatte ihn daraufhin in sein Haus aufgenommen und ihn wie den eigenen Sohn erzogen. Jalvaror und er waren wie Brüder aufgewachsen.

»Schande über dich, Asbjorn!«, stieß Jalvaror zornig hervor. »Du stürzt mich in einen schlimmen Gewissenskonflikt, denn nun muss ich mich für einen von euch entscheiden – für den König oder für dich!«

Ja, sie waren wie Brüder. Als Asbjorn fünfzehn Jahre alt gewesen war, hatten sie gemeinsam seine Eltern gerächt. Damals hatte Asbjorn Jalvarors Leben gerettet, nachdem es ihnen nicht gelungen war, die Mörder zu überraschen, und diese sich zur Wehr gesetzt hatten.

»Ich stehe in deiner Schuld, Asbjorn«, erklärte Jalvaror in Erinnerung an damals. »Ich habe aber auch dem König die Treue geschworen, und würde ich schweigen, wäre dies ebenso verwerflich wie dein Verrat.«

»Du hättest nichts davon, wenn du Grimmsson umbringst«, gab Asbjorn zu bedenken.

»Ich würde sein Land als Eliwagars Statthalter übernehmen.«

»Und an das Land gebunden sein. Eines Tages – und dieser Tag, so hoffe ich, ist nicht mehr allzu fern – wollen wir nach Britannien segeln, um reiche Beute zu machen. Willst du darauf verzichten? Zugunsten eines Landes, in dem man dich hassen wird? In dem dein Leben und das deiner Familie jeden Tag bedroht sein wird?«

Jalvaror zögerte mit der Antwort, schließlich aber presste er hervor: »Ich muss darüber nachdenken. Und die Entscheidung wird mir nicht leichtfallen.«

»Dann bitte ich dich, mir zu gegebener Zeit mitzuteilen, wie deine Entscheidung ausgefallen ist, Bruder.«

In dieser Nacht fand Jalvaror Blavorr kaum noch Schlaf. Immer wieder schreckte er hoch, und vor seinem geistigen Auge stiegen Erinnerungen aus den Nebeln der Vergangenheit. Es war sieben Jahre her gewesen, als er, Asbjorn und eine Handvoll Getreuer das Dorf überfallen hatten, in dem die Mörder der Familie Asbjorns gelebt hatten. Asbjorn hatte endlich herausgefunden, wer viele Jahre zuvor seine Eltern erschlagen hatte. Es war Nacht, und sie schlichen in das Dorf, in dem die Menschen zu schlafen und nicht zu ahnen schienen, dass sich ihnen der Tod in Gestalt einiger entschlossener Krieger auf leisen Sohlen näherte.

Plötzlich aber war da ein Wachposten gewesen, der die Eindringlinge bemerkt und Alarm gegeben hatte, ehe es einer von ihnen hatte verhindern können. Er, Jalvaror, hatte seine Streitaxt geworfen, und sie hatte den Schädel des Wachpostens regelrecht gespalten. Aber das Dorf war bereits gewarnt gewesen, und im Handumdrehen waren zehn, fünfzehn bewaffnete Männer erschienen, bereit, mit den Eindringlingen kurzen Prozess zu machen.

Jalvaror hatte sich seine Axt zurückgeholt, doch durch dieses unvorsichtige Vorgehen war er von seinen Gefährten getrennt worden, und auf einmal war er von einer ganzen Gruppe Feinde eingekreist gewesen. Er hätte dieser Übermacht niemals standhalten können, wenn nicht Asbjorn, in der rechten Faust ein Schwert, in der Linken die Streitaxt, zwischen sie gefahren wäre wie Thor mit dem Hammer und unter ihnen gewütet hätte wie ein Berserker.

Als sie das Dorf verlassen hatten, waren die waffenfähigen Männer tot gewesen, und die Häuser, Stallungen und Scheunen hatten lichterloh gebrannt.

Asbjorn hatte ihm damals das Leben gerettet, und seitdem stand Jalvaror in seiner Schuld. Und nun stellte ausgerechnet Asbjorn ihn vor ein gewaltiges Problem.

Die Frage, was ihm wichtiger war – sein Treueid oder die Liebe zum Ziehbruder –, ließ einen tiefen Zwiespalt in ihm aufbrechen.

Er musste eine Entscheidung treffen, warf sich von einer Seite auf die andere und trug schwer an seiner Unentschlossenheit. Doch als der Morgen graute, wusste er, auf wessen Seite er stehen würde. In gewisser Weise verschaffte es ihm Erleichterung, weil er überzeugt war, richtig zu handeln, andererseits aber bedrückte es ihn. Doch er war entschlossen, diesen Weg zu gehen und sich durch nichts beirren zu lassen.

Kapitel 1

Als ein schmaler heller Streifen über den Bergen im Osten den Tagesanbruch ankündigte und die Morgennebel noch über den Fjorden hingen, erklangen die Hörner. Ihre getragenen Töne wehten hinaus in die weitläufige Ebene, die zum Schauplatz der blutigen Schlacht werden sollte. Das Heer Haralds nahm Aufstellung. Die einzelnen Stämme wurden von ihren Führern befehligt, dem unmittelbaren Befehl des Königs hingegen unterstand die Gruppe der Berserker, jener Kämpfer, die überzeugt waren, dass Odin sie mit besonderen Fähigkeiten ausgestattet hatte, und die sich im Kampf in einen regelrechten Blutrausch hineinversetzten.

Das Heer König Haralds war ungefähr fünfhundert Mann stark. Es rückte, aufgeteilt in mehrere eng nebeneinander marschierende Gruppen, dem Feind entgegen, der in etwa dieselbe Stärke hatte.

Schließlich standen sich die verfeindeten Parteien auf einer Distanz von ungefähr fünfzig Doppelschritten gegenüber.

Der Truppenaufmarsch war der Auftakt zu einer Tragödie, in der das Blut in Strömen fließen und die vielen Männern den Tod bringen sollte. Es war still geworden, und sogar die Vögel, die mit ihrem fröhlichen Gezwitscher den Tag begrüßt hatten, schwiegen nun. Es war, als hätte sogar die Natur den Atem angehalten in der Erwartung dessen, was sich anbahnte. Es war die Ruhe vor dem Sturm. Eine unheilvolle Spannung füllte die

Stille, und der Odem von Gewalt und Tod lag geradezu greifbar in der klaren Morgenluft.

Im Osten begann sich der Himmel über dem Horizont schwefelgelb zu verfärben, Wolkenbänke schienen in diesem Licht zu erglühen.

»Odin sei mit uns!«, brüllte einer der Befehlshaber des königlichen Heeres, und das war das Kommando für die Krieger des Königs, mit ihren Schwertern und Äxten gegen die runden Schilder aus Holz mit den eisernen Beschlägen und Schildbuckeln zu trommeln und im Chor den Namen Odins zu rufen.

Die Feinde stimmten ein.

Man war *ein* Volk, man glaubte an dieselben Götter, betete sie an und brachte ihnen Opfer dar. Aber man verfolgte unterschiedliche Ziele. Und das machte sie zu Feinden.

Harald Hårfagre, der auf einem schwarzen Pferd saß und den seine engsten Vertrauten – ebenfalls zu Pferde – flankierten, riss den rechten Arm in die Höhe. Schlagartig brachen die monotonen Odin-Rufe ab, Befehle erklangen, und die Stammesverbände setzten sich wieder in Bewegung.

Die gegnerischen Bogenschützen schossen ihre Pfeile ab. Sirrend zogen sie ihre Bahnen, doch ehe sie im Heer des Königs großen Schaden anrichteten, brüllte jemand mit sich überschlagender Stimme: »Schildwall!« Die jeweils vorderste Kämpferreihe der verschiedenen Gruppen kniete nieder und hob die Schilde über die Köpfe, und zusammen mit den ebenfalls erhobenen Schilden der zweiten Reihe, die augenblicklich stehen geblieben war, bildeten sie ein sicheres Dach, unter dem die Krieger vor den Geschossen sicher waren.

Krachend schlugen die Pfeile in das Holz der Rundschilde und blieben mit zitternden Schäften stecken.

Nun schossen auch Haralds Bogenschützen. Es war ein regelrechter Pfeilhagel, aber die Krieger des gegnerischen Heers bildeten ebenfalls Schildwälle, und so hatten auch sie kaum Verluste zu verzeichnen.

»Schildwall auflösen!«, rief König Harald. Der Befehl wurde weitergegeben, und schließlich brüllte Harald: »Kämpft! Macht sie nieder! Die Götter sind auf unserer Seite! Kämpft und siegt für Norwegen und für euren König!«

Für die Kämpfer, die ihn hörten, war seine Stimme wie ein Hammer, der den Nagel der tödlichen Leidenschaft tief in ihre Gemüter trieb.

Die Krieger begannen zu laufen, wildes, geradezu frenetisches Kampfgeschrei erhob sich, Speere flogen durch die Luft und bohrten sich in Schilde, aber auch in menschliche Körper.

Die Gruppe der Berserker stieß wie ein Keil in das Heer der Kleinkönige von Rogaland, Hordaland und Møre und riss dessen Formation auseinander. Der offene Kampf begann …

Asbjorn trug am linken Arm den Schild, mit der Rechten schwang er die Streitaxt. Es gab keine Gnade und kein Erbarmen. Leben oder sterben – das waren die beiden Alternativen. Das Gesicht des jungen Kriegers, der nur widerwillig in diesen Kampf gezogen war, hatte sich vor Anspannung verzerrt, seine Lippen waren über die Zähne zurückgezogen, er schwang die Axt und spaltete mit ihr Köpfe, schlitzte Leiber auf und zertrümmerte Knochen. In das Klirren der Waffen und das nervenzermürbende Kampfgebrüll mischten sich die Todesschreie der Sterbenden. Bald waren Hände und Gesichter der Kämpfer mit dem Blut der Feinde besudelt, und der Kampf artete aus zum Massaker.

Das Morden war an Besessenheit kaum zu überbieten. Der Wille jedes Einzelnen, so viele Feinde wie möglich zu töten, stieg auf wie ein stummer, aber fanatischer Schrei und ließ die brutale Gewalt eskalieren.

Asbjorn fragte nicht mehr nach dem Sinn dieses Tötens und Sterbens. Der junge Krieger befand sich wie in einem Rausch, prallte gegen gegnerische Kämpfer, warf oder trat sie nieder, hackte mit der Axt auf sie ein oder zerschmetterte ihnen mit dem schweren Schild die Köpfe. Er hatte den süßlichen Geschmack des Blutes auf den Lippen, das ihm ins Gesicht spritzte und sich mit dem Schweiß dort mischte.

Bald war der Boden übersät mit den Körpern getöteter und sterbender Kämpfer, deren Blut im Boden versickerte. Nach und nach war das Kampfgeschrei verstummt, und nur noch keuchend hieben die verfeindeten Krieger verbissen aufeinander ein, geleitet vom mörderischen Hass, vom Vernichtungswillen und vom Selbsterhaltungstrieb.

Asbjorn verspürte einen brennenden Schmerz am Oberarm, als ihn die Spitze eines Schwerts streifte und seine Haut aufschnitt. Er wirbelte halb herum und sah sich einem riesigen Krieger mit blutverschmiertem Gesicht und blutbesudelter Kleidung gegenüber, der – die nackte Mordlust in den Augen – den Arm mit dem Schwert soeben wieder in die Höhe warf, um ihm, Asbjorn, einen tödlichen Hieb zu versetzen.

Im letzten Moment warf sich Asbjorn zur Seite, schlug dabei mit der Axt zu und sah den Schädel seines Gegners regelrecht zerplatzen. Der Getötete sank zu Boden, und Asbjorn sprang über ihn hinweg, um sich dem nächsten feindlichen Kämpfer entgegenzuwerfen. Er war wie rasend, nur noch vom Willen zum Töten beseelt, und wollte so viele Feinde wie möglich niedermetzeln. Von der Klinge seiner Axt und von seinem Schild triefte das Blut.

Keiner der Männer, die hier auf dem Schlachtfeld ihre Haut zu Markte trugen, hatte dem Strom brutalster Gewalt etwas entgegenzusetzen. Er war wie eine alles verschlingende Flutwelle. In dem Getümmel waren Freund und Feind bald nicht mehr voneinander zu unterscheiden.

Der Tag hatte in der Zwischenzeit die Nacht endgültig nach Westen vertrieben, und die Sonne schickte ihr wärmendes Licht in die weite Ebene von Solkiel, die von Hügeln und Felsen begrenzt wurde und die an diesem Tag Schauplatz des ersten grandiosen Sieges König Haralds auf seinem Weg zur Herrschaft über große Teile der Westküste Norwegens werden sollte. Aber noch war die Schlacht nicht geschlagen, noch war der Ausgang nicht abzusehen, denn der Kampfgeist beider Parteien war ungebrochen.

Der Tod war allgegenwärtig. Asbjorn hatte längst jeglichen Zeitbegriff verloren, wurde jedoch nicht müde, die Axt und den Schild zu schwingen und beides einzusetzen, um damit gnadenlos zu töten. Sein Puls jagte, seine Lungen pumpten, der Schweiß rann in Bächen über seinen Körper und ließ die Kleidung wie eine zweite Haut an ihm kleben.

Irgendwann registrierte er, dass die feindlichen Kämpfer nach und nach die Flucht ergriffen und vom Entsetzen getrieben in die Richtung davonliefen, aus der sie am Morgen gekommen waren. Sie wurden verfolgt und viele von ihnen noch niedergemacht, oder Pfeile holten sie ein und schickten sie in den Tod.

Plötzlich war kein Gegner mehr auf dem Schlachtfeld, den Asbjorn hätte erschlagen können. Wie ein Erwachender sah er sich um. Er hörte Befehle, die einer der Stammesführer brüllte, und bei ihm stellte sich Ernüchterung ein. Sein Arm mit der Axt sank nach unten, er sah sich um und registrierte, dass die Sonne im Südosten stand, was ihm sagte, dass es bereits heller Vormittag war.

Um ihn herum war Stöhnen, Röcheln und Wimmern. Kreuz und quer lagen die Toten und Verwundeten im Gras, die Verletzten krümmten sich vor Schmerzen und schrien ihre Not hinaus. Über dem Schlachtfeld kreisten Hunderte von Krähen und Schwärme von Fliegen, angelockt vom Geruch des vergossenen Blutes. Die Krieger Haralds bewegten sich zwischen den teils reglosen oder sich windenden Körpern, um die verwundeten Widersacher unerbittlich zu erschlagen.

Auf einmal verspürte Asbjorn die Erschöpfung und den Schmerz, der von vielen kleinen Verwundungen ausstrahlte. Seine Augen waren entzündet und brannten, seine Mundhöhle und seine Kehle waren trocken wie Staub. Er ließ sich zu Boden gleiten, sein Kinn sank auf die Brust, die sich unter rasselnden Atemzügen hob und senkte, und er schloss die Augen. Wie aus weiter Ferne hörte er raue Stimmen und das Krächzen der Krähen, deren Tafel zu decken er mit seiner Axt geholfen hatte.

Hornsignale riefen zum Sammeln. Asbjorn erhob sich, schüttelte seine Trägheit ab, stieg über verstümmelte Leichen hinweg und sah seinen Ziehbruder Jalvaror. Auch dessen Gesicht und seine Hände waren rot vom Blut der getöteten Feinde, und das Weiß seiner wie im Wahn weit aufgerissenen Augen leuchtete daraus hervor. Wirr hingen ihm die langen Haare in die Stirn, und er hatte eine stark blutende Wunde am rechten Oberschenkel.

Hinter ihm richtete einer der Krieger, der wie tot

dagelegen hatte, den Oberkörper auf, und seine Hand, die die Streitaxt hielt, zuckte in die Höhe. Doch ehe er sie werfen konnte, wirbelte schon Asbjorns Axt auf ihn zu, und die Klinge grub sich tief und mit einem grässlichen Knirschen in seinen Brustkorb. Der Getroffene bäumte sich auf und kippte zurück, um mit einem röchelnden Laut auf den zuckenden Lippen zu sterben.

»Danke, Bru … Asbjorn«, rief Jalvaror, ging zu dem Getöteten hin und zog mit einem kräftigen Ruck die Axt aus der Brust. Er brachte sie Asbjorn und murmelte: »Du hast mir soeben zum zweiten Mal das Leben gerettet.«

»Scheinbar ist es der Wille der Götter, dass du noch eine Weile auf dieser Welt weilst«, versetzte Asbjorn heiser. »Eben hättest du mich beinahe Bruder genannt.« Sein fragender Blick war auf Jalvarors blutverschmiertes, schrecklich anzusehendes Gesicht gerichtet. »Bist du zu einem Ergebnis gekommen?«

»Ich werde den Willen des Königs respektieren«, erklärte Jalvaror. »Sollte mir Gunnarr Grimmsson in die Hände fallen, töte ich ihn. Sollte es ihm allerdings gelingen, dem Tod zu entgehen, werde ich Harald nicht von deinem Verrat berichten.«

Wieder erklang ein Hornsignal. »Der Befehl zum Sammeln«, knurrte Asbjorn. »Gehen wir.«

»Du bedankst dich nicht einmal?«, rief Jalvaror seinem Ziehbruder hinterher, nachdem dieser sich abgewandt und in Bewegung gesetzt hatte.

»Nein«, sagte Asbjorn über die Schulter. »Ich habe nichts anderes erwartet. Sonst hätte ich eben sicherlich nicht verhindert, dass dir der Kerl mit seiner Axt die Wirbelsäule zerschmettert.«

Jalvarors Miene verschloss sich, und er kniff die Lippen zusammen, sodass sie nur noch einen dünnen, blutleeren Strich bildeten. Dann aber gab er sich einen

Ruck und folgte Asbjorn. Da er etwas schneller ging als sein Ziehbruder, holte er ihn ein, und nachdem sie einige Schritte nebeneinanderher geschritten waren, brummte Jalvaror missmutig: »Mein Vater war schon König Haralds Vater Halfdan dem Schwarzen treu ergeben. Als du Gunnarr Grimmsson gewarnt hast, bist du nicht nur dem König in den Rücken gefallen, sondern auch ihm, Arnorr Blavorr, der dich in sein Haus aufgenommen und aufgezogen hat wie einen leiblichen Sohn. Das ist undankbar und respektlos, und ich will es nicht akzeptieren. Ich möchte aber auch nicht zusehen müssen, wenn dir Harald den Kopf abschlagen lässt. Mein Vertrauen hast du jedoch verloren, und du wirst viel tun müssen, um es zurückzuerlangen.«

»Auch du wirst eines Tages feststellen, dass Harald nur vom Eigennutz geleitet wird, und wenn du schon von Undankbarkeit sprichst, dann lass dir gesagt sein, dass du von Harald niemals Dank erwarten kannst. Aber es hat sicher keinen Sinn, mit dir darüber zu sprechen. Du hast deine Meinung über ihn, ich habe meine.«

Am Rand des Schlachtfelds rotteten sich die Überlebenden um ihre Stammesführer zusammen. Die Verwundeten waren notdürftig versorgt worden. Jene, die sich nicht auf den Beinen halten konnten, hatte man etwas abseits ins Gras gelegt.

König Harald und seine engsten Vertrauten ritten vor das versammelte Heer hin, zügelten die Pferde, und einer von Haralds Begleitern gebot mit Donnerstimme Ruhe. Die Gespräche versiegten, aller Blicke hefteten sich auf den König, der sein unruhig tänzelndes Pferd mit eiserner Faust in die Kandare nahm, seinen forschenden Blick in die Runde lenkte und schließlich rief: »Ihr habt tapfer gekämpft, Männer, und all jene von uns, die durch die Hand des Feindes gefallen sind, ziehen bereits in Walhall ein, um an Odins Tafel zu feiern und das Fleisch des Ebers Saehrimnir zu verzehren. – Ihr habt diese Schlacht für mich gewonnen. Aber viele unserer Feinde konnten fliehen, und jene, die sie befehligten, sind noch am Leben und denken sicherlich bereits darüber nach, wie sie mich überlisten, besiegen und unschädlich machen können. Der Sieg ist erst dann endgültig unser, wenn sie tot sind und wir ihre Kadaver den Krähen und Wölfen zum Fraß überlassen haben.«

»Warum töten wir sie dann nicht?«, brüllte jemand unbeherrscht. »Folgen wir ihnen zwischen die Hügel und machen wir ihnen den Garaus! Odin wird unsere Schritte lenken und uns die Kraft geben, noch einmal das Schwert oder die Axt zu heben und seinen Willen zu erfüllen!«

Es erhob sich zustimmendes Geschrei, der Ruf nach weiterem Blutvergießen stieg zum Himmel und wehte zwischen die Anhöhen, und hätten ihn die geflohenen Feinde hören können, hätte er ihre Herzen erbeben lassen. Wenn sie auch den Tod nicht fürchteten, sie suchten ihn nicht. Denn auch sie gehorchten dem Gesetz der Selbsterhaltung, einem der ältesten Prinzipien der Menschheit, obwohl die Aussicht, im Kampf zu sterben und in Gladsheim, der Burg Odins in Asgard, einziehen zu dürfen, verlockend war.

Der König hob beide Arme, und der Lärm ebbte schnell ab. »Es ist der Wille Odins, unsere Feinde zu vernichten, und seinem Willen ist nicht Genüge getan. Also folgt dem Feind und bringt mir die Köpfe jener, die sich erdreistet haben, die Hand gegen mich zu erheben. – Meldun Eliwagar, tritt vor!«

Der Gerufene kam dem Befehl augenblicklich nach und ließ sich auf ein Knie nieder. »Was wünscht Ihr, mein König?«

»Du bleibst, denn ich habe mit dir zu sprechen.«

Eliwagar neigte den Kopf, presste die rechte Hand flach gegen den Leib und krümmte den Oberkörper ein wenig nach vorn. »Wie es Euch beliebt, mein König.«

»Kämpft, ihr tapferen Männer!«, rief Harald und richtete sich im Sattel zu seiner vollen Größe auf. »Ich wiege das Gewicht eines jeden, der mir das Haupt eines der Könige von Rogaland, Hordaland und Møre vor die Füße legt, mit Gold auf.«

Die Krieger schrien vor Begeisterung und vor Gier nach Blut und Gold. Unruhiges Gewoge ging durch die Masse der Schulter an Schulter Stehenden, Befehle wurden gebrüllt, und schließlich war das gesamte Heer in Bewegung. Im Laufschritt stürmten die Krieger zwischen die Hügel, die zum Teil dicht mit Strauchwerk und alten, knorrigen Bäumen bewachsen waren. In dem hüfthohen Gras waren die Spuren der Geflohenen deutlich auszumachen.

Auch Asbjorn wurde von der Gier mitgerissen, die die Krieger nach dem Versprechen des Königs befallen hatte, und er war bereit, aufs Neue zu kämpfen und zu töten. Es war Teil seiner Mentalität.

Während Haralds Heer den Feind verfolgte, kniete Meldun Eliwagar drei Schritte vor dem König am Boden. Harald saß ab, trat vor Eliwagar hin und sagte: »Ich habe nach der Schlacht Gunnarr Grimmsson bei seinem Stamm vermisst, Jarl Eliwagar. Ist er gefallen? Hast du vielleicht sogar schon während der Schlacht deine Mission erfüllt?«

»Unter den Gefallenen oder Verwundeten habe ich ihn nicht entdecken können, mein König«, antwortete Eliwagar. »Aber am Morgen, vor der Schlacht, habe ich ihn bei seinen Kämpfern gesehen. Ich habe keine

Ahnung, wo er sich jetzt befindet. Der Mann, den ich beauftragt habe, Euren Befehl in die Tat umzusetzen, soll jedoch erst in der kommenden Nacht das Lager Grimmssons überfallen und den niederträchtigen Aufrührer töten.«

»Wer ist dieser Mann?«

»Sein Name ist Jalvaror Blavorr. Er ist zuverlässig und absolut loyal. Sein Vater war schon Eurem Vater in Treue ergeben.«

»Ich will Grimmsson tot sehen, Jarl.« Der König verlieh jedem dieser Worte eine besondere Betonung.

»Ich werde alles daransetzen, mein König«, versprach Eliwagar.

»Ich weiß«, knurrte Harald und stieg wieder auf sein Pferd.

Das Heer der Kleinkönige hatte Zeit gefunden, sich neu zu formieren. Als König Haralds Krieger aus mehreren Hügellücken in eine grasige Senke hetzten, erklangen Hornsignale, und viele Männer wurden in einem Hagel aus Speeren und Pfeilen niedergestreckt. Dann warf sich das geschlagene Heer brüllend und mit dem Mut der Verzweiflung seinen Verfolgern entgegen.

Für die königliche Truppe erfolgte der Angriff vollkommen überraschend. Die Zeit, einen Schildwall zu bilden, fanden sie nicht, und so stürmten sie voller Todesverachtung weiter, rissen mit ihrer Überzahl die Front der feindlichen Armee auf, und schließlich tobte ein Kampf Mann gegen Mann, unerbittlich und mit erschreckender, mitleidloser Brutalität.

Das gegenseitige Abschlachten begann erneut. Männer brachen zusammen, und ihre unmittelbaren Gegner schlugen mit dem Schwert oder der Axt so lange auf sie ein, bis sie sich nicht mehr rührten.

Asbjorn rammte einen gegnerischen Krieger mit seinem Schild, der Feind taumelte rückwärts, stolperte über eine reglos am Boden liegende Gestalt und stürzte. Asbjorn folgte ihm mit einem langen Schritt und ließ die Axt auf ihn hinuntersausen, doch dem Kämpfer gelang es im letzten Moment, den Schild hochzureißen und damit den mörderischen Hieb abzuwehren.

Mit einem Ruck riss Asbjorn die Klinge aus dem Schild, und er sah aus den Augenwinkeln, dass er von der Seite her angegriffen wurde. Instinktiv duckte er sich, und eine Schwertklinge zischte über seinen Kopf hinweg, ihn nur knapp verfehlend. Asbjorn wirbelte zu dem Angreifer herum und sah ihn schon zum nächsten Hieb ausholen. Er warf sich gegen seinen Widersacher, und erneut schnitt dessen Schwertklinge, ohne Schaden anzurichten, durch die Luft. Asbjorns Rammstoß jedoch ließ den Gegner straucheln, und während er noch um sein Gleichgewicht kämpfte, fuhr ihm die Schneide der Streitaxt in den Leib und zerschnitt seine Gedärme. Sein Mund klaffte auf, aber der Schrei, der sich in seiner Brust hochkämpfte, erstickte in der Kehle, und er brach zusammen.

Asbjorn wandte sich dem Krieger zu, den er eben zu Fall gebracht hatte und der dabei war, sich auf die Beine zu kämpfen. Asbjorn tötete ihn augenblicklich, indem er ihm die Axt in den Nacken hieb. Dann stürzte er sich auf den nächsten Gegner …

Als die Sonne zwischen ihrem Zenit und jenem Punkt im Westen stand, wo sie untergehen würde, war die Schlacht endgültig entschieden. Die meisten Krieger, die im Heer der Kleinkönige gekämpft hatten, waren tot. Die wenigen Gefangenen würde man den Göttern opfern.

Die Könige von Rogaland, Hordaland und Møre hatten sich mit einer Gruppe von Berserkern auf einen Hügel zurückgezogen und sich hinter Felsen, Bäumen und Sträuchern verschanzt. Die Anhöhe war von den Kämpfern Haralds umstellt. Bekan Snorrason, dem Rogaland als Lehen zugesichert und der zum Jarl dieses Landstrichs ernannt worden war, rief: »Ich fordere euch auf, die Waffen zu strecken und euch zu ergeben! Entscheidet euch schnell, denn unsere Geduld ist begrenzt! Seht ihr die alte Eiche dort?« Snorrason wies mit erhobenem Arm nach Südwesten. »Sobald die Sonne über ihr steht, erstürmen wir den Hügel, und ihr alle werdet tot sein, ehe die Sonne hinter dem Horizont versinkt!«

Jemand antwortete: »Harald, er soll verflucht sein, wird uns auch töten, wenn wir uns ihm ausliefern! Wir ziehen es vor, im Kampf zu sterben!«

»Wie ihr wollt!« Snorrason sprach es und befahl den Angriff. Brüllend stürmten die Kämpfer des Königs die Abhänge hinauf. Pfeile, Speere und bis zu kopfgroße Steine flogen ihnen entgegen und töteten eine Reihe von ihnen. Die Krieger, die geschworen hatten, das Leben der Könige von Rogaland, Hordaland und Møre bis zum letzten Tropfen Blut zu verteidigen, kamen aus ihrer Deckung und stürmten den Angreifern entgegen. Das wilde Angriffsgebrüll vermischte sich mit dem Klirren von Eisen, dem Krachen der Schilde, wenn sie gegeneinander schlugen, und den Todesschreien der Sterbenden. Ihr Stöhnen, Röcheln und Gurgeln ging in dem Höllenlärm unter.

Der Kampf dauerte noch eine knappe halbe Stunde, dann war der letzte der Berserker tot. Einige Krieger Haralds zerrten die drei Könige, die sich gegen die Herrschaft Haralds aufgelehnt hatten, aus ihren Verstecken, zogen sie in den Kreis, den die siegreichen Kämpfer bildeten, und warfen sie zu Boden. Sie lagen auf allen vieren, und ihre gehetzten, geradezu fiebernden Blicke zuckten in die Runde.

Einer der Stammesführer trat hinzu und rief: »Ich schlage vor, dass wir sie enthaupten und ihre abgeschlagenen Köpfe dem König als Geschenk übergeben. Jeder, der dafür ist, möge die Waffe heben.«

Fast alle Streitäxte und Schwerter wurden über die Köpfe gehoben, und die siegreichen Krieger bekundeten laut ihre Zustimmung. Doch da trat Snorrason aus ihren Reihen vor, gebot lautstark Ruhe, und als es still war, ergriff er das Wort. »Ist es nicht ein viel wertvolleres Geschenk, wenn wir sie dem König lebend übergeben? Er soll selbst entscheiden können, was mit ihnen geschieht. Harald, der Sohn Halfdans von Vestfold, ist ein Liebling der Götter, und sie werden ihm die richtigen Ratschläge erteilen und ihm zu einer angemessenen Urteilsfindung verhelfen.«

Die Arme der Krieger sanken wieder nach unten, und in der Runde herrschte abwartendes, geradezu betretenes Schweigen. Dann aber gab sich Knut Alfrothul, dem Møre zur Verwaltung übertragen worden war, einen Ruck, sodass er neben Snorrason trat. »Auch ich bin dafür, dass wir sie dem König lebend bringen«, sagte er laut, »und ich spreche für meinen ganzen Stamm. Stimmen wir also noch einmal ab. Wer nach wie vor der Meinung ist, dass wir die drei Abtrünnigen an Ort und Stelle enthaupten, der hebe die Waffe.«

Das Schwert des Stammesführers, der den sofortigen Tod der Kleinkönige gefordert hatte, zuckte nach oben. Herausfordernd schaute er in die Runde. Zögernd wurden einige weitere Waffen erhoben. Doch die Mehrzahl der Schwerter und Äxte blieb unten.

Snorrason gebot, die Gefangenen zu fesseln, und

schließlich machte man sich auf den Weg, um sie dem König zu übergeben und ihn über die Vernichtung des Feindes in Kenntnis zu setzen. Die Verwundeten wurden, soweit sie sich nicht ohne Hilfe bewegen konnten, von ihren Kameraden getragen oder gestützt.

Asbjorn und Jalvaror marschierten nebeneinander, Hogni Bork hatte sich zu ihnen gesellt. Erwartungsvoll musterte er immer wieder von der Seite Asbjorns Gesicht, doch die Frage, die ihm auf der Zunge lag, wagte er nicht zu stellen, solange sich Jalvaror in ihrer Gesellschaft befand.

Zurück im Lager befahl Meldun Eliwagar sofort Jalvaror in sein Zelt. »Was ist aus Gunnarr Grimmsson geworden?«, blaffte er und musterte Jalvaror durchdringend. »Am Morgen war er noch bei seinen Leuten, doch seit dem Kampf ist er spurlos verschwunden.«

»Vielleicht wurde er getötet«, sagte Jalvaror.

Eliwagar schüttelte den Kopf. »Ich habe Leute aufs Schlachtfeld geschickt, die nachsehen sollten. Doch sie haben ihn ebenso wenig unter den Toten wie unter den Verwundeten entdeckt.«

»Dann kann er sich nur in seinem Lager befinden«, entgegnete Jalvaror. Er ahnte zwar die Wahrheit, ließ es sich aber nicht anmerken.

Eliwagar starrte ihn an, als versuchte er, mit seinem Blick die geheimsten Gedanken seines Gegenübers zu erforschen. »Ich frage dich, Jalvaror, und ich erwarte von dir eine wahrheitsgemäße Antwort«, brummte Meldun Eliwagar, »hast du mit irgendjemandem über den Auftrag gesprochen, den ich dir erteilt habe?«

»Wie kommst du darauf, Herr?« Jalvarors Erschrecken war nicht gespielt.

»Ja oder nein?«

Jalvaror spürte, wie sein Herz schneller zu schlagen begann. »Nein«, würgte er hervor. »Grimmsson kann sich nur in seinem Lager befinden. Ich habe dir ja erklärt, dass ich in der kommenden Nacht mit einer Handvoll Männer, auf die absolut Verlass ist, in das Lager schleichen und ihn töten werde.«

Ein hintergründiges Lauern trat in Eliwagars Blick. »Wird dein Ziehbruder Asbjorn zu dieser Gruppe gehören?«

»Du vertraust ihm nicht, Herr?«

»Ich kann ihn nicht einschätzen.«

Jalvaror überlegte fieberhaft. Gefühl und Verstand lagen bei ihm in zäher Zwietracht, und einen Augenblick lang war er nahe daran, dem Stammesführer zu bestätigen, dass dessen Misstrauen nicht unbegründet war. Schließlich aber überwand er sich und behauptete: »Du kannst ihm vertrauen, Herr. Und zum Beweis dafür wird er mich begleiten, wenn wir in der Nacht in Grimmssons Lager gehen.«

»König Harald erwartet von mir, dass sein Wille erfüllt wird«, erklärte Eliwagar. »Und ich erwarte von dir, dass du alles daransetzt zu verhindern, dass das Wohlwollen des Königs mir gegenüber in Unzufriedenheit umschlägt. Du weißt, was mit Männern geschieht, die in Ungnade fallen. Dem entgegenzuwirken bist du mir als deinem Fürsten schuldig.«

»Ich werde dich nicht enttäuschen, Herr«, versicherte Jalvaror mit versteinert wirkendem Gesicht.

»Gut, ich verlasse mich auf dich. Möglicherweise hat sich Grimmsson denken können, wie König Harald auf seine rebellische Aufmüpfigkeit reagiert, ja, reagieren muss. Er ist kein Dummkopf und womöglich während des Kampfes, als keiner auf den anderen achtete, getürmt. Dann ist er sicherlich auf dem Weg in die Gegend von Skiringssal, wo er mit seiner Familie und seinem Stamm lebt. Wenn das der Fall ist, erwarte ich von dir, dass du ihn verfolgst und tötest und dich danach um seine Familie kümmerst. Du weißt, was ich meine.«

»Bis Skiringssal ist es weit, Herr«, gab Jalvaror zu bedenken. »Wir werden viele Tage unterwegs sein.«

»Das sollte dich nicht davon abschrecken, dem König diesen Dienst zu erweisen. Und da der König von den Göttern begünstigt ist, handelst du auch in ihrem Sinne. Mit irgendwelchen Einwendungen könntest du die Götter sogar erzürnen – und das sollte kein Mann wagen, der eines Tages in Walhall einziehen möchte.«

»Es wird geschehen, Herr, wie du es angeordnet hast.«

»Dann geh jetzt.«

Jalvaror suchte Asbjorn und traf ihn mit Hogni Bork, seinem Schwager, bei ihrem Zelt. Sie hatten sich das Blut ihrer Feinde aus den Gesichtern und von den Armen und Händen gewaschen und aßen gepökeltes Ziegenfleisch.

Jalvaror ließ sich bei ihnen nieder, schaute von einem zum anderen und sagte schließlich leise: »Es sieht so aus, als wäre Grimmsson geflohen. Um den Schein zu wahren, gehe ich in der Nacht mit einigen ausgesuchten Leuten in sein Lager und täusche einen Überfall vor. Ihr beide begleitet mich. Und ihr werdet mit mir auch nach Skiringssal reisen und mir helfen, den Befehl des Königs auszuführen.«

Asbjorn sah ihn aus großen Augen an. »Du verlangst von mir und Hogni, dass wir dir helfen, Grimmsson umzubringen, nachdem wir verhindert haben, dass genau dieses hier geschieht?«

»So könnt ihr euren Verrat wiedergutmachen«, stieß Jalvaror zwischen den Zähnen hervor. »Dankt den Göttern, dass ich Eliwagar die Wahrheit verschwiegen habe und euch zuliebe ein Spiel treibe, das mich den Kopf kosten kann. Wenn Grimmsson tot ist, ist die Sache ausgestanden. Solange er aber lebt, macht ihr das, was ich euch befehle. Und wie mein Befehl lautet, habe ich euch eben klar und deutlich gesagt.«

Asbjorn hatte das Gefühl, von einer unsichtbaren Faust gewürgt zu werden, denn er begriff, dass er Jalvaror in ärgste Gefahr gebracht hatte. Doch er stand dem machtlos gegenüber.

»Es gefällt dir nicht, ich weiß«, sprach Jalvaror aus, was Asbjorn beschäftigte. »Noch weniger aber würde es dir sicher gefallen, vor versammelter Mannschaft im Staub zu knien und darauf zu warten, dass dir ein Axthieb den Kopf vom Rumpf trennt.«

Kapitel 2

Die Finsternis war vollkommen, und nur hin und wieder durchdrang der schauerliche Schrei eines geflügelten Nachtjägers die Dunkelheit.

Abgesehen von den drei Doppelposten, die das Lager von Gunnarr Grimmsson bewachten und von denen jeder mit Schild, Speer sowie Streitaxt, die in einer Schlaufe am Gürtel hing, bewaffnet war, schliefen die Krieger. Es war die Erschöpfung nach stundenlangem Kampf, und bei vielen kam durch die eine oder andere Verwundung auch der Blutverlust hinzu, der sie tief und traumlos schlafen ließ.

Jeder Doppelposten ging eine vorgeschriebene Route. Die Krieger sprachen nicht miteinander, waren wachsam und darauf getrimmt, auf jedes Geräusch, das nicht zu den übrigen passte, und auf jede Bewegung im Strauchwerk rund um das Lager, die möglicherweise nicht vom Wind oder von einem Jäger der Nacht verursacht wurde, zu reagieren und Alarm zu schlagen.

Eine dicke Wolkendecke verbarg Mond und Sterne, und die Finsternis verströmte etwas Beklemmendes, schien geradezu Unheil zu verkünden.

Zwei der Wachposten kamen zwischen dem Strauchwerk hervor.

Ihre Gestalten waren nur schemenhaft wahrzunehmen, lediglich ihre Gesichter hoben sich als etwas hellere Flecke in der Dunkelheit ab. Ein verdorrter Ast am Boden zerbrach unter dem Fuß eines der Männer mit trockenem Knacken. Das Geräusch versank sofort wieder in der Stille.

Plötzlich aber war das leise Schwirren zu vernehmen, mit dem eine Bogensehne zurückschnellte, und im nächsten Moment brach einer der Posten gurgelnd zusammen; ein Pfeil hatte seinen Hals durchbohrt. Ehe sein Gefährte reagieren konnte, sprangen ihn zwei Gestalten an, rissen ihn zu Boden. Eine scharfe Klinge fuhr ihm über die Kehle, schlitzte sie tief auf, und sein Schrei erstickte im Ansatz.

Aus der Finsternis lösten sich zwei weitere Schatten und gesellten sich zu jenen, die den Wächter niedergerungen hatten und sich nun aufrichteten. Die Männer huschten zwischen die Zelte, erreichten die Rückseite des Zelts von Gunnarr Grimmsson und kauerten nieder.

Es dauerte nicht lange, dann pirschten drei weitere Krieger geduckt und lautlos wie Raubtiere heran, und nun warteten sie gemeinsam. Nicht das leiseste Flüstern oder Raunen erklang, nur das Wispern des Windes durchdrang weiterhin die nächtliche Stille. Bald huschten drei weitere Gestalten durch die Nacht, und nun zischelte Jalvaror: »Bringen wir es hinter uns!«

Er lief, gefolgt von zwei Kriegern, um das Zelt herum, riss das Fell vor dem Eingang zur Seite und glitt hinein. Gleichzeitig schnitt einer der Männer, die auf der Rückseite geblieben waren, mit seinem Messer die Zeltwand auf, und er drang, gefolgt von seinen beiden Gefährten, ebenfalls ein.

Sehr schnell stellten sie fest, dass das Zelt verwaist war. Jalvaror erteilte den Befehl, sich zurückzuziehen und das Lager zu verlassen. Die drei Krieger, die außerhalb des Zelts geblieben waren und deren Aufgabe es gewesen war, ihre Kameraden vor unliebsamen Überraschungen zu bewahren, schlossen sich ihnen an.

Ebenso leise, wie sie sich ins Lager geschlichen hatten, verließen sie es wieder.

Am Morgen erschien im Lager von Harald eine Abordnung von drei Mann aus Grimmssons Lager und begehrte den König zu sprechen. Bei diesem hatten sich bereits die Stammesführer und deren Stellvertreter zur Lagebesprechung eingefunden. Der König trat vor die Boten, und nachdem sie auf die Knie niedergegangen waren, ergriff einer das Wort, indem er sagte: »Odin sei mit dir, mein König.«

»Was führt euch zu mir?«

»Unser Lager wurde in der Nacht überfallen, Herr. Die sechs Krieger, die die letzte Wache hatten, wurden gemeuchelt. Danach sind die Mörder wieder verschwunden, ohne weiteren Schaden anzurichten.«

»Ich vermisse euren Führer, Gunnarr Grimmsson«, sagte Harald und tat nachdenklich. »Er ist seit gestern verschwunden. Wo ist er?«

Der Gefragte vermied es, den König anzusehen, als er antwortete: »Ich weiß es nicht. Gunnarr Grimmsson hat niemandem …«

»Du lügst!«

Die drei Boten zogen die Köpfe zwischen die Schultern, als hätte der König nach ihnen geschlagen.

»Wollt ihr, dass ich euch hinrichten lasse?«, fauchte Harald. »Ich frage also noch einmal: Wo ist Grimmsson?«

»Es ist die Wahrheit, mein König«, murmelte der Sprecher der Abordnung. »Wir wissen nicht, wo sich unser Anführer aufhält. Er hat uns in die Schlacht geschickt, und keiner von uns hat ihn danach mehr gesehen. Weder ihn noch seine beiden Söhne noch seinen Bruder.«

Der König ging zu einem seiner Leibwächter und

flüsterte ihm etwas ins Ohr. Der Mann zog die Streitaxt aus der Schlaufe an seinem Gürtel, trat vor die Boten hin – und spaltete den Schädel des Kriegers, der bisher das Wort geführt hatte.

Der Leibwächter trat zurück, und der König ließ wieder die Stimme erklingen: »Du da, wie heißt du?« Harald zeigte nicht die Spur einer Gemütsregung.

Der Mann, den er dabei anschaute, nannte seinen Namen. »Björn Møller, mein König.«

»Möchtest du auch sterben? Möchtest du erschlagen werden wie der da?« Harald wies mit einer knappen Geste auf den Leichnam, unter dessen zerschmettertem Kopf sich eine Blutlache bildete.

»Nein, mein König.«

»Dann sag nun die Wahrheit. Wo befindet sich Gunnarr Grimmsson?«

»Er, seine beiden Söhne und sein Bruder Einar sind nach Skiringssal geflohen, nachdem ihm zugetragen wurde, dass er ermordet werden soll.«

Ein Raunen durchlief die Gruppe der Stammesführer, die im Kreis saßen und jedes Wort vernommen hatten.

»Er sollte ermordet werden?«, fragte der König, und er tat erstaunt. »Es wurde ihm zugetragen?«

»Ja, mein König. Grimmsson äußerte mehreren Kriegern gegenüber, dass Ihr, Herr, seinen Tod beschlossen hättet, weil er es wagte, Widerworte gegen Eure Entscheidung zu äußern. Und er ... er hat blutige Rache geschworen. Zunächst aber will er seine Familie in Sicherheit bringen.«

Im Haralds Gesicht arbeitete es krampfhaft. Deutlich war von seinen Zügen abzulesen, wie hinter seiner Stirn die Gedanken kreisten. Dann verlangte er zu wissen: »Wer ist Grimmssons Stellvertreter?«

»Sverre Arctander.«

»Gut«, knurrte Harald. »Ihr könnt in euer Lager zurückkehren.«

Der König wandte sich ab, und sein Blick kreuzte sich mit dem Eliwagars, in dessen Gesicht jeder Zug verriet, dass er sich alles andere als wohlfühlte in seiner Haut. Meldun Eliwagar wusste, dass ihm der König eine Reihe recht unangenehmer Fragen stellen würde, und er begann, um sein Leben zu fürchten.

Der König ordnete an, die Gefallenen seines Heeres zu sammeln, und ließ die Krieger Scheiterhaufen errichten. Bis zum späten Nachmittag brannten die Feuer, in deren Flammen die Leichen zu Asche zerfielen.

Als es zu dunkeln begann, versammelten sich die Krieger der verschiedenen Stämme. Überall auf dem freien Platz brannten Feuer, und im unruhigen Wechselspiel von Licht und Schatten wirkte das ganze Szenarium gespenstisch und düster.

Bald erschien auch König Harald mit seiner Leibwache und seinem Stab aus Beratern und engen Vertrauten. Inmitten des Kreises, den das Heer bildete, zügelten sie die Pferde. Die Tiere benahmen sich störrisch, scharrten mit den Hufen, und das Pferd des Königs wieherte laut. Der König legte dem Tier hart die Schenkel an und erhob seine Stimme, indem er rief:

»Es war der Wille der Götter, dass wir mit dem gestrigen Sieg Rogaland, Hordaland und Møre erobert haben. Die Getreuen, die diese Gebiete für mich zu verwalten haben, werden sich unverzüglich mit ihren Familien dorthin begeben und das von mir zugewiesene Amt eines Jarls antreten.«

Harald legte eine Pause ein, als wollte er seine Worte wirken lassen, holte tief Luft und fuhr fort:

»Wie ich schon angekündigt habe, werden wir in

Avaldsnes ein Thing nach altem Recht veranstalten, und es findet beim übernächsten Vollmond statt. Ich erwarte jeden Stammesführer und seine Vertrauten zur Erneuerung des Treueids. Danach werden wir unser weiteres Vorgehen hinsichtlich der Einigung Norwegens besprechen. Außerdem habe ich beschlossen, anlässlich des Things die gefangenen Könige von Rogaland, Hordaland und Møre hinrichten zu lassen. Ich will damit ein Exempel statuieren für all jene, die sich künftig nicht freiwillig meiner Herrschaft innerhalb der Grenzen Norwegens unterwerfen.«

Nach einer weiteren kurzen Pause rief Harald: »Kehrt morgen heim in eure Dörfer! Bestellt eure Felder und Äcker oder geht eurem Handwerk nach! Treibt Handel untereinander und mit den Kaufleuten, die aus Schweden und Dänemark zu uns kommen und mit denen wir in Frieden leben. Ehrt Odin, den Göttervater! Bringt ihm Opfergaben dar und bittet darum, dass er auch künftig seine schützenden Hände über uns hält und mich bei der Verwirklichung meiner Pläne unterstützt.«

Er hob beide Arme, richtete den Blick zum Himmel. »Odin, sei mit uns!«, rief er, und sogleich stimmten die Räte, Vertrauten und Leibwächter, die mit ihm gekommen waren, in diesen Ruf ein, der schließlich aus mehreren hundert Kehlen vervielfältigt wurde. Dazu schlugen die Krieger ihre Waffen in einem gleichmäßigen Takt gegen die Schilde, und der brandende Lärm trieb zwischen die Anhöhen ringsum.

Er hallte über das nahe Schlachtfeld mit den dicht an dicht liegenden Leichen der erschlagenen Feinde wie choraler Grabgesang.

Während der König seine Kämpfer verabschiedete, segelten Jalvaror und zwei Dutzend Männer aus seinem

Stamm an der Küste Norwegens nach Süden. Sie würden den Befehl Haralds in die Tat umsetzen. Ihr Ziel war Skiringssal, eine Ansiedlung, die vor mehr als einem Menschenalter in der großen Bucht nördlich von Dänemark gegründet worden war. Gunnarr Grimmsson, der die Stirn gehabt hatte, die Entscheidungen des Königs infrage zu stellen, und sogar Drohungen gegen Harald ausgestoßen und blutige Rache geschworen hatte, sollte sterben. Jalvaror würde den Verräter Hel überantworten, der abscheulichen Göttin der Unterwelt, die ihn auf ihrem dreibeinigen grauen Pferd Helhesten abholen und in die dunkle Welt Niflheim bringen würde. Dort ernährte sie sich von den Leibern der Toten, brach ihre Knochen und schlürfte das Mark aus ihnen heraus.

Die Tore von Walhall sollten für Gunnarr Grimmsson verschlossen bleiben. Die Ehre, am Ragnarök teilzunehmen, dem letzten Kampf der Götter gegen die Eisriesen, in dessen Folge die ganze Welt untergehen würde, sollte ihm verwehrt sein.

Eliwagar hatte ihnen ein Schiff zur Verfügung gestellt. Es war nicht länger als zehn Klafter* und dadurch sehr beweglich. Die zehn Ruderbänke waren besetzt, und das riesige mehrfarbige Segel aus Wolle war eingeholt worden, denn der Wind wehte so dicht bei der Küste nur schwach.

Fast lautlos glitt das Boot dahin. Nur das Klatschen der Ruderblätter auf dem Wasser und die Schreie der Möwen, die das Schiff begleiteten, waren zu vernehmen.

Jalvaror saß im Bug und starrte in die beginnende Dunkelheit. Asbjorn und sein Schwager Hogni Bork

---

* 1 Klafter = ca. 1,80 Meter

leisteten ihm Gesellschaft. In einer Entfernung von allenfalls fünfundsiebzig Schritten zog das Land mit seinen Hügeln, dichten Wäldern, Gebirgsmassiven und kargen Hochebenen, den Fjells, an ihnen vorüber. Weitläufige Fjorde, diese tief ins Landesinnere hineinreichenden Meeresarme, zerklüfteten die Küste.

Schon die ganze Zeit über wurde kein Wort gesprochen. Asbjorns Blick streifte immer wieder das finstere Gesicht von Jalvaror. Das verbissene Schweigen seines Ziehbruders machte ihn unruhig, und schließlich konnte er nicht mehr an sich halten. »Du wälzt trübe Gedanken, Bruder«, sagte er. »Willst du Hogni und mir nicht von deinem Gespräch mit Eliwagar berichten, das ihr geführt habt, nachdem er vom König kam?«

In Jalvarors blauen Augen begann etwas zu glimmen, das Asbjorn irritierte und Beklemmung in ihm hervorrief. War es Hass, der dort im Blick seines Ziehbruders aufloderte? »Eliwagar sprach von Verrat. Und er sprach davon, den Verräter mit aller Härte zu bestrafen.«

»Hat er einen Verdacht?«, fragte Asbjorn.

»Er misstraut dir. Ich habe für dich gebürgt, doch ob das reicht, weiß ich nicht.«

»Ist es das, was dich so betrübt?«

»Ja. Ich mache mir Sorgen. Es geht nicht nur um dich und Hogni. Es geht auch um mich und meine Frau, meine Kinder, meine Eltern. Es geht um unsere gesamte Sippe.«

»Nur Grimmsson selbst könnte den Namen des Verräters nennen«, murmelte Hogni Bork nachdenklich. Er richtete den Blick auf Asbjorn und sprach dann leise weiter: »Wobei nicht auszuschließen ist, dass er ihn seinen Söhnen und seinem Bruder genannt hat und er in der Zwischenzeit bei seinem Stamm von Mund zu Mund geht.«

»Genau das ist es, was ich befürchte«, murrte Jalvaror. »Und darum werden wir das Dorf Grimmssons dem Erdboden gleichmachen und keinen einzigen Bewohner am Leben lassen.«

»Im Feldlager befinden sich an die fünfzig Krieger aus dem Stamm Grimmssons«, bemerkte Hogni. »Es wäre durchaus auch möglich, dass Grimmsson seinem Stellvertreter Sverre Arctander erzählt hat, dass er dir sein Leben verdankt, Asbjorn.«

Ein brutaler Zug setzte sich in Jalvarors Mundwinkeln fest, und er knirschte: »Auch daran habe ich gedacht. Eliwagar selbst wird dafür sorgen, dass weder Arctander noch sonst einer von Grimmssons Krieger nach dem morgigen Tag noch zu irgendjemandem wird sprechen können.«

Erschreckt schauten Asbjorn und Hogni den Ziehbruder und Schwager an. Der zeigte ein grimmiges Lächeln, das einem Zähnefletschen glich, und fügte hinzu: »Keine Sorge, Eliwagar kennt die Wahrheit nicht. Aber ich habe ihm klarmachen können, dass Grimmssons Kämpfer auf Rache sinnen werden, wenn wir ihre Ansiedlung niederbrennen und ihre Angehörigen auslöschen, und dass es wichtig ist, dieser Gefahr zuvorzukommen.«

»Ich verstehe«, murmelte Asbjorn. »Hätte ich nur geahnt, was ich anrichte, als ich Grimmsson gewarnt habe …«

»Ja, du hast meine Familie, die seit vielen Jahren auch deine ist, Asbjorn, in immense Gefahr gebracht. Das Problem ist, dass ich dich liebe wie einen leiblichen Bruder und dass ich zudem in deiner Schuld stehe. Ich hätte es einfacher haben können, hätte ich Eliwagar verraten, wer Grimmsson gewarnt hat. Viele, sehr viele Männer unseres Volkes könnten dann am Leben bleiben.«

Die Worte bedrückten Asbjorn. »Ich möchte dir etwas versprechen, Bruder«, sagte er.

»Was willst du mir versprechen?«, fragte Jalvaror mit triefendem, bitterem Spott. »Dass du künftig solche Handlungen, die unser aller Leben gefährden, unterlässt?«

»Nein. Ich verspreche dir, alles zu tun, um jedwede Gefahr, die ich heraufbeschworen habe, von dir und deiner Sippe abzuwenden, und sollte es mich das Leben kosten. Das schwöre ich dir, Bruder.«

Die untergehende Sonne ließ im Westen die Wolken rot schimmern, und der rötliche Schein legte sich auch auf das kaum bewegte Wasser des Meeres. Von Osten her nahm die Dunkelheit zu. »Ich nehme dich beim Wort«, versetzte Jalvaror, doch es klang wie eine düstere Drohung.

Die Kämpfer vom Stamm Gunnarr Grimmssons marschierten in Richtung des Fjords, in dem ihre Schiffe ankerten. Einige Verwundete, die nicht aus eigener Kraft den Weg vom Lager zum Boot zurücklegen konnten, wurden auf provisorischen Bahren getragen. Andere hatten sich aus Stöcken primitive Krücken gefertigt.

Sie hatten für ihren Sieg einen hohen Blutzoll entrichtet. In den Dörfern würden Mütter um ihre Söhne und Frauen um ihre Männer trauern, und der Wind würde die Asche der Toten über das Land verteilen.

Sverre Arctander führte die Truppe an. Er hatte seine Krieger zur Achtsamkeit ermahnt, denn nach allem, was sich am Morgen des Vortages abgespielt hatte, glaubte er nicht daran, dass der König sie ungeschoren ziehen lassen würde.

Grimmsson hatte blutige Rache geschworen, und selbst ein mächtiger Mann wie Harald Hårfagre konnte es sich nicht leisten, einen ganzen Stamm gegen sich zu haben, der ihm vielleicht gerade dann, wenn er alles aufbieten musste, um seine Macht zu bewahren, zu festigen und vielleicht sogar auszuweiten, in den Rücken fiel.

Die Frage, wer in der Nacht ins Lager eingedrungen war, die Wachposten ermordet hatte und wieder verschwunden war, beschäftigte Arctander. Er hatte die Vermutung, dass es einige Berserker waren, die dem Befehl des Königs unterstanden und die dieser losgeschickt hatte, um Gunnarr Grimmsson zu meucheln. Dieser Verdacht hatte sich mehr und mehr in ihm verfestigt, und schließlich war Arctander davon überzeugt, dass er mit seiner Vermutung richtiglag.

Er schritt vor der Truppe her, links den Schild am Arm, in der rechten Faust ein Schwert. Seine Augen waren in ständiger Bewegung, sicherten nach allen Seiten, sein Blick strich über die Hügelrücken hinweg und bohrte sich in die Einschnitte zwischen den Anhöhen und Felsketten. Seine Nerven waren zum Zerreißen angespannt, jeder seiner Sinne war aufs Äußerste geschärft, und bei dem kleinsten Anzeichen von Gefahr würde er sofort reagieren.

Sie bewegten sich durch eine Ebene, die zu beiden Seiten von bewaldeten Hügeln begrenzt wurde. Auf dem Waldboden wechselten sich Licht und Schatten ab, das Unterholz war zum Teil dicht ineinander verwachsen, die Kronen der Bäume bildeten ein in sich verschlungenes Dach, unter dem Düsternis herrschte.

Am Ende der Ebene erhoben sich ebenfalls bucklige Anhöhen, zwischen die dunkle Einschnitte und tiefe Kerben führten.

Plötzlich zischten von links Pfeile aus dem Wald. Obwohl sie damit gerechnet hatten, wurden die Krieger auf der Ebene von dem Angriff überrascht. Einige brachen getroffen zusammen, und eine sich geradezu überschlagende Stimme brüllte: »Schildwall!« Auch von der rechten Seite pfiffen Pfeile heran und rissen eine weitere Lücke in die Formation der Überrumpelten. Geschrei kam auf, die Krieger knieten nieder und rissen die Schilde schützend über sich.

Im Wald zu beiden Seiten wurde es lebendig. Speere wurden geschleudert, die sich mit trockenem Klang ins Holz der Schilde bohrten oder klirrend an den Eisenbeschlägen und Schildbuckeln abprallten. Dann sprangen Haralds Krieger mit verzerrten Gesichtern, frenetischem Gebrüll und die Äxte schwingend aus dem Unterholz und stürzten sich auf die Kämpfer Gunnarr Grimmssons, die den Schildwall auflösten und sich zum offenen Kampf stellten.

Sie schlugen, hackten und stachen aufeinander ein, und der Tod war unersättlich in seiner Gier. Der Blutrausch machte die Krieger zu Bestien, die nur noch den niedrigsten Trieben gehorchten. Wer am Boden lag und noch ein Lebenszeichen von sich gab, wurde unerbittlich erschlagen oder erstochen. Die Brutalität kannte keine Grenzen.

Nach kurzer Zeit war der Kampf entschieden. Von Gunnarr Grimmssons Männern lebte kein Einziger mehr. Zwei Reiter, die im Unterholz auf ihren Pferden gewartet hatten, trieben die Tiere an und ritten im Schritttempo in die Ebene. Es waren Meldun Eliwagar und sein engster Vertrauter, Niobjorg Bryngeror. Eliwagars Miene strahlte regelrecht vor Zufriedenheit. »Wenn auch Jalvaror Blavorr seine Mission auftragsgerecht zu Ende führt«, sagte er beglückt, »wird von der Grimmsson-Sippe nie wieder irgendeine Gefahr ausgehen. Denn dann gibt es keinen Grimmsson mehr.«

»Du wirst in der Gunst des Königs steigen wie sonst keiner, Herr«, gab sich Bryngeror überzeugt, »und ich hoffe, du vergisst nicht, dass ich dir bei all deinen Entscheidungen mit Rat und Tat zur Seite gestanden habe und immer zur Seite stehen werde, wenn du dies möchtest.«

»Du erhältst die angemessene Belohnung in einem gerechten Verhältnis zu jener, die mir der König zuteilwerden lässt«, versprach Meldun Eliwagar.

Am Mittag des dritten Tages nach ihrem Aufbruch ließ Jalvaror im Schutze eines Hügels, der sich weit in den Fjord hineinschob, ankern. Die Männer griffen sich ihre Schilde, die an der Außenseite der Bordwände aufgereiht waren, sprangen ins Wasser, das ihnen fast bis zu den Hüften reichte, und wateten an Land, wo sie ihre Schwerter und Äxte zogen und sich anschickten, den Hügel, hinter dem sich das Dorf von Gunnarr Grimmsson befand, zu umrunden.

Jalvaror Blavorr marschierte vorneweg und war der Erste, der Einblick in die Ebene hatte, in der die Ansiedlung lag. Das Bild, das ihm förmlich in die Augen sprang, ließ ihn anhalten, als wäre er gegen die Faust eines unsichtbaren Riesen gelaufen. Asbjorn, der hinter ihm ging, prallte gegen ihn.

Wohin Jalvaror auch blickte, sah er ein Bild der Verwüstung – niedergebrannte Wohnhäuser und Stallungen und einen völlig zerstörten Landungssteg.

»Bei den Göttern!«, entfuhr es Asbjorn, und auch hinter ihm erklangen in der Gruppe der Krieger verblüffte Ausrufe. »Wer mag wohl vor uns hier gewesen sein?«

»Niemand«, knirschte Jalvaror. »Oder siehst du einen einzigen Leichnam? Nein, dieses Dorf wurde nicht überfallen. Grimmsson selbst ließ es niederbrennen, und er ist mit allen Einwohnern, die nicht mit Harald nach Solkiel gezogen sind, um dort für den König zu kämpfen, verschwunden. Sämtliche Schiffe sind fort, sie haben sogar das Vieh mitgenommen.«

Jalvaror war ratlos. Wie ein Schlafwandler setzte er sich in Bewegung, und bald schritten sie zwischen den Brandschutthaufen entlang. Was sie nicht hatten mitnehmen können, hatten die Dorfbewohner verbrannt oder anderweitig unbrauchbar gemacht.

»Wohin mögen sie sich gewandt haben?«, fragte Asbjorn, als sich die Gruppe beim zerstörten Anlegesteg wieder versammelt hatte.

»Das wissen nur die Götter«, erwiderte Jalvaror mit Flüsterstimme, damit ihn die anderen nicht hörten. »Du solltest zu ihnen beten und ihnen Opfer darbringen, dass Grimmsson das Land verlässt und Norwegen nie wieder eine Kunde von ihm erreicht. Denn es könnte auch die Kunde von deinem Verrat sein, und die würde dich nach Jahren noch den Kopf kosten.«

Sechs Tage später legte das Schiff mit Jalvaror, Asbjorn, Hogni und den Kriegern, die mit ihnen in Grimmssons Dorf gewesen waren, an dem hölzernen Steg an, der schon vor Generationen von ihren Vorfahren errichtet worden war. Das Holz hatte in all der Zeit eine graue Farbe angenommen und war an vielen Stellen mit einem Geflecht aus Moos überzogen.

Fünf Schiffe dümpelten in der Bucht. Es waren jene, die Meldun Eliwagar und seine Krieger nach Hause gebracht hatten. Jalvaror beschäftigten wenig erfreuliche Gedanken. Er fragte sich, wie Eliwagar auf die Nachricht, dass die Mission fehlgeschlagen war und Grimmsson noch lebte, reagieren würde.

Am Ufer hatten sich viele der Dorfbewohner versammelt, denn die Ankunft des Bootes war längst gemeldet worden. Jalvaror sah auch Dagrun, seine junge schöne Frau, und die beiden Kinder, die ihm mehr bedeuteten als sein Leben. Dagrun war einundzwanzig Jahre jung, mittelgroß und hatte eine sehr weibliche Ausstrahlung. Sie hatte die dunkelblonden langen Haare am Hinterkopf zusammengebunden, doch aus dem Knoten baumelte ein dicker, kunstvoll geflochtener Zopf weit über ihren Rücken. Bekleidet war sie mit einem knöchellangen blauen Schürzenkleid.

Stimmen erklangen. Einige der Krieger sprangen auf den Landungssteg und vertäuten das Schiff an mannsdicken Balken. Dann gingen auch die anderen von Bord, zuletzt Asbjorn und Jalvaror.

Der fünfjährige Ulfar riss sich, als er seinen Vater sah, von der Hand seiner Mutter los und lief Jalvaror auf dem Landungssteg entgegen. »Vater!«, krähte seine helle Stimme. »Vater …« Er breitete die Arme aus.

Jalvaror bückte sich, fing den Jungen auf, riss ihn hoch und schwenkte ihn im Kreis. »Ulfar, mein Sohn! Wie habe ich dich vermisst!«

Er lachte glücklich, Ulfars Arme umklammerten seinen Nacken, und der Knabe drückte sein Gesicht gegen das seines Vaters.

Ulfar auf dem Arm schritt Jalvaror weiter, den Blick auf Dagrun geheftet, deren Gesicht sich vor freudiger Erwartung leicht gerötet hatte. Ihre Augen strahlten.

Ringsum wurden die Ankömmlinge von ihren Familien und Freunden begrüßt. Ein Stimmengewirr erhob sich, in das sich des Öfteren ein freudiges Lachen mischte. Die Sklaven – zumeist junge Frauen – hatten sich ein Stück weiter abseits zusammengerottet und beobachteten alles stumm.

Asbjorns Ziel war ein älteres Paar. Der Mann mochte um die fünfzig sein, seine Haare waren grau, und sein Gesicht erinnerte an die zerklüftete Rinde einer alten Eiche. Die Frau war hager, ihr Gesicht bleich und eingefallen, ihre Augen blickten müde, und ihre Lippen waren welk. Die langen grauen Haare hatte sie am Hinterkopf zu einem Schopf zusammengesteckt. Sie sah krank aus.

Es waren Arnorr Blavorr und seine Gattin Myrun, die Asbjorn nach dem Mord an seiner Familie aufgenommen und wie einen leiblichen Sohn großgezogen hatten. Bei ihnen stand Oddmar Blavorr, ein Neffe von Arnorr. Er war achtzehn und zwei Tage zuvor im Gefolge Meldun Eliwagars nach Hause zurückgekehrt.

Asbjorn umarmte seine Ziehmutter, dann Arnorr Blavorr, und dieser sagte: »Odin hat dafür gesorgt, dass du und Jalvaror gesund und wohlbehalten nach Hause zurückgekehrt seid. Es hätte eurer Mutter und mir das Herz gebrochen, wäre einer von euch auf dem Schlachtfeld geblieben. Selbst der Gedanke, dass einer unserer Söhne als Einherjer in Walhall auf das Ende aller Zeiten wartet, um an der letzten großen Schlacht teilzunehmen, wäre für uns kein Trost.«

Er nannte Asbjorn tatsächlich Sohn. Wahrscheinlich hatte er nie etwas anderes in ihm gesehen.

Ein Stück weiter hatte Jalvaror den linken Arm um die Schultern Dagruns gelegt, sie dicht an sich herangezogen und ihr einen Kuss auf die Stirn gedrückt, und nun sagte er: »Ich konnte es kaum erwarten, dich wieder in den Armen zu halten, geliebtes Weib. An den Tagen, in denen ich von dir getrennt war, fehlte mir deine vertraute Nähe, in den Nächten die Wärme deines Leibes.«

Sie lachte und sagte mit einem strahlenden Lächeln: »Nicht so laut, Jalvaror. Jeder kann dich hören.«

»Der Jarl kommt!«, erklang es in diesem Moment. »Erweist dem Jarl die nötige Achtung!«

Die Menschen bildeten eine Gasse, durch die Meldun Eliwagar schritt, begleitet von Niobjorg Bryngeror und vier Leibwächtern sowie einem etwa vierzehnjährigen Burschen, seinem Sohn.

Es wurde still. Eliwagar und seine Begleiter hielten an. Asbjorn, Jalvaror und all die anderen Krieger, die eben mit dem Schiff angekommen waren, hatten sich ihnen zugewandt. Asbjorn war Meldun Eliwagar zuwider, aber er musste ihn als den Führer seines Stammes akzeptieren und ihm entsprechend Respekt entgegenbringen.

»Seid gegrüßt, ihr tapferen Männer!«, rief Eliwagar. »Ich bin voll der Hoffnung, dass die Nachricht, die ihr mir bringt, mich erfreuen wird.« Ein triumphaler Unterton lag in seiner Stimme. »Auch ich war erfolgreich und habe mit meinen Getreuen die Aufrührer zur Rechenschaft gezogen! Wir haben sie bis auf den letzten Mann niedergemacht!« Herausfordernd musterte er Jalvaror.

»Uns war leider weniger Glück beschieden«, musste dieser eingestehen. »Gunnarr Grimmsson und seinen Leuten ist es gelungen, zu fliehen, noch bevor wir sie erreichten. Sie haben ihr Dorf niedergebrannt und alles, was sie an Hab und Gut schleppen konnten, mit sich genommen.«

Eliwagars Miene verschloss sich, er kniff die Augen zusammen, in denen mit einem Mal ein kaltes Licht glomm. »Bei Odin, du hast versagt, Jalvaror Blavorr. Deine Erfolglosigkeit wird den König verärgern!«

»Er kann es uns nicht anlasten, dass Grimmsson die Flucht gelungen ist«, mischte sich Asbjorn ein. »Grimmsson ist kein Dummkopf. Er hatte die richtigen Schlüsse gezogen, und wir sind zu spät bei seinem Dorf eingetroffen. Leider hinterlässt ein Schiff auf dem Wasser keine Spuren, sodass wir Grimmsson auch nicht verfolgen konnten. Wir konnten daran nichts mehr ändern.«

Niobjorg Bryngeror trat vor. »Wie sprichst du mit deinem Jarl?«, erregte er sich. »Mangelt es dir am nötigen Respekt? Wie kannst du es außerdem wagen zu sprechen, ohne dass man dich dazu aufgefordert hat?«

»Ich bin ein freier Mann«, versetzte Asbjorn ruhig, »und benötige keine Erlaubnis, um meine Meinung kundzutun. Außerdem ist Eliwagar nicht mein Jarl.«

Jalvaror räusperte sich und versuchte, ihm einen warnenden Blick zuzuwerfen. Doch Asbjorn hatte nur Augen für Bryngeror, der ihm noch unsympathischer war als Eliwagar. Trotzig starrte er ihn an.

»Der König hat ihn zum Jarl ernannt!«, ereiferte sich Bryngeror.

»Zum Jarl von Hordaland«, versetzte Asbjorn. »Wir befinden uns aber nicht in Hordaland. In diesem Dorf ist Eliwagar nur Stammesführer, und dem gegenüber darf ich frei sprechen.«

Eliwagar hatte die Brauen zusammengeschoben, über seiner Nasenwurzel standen zwei senkrechte Falten. »Du hast wieder einmal ein sehr loses Mundwerk, Asbjorn Eriksson!«, stieß er wütend hervor. »Wenn ich mich recht entsinne, habe ich dir schon einmal geraten, etwas vorsichtiger in der Wahl deiner Worte zu sein.«

Jalvaror, der befürchtete, dass die Meinungsverschiedenheit zwischen Eliwagar und seinem Ziehbruder eskalierte, ergriff das Wort: »Wenn Gunnarr Grimmsson gescheit ist, dann flieht er aus Norwegen, und er kehrt nie wieder hierher zurück. Ich denke, wir hören niemals mehr von ihm.«

Eliwagar konzentrierte sich nun wieder auf Jalvaror.

»Daran glaube ich nicht, denn dieser Hund und Verräter hat Rache geschworen. Er wird nun, nachdem wir seine Krieger seiner Untreue wegen bestraft haben, erst recht auf Vergeltung sinnen. Und eines Tages wird er wieder nach Norwegen kommen, um seinen Racheschwur zu erfüllen. Jeder Mann, jede Frau und jedes Kind, das ihm dann zum Opfer fällt, muss deinem Unvermögen und deiner Unzuverlässigkeit zugerechnet werden, Jalvaror Blavorr.«

»Du bist ungerecht, Eliwagar!«, entfuhr es Jalvaror.

»Aus deiner Sicht, Jalvaror, nur aus deiner Sicht«, konterte Eliwagar. »Vielleicht auch aus der von Asbjorn«, fügte er dann mit spöttischem Unterton hinzu. »Wahrscheinlich sogar. Er bezweifelt ja auch die hehren Gründe Haralds hinsichtlich der Einigung Norwegens, und er weigert sich, mir den nötigen Respekt als Jarl zu erweisen.«

»Wir sind dem König treu ergeben«, versicherte Jalvaror, »und wir erkennen dich vorbehaltlos als unseren Führer an. Sollte ich Kunde über Grimmssons Schlupfwinkel erhalten, werde ich mit deiner Erlaubnis sofort lossegeln, um nachzuholen, was uns in Skiringssal auszuführen die Götter verweigerten. Sieh meinem Ziehbruder seine vorlauten Worte nach und rechne sie seinem Ärger wegen unseres Versagens zu.«

Eliwagar winkte ab. »Ich vergebe ihm.« Der tückische Ausdruck in seinen Augen strafte seine Worte Lügen. »Ihr bekommt Gelegenheit, mir eure Treue zu beweisen, indem ihr mich zum Thing nach Avaldsnes begleitet. Danach begebe ich mich nach Hordaland, um dort mein Amt als Jarl anzutreten. Dir, Jalvaror Blavorr, werde ich vier meiner Schiffe zur Verfügung stellen, mit denen du nach Wessex segeln wirst, um mit reicher Beute zurückzukehren.«

»Danke, mein Fürst.« Jalvaror deutete eine Verneigung an. »Ich werde dich kein weiteres Mal enttäuschen.«

Asbjorn empfand in diesem Moment nichts als Verachtung für seinen Ziehbruder. Aber er ließ es sich nicht anmerken, denn er spürte, dass er Eliwagar nicht noch mehr reizen durfte. Also biss er die Zähne zusammen und deutete ebenfalls eine Verbeugung in Richtung Eliwagar an, um das Stammesoberhaupt etwas versöhnlicher zu stimmen.

Kapitel 3

»Du musst Asbjorn Eriksson bestrafen, mein Herr!«, sagte Niobjorg Bryngeror in eindringlichem Tonfall. Sie befanden sich in der großen Halle des Langhauses, das Eliwagar mit seiner Familie und seinem Gesinde bewohnte. Eine große Tafel nahm die Mitte der Halle ein, und zwei Dutzend Stühle waren darum gruppiert. Auf dem Tisch standen große Schalen aus Bronze, in denen nach Einbruch der Dunkelheit Feuer brannten, die für Helligkeit sorgten, wenn Eliwagar mit seiner Familie und Gästen aß und feierte.

Eliwagar starrte nachdenklich auf einen unbestimmten Punkt, als würde er dort nach einer Antwort suchen. Schließlich nickte er und antwortete: »Stimmt, er hat mich herausgefordert, und ich müsste ihn dafür zur Verantwortung ziehen. Aber sein Ziehvater, Arnorr Blavorr, ist ein Mann mit hohem Ansehen und großem Einfluss bei unserem Stamm. Wenn ich Asbjorn bestrafe, spalte ich möglicherweise den Stamm in zwei Lager. Dann wäre ich im Dorf von Leuten umgeben, die ich nicht einschätzen kann und die für mich eine Gefahr darstellen.«

»Wenn du ihn gewähren lässt, wird er sich immer mehr herausnehmen«, warnte Bryngeror. »Asbjorn ist anmaßend, um nicht zu sagen impertinent. Du darfst nicht dulden, dass er dich beleidigt und deine Autorität untergräbt.«

»Wie ich Jalvaror kenne, wird er darauf bestehen,

dass Asbjorn mit ihm nach Wessex segelt. Und dort – so hoffe ich – erschlagen ihn die Angelsachsen. Mögen die Götter im Einvernehmen mit den Christen dafür sorgen, dass er nie wieder nach Norwegen zurückkehrt und seine Knochen in Britannien verrotten.«

Bryngeror war mit der Entscheidung seines Stammesführers nicht zufrieden, doch er versuchte nicht weiter, Eliwagar zu beeinflussen. Es wäre sicher nicht gut gewesen, hätte Meldun Eliwagar das Gefühl gehabt, auch er – Niobjorg Bryngeror – würde seine Anordnungen in Zweifel ziehen.

»Du solltest Eliwagar nicht ständig provozieren!«, mahnte Arnorr Blavorr und schaute Asbjorn geradezu beschwörend an. »Irgendwann wird er nämlich keine Rücksicht mehr darauf nehmen, dass ich ein alter Freund von ihm bin und dass unsere Sippe im Stamm so hohes Ansehen genießt.«

»Die Art, wie er auftritt und sich benimmt, reizt mich jedes Mal aufs Neue«, entgegnete Asbjorn zerknirscht. »Er ist falsch, und seine Treue zu Harald Hårfagre erwächst einzig und allein daraus, dass er den König einerseits fürchtet und sich andererseits Macht und Reichtum verspricht, wenn er Harald nach dem Mund redet. Eliwagar ist nicht ehrlich, sondern verschlagen und immer nur auf den eigenen Vorteil bedacht. Auf Haralds Seite hat er sich nur geschlagen, weil er in ihm einen Sieger sieht. Anderenfalls würde er für ihn keinen Finger krümmen und sich wahrscheinlich sogar dessen Feinden anschließen.«

»Du wirst uns alle noch ins Unglück stürzen!«, prophezeite Jalvaror. »Eliwagar gehört zu der Sorte Menschen, die nichts vergessen und die ausgesprochen nachtragend sind. Du hast vor vielen unserer Leute seine Stellung, die ihm der König verliehen hat, angezweifelt. Er legt jedoch großen Wert darauf, dass man ihn in seiner Position achtet und respektiert.«

»Was mir äußerst schwerfällt«, gab Asbjorn zu. »Und es widerstrebt mir, dass ich Gast in seinem Haus sein muss bei diesem Fest, das er anlässlich unseres Sieges bei Solkiel geben wird.«

»Ich rate dir hinzugehen«, sagte Jalvaror. »Es wäre ein fataler Fehler, ihn weiterhin herauszufordern.«

»Keine Sorge, Bruder, ich werde sein Fest aufsuchen.«

Die Nacht löste den Tag ab, und im Haus Eliwagars wurden die Feuer und Fackeln entzündet. Der Hausherr und seine Familie erschienen, die Flötenspieler und ein Trommler nahmen ihre Plätze ein. Sklaven trugen große Krüge voll Met herein sowie Platten, auf denen gebratenes Fleisch lag. Die ersten Gäste erschienen, Eliwagar begrüßte sie persönlich und wies ihnen Plätze an der großen Tafel zu.

Auch Jalvaror und Asbjorn waren auf dem Weg zum Haus des Stammesoberhaupts. »Hast du Vater erzählt, dass ich es war, der Gunnarr Grimmsson gewarnt hat?«, wollte Asbjorn wissen.

»Bei den Göttern – nein! Er darf es niemals erfahren, denn er würde es nicht verstehen und auch nicht akzeptieren.«

»Grimmsson hat mir aus dem Herzen gesprochen«, murmelte Asbjorn. »Dass ihn der König für seine offenen Worte mit dem Tod bestrafen wollte, ist mir unverständlich.«

»Der König muss seine Befehle nicht erklären oder rechtfertigen.«

»Wenn das so ist, sind wir nicht frei, wie wir immer von uns behaupten. Ich glaube, der König und Eliwagar sind sich in ihrer Geisteshaltung sehr ähnlich. Sie sind beide machthungrig und habgierig, und um ans Ziel zu gelangen, scheuen sie vor nichts zurück. Sie sind sogar bereit, im Namen der Götter gemeine Verbrechen zu begehen.«

»Lass das niemand hören, Asbjorn. Halte dir das Schicksal Gunnarr Grimmssons vor Augen und denk an uns, deine Familie, und nicht nur …«

In diesem Moment spuckte die Finsternis neben einer Scheune mehrere Gestalten aus. Ehe Jalvaror und Asbjorn reagieren konnten, wurden sie zu Boden geworfen. Vier harte Fäuste hielten Jalvaror fest, er spürte die Schneide einer Axt an seinem Kehlkopf, und eine Stimme zischte: »Rühr dich nicht! Eine falsche Bewegung, und du bist tot!«

Sie meinten es ernst, das war Jalvaror klar. Sein Puls raste, er atmete stoßweise, doch er begriff, dass man zumindest ihn nicht sogleich umbringen wollte, denn ansonsten hätten sie ihn bereits abgeschlachtet.

Jalvaror lag still und wartete auf das, was kommen würde.

Auch Asbjorn war niedergerungen worden. Aber er wurde nicht festgehalten. Stattdessen begannen die Männer, mit Knüppeln auf ihn einzudreschen und ihm brutal in den Leib sowie gegen den Kopf zu treten. Er versuchte, sich trotz der auf ihn einprasselnden Stockhiebe zu erheben und die Axt aus dem Gürtel zu ziehen. Aber sofort wurde er wieder in den Schmutz getreten, und schließlich war er nur noch bemüht, mit den Armen seinen Kopf zu schützen.

Verbissen stemmte er sich gegen die Nebel der Benommenheit, die auf ihn zukrochen, und er bemerkte, dass er den Schmerz gar nicht mehr spürte. Bedeutete dies, dass Hel bereits mit gebieterischer Hand nach ihm griff, um ihn ins Totenreich zu zerren? Er stöhnte und merkte gar nicht, dass seine Peiniger von ihm abgelassen hatten.

Jalvaror beugte sich über ihn. Die Kerle, die sie überfallen hatten, waren verschwunden, als hätte die Finsternis sie verschluckt. »Bruder!«, stieß Jalvaror voll Sorge hervor. »Sag etwas, Bruder.« Seine Hand hatte sich an Asbjorns Schulter verkrampft und rüttelte ihn.

Wie aus weiter Ferne vernahm Asbjorn die Worte, und es gelang ihm, gegen seine Betäubung anzukämpfen. »Bruder«, krächzte er. »Bist du … in Ordnung? Wer … war das? Was hatten sie für einen Grund …?«

Das Sprechen bereitete Asbjorn enorme Mühe, sein Mund war voller Blut. Erneut brandete Benommenheit gegen sein Bewusstsein wie eine graue, alles verschlingende Flut, und dann spürte er mit einem Mal wieder die wühlenden Schmerzen. Dunkle Schleier schienen sich vor seine Augen zu senken, und Übelkeit krampfte ihm den Magen zusammen.

»Ich habe keine Ahnung, wer sie waren«, antwortete Jalvaror. »Aber ich glaube den Grund zu kennen, aus dem sie dich so schlimm verprügelt haben. Und ich kann mir auch denken, von wem sie den Auftrag dazu erhalten haben. Du hättest besser dein loses Mundwerk halten sollen, Bruder.«

Asbjorn versuchte, den Oberkörper aufzurichten. Es war eine Anstrengung, eine Überwindung, die all seinen Willen erforderte. Mit Jalvarors Hilfe schaffte er es schließlich. Kraftlos baumelte sein Kopf vor der Brust, Blut tropfte von seinen Lippen.

Nachdem er einige Male durchgeatmet hatte, bat Asbjorn seinen Ziehbruder, ihm auf die Beine zu helfen, und dann stand er da, schwankend wie ein Schilfrohr im Wind, und er fühlte wieder die Schwäche, die alle Sehnen und Muskeln in ihm zu lähmen schien und seinen Geist betäubte.

Jalvaror stützte ihn. »Ich bringe dich nach Hause. Versuch, auf den Beinen zu bleiben.«

Asbjorn wankte, schwer auf Jalvaror gestützt, den Weg zurück, den sie gekommen waren. Im Haus der Blavorrs war man noch nicht zu Bett gegangen. Einige Feuer, die in eisernen Becken brannten, und mehrere Fackeln an den Wänden der Halle spendeten ausreichend Licht. Arnorr Blavorr und seine Gattin Myrun erschraken, als sie den blutenden Mann sahen, den Jalvaror mehr durch die Tür schleppte, als dass er sich aus eigener Kraft bewegte.

»Bei Odin, Thor und allen Göttern Asgards!«, entfuhr es Myrun, und sie sprang heran. »Was ist geschehen?« Entsetzen und Fassungslosigkeit standen ihr ins Gesicht geschrieben, ihre Augen waren vor Schrecken weit aufgerissen.

»Eliwagars Antwort auf seine vorlauten Attacken«, erklärte Jalvaror und führte Asbjorn zu einem Stuhl, nötigte ihn mit sanfter Gewalt, sich zu setzen, und trat zurück. Nun sah auch er, was die Schläger mit ihren Knüppeln und Fußtritten angerichtet hatten. Asbjorns Gesicht war kaum noch zu erkennen. Es war verschwollen, von Platzwunden übersät und blutverschmiert. Blut sickerte aus den Nasenlöchern und von den aufgeschlagenen Lippen.

Die Menschen, die sich in der Halle aufhielten, unter ihnen Dagrun, Jalvarors Frau, und seine beiden Kinder, scharten sich um Asbjorn. Niemand sprach, Betroffenheit schien ihre Stimmen zu lähmen. Ihre Schatten wurden vom flackernden Feuerschein groß und verzerrt über das grob gezimmerte Mobiliar und gegen die Wände geworfen.

Arnorr Blavorr trat neben seinen Sohn, räusperte sich und fragte: »Konntet ihr die Kerle erkennen, die euch überfallen haben?«

»Nein«, antwortete Jalvaror, »aber das war auch gar nicht nötig. Es reicht, dass ich weiß, wer sie geschickt hat.«

»Selbst wenn du recht haben solltest mit deinem Verdacht – du darfst nicht einmal öffentlich äußern, dass dieser Überfall auf Eliwagars Anordnung hin geschah, solange du den Beweis dafür nicht erbringen kannst.«

»Ich hole Wasser und ein Tuch, um die Wunden zu säubern«, murmelte Jalvarors Mutter und entfernte sich.

»Leider hast du recht, Vater«, knurrte Jalvaror. »Wir sind gegen Eliwagar machtlos. Darum lass es dir eine Warnung sein, Asbjorn. Das nächste Mal ist es wahrscheinlich nicht mehr damit getan, dass sie dich zusammenschlagen. Der Umstand, dass du Eliwagar nicht leiden kannst, sollte kein ausreichender Grund für dich sein, dein Leben zu riskieren. Du setzt es aber aufs Spiel, wenn du Eliwagar weiterhin herausforderst.«

»Jalvaror hat recht!«, pflichtete Arnorr Blavorr seinem Sohn bei. »Darum gebiete ich dir, dich Eliwagar gegenüber künftig zurückzuhalten. Ich erwarte von dir, dass du gehorchst.«

»Du hast mein Wort, Vater«, murmelte Asbjorn mit lahmer Stimme.

Nach einiger Zeit erschien Myrun Blavorr mit einer großen Tonschale voll Wasser und einem sauberen Tuch. Sie begann, Asbjorns Gesicht von Blut und Schmutz zu reinigen. Hin und wieder ließ Asbjorn ein Stöhnen oder Ächzen hören, und er verzog dabei das Gesicht.

Dagrun brachte einen Krug mit Met und stellte ihn vor Asbjorn auf den Tisch. »Trink«, sagte sie, »es wird dir guttun.«

Es dauerte einige Zeit, bis Myrun sämtliche Wunden gesäubert und mit einer heilenden Tinktur behandelt hatte. Die Knechte und Mägde hatten sich wieder ihrer Beschäftigung zugewandt, Jalvaror, seine Frau und sein Vater hatten sich am Tisch niedergelassen. Die Kinder saßen auf dem festgestampften Lehmboden und spielten mit geschnitzten Tierfiguren. In den Feuerbecken knackte das brennende Holz.

Auf einmal pochte es gegen die Tür, fordernd, ungeduldig, geradezu aggressiv, und sogleich wurde sie aufgestoßen. Niobjorg Bryngeror, Eliwagars rechte Hand, betrat die Halle, gefolgt von zwei Leibwächtern des Stammesoberhaupts.

Breitbeinig blieb Bryngeror drei Schritte vor der Tür stehen und stemmte die Arme in die Seiten. In seinen Augen blitzte es auf, als sein Blick das blessierte Gesicht Asbjorns traf, und mit schneidendem Tonfall rief er: »Der Jarl vermisst deinen Sohn Jalvaror und Asbjorn Eriksson bei der Siegesfeier zu Ehren Odins, Arnorr Blavorr! Ist es ihr Bestreben, den Jarl zu beleidigen, indem sie seine Einladung ignorieren?«

Arnorr Blavorr hatte sich erhoben, ging zwei Schritte auf Bryngeror zu, verschränkte die Arme vor der Brust und sagte: »Asbjorn hatte auf dem Weg zu der Feier einen … Unfall. Jalvaror konnte ihn nicht einfach liegen lassen und hat ihn nach Hause geschafft. Doch Asbjorn dürfte aufgrund seiner Verletzungen verhindert sein.«

»Was ist geschehen?«, fragte der Vertraute Eliwagars.

Diesmal war es Jalvaror, der antwortete: »Asbjorn und ich wurden von mehreren Männern überfallen. Während ich nur am Boden festgehalten wurde, haben sie meinen Bruder mit Knüppeln und Fußtritten traktiert.«

»Habt ihr die Männer erkannt?« In Bryngerors Gesicht zuckte kein Muskel, doch den lauernden Ausdruck in seinem Blick konnte er nicht verbergen.

»Nein.«

»Was denkst du? Warum haben sie euch überfallen und Asbjorn so rüde zusammengeschlagen?«

»Ich weiß es nicht, ich kann den Grund nicht einmal vermuten«, behauptete Jalvaror. Er musste ausgesprochen vorsichtig sein und aufpassen, was er sagte. »Vielleicht wollten sie uns berauben, und irgendetwas hat sie gestört.«

Bryngeror machte eine wegwerfende Handbewegung. »Sei es, wie es mag. Du bist nicht gehindert, an der Feier teilzunehmen, Jalvaror. Ich fordere dich daher auf, dich sofort in das Haus des Jarls zu begeben. Du möchtest dir doch sicher nicht den Zorn unseres Herrn zuziehen?«

Jalvaror schaute Asbjorn an, zeigte ein finsteres Lächeln und erwiderte knapp: »Nein, ganz sicher nicht. Es wäre nicht ratsam.«

»Ich habe gehört, dass dein Ziehbruder schlimm zusammengeschlagen wurde, als ihr auf dem Weg zu mir wart«, sagte Eliwagar während des Festmahls.

Jalvaror, der mit ihm und den anderen Gästen an der Tafel saß, nickte. »Die Kerle haben uns überrascht, und so hatten wir ihnen nichts entgegenzusetzen. Ich denke, dass es ein paar Halunken waren, die uns berauben wollten.«

»Das denkst du doch nicht wirklich«, versetzte Eliwagar und ließ dabei Jalvaror nicht aus den Augen. »Ich glaube zu wissen, was in deinem Kopf vorgeht. Du bist davon überzeugt, dass ich die Kerle beauftragt habe, deinem Ziehbruder eine Lektion zu erteilen.«

»So etwas hast du nicht nötig, Herr«, murmelte

Jalvaror. »Wenn du der Meinung bist, dass ein Mann bestraft werden muss, dann geschieht das öffentlich, und es geschieht vor allem erst dann, wenn er vom gesamten Stamm seines Vergehens für schuldig befunden wurde.«

»Das ist richtig, und ich kann dir versichern, dass ich niemandem den Auftrag erteilt habe, Asbjorn zu überfallen. Es wäre nicht meine Art, einem Mann etwas zu vergelten.«

Niobjorg Bryngeror, der den Platz zur Linken Eliwagars einnahm, zeigte ein höhnisches und zugleich verschlagenes Grinsen. Es entging Jalvaror nicht, und es brachte sein Blut in Wallung.

Bemüht, seiner Stimme einen ruhigen Klang zu geben, sagte er: »Es gibt für mich keinen Grund, deine Worte anzuzweifeln, Herr.«

»Dann lass uns feiern, Jalvaror Blavorr!«, rief Eliwagar und griff nach seinem Krug mit Met. »Auf Odin, auf die Götter, auf die Zukunft und auf – König Harald!«

Jalvaror hob ebenfalls seinen Krug und wiederholte Eliwagars Trinkspruch.

Dieser sagte, nachdem er den Krug abgesetzt und sich mit dem Handrücken die Lippen abgewischt hatte: »Bryngeror wird morgen das Dorf verlassen, um mit einer Handvoll ausgesuchter Männer nach Hordaland zu fahren. Er soll dort für klare Verhältnisse sorgen und für mich gewissermaßen den Weg ebnen. Nach dem königlichen Thing werde ich ebenfalls dorthin reisen und mein Amt als Haralds Statthalter antreten. Hast du Lust, Bryngeror zu begleiten?«

»Unsere Felder sind noch nicht bestellt, Herr«, antwortete Jalvaror. »Mein Vater ist alt und …«

»Schon gut, schon gut«, unterbrach ihn Eliwagar. »Ich habe nicht damit gerechnet, dass du dich bereit erklärst. Es ist ja auch wichtig, für reiche Ernte zu sorgen, denn der Winter wird aller Voraussicht nach wieder lang und hart werden.«

Bis tief in die Nacht hinein wurde ausgelassen gefeiert, der Met floss in Strömen, und auch Jalvaror ließ sich von der überschäumenden Stimmung mitreißen. Das Johlen, Lachen und Grölen der Betrunkenen war bis ins letzte Haus des Dorfes zu vernehmen. Als Eliwagars Gäste schließlich heimwärts torkelten, begann sich die Nacht schon zu lichten, und ein erster heller Schein kroch über den östlichen Horizont.

Jalvaror zog sich, zu Hause angekommen, aus und legte sich zu Dagrun aufs Lager. »Ich habe auf dich gewartet«, sagte sie.

»Der Schlaf wird dir fehlen«, murmelte er mit schwerer Zunge.

»Du bist lange dageblieben.«

»Niemand hat die Feier vorzeitig verlassen. Es hätte Eliwagar beleidigt. Und da unsere Familie bei ihm ohnehin schon in Ungnade gefallen ist …« Vielsagend brach Jalvaror ab.

»Du fürchtest Eliwagar.«

»Man darf ihn nicht unterschätzen. Beim König genießt er hohes Ansehen. Ihn zum Feind zu haben, wäre gefährlich. Also müssen wir mit den Wölfen heulen.«

»Ich verstehe«, murmelte Dagrun. »Du denkst dabei an uns, an mich, an Ulfar und Ingibjorg, an deine Eltern …«

»Und an Asbjorn, diesen Narren!«, knurrte Jalvaror. »Eliwagar wartet nur darauf, dass Asbjorn den entscheidenden Fehler begeht, und dann werde ich ihn nicht mehr beschützen können.«

Gegen Mittag des darauffolgenden Tages erschienen Niobjorg Bryngeror und zwei Dutzend bewaffneter junger Männer am Landungssteg. Die Einwohnerschaft des ganzen Dorfes hatte sich eingefunden, um sie zu verabschieden. Am Vormittag war das Schiff mit Vorräten beladen worden, und ehe nun die Krieger an Bord gingen, hielt Eliwagar eine kurze Ansprache.

Jalvaror Blavorr, sein Vater und Asbjorn hatten sich ebenfalls am Steg eingefunden. Asbjorns Gesicht war schwer gezeichnet von den Knüppelhieben und Tritten. Aber es waren nicht nur die körperlichen Schmerzen, die ihm zusetzten. In ihm fraß und nagte es, sein Stolz war verletzt. Eine schwelende Glut aus Hass wütete in seinen Eingeweiden. Er hörte die Stimme Eliwagars, doch auf das, was das Dorfoberhaupt sagte, achtete er nicht.

»Ich vermisse Hogni«, flüsterte er, nachdem Eliwagars letztes Wort verklungen war und die Krieger, die nach Hordaland segeln sollten, an Bord gingen.

Jalvaror zuckte mit den Achseln. »Ich habe keine Ahnung, weshalb er nicht hier ist. Es ist auch nicht wichtig …«

Damit gab sich Asbjorn zufrieden.

Das Schiff legte ab. Noch war das große, rot und weiß gestreifte Segel eingeholt. Die Ruder hoben und senkten sich, und das Boot glitt fast lautlos auf die Engstelle des Fjords zu, die es passieren musste, um zum Atlantik zu gelangen und an der Küste Kurs auf Hordaland zu nehmen.

Niobjorg Bryngeror stand hoch aufgerichtet am Bug des Schiffes. Während die meisten seiner Begleiter mit Äxten bewaffnet waren, hing an seinem Gürtel ein langes Schwert.

»Er war es!«, knirschte Jalvaror.

»Was meinst du?«, fragte Asbjorn, und Arnorr Blavorr musterte seinen Sohn mit einer Mischung aus Neugier und ängstlicher Erwartung.

»Er hat die Kerle geschickt, die dich zusammengeschlagen haben. Eliwagar hat mir versichert, dass er damit nichts zu tun hat. Die Art, wie er es sagte, hat mich überzeugt. Und das schmierige, hinterhältige Grinsen in Bryngerors Fratze hat mir verraten, dass er dahintersteckt. Er wollte Eliwagar wahrscheinlich einen Gefallen erweisen, dieser kriecherische Heuchler.«

Asbjorns Kiefer mahlte, in seinen Blick war ein gehässiger Ausdruck getreten. »Möge Hel ihn nach Niflheim entführen, seine Knochen aufbrechen und das Mark aus ihnen saugen!«

»Hel streckt bereits die Hand nach ihm aus«, raunte Jalvaror, ohne seinen Ziehbruder anzusehen.

Das Schiff näherte sich der Engstelle des Fjords. Sie wurde von steilen bewaldeten Hügelflanken gebildet, die weit ins Wasser hineinragten. Die Menschen am Ufer riefen den Kriegern auf dem Schiff alle möglichen guten Wünsche hinterher und winkten. Es war ein sonniger Frühlingstag, und der mit Goldfarbe angestrichene Drachenkopf, der den Bug des Schiffes überragte, reflektierte das Sonnenlicht.

Dann glitt das Boot zwischen die Hügel – und plötzlich brach Niobjorg Bryngeror zusammen. Aus seiner Brust ragte der Schaft eines Pfeils. Jemand, der im Schutz des Unterholzes dicht beim Ufer verborgen war, hatte ihn abgeschossen.

Die Krieger auf dem Schiff registrierten es, Geschrei erhob sich, drei der Männer liefen zu Bryngeror und beugten sich über ihn …

Das Boot war umgekehrt und legte wieder an. Die Menge war still geworden. Bryngeror wurde von Bord getragen und dort, wo Eliwagar mit seinen Begleitern wartete, legte man ihn auf den Boden. Bryngerors Gesicht wirkte wächsern, seine Augen waren halb geöffnet, und zwischen den Lidern glitzerte es, als hätten sich seine Augäpfel in Eis verwandelt.

Lange starrte Eliwagar auf den reglosen Körper hinab, seine Hände öffneten und schlossen sich. »Ist er tot?«, fragte er schließlich.

»Ja«, erwiderte einer der Krieger, die Bryngeror an Land getragen hatten.

»Habt ihr denjenigen gesehen, der ihn ermordet hat?«

»Nein, Herr. Das Unterholz verbarg ihn vor unseren Blicken.«

Eliwagar ging in die Knie und zog den Pfeil aus der Brust des Toten. Blut tropfte von der eisernen Spitze. Sekundenlang betrachtete der Stammesführer das gefiederte Geschoss von allen Seiten, dann hob er es in die Höhe und rief: »Es ist, als hätte man mir selbst diesen Pfeil ins Herz geschossen!« Seine Stimme nahm einen unheilvollen Klang an, als er fortfuhr: »Wer immer es war, der meinen Freund und engsten Vertrauten ermordet hat, wird seine feige Tat furchtbar büßen, das schwöre ich bei den zwölf Asen! – Bringt ihn in sein Haus und bereitet ein Schiff für die Bestattung vor. Jalvaror Blavorr und Asbjorn Eriksson, ihr findet euch unverzüglich in meinem Haus ein.«

Eliwagar schwang herum und schritt schnell davon. Seine Leibwächter beeilten sich, ihm zu folgen.

Arnorr Blavorr fixierte seinen Sohn mit forschendem, fast durchdringendem Blick. »Hast du den Mord veranlasst, Jalvaror?«, fragte er gerade so laut, dass der

Angesprochene und Asbjorn seine Worte verstehen konnten.

»Darauf muss ich dir die Antwort schuldig bleiben, Vater«, versetzte Jalvaror flüsternd. »Komm, Asbjorn, lassen wir den … Jarl nicht warten.«

Als sie Eliwagars Haus betraten, saß dieser an der hinteren Schmalseite der Halle auf seinem thronähnlichen Stuhl. Seine Arme lagen auf den Lehnen zu beiden Seiten, er hatte sich etwas nach vorn gebeugt und musterte mit flackerndem Blick die beiden jungen Männer, die drei Schritte vor ihm stehen blieben und ihm den nötigen Respekt erwiesen, indem sie eine Verneigung andeuteten.

»Der Mordauftrag kam aus dem Hause Blavorr!«, stieß Eliwagar im Brustton der Überzeugung hervor.

»Aus welchem Grund sollte jemand von uns einen solchen Auftrag erteilen, Herr?«, fragte Jalvaror. »Niemand aus unserem Haus hatte einen Grund, Niobjorg Bryngeror umzubringen.«

»O doch. Ich konnte es von deinen Zügen ablesen, Jalvaror Blavorr, als wir uns gestern Abend unterhielten und ich dir versichert habe, dass ich mit dem Überfall auf dich und Asbjorn nichts zu tun hatte. Du wusstest sofort, dass nur Niobjorg Bryngeror dahinterstecken konnte. Und darum musste er sterben.«

»Du irrst dich, Herr.« Jalvaror bemühte sich, seiner Stimme Festigkeit zu verleihen, doch es wollte ihm nicht wirklich gelingen.

»Ich weiß, dass ich mit meinem Verdacht richtigliege«, knurrte Eliwagar. »Allerdings kann ich dir den Mord nicht beweisen. Du selbst kannst ihn ebenso wenig begangen haben wie Asbjorn, denn ihr habt wie ich am Landungssteg gestanden. Doch finde ich heraus, wer den mörderischen Pfeil abgeschossen hat, wird mir derjenige auch den Namen seines Auftraggebers nennen.«

In seinen Worten lag eine unheilvolle Prophezeiung, und nachdem er sie kurze Zeit hatte wirken lassen, fuhr er fort: »Ich werde ab sofort ein wachsames Auge auf euch werfen. Und seid versichert, dass ich jedes noch so geringe Vergehen eurerseits ahnden werde. Ihr seid gegen mich. Doch ich warne euch: Versucht nicht, im Dorf und im Stamm Stimmung gegen mich zu machen. Es würde euch schlecht bekommen.«

»Wir sind nicht gegen dich, Herr«, erklärte Jalvaror mit Nachdruck. »Waren wir dir nicht immer treu ergeben?«

»Du kannst mir nichts vormachen, Jalvaror Blavorr. Vor allem Asbjorn hat mir gegenüber immer wieder ein ausgesprochen feindseliges Verhalten an den Tag gelegt. Von heute an werde ich auf jedwede Anfeindung empfindlich und in der erforderlichen Art und Weise reagieren. Auf die Freundschaft zwischen deinem Vater und mir nehme ich keine Rücksicht mehr, Jalvaror.«

»Wir werden dir keinen Grund geben, Herr, gegen meine Sippe vorzugehen.«

»Ich glaube deinen Versicherungen nicht, Jalvaror. Ihr seid nun gewarnt. Und lasst euch gesagt sein, dass ich nicht ruhen werde, bis der Mord an meinem Vertrauten aufgeklärt ist. Wehe seinem Mörder, und wehe dem, der ihn beauftragt hat.«

»Können wir gehen, Herr?«, fragte Jalvaror.

»Verschwindet!«

»Möge Odin auf dich achten«, murmelte Jalvaror und drehte sich um. Dabei packte er Asbjorn am Oberarm und zog den Ziehbruder mit sich.

»In ihm haben wir einen gefährlichen Feind gefunden«, sagte Jalvaror, als sie sich wieder im Freien befanden, »der uns, wenn wir nicht aufpassen, gnadenlos vernichten wird. Und wem haben wir das zu verdanken?« Sein missbilligender Seitenblick traf Asbjorn.

»Vielleicht trage ich die Schuld«, räumte Asbjorn ein, »aber vergiss nicht, dass du in diesem Spiel eine tragende Rolle eingenommen hast. Du bist nicht einmal davor zurückgeschreckt, seinen engsten Vertrauten ermorden zu lassen.«

Jalvaror schwieg verbissen.

»Du hast Hogni damit beauftragt, nicht wahr?«, wollte Asbjorn wissen.

»Keine Fragen, Asbjorn. Ich rate dir, nicht einmal mehr darüber nachzudenken. Die Arbeit auf den Feldern und Äckern wird dich davon ablenken. Wenn die Zeit reif ist, begeben wir uns gemeinsam mit Eliwagar zum Thing nach Avaldsnes, und danach segeln wir nach Britannien, um in Wessex reiche Beute zu machen. Wenn wir ihm Gold und Silber bringen, wird das Eliwagar besänftigen, und er wird begreifen, dass wir beide lebend wertvoller für ihn sind als sein toter Freund und Stellvertreter.«

Mehr als drei Wochen zogen ins Land. Asbjorn und Hogni sowie einige Mägde lockerten mit eisernen Haken, die an Stangen befestigt waren, den von Schmelz- und Regenwasser verdichteten Boden eines Rübenackers, als ein einsamer, abgerissener Mann des Weges kam, der sich auf einen langen, knorrigen Stock zu stützen schien. Ein wuchernder Bart verdeckte fast sein ganzes Gesicht, die langen Haare waren struppig und stumpf, insgesamt wirkte er heruntergekommen und schmutzig.

»Odin sei mit euch, ihr fleißigen Leute!«, grüßte er und setzte sich nur wenige Schritte von Hogni Bork entfernt an den Rain des Ackers. »Es ist eine wichtige Arbeit, die ihr vollbringt. Der Boden wird, wenn es regnet, das Wasser viel besser aufnehmen können.«

»Wer bist du, und wo kommst du her, Wanderer?«, fragte Hogni Bork, der näher getreten war und den Mann unverhohlen musterte. Ohne eine Antwort abzuwarten, fügte er sogleich hinzu: »Du siehst erschöpft aus, als hättest du einen langen Weg hinter dir. Hast du Hunger und Durst? Wir haben Fleisch, Brot und Met.«

Der Fremde schaute Asbjorn an, der ebenfalls hinzugetreten war und den Fremden stumm taxierte.

»Ich bin nicht zufällig hier«, erklärte der Mann. »Ich suche Asbjorn Eriksson.«

»Der bin ich. Aus welchem Grund suchst du mich?«

»Ein Mann, der dir zu Dank verpflichtet ist, schickt dir durch mich eine Botschaft und lässt dir bestellen, dass du dich nach Jütland begeben sollst, wenn du irgendwann einmal Hilfe brauchst.«

»Der Mann, der mir diese Botschaft schickt, ist Gunnarr Grimmsson, nicht wahr?«, fragte Asbjorn ahnungsvoll.

»Ja.« Der Bote nickte. »Du findest ihn in Vibjerg, und er steht unter dem Schutz von König Horik.« Mit dem letzten Wort erhob er sich, reckte die Schultern und murmelte: »Gunnarr Grimmsson weiß, wer seine Männer auf dem Marsch vom Feldlager zu den Schiffen überfallen und erschlagen hat. Er lässt dir bestellen, dass er nicht ruhen wird, bis er den Verantwortlichen zur Rechenschaft gezogen hat. Die Dörfer und Weiler des Stammes, über den Meldun Eliwagar herrscht, werden in Zukunft nicht mehr sicher sein. Dich, Asbjorn Eriksson, bittet Gunnarr Grimmsson, dass du dich aus seinem Zwist mit dem König und Meldun Eliwagar heraushalten mögest. Es täte ihm leid, müsste er dir als Feind begegnen. Sein lodernder Hass auf König Harald und Eliwagar lässt sich nur mit deren Blut löschen. Versöhnung kann und wird es nicht geben. Und Gunnarr Grimmsson wird auf nichts und niemanden Rücksicht nehmen, wenn die Zeit der Rache gekommen ist. – Die Götter mögen dich beschützen.«

Er hob die rechte Hand zum Gruß und setzte sich in Bewegung.

»Warte!«, rief Asbjorn.

»Es wurde alles gesagt«, entgegnete der Fremde, ohne sich umzudrehen oder zumindest den Kopf zu wenden. »Nun musst du dich entscheiden, Asbjorn Eriksson.«

Seine Schritte wurden länger, und er entfernte sich schnell, als liefe er vor weiteren Fragen davon.

Asbjorn war wie vor den Kopf gestoßen. Sein verstörter Blick folgte dem Boten, hinter seiner Stirn wirbelten die Gedanken. Als Hognis Stimme erklang, schaute er wie einer, der aus tiefem Schlaf erwacht.

»Diese Warnung war eindeutig«, sagte Hogni Bork. »Wenn ich den Fremden richtig verstanden habe, dann haben wir nur zwei Möglichkeiten. Die eine ist, den Herrschaftsbereich Eliwagars zu verlassen, die andere, zu bleiben und von Gunnarr Grimmssons Kriegern erschlagen zu werden, wenn sie kommen, um seinen Racheschwur zu erfüllen.«

Ein Ruck ging durch Asbjorns Leib. »Ich ... ich muss darüber mit Jalvaror sprechen. Macht ihr hier weiter. Ich lasse es dich wissen, wenn wir eine Entscheidung getroffen haben.«

Asbjorn drehte sich um und ließ den Blick über den Acker schweifen. Die Mägde hatten zwar alles beobachtet, aber sie waren viel zu weit entfernt, als dass sie der

Unterhaltung hätten lauschen können. »Zu niemandem ein Wort über Grimmssons Aufenthalt«, mahnte Asbjorn. »Verstanden, Hogni? Du darfst mit keinem Menschen darüber sprechen. Es wäre sehr wahrscheinlich unser Tod.«

Hogni schluckte, als wäre ihm auf einmal der Hals zu eng geworden, dann nickte er.

Mit langen Schritten eilte Asbjorn nach Hause. Eine geradezu fiebrige Rastlosigkeit, die körperliches Unbehagen verursachte, trieb ihn an …

Kapitel 4

Zwei Tage vor Beginn des Things, das Harald in Avaldsnes, seinem künftigen Königshof, einberufen hatte, traf Meldun Eliwagar mit einer großen Gruppe Männer aus seinem Dorf ein. Die Vertreter einer ganzen Reihe von Stämmen waren bereits anwesend. Vom Wachhabenden der königlichen Leibgarde erhielten sie einen Platz zum Lagern zugewiesen.

Im Eliwagars Gefolge befanden sich neben einigen weiteren angesehenen Stammesmitgliedern auch Arnorr Blavorr, sein Sohn Jalvaror und Asbjorn. Letztere hatten nach dem Besuch von Gunnarr Grimmssons Boten beschlossen, zunächst einmal abzuwarten, was die Zukunft bringen würde.

»Grimmsson hat keine Ahnung, dass du zusammen mit mir zu seinem Dorf gesegelt bist, um ihn für immer zum Schweigen zu bringen und seine Sippe auszulöschen«, hatte Jalvaror zu seinem Ziehbruder gesagt, nachdem ihm Asbjorn von dem Boten erzählt hatte. »Denn wüsste er es, hätte er dich nicht gewarnt und dir nicht auch noch seine Hilfe angeboten, sondern dir einen gedungenen Mörder geschickt. Er wird nach Norwegen zurückkehren, aber nicht, um seinen angestammten Platz hier wieder einzunehmen, sondern um sich blutig zu rächen. Wir – du und ich – gehören zu Eliwagars Stamm, dem er Vergeltung geschworen hat. Vor allem gilt es unter allen Umständen zu verhindern, dass Eliwagar je von deinem Verrat erfährt. Deine ganze

Familie müsste seinen Zorn und den des Königs fürchten. Ich denke, du weißt, was ich damit sagen will.«

»Ich soll Gunnarr Grimmsson töten!«

»Du könntest dich in sein Vertrauen schleichen …«

»Es würde bei Eliwagar und König Harald Fragen aufwerfen«, hatte Asbjorn zu bedenken gegeben, »und glaubwürdige Antworten darauf zu finden, dürfte schwerfallen.«

»Du hast recht«, hatte Jalvaror nach kurzer Überlegung eingestanden. »Es bleibt uns also nur, der Dinge zu harren, die sich anbahnen, und sich Grimmsson gegebenenfalls entgegenzustellen.«

In den Wochen bis zu ihrem Aufbruch nach Avaldsnes geschah nichts, und Asbjorn fragte sich bereits, ob es nicht eine leere Drohung gewesen war, als Grimmssons Bote von blutiger Vergeltung gesprochen hatte. Da er auch vonseiten Eliwagars in Ruhe gelassen wurde, wiegte er sich mehr und mehr in Sicherheit. Auch er hatte sich zurückgehalten und alles vermieden, was Eliwagar als Herausforderung hätte deuten können.

Nach der Ankunft Eliwagars und seiner Begleiter trafen noch die Vertreter weiterer Stämme in Avaldsnes ein, und am Mittag des Tages, der der Vollmondnacht vorausging, eröffnete König Harald das Thing. Er begrüßte die Abordnungen der Stämme und dankte ihnen für ihr Erscheinen, dann wurde das Opferritual abgehalten, um die Götter gnädig zu stimmen.

Das Heiligtum, das für das Ritual errichtet worden war, wurde von einem Zaun aus geflochtenen Zweigen umschlossen. Dieser wurde von einem langen Stock aus Eichenholz überragt, auf den der skelettierte Schädel eines Schafes aufgespießt war. In der Mitte des Allerheiligsten stand ein geschnitztes Götzenbild auf einem Baumstumpf – das Abbild Odins, dem das Ritual gewidmet war. Außerdem war ein rechteckiger, hüfthoher Altar errichtet worden, der ebenso wie der Zaun aus Weidengeflecht bestand und mit frischen Grassoden abgedeckt war.

Ein Priester tötete einen Stier, dessen Blut in Schalen aufgefangen wurde. Der Priester tauchte seine Fingerspitzen in das noch warme Blut und strich sich damit über die Wangen und die Stirn, dann besprengte er den König und die Vertreter der Stämme mit dem Rest. Das Fleisch des Stiers wurde verteilt und gekocht. Fell und Knochen trug man sorgsam zusammen und legte alles auf einen Haufen, um dem Tier die Wiederauferstehung in der Unterwelt zu ermöglichen.

Die Priester begannen, mit lauter Stimme die Gunst Odins zu erbitten. Er möge die weiteren Unternehmungen des Königs unterstützen, vor allem die mit dem Ziel, Norwegen unter seiner Herrschaft zu einen. Das Fleisch wurde verspeist, dazu Met aus Krügen und Trinkhörnern getrunken, und je länger die Feier dauerte, desto enthemmter wurden die Teilnehmer, denn der Alkohol verfehlte seine Wirkung nicht. Erst spät in der Nacht kehrte Ruhe ein. Die meisten Betrunkenen waren dort, wo sie gesessen hatten, zu Boden gesunken und in einen totenähnlichen Schlaf gefallen.

Am folgenden Morgen sollten die gefangenen Könige von Rogaland, Hordaland und Møre hingerichtet werden, und danach wollte Harald mit den Besprechungen und Abstimmungen beginnen. Und zum Abschluss des Things, wenn die Stammesführer und ihre Begleiter ihren Treueid wiederholt hätten, sollte wieder gefeiert und getrunken werden.

Doch die nächsten Tage sollten – weit entfernt von Avaldsnes – Unheil bringen.

Das Verhängnis brach schon in der Nacht über ein kleines Dorf herein.

Es war die Nacht des Vollmonds. Drei Schiffe liefen in den Fjord ein, an dessen Ende die Ansiedlung lag. Die Menschen, die dort lebten, gehörten zu Meldun Eliwagars Stamm. Zu dieser Stunde schliefen sie und waren auch ansonsten völlig arglos. Der Nachtwind blähte die Segel der Schiffe, das Licht des Mondes, der rund im Südwesten über den Bergen stand, ließ das leise plätschernde Wasser silbrig schimmern.

Es handelte sich um leichte, problemlos manövrierbare Schiffe. Die Taue, an denen die großen, rechteckigen Segel befestigt waren, knarrten leise.

»Segel einholen!«, ertönte es auf dem vordersten der Schiffe, als sich die Umrisse der Häuser aus der Dunkelheit schälten. »Besetzt die Ruderbänke!«

Der Befehl wurde auch auf den anderen Schiffen erteilt. Schließlich ankerten die Boote. Die Krieger nahmen ihre Schilde, die an den Bordwänden aufgereiht waren, sprangen ins Wasser und wateten an Land, wo Feuer geschlagen und Kienspäne, die als Fackeln dienten, angezündet wurden.

Im Dorf blieb es still. Hin und wieder glitt ein riesiger Schatten über die Wohnhäuser und Wirtschaftsgebäude, wenn Wolkenfetzen den Mond verdunkelten, dann lag wieder fahles, geisterhaftes Licht auf den Dächern aus Stroh oder Schilf. Es war ein Bild des Friedens. Doch Hass und Tod in Gestalt einer Schar von etwa hundert Kriegern näherten sich unaufhaltsam. Der Schein der Fackeln verwandelte die bärtigen Gesichter in dämonische Fratzen, in denen die Augen mordlüstern glitzerten.

Ein Hund begann wütend zu bellen, weitere Hunde stimmten ein. Da flogen schon die ersten Fackeln auf die Dächer der Wohnhäuser. Ein Befehl wurde gerufen und weitergegeben. Die Krieger stürmten zwischen die Gebäude, und die Dorfbewohner wurden aus dem Schlaf gerissen, Schreie erklangen. Es waren Schreie des Entsetzens und der Verzweiflung, die sich sehr schnell in Todesschreie wandelten.

Kaum jemand kam dazu, sich zu wehren. Auf Männer, Frauen und Kinder wurde mit Äxten und Schwertern eingeschlagen und eingestochen, oder sie wurden brutal zusammengetreten und von Speeren durchbohrt. Bald brannten die ersten Häuser lichterloh, das Feuer griff auf Scheunen und Stallungen über, in denen Kühe voller Panik muhten, Stiere brüllten, Pferde wieherten, Ziegen meckerten und Schafe blökten. Der Feuerschein machte die Nacht zum Tag. Ein dumpfes Brausen lag in der Luft, Funken und Asche wirbelten, und gelegentlich war das knirschende Bersten von brechendem Gebälk zu hören.

Als sich die Angreifer zu ihren Schiffen zurückzogen, lebte kein einziger Dorfbewohner mehr.

Die Sonne stieg über den Horizont im Osten, und die Teilnehmer am königlichen Thing versammelten sich auf dem großen, freien Platz vor dem Haus, das der König bewohnte. Man hatte davor ein Podium errichtet, auf dem zwei schwere, mit Gold und Silber verzierte thronähnliche Stühle aufgestellt waren.

Murmeln, Flüstern und Raunen erfüllten die frische Morgenluft. Die Gesichter der Männer waren bleich nach dem Gelage in der Nacht, und die Augen waren noch gerötet vom genossenen Alkohol. Aber das hinderte sie nicht, schon wieder dem kühlen Met zuzusprechen, den Sklavinnen aus großen Krügen ausschenkten. Er sollte die Mägen beruhigen und die Blicke klar werden lassen.

Der König und seine Gattin erschienen, und es wurde ruhig. Ihre schwer bewaffneten Leibwächter geleiteten sie auf das Podium, wo sie sich auf die kunstvoll verzierten Stühle setzten. Harald schaute in die Runde. Auf dem einen oder anderen Gesicht kam sein Blick etwas länger zu ruhen, und manchem der Männer nickte er zu, dann rief er: »Wir haben Odin Opfer dargebracht und von ihm Kraft und Stärke erfleht, um über unsere Feinde zu triumphieren. Odin hat unsere Opfer wohlwollend angenommen, er hat unsere Gebete erhört und uns zum Sieg über die Armeen von Hordaland, Rogaland und Møre geführt. Gestern haben wir Odin mit weiteren Opfergaben dafür gedankt, und durch den gemeinsamen Verzehr des Stiers ist ein heiliger Bund zwischen uns und ihm entstanden. Aber Odin fordert mehr. Er verlangt nach dem Blut jener, deren Selbstsucht und Machtbesessenheit das Leben vieler guter Männer gefordert hat. Sie haben große Schuld auf sich geladen. Ihre Namen sind Eirik von Hordaland, Sulke von Rogaland und Sigvald von Møre. Von Odin selbst habe ich den Auftrag erhalten, sie für ihre Untaten zur Rechenschaft zu ziehen!«

Zustimmendes, teils freudiges Gejohle erhob sich. Nach einer Weile hob der König die rechte Hand und gebot mit dieser Geste Schweigen. »Heute soll der Tag sein, an dem sie für ihre Eigensucht und Rücksichtslosigkeit dem großen Göttervater ihren Tribut zu entrichten haben – und dieser Tribut soll ihr Leben sein!«

Wieder erklang begeistertes Gejohle, und viele der Beisammenstehenden trommelten mit den Knäufen ihrer Schwerter oder den Stielen ihrer Äxte auf ihre Schilde, um ihre Zustimmung kundzutun.

»Bringt die Gefangenen!«, gebot Harald.

Die drei Könige wurden in den Kreis der Schulter

an Schulter stehenden Krieger gezerrt. Sie waren mit Ketten gefesselt, trugen nur noch Fetzen an den völlig abgemagerten Körpern, ihre Haare und Bärte waren lang und strähnig. Sie boten einen erbarmungswürdigen Anblick. Zehn Schritte vor dem Podium, auf dem der König und seine Gattin ihre Plätze einnahmen, wurden sie genötigt niederzuknien. Neben jedem von ihnen nahm ein Priester Aufstellung, jeder eine schwere Axt mit breiter Klinge in den Händen.

Augen, deren Blicke hart waren und die keine Gemütsregung zeigten, starrten die Todeskandidaten an. In der Runde herrschte Schweigen, das die Stimme Haralds sprengte, als er rief: »Die Priester mögen ihres Amtes walten!«

Diese hoben die Äxte.

Jemand schrie: »Wir wollen den Blutadler, mein König!« Ein anderer rief zustimmend: »Ein schneller Tod wäre zu gnädig für die Verräter!«

Die Priester hielten inne und schauten fragend den König an.

»Wir wollen den Blutadler!«, kam es vermehrt aus der Runde der Zuschauer, bis ein dumpfer Chor daraus wurde: »Blut-ad-ler! Blut-ad-ler!« Dazu wurde im Takt auf die Schilde getrommelt.

Die vielstimmige Forderung wurde immer energischer, und jeder, der in der Rotte stand, wurde von dieser Welle der Hysterie mitgerissen.

Meldun Eliwagar trat in den Kreis und hob beide Arme. Nach und nach wurde es still, und Eliwagar rief an den König gewandt: »Überlasst diese Ehre, Euer Urteil zu vollziehen, dreien meiner verdientesten Männer, mein König!«

»Wer sind diese Männer?«, fragte Harald, und seine Stirn hatte sich in Falten gelegt.

»Arnorr Blavorr und sein Sohn Jalvaror sowie sein Ziehsohn Asbjorn. Jalvaror und Asbjorn haben ihre absolute Loyalität unter Beweis gestellt, als sie nach Skiringssal segelten, um den Aufrührer und Verräter Gunnarr Grimmsson zu bestrafen!«

»Doch Grimmsson ist ihnen entkommen«, wandte der König geringschätzig ein. »Als ich die Kunde erhielt, war ich deswegen sehr erzürnt, und ich dachte daran, Jalvaror Blavorr und Asbjorn Eriksson sowie alle, die sie begleiteten, zu bestrafen. Doch ich sah davon ab.« Der Grund dafür war, dass ihn eine Seherin eindringlich davor gewarnt hatte. Sie hatte aus den Eingeweiden einer Ziege Aufruhr und Rebellion in seinem Herrschaftsbereich gelesen, wenn er die Männer für etwas zur Rechenschaft zog, für das sie nichts konnten. Das aber verschwieg er.

»Indem sie Eure Feinde vor Euren Augen töten, würden sie Euch, Herr, ihre Loyalität aufs Neue beweisen«, entgegnete Meldun Eliwagar.

»Das werden sie sowieso, wenn sie am letzten Tag des Things zusammen mit den Stammesfürsten den Treueid leisten«, entgegnete König Harald. »Es ist nicht Sache freier Norweger, als Henker zu fungieren. Daher lehne ich dein Ansinnen ab, Meldun Eliwagar. Du kannst in den Kreis zurücktreten.«

Mit verkniffener Miene befolgte Eliwagar den Befehl. Er spürte geradezu körperlich die stechenden Blicke Asbjorns und Jalvarors auf sich gerichtet, und als er Asbjorn in die Augen sah, las er darin etwas, das ihn zutiefst beunruhigte.

»Ihr wollt also den Blutadler?«, rief der König. »Wie mir scheint, erfolgt dieses Begehren einstimmig. Und weil das so ist, werde ich eurer Forderung nachkommen. – Knechte, schafft Holzklötze herbei!«

Drei kniehohe Holzklötze, die von einem dicken Baum abgesägt, von der Rinde befreit und mit skurrilen Runenzeichen bemalt worden waren, wurden herangeschleppt. Die Gefangenen wurden gepackt und darauf festgebunden, mit dem Rücken nach oben, dann riss man ihnen die Hemden vom Leib, sodass ihre ausgemergelten Oberkörper gänzlich entblößt waren.

Die Lippen der Delinquenten bebten, aus ihren Blicken brüllte nackte Panik, in ihren Gesichtern zuckten die Muskeln, und Schweiß bedeckte ihre Körper. Doch sie bettelten nicht um Gnade.

Die Priester hatten die Äxte weggelegt und unter ihren weißen Mänteln Messer mit langen Klingen hervorgeholt. Nun traten sie neben die Verurteilten und setzten die Klingen an, um die Wirbelsäule der Unglücklichen freizulegen. Blut tropfte auf den Boden, den Gepeinigten entrangen sich erste unartikulierte Laute, die ihnen der schier unerträgliche Schmerz entlockte.

Gebannt schauten die Umstehenden zu. Die Not der Delinquenten berührte sie nicht. Mitleid oder ähnliche Empfindungen brachte man nicht auf, denn die drei waren von Odin verdammt und von König Harald verurteilt, und deshalb verdienten sie keine Anteilnahme an ihrem Schicksal.

Sie wanden sich auf den Holzklötzen, röchelten und ächzten und bissen sich die Lippen blutig. Als aber die Priester begannen, mit handlichen Äxten ihre Rippen von der Wirbelsäule zu trennen, konnten sie nicht mehr an sich halten, und sie brüllten ihren Schmerz hinaus. Doch schon bald hatten die Gefolterten nicht mehr die Kraft zu schreien, und aus ihren Kehlen stieg nur noch ein gequältes Winseln, das kaum noch an menschliche Laute erinnerte.

Die Priester machten sich daran, die abgehackten

Rippen nach außen und nach oben zu klappen, sodass sie die Form von zwei Schwingen annahmen. Die Verurteilten verloren die Besinnung. Schließlich hörten ihre Herzen auf zu schlagen.

»Eliwagar wollte uns herausfordern, vielleicht sogar demütigen«, stieß Arnorr Blavorr aufgebracht hervor, nachdem der König am späten Nachmittag die Versammlung für diesen Tag beendet hatte. Arnorr Blavorr, sein Sohn Jalvaror und Asbjorn waren auf dem Weg zu ihrer Unterkunft. »Kriegsgefangene hinzurichten ist Aufgabe der Priester, gemeine Verbrecher aufzuhängen oder zu vierteilen die von Knechten. Wir sind freie Männer, und wenn wir töten, dann im Kampf, im Gegensatz zu den Priestern, denen es verwehrt ist zu kämpfen.«

»Hel möge ihn verschlingen!«, erregte sich auch Asbjorn, und sowohl Jalvaror als auch dessen Vater wussten, wen er meinte.

»Das bestätigt doch nur das, was ich dir an jenem Abend gesagt habe, als du nicht an Eliwagars Feier teilnehmen wolltest«, knurrte Jalvaror. »Er ist nachtragend, und seinen Zorn auf dich hat er auch auf mich und unseren Vater und wahrscheinlich unsere gesamte Sippe übertragen. Er lässt nicht locker, denn er ahnt, dass …«

Jalvaror brach ab.

»Was ahnt er?«, hakte sein Vater sofort nach.

Jalvaror biss die Zähne zusammen, schalt sich einen Narren und suchte krampfhaft nach einer Ausrede. Schließlich stieß er hervor: »Er ahnt, dass Asbjorn ihn niemals respektieren und achten wird. Eine Handhabe, um ihn öffentlich anzuklagen, hat er nicht. Deshalb …«

»Lüg mich nicht an, Sohn!« Arnorr Blavorr war stehen geblieben. »Ich spüre ganz deutlich, dass ihr beide mir etwas verschweigt. Etwas, worüber ich Bescheid wissen sollte. Also raus mit der Sprache: Was ahnt Eliwagar, was ist der Grund, aus dem er unserer Familie zu schaden versucht?«

Jalvaror und Asbjorn sahen sich betroffen an, und Jalvaror konnte im Blick seines Ziehbruders die stumme, aber eindringliche Bitte erkennen, dem Vater nichts zu verraten. »Es ist so, wie ich es eben gesagt habe, Vater«, behauptete Jalvaror. »Asbjorn hat Eliwagar zu oft mit Worten herausgefordert, und weil Eliwagar unterstellt, dass wir auf Asbjorns Seite stehen, hat er seine Abneigung auch auf dich und mich und unsere ganze Familie übertragen.«

Prüfend und zugleich argwöhnisch starrte Arnorr seinen Sohn an, als versuchte er, in dessen Zügen zu lesen. »Ich hoffe, du sprichst die Wahrheit«, murmelte er schließlich. »Mein Vertrauen in dich würde sich ins Gegenteil verkehren, wenn ich eines Tages feststellen müsste, dass du mich belogen hast.«

»Es ist …« Jalvaror brach wieder ab. Sein Gefühl sagte ihm, dass er Asbjorn nicht verraten durfte, weil er dadurch dessen Vertrauen verlieren würde. Der Verstand aber hämmerte ihm ein, dass ein Vertrauensverlust vonseiten seines Vaters ungleich gravierender war, und der Gedanke, dass er zutiefst von ihm enttäuscht sein würde, stürzte ihn in einen quälenden Zwiespalt.

Nun aber griff Asbjorn ein. Er empfand für Arnorr Blavorr wie ein leiblicher Sohn, dennoch – oder gerade deswegen – kostete es ihn Überwindung, endlich mit der Wahrheit herauszurücken. »Ich war es, der nach der Schlacht bei Solkiel Gunnarr Grimmsson gewarnt hat«, sagte er mit brüchiger Stimme. »Ich habe Eliwagars Gespräch mit Jalvaror belauscht, als er ihm den Auftrag erteilt hat, Grimmsson zu töten.«

Arnorrs Gesichtszüge entgleisten regelrecht. »Und um Eliwagar zu schaden, um seinen Plan zunichtezumachen und ihn vor dem König schlecht aussehen zu lassen, hast du Grimmsson gewarnt?«, entrang es sich ihm fassungslos. »Hast … hast du denn nicht daran gedacht, dass du ein todeswürdiges Verbrechen begehst?«

»Nein, Vater, an die Folgen habe ich in diesem Moment nicht gedacht, und ich bedaure meine Tat zutiefst, denn in der Zwischenzeit ist mir klar geworden, dass ich unsere ganze Sippe in Gefahr gebracht habe.«

»Damit hast du nicht nur an Eliwagar, sondern vor allem am König Verrat begangen«, keuchte Arnorr.

»Er wollte es wiedergutmachen, als er mit mir zu Grimmssons Dorf gesegelt ist, um Grimmsson zu töten«, mischte sich Jalvaror ein. »Allerdings scheint Grimmsson geahnt zu haben, dass er in seinem Dorf nicht sicher ist, und er …«

»Schweig!« Arnorr atmete tief durch. »Grimmssons Flucht ist auf Asbjorns Verrat zurückzuführen. Und du hast dich ebenso schuldig gemacht, Jalvaror, denn du hast es gewusst und geschwiegen.«

»Hätte ich Asbjorn den Henkersknechten ausliefern sollen?«

»Du hättest auf jeden Fall meinen Rat einholen müssen!«

»Damit hätte ich dich demselben Gewissenskonflikt ausgeliefert, in dem ich mich befunden habe.«

»Da kommt Eliwagar!«, stieß Asbjorn hervor.

In der Tat schritten Meldun Eliwagar, sein Sohn und einige andere Männer des Stammes heran. Ein spöttisches Lächeln zog Eliwagars Mund in die Breite. Zwei Schritte vor Arnorr Blavorr, Jalvaror und Asbjorn blieb er stehen, verschränkte die Arme vor der Brust und sagte überheblich: »Der Blutadler ist die gerechte Strafe für jeden, der seinen Jarl oder den König verrät.« Er richtete den Blick auf Asbjorn. »Hoffentlich hast du gut zugeschaut und weißt nun, welche Qualen derjenige zu erleiden hat, der eines Verrats überführt wird.«

»Was soll das?«, stieß Arnorr hervor. »Waren wir nicht immer gut miteinander befreundet, Meldun? Habe ich dir nicht immer die Treue gehalten, unerschütterlich und voller Respekt dir und deiner Stellung gegenüber? Heute Morgen warst du drauf und dran, uns zu Henkersknechten zu degradieren. Warum, Meldun?«

»Ich bin dir keine Rechenschaft schuldig, Arnorr Blavorr. Nimm zur Kenntnis, dass du, sobald wir in unser Dorf zurückkommen, längere Zeit ohne deine Söhne auskommen musst. Sie werden nach Britannien segeln, um dort Beute zu machen. Wenn die Götter es wollen, kehren sie zurück. Wenn nicht ... dann werden sie in Britannien sterben, schmählich erschlagen von den Christen.«

Eliwagar nahm die Arme aus der Verschränkung, er hatte wieder ein höhnisches Grinsen im Gesicht, nickte Arnorr zu und ging dann weiter. Sein Sohn maß Arnorr mit einem geringschätzigen Blick und folgte seinem Vater. Die anderen Männer schauten ziemlich betreten drein, einer zuckte mit den Achseln, als wollte er damit zum Ausdruck bringen, dass er an der Situation nichts ändern könne, dann gingen auch sie davon.

Nachdem er einige Schritte zurückgelegt hatte, blieb Eliwagar noch einmal stehen, drehte sich um und rief: »Bringt mir, wenn ihr zurückkehrt, die erbeuteten Schätze nach Hordaland! Denn dorthin werde ich mich in den nächsten Tagen begeben, nachdem mein mir treu ergebener Bruder Ragi anstelle des ermordeten Niobjorg Bryngeror dort für Ordnung gesorgt hat!«

Arnorrs Wangenmuskulatur zitterte, so sehr biss er die Zähne zusammen.

Als sie nach dem Thing in ihr Dorf zurückkehrten, erfuhren sie, dass innerhalb weniger Tage zwei Siedlungen überfallen, niedergebrannt und sämtliche Bewohner niedergemetzelt worden waren. Niemand konnte mit Sicherheit sagen, wer dies getan hatte, aber ein Name machte hartnäckig die Runde: Gunnarr Grimmsson.

Als Jalvaror mit Asbjorn allein war, sprach er es aus: »Das ist das Resultat deines Verrats, Asbjorn. Den Tod der Dorfbewohner hast du mitzuverantworten. Vielleicht solltest du noch einmal darüber nachdenken, ob du dich nicht doch nach Vibjerg begeben solltest, um nachzuholen, was uns leider nicht gelungen ist, als wir Grimmssons Dorf aufgesucht haben.«

»Es ist nicht sicher, dass Grimmsson die Überfälle begangen hat«, wandte Asbjorn ein.

»Wer sonst? Er hat blutige Rache geschworen. Sein Hass richtet sich nicht nur gegen Eliwagar, sondern auch gegen den König. Wir alle haben Harald am letzten Tag des Things bedingungslose Treue geschworen. Du stehst genauso in seiner Pflicht wie deiner Familie gegenüber.« Jalvarors Tonfall hatte an Eindringlichkeit zugenommen, während er sprach, und er fuhr geradezu beschwörend fort: »Du hast den König in Gefahr gebracht, und darum bist du es ihm schuldig, nun alles in deiner Macht Stehende zu tun, diese Gefahr von ihm abzuwenden.«

Man konnte Asbjorn ansehen, wie unentschlossen er war. »Ich … ich will die Seherin befragen und hören, was sie mir rät«, entgegnete er ausweichend. Er war von dem Gedanken, sich nach Vibjerg zu begeben, nicht begeistert, denn dann würde Jalvaror ohne ihn nach Wessex segeln. Außerdem wusste er nicht, wie er Eliwagar gegenüber die Reise nach Jütland begründen sollte, ohne dessen Verdacht zu erregen. Er war alles andere als ein ängstlicher Mann, und er fürchtete den Tod nicht. Aber von Eliwagar abgeurteilt und hingerichtet zu werden, war das Letzte, was er wollte. Diesen Triumph gönnte er dem Stammesoberhaupt ganz einfach nicht.

Die Seherin war ein altes Weib namens Halldora, das außerhalb des Dorfes in einer heruntergekommenen, halb verfallenen Hütte hauste, deren Inneres nur wenig Platz bot. An einer der Längswände befand sich ihr Lager aus Zweigen und Fellen, und in der Raummitte brannte ein Feuer.

Vor dem hockte die Alte am Boden, als Asbjorn sie aufsuchte. Der Rauch zog durch eine Öffnung im Dach ab. Ein Geruch, der fast Brechreiz in ihm verursachte, stieg Asbjorn in die Nase. Es war der Gestank von Moder, Fäulnis und einer penetranten körperlichen Ausdünstung.

Wässrige Augen, in denen sich der Feuerschein spiegelte, fixierten Asbjorn und schienen jeden Zug in seinem Gesicht zu erforschen. Mit unsicherer Stimme sagte er: »Du bist den Göttern näher als jeder hier im Dorf, Halldora. Das ist der Grund, aus dem ich dich aufsuche. Ich bin Asbjorn, der Sohn von Arnorr Blavorr, und ich bedarf deiner Fähigkeiten und deines Rates.«

»Ich weiß, wer du bist«, nuschelte die Seherin, die fast keinen Zahn mehr im Mund hatte. »Warum benötigst du meinen Rat? Weshalb fügst du dich nicht einfach in das Schicksal, das dir die Götter bestimmt haben? Fehlt es dir an der nötigen Ergebenheit? Oder willst du dich etwa auch gegen sie auflehnen, wie du dich gegen Meldun Eliwagar und den König auflehnst?«

Asbjorn erschrak, auch wenn er sich bemühte, sich das nicht anmerken zu lassen. Wusste die Alte mehr, als ihm lieb sein konnte? »Ich lehne mich nicht gegen Eliwagar und den König auf«, wehrte er ab. »Ich bin lediglich nicht mit jeder ihrer Entscheidungen einverstanden. Und als freier Mann darf ich meine Meinung äußern. Auflehnung ist etwas anderes.«

»Diejenigen, deren Entscheidungen du infrage stellst, sehen das wahrscheinlich anders.«

»Ich bitte dich, das Los über meine Zukunft zu befragen, Halldora. Ich selbst stehe vor einer schwierigen Entscheidung, und das Los soll mir den richtigen Weg weisen.«

»Ich habe das Los sprechen lassen, nachdem mich die Kunde von der Vernichtung der beiden Dörfer erreicht hat.« Die Stimme der Seherin hob sich. »Die nächsten Monate bringen große Veränderungen. Fremde werden in unser Land einfallen, einer aus unseren Reihen wird sich als Verräter erweisen, und einflussreiche, mächtige Männer werden ihr Leben lassen. Ich sah aber auch tote Frauen und Kinder. Große Trauer wird herrschen, und sie wird in Hass umschlagen. Außerdem habe ich einen Krieger gesehen, in einer blutigen Schlacht. Der Krieger könntest du gewesen sein. In der Nähe jenes Kriegers sah ich Walküren in glitzernden Rüstungen, die über den Leichnam seines Feindes hinwegstiegen, denn er kümmerte sie nicht. Der Krieger, den ich nicht richtig erkennen konnte, war ihr Ziel. Sie haben ihn in ihre Mitte genommen …«

Die Alte hatte, während sie sprach, die Augen geschlossen. Nun atmete sie rasselnd und stoßweise, ihre Hände, die sie im Schoß liegen hatte, zuckten, und ihre Lippen bebten, als formten sie tonlose Worte.

»Wer war der Feind, den die Walküren nicht beachtet haben?«, fragte Asbjorn.

»Auch ihn konnte ich nicht erkennen, denn sein Gesicht war entstellt und voller Blut.« Sie schlug die Augen auf und starrte Asbjorn finster, fast zornig an.

»Die Schildjungfern haben den Krieger in ihre Mitte genommen«, sagte er. »Das bedeutet, dass er die Schlacht nicht überleben wird, nicht wahr?«

»Ich kann nur sagen, was mich die Götter sehen ließen«, murmelte Halldora, und ihre Lider senkten sich wieder über ihre Augen. »Nun bin ich müde. Geh!«

»Mir stellen sich noch viele Fragen, Halldora. Schenke mir, ich bitte dich, noch etwas von deiner kostbaren Zeit.«

»Ich habe alles gesagt, was mir das Los verriet. Und nun verlass mein Heim. Ich bin alt, und das Sprechen strengt mich an.« Der Tonfall ihrer Stimme duldete keinen Widerspruch mehr.

Wieder im Freien saugte Asbjorn geradezu gierig die frische Luft in seine Lungen. Die Fragen, mit denen er zu Halldora gegangen war, waren von ihr nicht beantwortet worden. Im Gegenteil, es waren eine ganze Reihe weiterer Fragen hinzugekommen.

Nachdem er Jalvaror vom Ergebnis seines Besuchs bei der Seherin berichtet hatte, sagte dieser: »Du kannst nur vermuten, dass du der Krieger warst, für den sich die Schildjungfern interessierten. Doch auch wenn du es warst – dass du in einer Schlacht kämpfen wirst, ist abzusehen. König Ethelred von Wessex wird nicht tatenlos bleiben, wenn wir die Klöster und Dörfer in seinem Königreich überfallen und plündern. Der Feind, den die Walküren ignorierten, war sicherlich ein Christ, den du erschlagen hast. – Die Fremden, die in unser Land einfallen werden, sind vielleicht die jütländischen Krieger von König Horik, die Gunnarr Grimmsson anführt. Und was den Verräter betrifft, von dem die Alte gesprochen hat … Ja, der könntest du sein. Ich kenne sonst keinen.«

Zorn brandete mit einem Mal in Asbjorn auf, und

einen Augenblick lang sah es so aus, als wollte er sich auf seinen Ziehbruder stürzen, um ihn für seine letzten Worte zur Rechenschaft zu ziehen. Nur mit Mühe unterdrückte er dieses jähe Verlangen. Er atmete gepresst, und sich zur Ruhe zwingend, brachte er hervor: »Ich habe Grimmsson gewarnt, weil ich wütend auf den König und seinen Handlanger Eliwagar war. Und weil mir Grimmssons Auftritt Harald gegenüber ein hohes Maß an Respekt abgenötigt hat. Als ich die Tragweite meines Verrats begriff, war ich bereit, alles zu unternehmen, um die Folgen vor allem von meiner Familie abzuwenden. Je länger ich aber darüber nachdenke, umso mehr komme ich zu dem Schluss, dass mein Handeln richtig war.«

Jalvaror fixierte seinen Ziehbruder mit finsterem Blick. »Und was bringt dich zu dieser Erkenntnis?«

»Vielleicht gehe ich eines Tages nach Jütland. Aber nicht, um Grimmsson zu töten. Sondern um bei ihm Zuflucht zu suchen, wenn mich Eliwagar nötigt, sein Land zu verlassen, um nicht seiner Niedertracht zum Opfer zu fallen.«

»Bei den Göttern, das …«

»Schweig, Bruder! Ich ahne, was du sagen willst, aber ich bitte dich, es für dich zu behalten. Vielleicht bist du sogar einer von denen, die mich begleiten und bei Grimmsson um Asyl nachfragen.«

Nach diesen Worten erhob sich Asbjorn und verließ seinen Ziehbruder. Etwas ratlos starrte Jalvaror hinter ihm her. »Niemals«, kam es schließlich über seine Lippen. »Eher sterbe ich.«

Kapitel 5

»Seht ihr die Möwen?«, rief Asbjorn. »Sie sind der Beweis dafür, dass wir uns in der Nähe von Land befinden.«

Asbjorn Eriksson befehligte eines der vier Schiffe, die Meldun Eliwagar zur Verfügung gestellt hatte und die unter dem Oberbefehl Jalvaror Blavorrs auf dem Weg nach Wessex waren.

»Das bedeutet, dass wir uns in unmittelbarer Nähe der Küste von Britannien befinden«, sagte der Mann, der neben Asbjorn stand und zusammen mit ihm die Seevögel beobachtete.

Es war ein grauer, bewölkter Tag. Die See hatte nur wenig Wellengang, aber der Wind stand günstig, und so waren die Ruderbänke nicht besetzt und die Ruder eingezogen. Fast lautlos glitten die Schiffe dahin, nur das trockene Knarren der Taue, das Klatschen des Wassers gegen den Rumpf des Schiffes und die Geräusche, welche die Krieger an Bord verursachten, waren zu hören.

»Signalisiere den anderen, dass wir uns in Küstennähe befinden«, gebot Asbjorn.

Schließlich erreichten sie eine menschenleere Bucht, wo sie an Land gingen. Die Krieger rotteten sich am Ufer zusammen. Jeder trug seinen Rundschild und am Gürtel die Streitaxt oder das Schwert, einige waren auch mit Speeren oder Pfeil und Bogen bewaffnet. Jalvaror, Asbjorn und die beiden Unterführer, die das Kommando über das dritte und vierte Schiff hatten, beratschlagten.

Sie hatten keine Ahnung, wo genau sie sich befanden. Es konnte die Küste von East Anglia sein, möglicherweise auch das Stück Küste von Wessex zwischen East Anglia und Kent.

»Darüber zu rätseln bringt uns nicht weiter«, meinte Jalvaror. »Wir werden es schon herausfinden. Bestimmt einige Leute, die die Schiffe bewachen, mit dem Rest machen wir uns auf den Weg ins Landesinnere.«

Ein Dutzend Krieger blieb zurück, die anderen, über hundert Mann, marschierten ohne jede Ordnung los. Der Weg zwischen den Felsen war beschwerlich, es begann zu nieseln, und der felsige Boden wurde glitschig. Außerdem erschwerte loses Geröll den Marsch der Nordmänner, und so manche Verwünschung erklang, wenn einer ausglitt oder stolperte.

Jalvaror und Asbjorn schritten voran. Das Regenwasser tropfte bald aus ihren Haaren und rann über ihre bärtigen Gesichter. Sie kamen etwas atemlos auf einer Hochebene an, die von bewaldeten oder mit Strauchwerk bewachsenen Hügeln begrenzt wurde. Und auf einer der Anhöhen erhob sich ein hölzerner Wachturm.

Die Männer sahen sich um und nahmen die Eindrücke auf, die sich ihnen boten.

»Der Posten auf dem Wachturm hat uns sicherlich erspäht«, vermutete Jalvaror. »Ich schätze, dass dort oben eine Abteilung Soldaten lagert, die diesen Küstenabschnitt zu sichern hat. Wir werden es sehen. Marschieren wir weiter.« Er drehte sich zu der Mannschaft um und rief: »Macht euch bereit für den Kampf, Männer! Die Soldaten, die bei dem Wachturm stationiert sind, werden jeden Moment auftauchen! Es gilt zu verhindern, dass die nächste Garnison alarmiert wird, also darf keiner entkommen. Wir verhandeln auch nicht mit ihnen. Sobald sie auftauchen, greifen wir an!«

Er zog die Streitaxt aus dem Gürtel und setzte sich in Bewegung. Ein entschlossener Zug hatte sich in seinen Mundwinkeln eingegraben, jede Linie in seinem Gesicht verriet äußerste Konzentration.

Die Männer setzten den Marsch fort, bereit zu kämpfen, zu töten und auch zu sterben, wenn es den Göttern gefiel. Sie vermittelten einen erschreckenden Eindruck von Entschlossenheit, Wucht und Stärke. Feinde, die sie sahen und ihre Kompromisslosigkeit kannten, mussten über starke Nerven verfügen, um diesen Anblick zu ertragen.

Unaufhaltsam näherten sie sich dem Hügel, auf dem sich der Wachturm erhob. Dichtes Strauchwerk, das von Laubbäumen überragt wurde, begrenzte die Sicht. Keiner der Krieger ahnte, was ihn erwartete. Schließlich trennten sie nur noch hundert Schritte von der Front des dicht ineinander verflochtenen Gebüschs, das die Flanke und auch den Rücken des Hügels bedeckte und über das sich der Wachturm auf der Kuppe erhob.

In einer breiten Reihe traten Bewaffnete aus dem Buschwerk, doch auf einen Befehl hin hielten sie an.

Es handelte sich um eine halbe Hundertschaft. Die Soldaten trugen Kettenhemden und eiserne Helme und waren mit schweren Schilden und Langschwertern bewaffnet.

»Weiter!«, befahl Jalvaror, und er beschleunigte sogar seine Schritte, als könnte er den Kampf nicht erwarten.

Doch nun trieben linkerhand zwei Dutzend Reiter ihre Pferde auf einen Hügelkamm, wo sie die Tiere zum Stehen brachten. Sie waren mit langen Lanzen ausgerüstet, in den Scheiden an ihren Gürteln steckten Schwerter. Die Pferde prusteten, stampften mit den Hufen und peitschten mit den Schweifen. Hin und wieder erhob sich helles Wiehern.

»Angriff!«, rief Jalvaror unbeirrt und begann zu laufen.

Ein rauer Befehl erklang bei den berittenen Soldaten. Sie trieben die Pferde an und galoppierten den Abhang hinunter. Brandender Hufschlag rollte vor den Reitern her in die Ebene hinein, auf der die Nordmänner angriffen. Während diese sich im Laufschritt den Fußsoldaten am Rand des Buschwerks näherten, schlugen sie ihre Waffen gegen die Schilde und riefen im Chor den Namen ihres obersten Gottes. »Odin! Odin! Odin …!« Ein dumpfer, heidnischer Choral, der in den Ohren der britannischen Soldaten, die an die Heilige Dreifaltigkeit glaubten und Mühe hatten, den Anblick der heranwogenden, wilden Schar zu ertragen, wie eine Botschaft aus der Hölle klingen musste.

Die christlichen Kämpfer warfen sich den Angreifern entgegen. Von der Seite jagte die Reiterei heran. Die Nordmänner hatten aufgehört, gegen die Schilde zu schlagen und Odins Namen zu brüllen. Sie konzentrierten sich nur noch auf ihre Gegner.

Das gegenseitige Abschlachten begann mit erschreckender Vehemenz. Die Reiterei stieß in das Kampfgetümmel, und die Soldaten stachen mit ihren Lanzen nach den Eindringlichen aus Skandinavien, die sie fürchteten wie den Teufel, die sie aber zugleich auch hassten wie sonst niemand – ein Hass, den die nackte Angst gebar.

Asbjorn kämpfte wie besessen. Wie ein Schnitter mit seiner Sense das Korn, so mähte er mit seiner Axt die Feinde nieder. Bald rann ihr Blut, vermischt mit Regenwasser und Schweiß, über sein Gesicht. Auch seine Kleidung war damit besudelt, die Schneide seiner Axt war rot gefärbt vom Blut der Erschlagenen. Er wich Schwerthieben aus, sprang zu Hilfe, wenn er registrierte, dass einer seiner Gefährten in Bedrängnis geraten war, benutzte den Schild, um damit den einen oder anderen Gegner zu Boden zu schlagen, und zog dann mit der Axt einen blutigen Schlussstrich unter sein Leben.

Pferde warfen mit gequältem Wiehern ihre Reiter ab, und ehe diese sich erheben konnten, spaltete ihnen ein Hieb den Schädel oder durchbohrte sie ein Schwert. Der Blutrausch hatte von den Nordmännern Besitz ergriffen.

Drei der Reiter spornten ihre Pferde an und versuchten, dem Gewoge aus Leibern zu entkommen, denn es war nur allzu deutlich, dass die Nordmänner überlegen waren und den Sieg erringen würden. Sie wurden von den Pferderücken gezerrt und gnadenlos erschlagen. Hinter einem vierten, dem es gelungen war, sein Pferd aus dem Gewühl hinauszutreiben, wirbelte eine Axt her, und die Schneide fuhr ihm zwischen den Schulterblättern in den Rücken. Er kippte nach vorn auf den Hals des Tiers und stürzte dann kopfüber zu Boden.

Der Kampflärm wurde leiser, und schließlich gab es niemand mehr, der gegen die Nordmänner eine Waffe hob. Die britannischen Soldaten lagen in ihrem Blut, die meisten waren tot. Die Sieger begannen, die wenigen Überlebenden unerbittlich zu erschlagen oder zu erstechen. Eine Handvoll Pferde stand auf dem Schlachtfeld herum. Die Tiere prusteten mit geblähten Nüstern und scharrten unruhig mit den Hufen, denn der Blutgeruch machte sie nervös.

»Lasst einige von den Kämpfern am Leben!«, befahl Jalvaror mit lauter Stimme. »Sie müssen uns eine Reihe von Fragen beantworten.«

Einige der Nordmänner nahmen den Toten die Kettenhemden ab, um sie sich selbst überzustreifen. Die

Krieger sammelten sich schließlich, und drei verwundete britannische Soldaten wurden zu Jalvaror, Asbjorn und den beiden anderen Unterführern geschleppt. Es waren junge Männer, kaum zwanzig Jahre alt, deren bleiche Züge vom Grauen geprägt waren und in deren flackernden Augen panische Angst tobte.

Jalvaror, der sich nicht zum ersten Mal auf Beutezug in Britannien befand, konnte sich mit den Soldaten in ihrer Sprache verständigen. Es waren zwar nur Fragmente der englischen Sprache, die er beherrschte, aber es genügte, um ihnen die Fragen zu stellen, an deren Beantwortung ihm gelegen war.

»In welchem Königreich befinden wir uns?«, fragte er die stöhnenden und röchelnden Männer, aus deren Wunden das Blut pulsierte und deren Schicksal besiegelt war. Denn die Devise, die Jalvaror ausgegeben hatte, lautete: keine Gefangenen! Sie wären nur hinderlich gewesen.

»Wessex«, murmelte einer der Verwundeten mit brüchiger Stimme. »Ostküste … König Ethelred regiert das Reich. Er … er …«

Die Stimme des Mannes brach endgültig, sein Kopf rollte auf die Seite, mit einem verlöschenden Atemzug fiel er in Ohnmacht.

Jalvaror gab einem seiner Krieger ein Zeichen. Der nahm die Axt und zertrümmerte den Kopf des Besinnungslosen, dann trat er wieder zurück, während Jalvaror den Blick auf den nächsten der gefangenen und verwundeten Gegner heftete: »Haben die Brüder Ragnarsson in der Zwischenzeit mit ihrer Armee Mercia eingenommen?«

»Nein.«

»Erzähl mir, was sie davon abgehalten hat!«, forderte Jalvaror.

»König Burgred von Mercia hat vor längerer Zeit König Ethelred von Wessex und dessen Bruder Alfred um Hilfe gebeten, um die Feinde, die in Mercia eingedrungen waren und sich in Nottingham verschanzt hatten, wieder zu vertreiben«, berichtete der Soldat. »Es ist ihnen jedoch nicht gelungen, die Festung einzunehmen, sodass man sich zu einem Friedensschluss mit den Barbaren … ich meine, mit den Nordmännern durchrang. Der Frieden währte allerdings nicht lange. Nun ziehen Gruppen der Nordmänner wieder durch Mercia. Sie plündern, morden und brandschatzen, sie haben das reiche Kloster Medhamsted dem Erdboden gleichgemacht und die Mönche ans Kreuz genagelt. Ihre Grausamkeit kennt keine Grenzen, und in der Bevölkerung herrschen Angst und Schrecken. Es ist wohl nur noch eine Frage der Zeit, bis das große heidnische Heer der Brüder Ragnarsson Mercia erobert hat.«

»Sie sind also drauf und dran, ihren Schwur in die Tat umzusetzen«, murmelte Jalvaror, »den Schwur, die Hinrichtung ihres Vater Ragnar Lodbrok durch König Aelle zu rächen und sich ganz Britannien zu unterwerfen.«

»Sie … sie suchen Land, das sie bebauen und bewirtschaften können«, ächzte der verwundete Soldat. »König Aelle ist längst tot. Auch er wurde hingerichtet, von den Nordmännern, als diese vor drei Jahren York einnahmen. Northumbria befindet sich seitdem in den Händen der Brüder Ragnarsson.«

»Wo residiert König Ethelred?«

»Wenn er nicht mit großem Gefolge in seinem Reich unterwegs ist, um sich der Gefolgschaft und Treue seiner Lehnsleute zu versichern, steht sein Thron in Winchester.«

»Residiert er im Moment in Winchester?«

»Ich weiß es nicht. Hier an der Küste erhalten wir nur äußerst selten Nachricht von dort.«

»Wie weit ist es von hier bis Winchester?«

»Ohne Pferde … mindestens sechs Tagesmärsche.«

»Wohin müssen wir gehen, um zum nächsten Dorf zu gelangen?«

»Nach Westen.«

»Werden wir auf dem Weg dorthin auf weitere Soldaten stoßen?«

»Kaum. Große Teile der Armee wurden an den Küsten und an den Grenzen zu Mercia und East Anglia stationiert. Der Rest der königlichen Truppen befindet sich in der Garnison bei Winchester. Falls der König im Land unterwegs ist, wird er von einer Hundertschaft Soldaten begleitet, die sein Leben zu schützen hat. Es gibt einige Burgen im Land, auf denen Ritter und andere Edelmänner residieren und die von Soldaten gesichert werden. Es sind Söldner; die Burgherren selbst entlohnen sie.«

»Gibt es in der Nähe solche Burgen?«

Der Soldat nickte. »Einen halben Tagesritt von hier befindet sich die Burg des Edelmanns William de Warenna. Er ist Herr über ein großes Lehen und ein treuer Vasall des Königs.«

»Hat er viele Soldaten?«

»Ja, er ist reich und kann sie bezahlen.«

»Wo finde ich die Burg?«

Der Soldat beschrieb Jalvaror den Weg.

»Sind oben, beim Wachturm, weitere Bewaffnete?«, wollte Jalvaror wissen.

»Nur die beiden Posten auf dem Turm.« Der Verwundete hatte kaum noch die Kraft zum Sprechen. Seine Lider flatterten, seine trockenen, rissigen Lippen zuckten unkontrolliert.

»Fällt dir noch etwas ein, das wir vielleicht wissen sollten?«, wandte sich Jalvaror an Asbjorn. Als dieser den Kopf schüttelte, fragte Jalvaror die anderen beiden Unterführer, doch auch sie verneinten.

Doch Jalvaror fiel noch etwas ein. »Wie heißt die nächste größere Stadt?«

»Rochester. Es gibt dort eine Kathedrale. Der Name des Bischofs ist Cuthwulf. Dort befindet sich auch eine Garnison mit einer Hundertschaft Soldaten.«

Jalvaror ließ, nachdem alle seine Fragen beantwortet waren, die beiden verwundeten Soldaten hinrichten. Er gewährte ihnen die Gnade eines schnellen, nahezu schmerzlosen Todes.

Allerdings hatten auch die Nordmänner einige tote Krieger zu beklagen. Insgesamt waren elf von ihnen gefallen, und fünf mussten zu den Schiffen zurückgeschafft werden, weil sie so schwer verwundet waren, dass sie den Weg nicht fortsetzen konnten.

Das Gros der Mannschaft der Nordmänner erklomm den Hügel, auf dem der Wachturm errichtet war. Die erbeuteten Pferde, sieben an der Zahl, die sich aufgrund ihrer Nervosität als ziemlich störrisch erwiesen, nahmen sie mit. Rund um den Wachturm standen auf einer Lichtung die Zelte der Soldaten, die nun leblos in der Ebene lagen und deren Blut sich mit dem Regenwasser vermischte und in die Erde sickerte.

Die beiden Posten auf dem Wachturm waren verschwunden. Die Zelte wurden durchsucht, doch sie alle waren verwaist.

Jalvaror sagte zu Asbjorn: »In drei oder vier Stunden kommt die Nacht. Marschieren wir los, vielleicht erreichen wir vor Einbruch der Dunkelheit noch das Dorf weiter westlich. Die Männer sollen sich beim Wachturm versammeln.«

»Du hast dich bezüglich der Burg dieses William de Warenna ziemlich interessiert gezeigt, Bruder«, bemerkte Asbjorn. »Hast du etwa vor, sie anzugreifen? Davon muss ich abraten. Die Burgen in diesem Land sind mit den uns zur Verfügung stehenden Mitteln nicht einzunehmen.«

»Das werde ich nicht jetzt und auch nicht hier entscheiden«, erklärte Jalvaror. »Wir dürfen keine Zeit verlieren. Ich habe nämlich keine Ahnung, wie lange es dauert, bis die beiden geflohenen Wachposten irgendwelche Truppen alarmieren. Möglicherweise sind sie sogar zu de Warenna unterwegs.«

»Davon bin ich überzeugt. Sie werden ihn um Hilfe bitten, und de Warenna wird sogleich seine Soldaten losschicken, damit sie uns aufs Meer zurückjagen.«

Wenig später brachen die Nordmänner auf, Jalvaror und seine Unterführer zu Pferd und ebenso drei der Krieger, die verletzt waren, deren Wunden sie jedoch nicht davon abhielten, zusammen mit ihren Gefährten tiefer ins Landesinnere vorzudringen.

Das Land war grün, hügelig und steinig. Die Felsen waren nicht hoch, ihre Wände aber fielen fast senkrecht ab. Wege gab es nicht. Um sich das mühsame Erklimmen steiler Hügel und felsiger Pfade zu ersparen, nahmen die Nordmänner Umwege in Kauf. Der Regen weichte den Boden auf, und die Hufe der Pferde hinterließen tiefe Abdrücke.

Der Regen wurde zudem immer stärker. Der Wind war kalt, und die Krieger fröstelten. Aber sie stapften unverdrossen hinter ihren Anführern her. Die Gegend, die sie umgab, mutete an wie ausgestorben. Nach einigen Stunden des beschwerlichen Marsches jedoch wurde das Ödland von Feldern und Äckern abgelöst, Beweis dafür, dass sich in der Nähe Menschen angesiedelt hatten, die Landwirtschaft betrieben und wahrscheinlich auch Vieh züchteten.

Die Stimmung hob sich. Die Aussicht auf vernünftiges Essen, auf Bier und Wein und Unterkünfte für die Nacht weckte sogleich neue Kräfte. Und schließlich sahen sie die Ansiedlung. Sie lag am Fuß des Hügels, über den sie gekommen waren. Etwa drei Dutzend Häuser, aus deren Kaminen Rauch stieg, dazu Stallungen, Scheunen und Schuppen sowie Koppeln, in denen das Nutzvieh der Dorfbewohner weidete.

Etwa zur selben Zeit, in der die Nordmänner das Dorf erspähten, erreichten die geflohenen Wachsoldaten die Burg von William de Warenna. Eine hölzerne Brücke führte zum Burgtor. Eine hohe Mauer, an deren Ecken runde Wachtürme errichtet waren, umgab die Gebäude mit den kleinen Fenstern und spitzen Dächern und den alles überragenden Burgfried. Auf dessen Plattform, die von mannshohen Zinnen begrenzt war, reckte sich ein dünner, von der Witterung leicht gekrümmter Mast zum Himmel, an dem nass und schwer die Fahne mit dem Wappen des königlichen Lehnsmannes William de Warenna hing: drei gelbe Löwen auf rotem Grund.

Die Pferde waren am Ende, röchelten und röhrten, ihre Flanken zitterten, und die schweren Hufe riefen ein hallendes Echo auf den dicken Bohlen der Brücke hervor. Über dem Tor, auf dem Wehrgang, waren zwei Posten mit langen Lanzen postiert, von denen sich einer nun zwischen den Zinnen über die Mauer beugte. »Wer seid ihr, wo kommt ihr her? Ihr seht aus, als wärt ihr dem Leibhaftigen persönlich begegnet.«

Die Pferde blieben fast von selbst stehen, von ihren geblähten Nüstern tropfte weißer Schaum. »Wir gehören zur königlichen Wache, die an der Ostküste stationiert ist. Barbaren sind an der Küste gelandet und haben unsere Einheit bis auf den letzten Mann niedergemetzelt.«

»Barbaren?«

»Ja, Nordmänner!«

»Gott steh uns bei!« Das Tor wurde geöffnet, und die beiden königlichen Soldaten trieben die abgekämpften Pferde noch einmal an. Sie lenkten die Tiere in den Burghof, wo Soldaten der Wache sie in Empfang nahmen. Der Hauptmann wartete, bis die beiden Ankömmlinge aus den Sätteln gestiegen waren, dann ließ er sich von ihnen Bericht erstatten.

Sogleich begab er sich zu den Gemächern William de Warennas, wurde von einer der Wachen angemeldet, und schließlich stand er dem Burgherrn gegenüber. Der Edelmann war etwa vierzig Jahre alt, mittelgroß, von schlanker Gestalt und dunkelhaarig. Sein Bart war gepflegt, die Augen verrieten ein hohes Maß an Intelligenz, das Kinn war breit und kantig und zeugte von Energie, Entschlussfreudigkeit sowie Durchsetzungsvermögen.

Während der Hauptmann berichtete, nahm William de Warenna eine unruhige Wanderung auf, fünf Schritte hin, fünf zurück. Dabei hatte er die Hände auf dem Rücken liegen und die Finger ineinander verschränkt, und in seinen Zügen hatte sich ein nachdenklicher Ausdruck festgesetzt. »Diese Barbaren wagen sich jetzt also auch in unser Land.« Er war an einem der Fenster stehen geblieben und starrte versonnen auf einen unbestimmten Punkt in der Ferne. »Die Frage ist, ob die Gruppe, die heute in Wessex eingefallen ist, so etwas wie eine Vorhut des großen heidnischen Heeres oder nur gekommen ist, um zu plündern und zu morden, und dann wieder verschwindet.«

»Diese Frage werden uns diese Barbaren nur selbst beantworten können, Mylord«, meinte der Hauptmann.

»Dazu müssten wir einen oder mehrere von ihnen in unsere Gewalt bekommen«, knurrte der Edelmann. Auf einmal veränderte sich sein Gesichtsausdruck, ruckartig drehte er sich zu dem Hauptmann herum, und mit belegter, schwankender Stimme stieß er hervor: »Mein Sohn und meine Tochter befinden sich mit einer Jagdgesellschaft in der Nähe von Gillinga. Bei der Heiligen Dreifaltigkeit, sie müssen sofort zurückgeholt werden. Wenn sie den Barbaren in die Hände fallen ...«

Der Edelmann brach ab. Allein der Gedanke verschlug ihm die Stimme.

»Ich werde sofort alles Nötige veranlassen, Mylord«, erklärte der Hauptmann der Wache.

»Ja, schick sämtliche abkömmlichen Männer nach Gillinga, damit sie meine Kinder, ihre Freunde und den Hofstaat sicher nach Hause geleiten. Die Soldaten sollen von mir aus die Pferde zuschanden reiten. Hauptsache, Edward und Elinor kommen heil auf die Burg zurück.«

»Ich werde sogleich alles Erforderliche veranlassen, Mylord.«

Mit einer Handbewegung entließ der Edelmann den Wachhabenden, und dieser zog sich rückwärtsgehend bis zur Tür zurück, verbeugte sich und verließ den Raum mit den schweren, kunstvoll geschnitzten Möbeln, die den Reichtum des Burgherrn erkennen ließen.

William de Warenna rief nach seinem Diener und befahl diesem, den Kommandanten der in der Burg stationierten Söldner zu ihm zu schicken.

Das Wetter hatte sich gebessert, es hatte zu regnen aufgehört, und es war wieder wärmer geworden. Dies bewirkte, dass vom Boden Nebel aufstiegen, die nur eine geringe Sichtweite zuließen. Diese schlechten Sichtverhältnisse kamen den Nordmännern jedoch entgegen. Sie warteten noch bis zur Abenddämmerung, dann stapften sie in einer breiten Reihe hangabwärts auf die Siedlung zu. Jalvaror und Asbjorn sowie die anderen beiden Unterführer ritten der entschlossenen Schar voraus. Sie lenkten die Pferde mit den Schenkeln, hatten am linken Arm den Schild und in der Rechten die Streitaxt.

Ein altes, runzliges und zahnloses Weib, das zufällig aus dem Fenster schaute, sah einige dieser wilden Gestalten, die sich aus dem trostlosen Grau schälten. Sie machte ihren Sohn darauf aufmerksam. Der rannte zur Tür, schnappte sich den Speer, der daneben an der Wand lehnte, und sprang ins Freie. »Barbaren!«, brüllte er. »Die Nordmänner …«

Ein Speer durchbohrte seinen Oberkörper, und er brach zusammen. Eine junge Frau stürzte aus dem Haus, warf sich neben ihm auf die Knie und schrie mit zitternder Stimme: »Garrick, mein Gott, was …« Ihre Stimme versagte, denn sie begriff, dass ihr Mann nicht mehr lebte. Das Entsetzen würgte sie. Da sah sie eine Gestalt auf sich zukommen, die ihr aus der knienden Perspektive riesig erschien. Sie sah ein von Wind und Sonne gegerbtes Gesicht, das von einem wild wuchernden Bart eingerahmt wurde, breite Schultern und – die zum Schlag erhobene Axt. Sie wollte schreien, doch sie brachte nur einen Laut zustande, der sich anhörte wie trockenes Schluchzen, dann war der Krieger dicht vor ihr …

Es war die letzte Wahrnehmung ihres Lebens. Der Axthieb zerteilte ihren Kopf regelrecht, und als sie umkippte und am Boden aufschlug, war sie schon tot.

Ihr Mörder stieg über sie hinweg und drang in das Haus ein, wo das alte Weib mitten in dem Raum stand, in den er zuerst seinen Schritt setzte. Mit beiden Händen hielt sie ihm ein großes Kruzifix entgegen. »Die Pforte ist weit, und der Weg ist breit, der zur Verdammnis abführt«, keuchte die alte Frau, wobei ihre Lippen bebten. »Ihrer sind es viele, die darauf wandeln ...«

Der Krieger schlug ihr mit der Axt das Kreuz aus den Händen. Sie versuchte noch, abwehrend die Arme zu heben, doch sein zweiter Hieb durchschnitt brutal ihren Lebensfaden.

Ihr Mörder begann, in den beiden Räumen des Hauses nach Wertsachen zu suchen, warf das grob zusammengezimmerte Mobiliar um und zertrümmerte es. Es krachte und splitterte ...

Der Abend war erfüllt von den entsetzten und verzweifelten Schreien der Dorfbewohner. Männer, Kinder und alte Frauen wurden erschlagen, die jungen Frauen vergewaltigt, und anschließend schnitten ihnen ihre Peiniger die Kehlen durch. Niemandem gelang die Flucht. Und als der letzte Todesschrei verstummt war, lebten von den Dorfbewohnern nur noch drei alte Männer.

Während die Angreifer die Häuser plünderten, knieten die drei Gefangenen in dem größten Haus der Ansiedlung vor Jalvaror und seinen Unterführern am Boden und zitterten vor Angst wie Espenlaub. Auf dem Tisch, an dem die vier Nordmänner saßen, lag ein großer Schinken, von dem sie mit ihren Messern mundgerechte Stücke abschnitten, um sie sich einzuverleiben. Sie hatten in der Speisekammer auch Wein gefunden, den sie aus tönernen Krügen tranken und mit dem sie die Bissen hinunterspülten.

Zwei Krieger standen hinter den Gefangenen.

»Noch einmal!«, radebrechte Jalvaror in der ihm fremden Sprache. »Wo habt ihr eure Schätze versteckt? Ihr solltet es uns sagen. Denn wenn ihr schweigt, werden wir euch so lange Schmerzen zufügen, bis ihr sprecht – und ihr *werdet* sprechen, dafür garantiere ich.«

»So glaub uns doch, Herr, es gibt keine Schätze in diesem Dorf. Wir sind Bauern und leben von den Erträgen unserer Hände. Hin und wieder kommt die Dienerschaft von William de Warenna ins Dorf, um Eier, Gemüse und Obst zu kaufen, denn in den Wäldern in der näheren Umgebung gibt es jagdbares Wild, und die Edelleute veranstalten des Öfteren Jagden.«

»Dieses Dorf gehört also zu de Warennas Herrschaftsbereich?«, fragte Jalvaror interessiert.

»Ja, mein Herr. Erst heute waren wieder einige Diener von de Warenna hier, um Obst und Gemüse zu erstehen.«

»Also befindet sich de Warenna nicht in seiner Burg?«

»Es sind sein Sohn und seine Tochter, die sich mit einer vornehmen Gesellschaft zur Jagd in unserer Gegend eingefunden haben. Es waren nur einige Silberpennys, die wir für unsere Ware erhielten, und sie wurden unter jenen aufgeteilt, die die Ware geliefert haben.«

Jalvaror gab einem der Krieger, die hinter den Gefangenen standen, ein Zeichen, und dessen Hand verkrallte sich in den weißen Haaren des Sprechers. Der Alte schrie gequält auf. »Rede, Hund!«, fauchte der Krieger in seiner Sprache, ein großer, vierschrötiger Bursche mit kahl geschorenem Hinterkopf und langen roten Haaren, die ihm wirr in die Stirn hingen, sowie einem struppigen Bart von derselben Farbe. Erbarmungslos schüttelte er den Kopf des alten Mannes, der schrie und stöhnte und schließlich nur noch wimmerte.

»Lass ihn los!«, herrschte Asbjorn den Krieger an. Und an seinen Ziehbruder gewandt sagte er: »Ich verstehe kein Wort von dem, was du mit dem Alten sprichst, und das gefällt mir nicht. Was habt ihr geredet?«

Jalvaror setzte ihn darüber in Kenntnis. Nachdem er geendet hatte, schüttelte Asbjorn den Kopf und sagte: »Hast du im Ernst erwartet, in diesem Dorf Gold oder Silber zu finden? Wir sollten froh sein, dass wir uns hier die Bäuche vollschlagen können und ein Dach über den Köpfen gefunden haben.« Auf einmal war da ein Glitzern in seinen Augen. »Als ein Geschenk der Götter empfinde ich es allerdings, dass sich die Kinder dieses William de Warenna in der Gegend aufhalten. Wenn wir sie als Geiseln nehmen ... Frag den Alten, wo genau diese Jagdgesellschaft ist. Und frag ihn auch, ob wir mit großer Gegenwehr rechnen müssen.«

»Die Leute aus der Burg lagern ungefähr eine Stunde Fußmarsch von hier weiter westlich«, erzählte der Alte bereitwillig, nachdem Jalvaror die entsprechenden Fragen gestellt hatte. »Ihr braucht nur dem schmalen Fluss zu folgen, dann könnt ihr euer Ziel nicht verfehlen. Soviel ich weiß, befinden sich etwa ein Dutzend Soldaten zu ihrem Schutz bei der Gesellschaft. Sie fungieren auch als Treiber.«

Jalvaror übersetzte, und Asbjorn sagte: »Wir sollten sofort aufbrechen, denn wir müssen damit rechnen, dass die geflohenen Wachleute de Warenna von unserer Ankunft berichtet haben. Dann wird er sofort eine große Abteilung Soldaten losschicken, die seine Kinder in Sicherheit bringen soll. Wir müssen diese Jagdgesellschaft noch in der Nacht überfallen und einen Platz für einen Hinterhalt suchen, für den Fall – und davon gehe ich fest aus –, dass die Soldaten uns verfolgen.«

Die beiden anderen Unterführer pflichteten ihm bei.

Die Gesellschaft, mit der sich Edward und Elinor de Warenna in die Nähe von Gillinga zur Jagd begeben hatten, feierte ausgelassen. Hohe Feuer loderten, auf Spießen wurde das Wild, das sie erlegt hatten, gebraten. Bei den jungen Leuten handelte es sich um die Söhne und Töchter jener Männer, die den königlichen Lehnsherrn de Warenna berieten und dessen Ideen umsetzten. Sie feierten ausgelassen und sprachen dem Wein mehr zu, als für sie gut war.

Das Dutzend Bewaffneter saß etwas abseits an einem eigenen Feuer. Auf Wachen hatte man verzichtet, denn man fühlte sich sicher, wurden doch die Küsten und die Grenzen zu East Anglia und Mercia von starken Truppenverbänden bewacht. Stimmengewirr, Gelächter, grölender Gesang und das Johlen irgendwelcher übermütiger Zecher vermischte sich zu einer verworrenen Geräuschkulisse.

Das sollte sich innerhalb der nächsten Minuten drastisch ändern. Plötzlich rief jemand: »Da kommen Leute! Seht, dort!«

Die ersten der Nordmänner kamen aus dem Nebel. Einige saßen auf Pferden, weitere folgten ihnen im Laufschritt. Das Pochen der Hufe, das zuvor der Nebel gedämpft hatte, verschmolz mit dem Trampeln von Schritten.

»Es sind Barbaren!«, schrie jemand entsetzt. Die Menschen im Lager sprangen auf, schrien durcheinander und suchten ihr Heil in der Flucht. Die Soldaten allerdings liefen mit den Waffen in den Händen den Angreifern entgegen. Sie wurden von Axt- und

Schwerthieben empfangen, krümmten sich oder bäumten sich auf und brachen tot oder sterbend zusammen.

Die Nordmänner verfolgten jene, die in den Wald geflüchtet waren. Asbjorn nahm einen brennenden Ast aus einem der Feuer, um ihn als Fackel zu benutzen, riss das Fell vor dem Eingang eines großen Zelts herunter und drang ein. Im flackernden Lichtschein sah er zwei Menschen – eine junge blonde Frau und einen etwa siebzehnjährigen Burschen, ebenfalls blond und der Frau sehr ähnlich. Er hielt einen Dolch in der Faust und stand geduckt da, den Mund vor Anspannung verzerrt.

Sekundenlang belauerten sich Asbjorn und der Junge, dann stieß sich dieser ab und griff den Nordmann an. Ein Hieb mit der Streitaxt fällte ihn. Die Schneide hatte sich tief in seine Brust gegraben. Er röchelte, spuckte Blut. Asbjorn stemmte einen Fuß gegen den Leib des Jungen, riss die Axt aus den knirschenden Rippen und schlug noch einmal zu, zerhackte dem Burschen mit einem Hieb das Gesicht und den Schädel.

Die junge Frau schrie auf und wich weiter zurück, bis sie mit dem Rücken gegen die Zeltwand stieß. Sie hatte die linke Hand gegen ihren Halsansatz gepresst, und in ihren Augen wühlte das Grauen.

Asbjorn, in der linken Hand die Fackel und in der rechten die Axt, glitt auf sie zu, den Blick starr auf sie gerichtet. Er war von ihr fasziniert, geradezu gebannt, denn sie war schön – schöner als alle Frauen, die er je gesehen hatte. Er sah die Ader an ihrem schlanken weißen Hals pochen. Die Linie des fein geformten Kinns war makellos, ihre Augen waren von einem tiefen Blau und beherrschten das schmale, aristokratisch geschnittene Gesicht. Der Mund war leicht geöffnet, was ihren vollen Lippen noch mehr Sinnlichkeit verlieh, und zwischen ihnen schimmerte eine Reihe weißer, gleichmäßiger Zähne.

Der Bursche am Boden rührte sich nicht mehr, um seinen zerschmetterten Kopf bildete sich eine Blutlache. Asbjorn legte die Axt auf einen kleinen Tisch und stellte die Fackel in den Tonkrug darauf. Die junge Frau beobachtete ihn voll Angst und Unruhe. Ihr Herz raste, ihre Beine wollten sie kaum noch tragen.

Er griff mit beiden Händen nach ihr, riss ihr mit einem Ruck das weiße Leinenkleid auf und starrte auf ihre kleinen, festen Brüste. Ihre Haut war glatt und so hell, als hätte sie noch nie ein Sonnenstrahl berührt. Ihr Körper schien aus Alabaster geformt und nicht aus Fleisch und Blut zu bestehen.

Asbjorn schaute ihr in die Augen und sah darin die namenlose Angst. Doch ihre Gefühle waren für ihn bedeutungslos. Er packte sie mit beiden Händen an den Oberarmen und schleuderte sie auf das Lager, das an der Zeltwand errichtet war. Ihr panischer Aufschrei rührte ihn nicht. Mit einem Ruck riss er das Kleid bis hinunter zum Saum auf, und nackt lag sie vor ihm.

»Bitte …« Sie presste ihre Oberschenkel zusammen und legte beide Hände auf das Dreieck dazwischen.

Asbjorn verstand das Wort nicht, doch er erkannte den flehenden Ausdruck in ihren Augen und hörte den kläglichen Tonfall ihrer Stimme. Er wollte sie nehmen und ihr seinen Willen aufzwingen, um ihr danach die Kehle aufzuschlitzen und das Zelt nach Wertgegenständen zu durchsuchen.

Aber etwas hielt ihn zurück. Es war ihre Schönheit, vielleicht auch die Ahnung, dass sie noch Jungfrau war, und er scheute sich, diese Unschuld zu zerstören, auch wenn dies ganz und gar nicht seinem Naturell entsprach.

Er zögerte, vernahm plötzlich hinter sich ein Geräusch, wirbelte geduckt herum, vollführte einen langen Schritt und riss seine Waffe von dem kleinen Tisch.

Im nächsten Moment aber erkannte er Jalvaror, der das Zelt betreten hatte, die blutige Streitaxt in der Rechten, in der Linken ein erbeutetes Schwert.

Jalvaror streifte den Leichnam des Jünglings am Boden mit einem flüchtigen Blick, starrte eine Weile lang die nackte Frau an und sagte dann, an Asbjorn gewandt: »Bis auf zwei Männer haben wir alle getötet. Diese beiden hier – sind das die Kinder von William de Warenna?«

»Ich weiß es nicht«, antwortete Asbjorn.

Jalvaror schritt zu der jungen Frau und ging neben ihrem Lager in die Hocke. »Sag mir deinen Namen«, forderte er in holprigem Englisch.

»Elinor de Warenna«, entrang es sich ihr.

»Und wer ist der, der tot am Boden liegt?«, fragte Jalvaror, ahnte aber, um wen es sich handelte.

»Das … das ist mein Bruder Edward. Er … er war erst siebzehn …« Ihre Stimme versiegte, und Elinor de Warenna begann hemmungslos zu weinen.

»Sie ist meine Gefangene«, stieß Asbjorn hervor. »Sie gehört mir.«

»Sie ist die Tochter William de Warennas«, versetzte Jalvaror. »Und weil das so ist, dürfte sie für uns ganz besonders wertvoll sein. Du wirst deine Interessen dem von uns allen unterordnen müssen, Bruder.«

Ein Schatten schien Asbjorns Miene zu verdüstern.

Kapitel 6

Als die Soldaten, die William de Warenna losgeschickt hatte, in dem Lager der Jagdgesellschaft ankamen, fanden sie dort nur noch grässlich verstümmelte Leichen sowie niedergerissene und durchwühlte Zelte vor. Sehr schnell war klar, dass sich Edward de Warenna unter den Getöteten befand und dass seine Schwester entführt worden war.

Bei den Soldaten herrschte tiefe Bestürzung, aber auch ohnmächtiger Zorn. Verwünschungen und auch Racheschwüre wurden ausgestoßen. Eine Abordnung der dreißig Mann starken Reitergruppe wurde nach Gillinga geschickt, während der Rest der Spur der Nordmänner folgte.

Auch in Gillinga hatte der Tod in Gestalt der Krieger aus Norwegen gewütet. Die drei alten Männer, die Jalvaror vernommen hatte, waren mitten im Dorf an den Beinen an einer alten Linde aufgehängt worden, dann hatte man ihnen die Kehlen durchgeschnitten und sie ausbluten lassen. Die übrigen Einwohner der Ansiedlung lagen zumeist tot in ihren Häusern. Einige waren auch ins Freie gerannt, um zu fliehen, und hatten dort den Tod gefunden. Die Frauen, solange es sich nicht um alte Weiber handelte, hatte man hemmungslos vergewaltigt und ihnen dann die Kehlen durchgeschnitten. Gillinga war zu einem Hort der Verwüstung und brutalen Gewalt geworden.

Da es schon finster war, hatten die Soldaten Fackeln

angezündet, deren flackernder Schein ihnen das Grauen offenbarte, das sie umgab. Einige der jüngeren Soldaten übergaben sich.

Aus einer Scheune wurde ein Fuhrwerk geschoben, vor das man einen Ochsen spannte. Man begab sich in das Lager der Jagdgesellschaft und lud die dort Ermordeten auf den Karren.

Plötzlich waren ferne Geräusche zu hören. Noch war es nur ein monotones Rumoren, doch es näherte sich, und bald konnte man das Grollen als Hufgetrappel identifizieren. Die Soldaten zogen ihre Schwerter und suchten hinter Sträuchern und Bäumen Deckung.

Der Lärm wurde immer deutlicher, und dann zogen Reiter über eine Bodenwelle im Westen. Einige von ihnen hielten brennende Fackeln, und im vagen Lichtschein glänzten matt die eisernen Helme, die die Männer trugen, sowie die Nieten der Zaumzeuge.

»Das sind unsere Leute!«, rief jemand.

»Wir warten ab, bis wir ganz sicher sein können!«, ertönte es. Der Soldat, der den Befehl ausübte, war misstrauisch. Die Nordmänner konnten sich der Pferde, Helme und Kettenhemden ihrer Kameraden bemächtigt haben …

Der Pulk näherte sich im Trab.

»Gebt euch zu erkennen!«, erklang es.

»Wir gehören zu euch! Keine Sorge!« Der Rufer beherrschte perfekt die Sprache, wie sie in Britannien gesprochen wurde; ein Sprachgemisch, das auf die Jüten, Friesen, Angeln und Sachsen, die sich seit etwa der Mitte des fünften Jahrhunderts in Britannien angesiedelt hatten, zurückzuführen war.

Die Männer traten aus ihrer Deckung und rammten die Schwerter in die Scheide. Die Reiter waren heran und schwangen sich von den Pferden. »Wir sind ihrer

Fährte eine ganze Weile gefolgt«, berichtete einer. »Sie führt in Richtung Rochester. Sie haben Fuhrwerke dabei, mit denen sie wahrscheinlich ihre Beute befördern. Außerdem konnten wir Hufspuren entdecken. Das Gros der Horde ist jedoch zu Fuß unterwegs.«

»Warum seid ihr umgekehrt?«, fragte der Kommandant des Trupps.

»Es wurde derart finster, dass wir der Spur ohne Fackeln nicht weiter folgen konnten. Die hätten uns aber verraten und die Barbaren uns sicherlich einen Hinterhalt gelegt. Sie sind in der vier- oder fünffachen Überzahl, sodass ein Kampf mit ihnen unseren Untergang bedeutet hätte.«

»Das sehe ich ein«, knurrte der Kommandant. »Bringen wir die Toten in die Burg. Und dann soll der Lord entscheiden, was geschieht.«

Stunden später erreichten sie die Festung. Mit quietschenden Achsen, ächzend und rumpelnd rollte das Fuhrwerk in den Burghof, der von Fackeln und einigen Feuern, die in großen, eisernen Schalen brannten, erleuchtet wurde. Ein Bote, der vorausgeschickt worden war, hatte den Burgherrn auf das, was auf ihn zukam, vorbereitet. Dieser stand zusammen mit seiner Gattin auf dem Balkon der Kemenate und beobachtete den Zug, der durch das Burgtor kam. Da über die Ladefläche des Fuhrwerks keine Plane gespannt war, sah das Paar die leblosen Gestalten, deren blutverschmierte und verzerrte Gesichter im Licht- und Schattenspiel der Feuer und Fackeln wie dämonische Masken anmuteten.

Die Schultern von Lady de Warenna zuckten, ihre Hände hatte sie vor der Brust ineinander verkrampft, ihre bleichen Lippen bebten. Mit der Nachricht, dass ihr Sohn tot und ihre Tochter verschwunden war, entführt von den Barbaren aus Skandinavien, die in ganz

Britannien für Angst und Schrecken sorgten, war etwas in ihr zerbrochen.

Das Gesicht von William de Warenna wirkte wie aus Granit gemeißelt. Er fühlte den Schmerz um den Verlust seines einzigen Sohnes tief in der Seele, die Angst um seine schöne Tochter umkrampfte wie eine eisige Faust sein Herz. Dies jedoch zu zeigen wäre ein Zeichen von Schwäche gewesen. Und so war in seinem Gesicht nicht die geringste Gemütsregung abzulesen, aber in seinen Augen lag eine stumme, unheilvolle Prophezeiung.

Die Leichen wurden von dem Fuhrwerk gehoben und in die Burgkapelle getragen.

»Gehen wir hinunter, Balthild. Gehen wir zu unserem toten Sohn.« Die Stimme des Edelmanns klang belegt, geradezu brüchig.

Edward de Warenna lag auf einer Bahre vor dem kunstvoll geschnitzten Altar der Burgkapelle. Rund um die Bahre standen brennende Kerzen in Haltern aus Bronze, Zinn und mattem Silber. Es roch nach Wachs.

Man hatte ein Tuch über sein zerschmettertes Gesicht gebreitet. Seine langen blonden Haare lugten darunter hervor. Sie waren dick vom eingetrockneten Blut verklebt.

»Warum hat Gott das zugelassen?«, flüsterte Balthild de Warenna ergriffen. »Edward war unser einziger Sohn, erst siebzehn Jahre alt, und als ich ihn damals gebar, empfanden wir es als ein Geschenk Gottes. Und nun …« Ihre Stimme brach, sie begann bitterlich zu weinen.

William de Warenna legte den Arm um die zuckenden Schultern seiner Gattin, schluckte würgend, setzte zweimal an und sagte dann: »Niemand weiß es, niemand wird es je erfahren, warum Gott das zugelassen hat. Seine Ratschlüsse sind für uns Sterbliche oftmals unbegreiflich, und wir empfinden sie als ungerecht. Doch wir dürfen nicht zweifeln. Vielleicht ist es eine Prüfung.«

Aus der Dunkelheit hinter dem Altar schlurfte eine hagere, gebeugte Gestalt. Als sie in den Lichtschein trat, konnte man sehen, dass es sich um einen alten weißhaarigen Mann handelte. Er war in einen knöchellangen dunkelbraunen Mantel gehüllt, der von einer weißen, vor dem Leib verknoteten Kordel zusammengehalten wurde, und von seinem Hals baumelte ein großes Kruzifix aus Holz und mit silbernen Beschlägen vor seiner Brust.

»An Gott und der Heiligen Dreifaltigkeit zu zweifeln wäre frevlerisch«, sagte der Priester mit lauter, fester Stimme. »Gott, der Herr, hat Edward, Euren Sohn, in sein Reich aufgenommen. Wie sagte Jesus Christus? Wahrlich, wahrlich, ich sage euch: Wer mein Wort hört und glaubt dem, der mich gesandt hat, der hat das ewige Leben. – Als Mutter und Vater seid ihr gehalten, zu trauern und um ihn zu weinen. Als Geschöpfe unseres Herrn und tief verwurzelt im Glauben an ihn aber müsst ihr dankbar sein.«

»Betet für ihn, Priester«, murmelte de Warenna. »Und betet für Elinor, unsere Tochter. Möge der Herr, unser Gott, verhindern, dass diese Barbaren ihre Ehre beschmutzen.«

»Der allmächtige Gott, unser Herr, wird Eure Tochter behüten, Mylord«, versicherte der Priester.

»Ich vertraue dem Allmächtigen, Priester«, murmelte de Warenna. »Bittet ihn, mir und meinen Soldaten beizustehen, wenn wir den Barbaren folgen, um meine Tochter zu befreien und diese Heiden zur Rechenschaft zu ziehen.«

»Mein ist die Rache, spricht Gott, der Herr …«

»Von Rache wird erst dann die Rede sein, wenn ich Elinor in Sicherheit weiß, Priester«, erklärte de Warenna mit einer Stimme, die wie zerspringender Stahl klang.

Sie waren auf dem Weg nach Rochester. Aus dem Dorf Gillinga, das sie heimgesucht und in dem sie nur Tod und Verwüstung zurückgelassen hatten, hatten sie vier schwere zweirädrige Karren mitgenommen, vor die sie jeweils einen Ochsen gespannt hatten. Auf diesen Karren lagen während des Marsches ihre Schilde. Zudem transportierten sie damit silberne Becher, Teller und anderes Geschirr sowie eine Reihe weiterer Wertsachen, die sie in den Zelten der Jagdgesellschaft erbeutet hatten, darunter auch Dolche und Schwerter, die wenig zum Kampf geeignet, deren Griffe jedoch mit Edelsteinen verziert waren. Den Schmuck, den die Damen der Gesellschaft bei sich gehabt hatten, hatte Jalvaror in einer kleinen eisenbeschlagenen Truhe sammeln lassen, die sich ebenfalls auf einem der Ochsenkarren mit den großen Scheibenrädern befand.

Sie hatten auch einige Pferde erbeutet, sodass nunmehr fast zwei Dutzend der Nordmänner beritten waren. Die einzige Gefangene, Elinor de Warenna, war auf einem der Fuhrwerke festgebunden. Sie wurde hart durchgeschüttelt und fühlte sich bald wie gerädert.

Elinor verspürte grenzenlose Angst. Darüber hinaus empfand sie nichts. War ihr Herz zu Stein erstarrt, nachdem ihr Bruder vor ihren Augen getötet worden war? War, als er in seinem Blut vor ihr am Boden lag, das Leben in ihr abgestorben? Warum empfand sie keinen Hass? Ihr Schicksal lag in vollkommener Dunkelheit, die Zukunft erschien ihr so finster wie die Nacht, die sie umgab. Ließ die Furcht vor dem, was ihr die nächsten Stunden und Tage bescheren würden, keine anderen Gefühle zu?

Elinor war zum Weinen zumute, aber die erlösenden Tränen wollten nicht kommen. Zu viel hatte sie schon geweint in den vergangenen Stunden, die sie auf der harten Ladefläche des holpernden Fuhrwerks zugebracht hatte, gekleidet in ein zerfetztes Kleid, das immer wieder verrutschte und ihre Blöße den Blicken dieser Monster preisgab.

Asbjorn hatte nicht noch einmal versucht, seinen persönlichen Anspruch auf Elinor seinem Ziehbruder gegenüber geltend zu machen. Aber er sah Elinor als sein Eigentum an, und zu gegebener Zeit würde er sein Recht durchzusetzen wissen. Dazu war er fest entschlossen, von der Legitimität seines Anspruchs voll und ganz überzeugt.

Mitternacht war längst vorbei, als Jalvaror beschloss, in einer hinter Büschen verborgenen Senke zu lagern. Mond und Sterne wurden von Wolken verdeckt; es war stockfinster. Feuer konnten die Nordmänner nicht entzünden, denn der Schein wäre in der Nacht weithin sichtbar gewesen und hätte etwaigen Verfolgern den Weg gewiesen.

Sie aßen etwas von den Speisen, die sie aus Gillinga mitgenommen hatten, und auch Elinor, die auf dem Ochsenkarren festgebunden blieb, erhielt etwas zu essen und zu trinken. Jalvaror sagte zu ihr: »Dein Vater wird es nicht wagen, uns anzugreifen, solange du dich in unserer Gewalt befindest. Er wird ein hohes Lösegeld für dich zahlen müssen.«

»Und dann werdet ihr mich umbringen, wie ihr alle umgebracht habt, die mit mir auf der Jagd waren, alle meine Freunde und … meinen Bruder Edward.« Sie sprach es, sah wieder das grässliche Bild ihres toten Bruders, und einem jähen Impuls folgend stieß sie hervor: »Mein Vater wird euch dafür bei lebendigem Leib die Haut abziehen lassen!«

Nachdem sie die Worte ausgestoßen hatte, erschrak Elinor vor ihrer eigenen Courage. Sie erschauerte, und die Angst davor, dass ihre Drohung den Zorn dieses Barbaren heraufbeschwor, würgte sie mit unsichtbarer Hand.

Der erwartete Wutausbruch erfolgte nicht. »Dein Vater wird zahlen.« Es klang ruhig, abschließend und endgültig.

Jalvaror wandte sich ab und wollte sich entfernen, aber hinter ihm stand Asbjorn, der sich völlig lautlos genähert hatte, und versperrte ihm den Weg.

»Geh zur Seite«, gebot Jalvaror ungeduldig.

»Sie gehört mir!«, erklärte Asbjorn mit Nachdruck. Die Gelegenheit war günstig, und Asbjorn nützte sie. »Ich werde sie als meine Sklavin mit nach Norwegen nehmen. Und du, Bruder, wirst es akzeptieren.«

»Sie ist viel zu wichtig für uns, als dass ich sie dir als dein persönliches Eigentum belassen könnte«, entgegnete Jalvaror unwirsch. »Außerdem solltest du niemals vergessen, dass Eliwagar mir den Oberbefehl für diese Expedition übertragen hat. Ihr alle seid mir zum Gehorsam verpflichtet, und das gilt auch für dich. Ich bestimme über das Schicksal dieses Weibes, und du hast dich zu fügen. Ich hoffe, wir verstehen uns.«

Wortlos trat Asbjorn zur Seite, um Jalvaror vorbeizulassen. Als der sich entfernt hatte und ihn nicht mehr hören konnte, knirschte Asbjorn: »Sie gehört mir, sie ist meine Beute. Du wirst es sehen … Bruder.«

»Sprichst du meine Sprache?«, fragte Elinor.

Asbjorn verstand ihre Frage nicht. »Schweig!«, blaffte er. Mit diesem Wort konnte wiederum die junge schöne Frau nichts anfangen. Aber der Tonfall verriet ihr, dass der Mann ziemlich übler Laune war.

Asbjorn stapfte in die Dunkelheit, und schon nach wenigen Schritten wurde er eins mit der Finsternis, und die Geräusche, die seine Schritte verursachten, waren nicht mehr zu vernehmen.

Asbjorn suchte Hogni Bork, dem er vertraute und der ihm geholfen hatte, den König und Meldun Eliwagar zu hintergehen, als sie Gunnarr Grimmsson gewarnt und damit sein Leben gerettet hatten.

Als er in der Finsternis Hogni nicht finden konnte, rief er einige Male dessen Namen und erhielt schließlich auch Antwort. Er folgte dem Klang der Stimme und stieß auf Hogni, der an eines der Räder eines Ochsenkarrens gelehnt am Boden saß und die Beine angezogen hatte. Asbjorn ließ sich neben ihm nieder.

Kurze Zeit herrschte Schweigen zwischen ihnen, dann murmelte Asbjorn: »Jalvaror und ich entzweien uns von Tag zu Tag mehr. Es hat eine Zeit gegeben, da waren wir wie richtige Brüder. Jetzt scheint sogar der letzte Rest von Freundschaft zwischen uns zu zerbröckeln.«

»Er hat Angst um seine Familie«, versetzte Hogni.

»Besteht dazu noch ein Grund?«, fragte Asbjorn.

»Denkst du, Eliwagar hat vergessen, dass du ihn vor versammelter Mannschaft herausgefordert hast? Er verdächtigt dich des Hochverrats. Außerdem wurde sein engster Vertrauter aus dem Hinterhalt mit einem Pfeil getötet, und den Mörder vermutet er in unserer Familie. Eliwagar hasst unsere Sippe, und wenn er einen Grund findet, uns zu vernichten, wird er nicht zögern.«

»Und ich hasse Eliwagar!«, entfuhr es Asbjorn. Mit

gesenkter Stimme fuhr er fort: »Jalvaror ist ein Feigling. Wie ein Hund leckt er die Hand, von der er fürchtet, dass sie ihn züchtigt. Und wir machen gewiss reiche Beute hier in Wessex, und ich bin mir sicher, dass Jalvaror alles diesem habgierigen Kerl überlässt. Wir werden leer ausgehen, denn Eliwagar wird seinen Anspruch auf die gesamte Beute damit begründen, dass es seine Schiffe sind, mit denen wir auf Raubzug waren, und dass er die Kosten für die Expedition getragen hat.«

»Mit völlig leeren Händen wird uns Eliwagar schon nicht nach Hause schicken«, wandte Hogni ein.

»Jalvaror will mir die schöne Christenfrau wegnehmen«, sagte Asbjorn grollend und wechselte damit das Thema. »Ich betrachte sie aber als mein Eigentum, und ich denke nicht daran, sie ihm zu überlassen.«

»Er braucht sie, um William de Warenna zu erpressen.«

»Der wird sich nicht erpressen lassen. Vielleicht geht er zum Schein auf Jalvarors Forderungen ein. Doch sobald seine Tochter frei ist, wird er uns von seinen Männern verfolgen lassen, und bei der ersten Gelegenheit fallen sie über uns her, um uns abzuschlachten. Wir sind nur eine kleine Gruppe hier in Wessex, unsere Feinde sind uns zahlenmäßig um ein Vielfaches überlegen. Wenn wir de Warennas Tochter freilassen, sind wir des Todes.«

»Warum sagst du das nicht Jalvaror?«

»Weil er mir nicht zuhört. Außerdem würde er hinter meinen Worten nur puren Eigennutz vermuten.«

»Ist es nicht so?«

»Ich dachte immer, wir wären Freunde, Hogni.«

»Habe ich dir das nicht oft genug bewiesen?«

»Hast du. Entschuldige, Hogni. Ich frage dich nun etwas, und ich will von dir eine ehrliche Antwort hören. Hast du den Pfeil abgeschossen, der Niobjorg Bryngeror getötet hat?«

Asbjorn starrte auf den fahlen Fleck, den Hognis Gesicht in der Dunkelheit bildete. Er konnte keine Einzelheiten erkennen, aber er hatte das Gefühl, dass Hogni seinem Blick auswich.

Hogni gab keine Antwort.

»Sag es mir, Hogni!«, drängte Asbjorn.

»Denkst du nicht, dass Bryngeror den Tod verdient hat?«

»Das ist nicht die Antwort auf meine Frage! Du hast den Pfeil abgeschossen, nicht wahr?«

»Bryngeror hat unsere Familie noch mehr gehasst als Eliwagar selbst«, zischte Hogni. »Er hat Eliwagar beeinflusst, indem er gegen unsere Familie gehetzt hat und Eliwagars Hass gegen uns schürte. Ein hohes Maß an Schuld wäre ihm zuzurechnen gewesen, wenn Eliwagar eines Tages gegen uns vorgegangen wäre, mit dem Ziel, unsere Sippe auszulöschen.«

»Das, was du eben von dir gegeben hast, war gleichbedeutend mit einem Ja«, erklärte Asbjorn. »Hat dir Jalvaror den Auftrag zu dem Mord erteilt?«

»Jalvaror, meine Schwester und ich waren uns schon lange darüber einig, dass Bryngeror einen gefährlichen Einfluss auf Eliwagar ausübt, was unsere Familie betrifft. Ausschlaggebend war aber der Überfall auf dich, hinter dem mit Sicherheit Bryngeror gesteckt hat – wovon Jalvaror fest überzeugt war. Der elende Kriecher wollte seinem Herrn und Gönner einen Gefallen erweisen, sich gewissermaßen bei ihm einschmeicheln.«

»Auch diese vielen Worte fasse ich als Bejahung meiner Frage auf, Hogni.«

»Reden wir nicht mehr darüber«, knurrte Hogni.

»In Ordnung«, sagte Asbjorn nach einer Weile. Dann

aber forderte er: »Du musst mir helfen, Jalvaror umzustimmen. Mach ihm klar, dass es ein Fehler wäre, Elinor de Warenna gegen ein Lösegeld freizugeben. Am Ende würden wir alles verlieren – das Lösegeld und unser Leben.«

»Warum liegt dir so viel an der Frau? Ein Weib sollte einem Mann zu Willen sein, ihm Lust bereiten und diese befriedigen, ihn lieben und ihm Söhne gebären. Wird die Christin dies tun? Ihre Schönheit ist vergänglich, sie betet einen schwachen Gott an, der zuließ, dass sein eigener Sohn getötet wurde, und sie wird dir niemals wirklich gehören. Ihren Leib magst du vielleicht besitzen. Doch lieben, wie eine Frau ihren Mann lieben sollte, wird sie dich nie. Im Gegenteil. Du hast ihren Bruder erschlagen, und dafür wird sie dich bis ans Ende ihres Lebens hassen.«

»Sie ist so schön«, murmelte Asbjorn versonnen. »Ich will sie haben.«

»Dann nimm sie. Du wirst sehen, es ist wie bei jeder anderen Frau auch.«

»Du verstehst nicht, was ich meine, Hogni.« Asbjorn erhob sich. »Sie gehört mir, und ich werde sie nicht meinem Bruder für seine Absichten überlassen.«

Ein unumstößlicher Entschluss lag in Asbjorns Worten, und nachdem er sie gesprochen hatte, erhob er sich und ging, doch Hognis Stimme holte ihn ein: »Bei den Göttern, was hast du vor?«

Hogni erhielt keine Antwort, doch gerade das sagte ihm mehr als alle Worte. Er dachte kurz nach, dann stand auch er auf, ging zu Jalvarors Lager und setzte sich bei seinem Schwager auf den Boden. »Ich mache mir Sorgen wegen Asbjorn«, erklärte er.

»Das Verhältnis zwischen ihm und mir ist nicht mehr das beste«, bemerkte Jalvaror. »Und wegen dieser jungen Christin zerbricht die Freundschaft zwischen uns möglicherweise endgültig.«

»Ich gebe Asbjorn nicht völlig unrecht«, knurrte Hogni.

»Ich verstehe nicht.«

»Er ist davon überzeugt, dass es ein tödlicher Fehler wäre, Elinor de Warenna gegen die Zahlung eines Lösegeldes freizulassen. Solange sie sich in unserer Gewalt befindet, ist sie Garant dafür, dass uns de Warenna nicht angreift. Sobald wir sie aber freilassen, wird er alles daransetzen, um uns das Lösegeld wieder abzujagen und uns alle zu vernichten.«

»Nun ja ...« Jalvaror war nachdenklich geworden.

Hogni Bork wagte es nicht, ihm zu erzählen, dass er Asbjorn gegenüber eingestanden hatte, den engsten Vertrauten Eliwagars auf Jalvarors Geheiß hin aus dem Hinterhalt getötet zu haben.

Kurze Zeit herrschte Schweigen zwischen den beiden Männern. Jalvaror beendete es: »Ich werde noch einmal darüber nachdenken und eine Entscheidung fällen.«

»Mögen die Götter sie zu Asbjorns Gunsten ausfallen lassen«, sagte Hogni. »Denn er wird sich ihr nicht beugen, wenn sie seinem Wunsch zuwiderläuft.«

»Er ist mir zum Gehorsam verpflichtet!«, fauchte Jalvaror.

»Du kennst ihn. In ihm steckt ein Rebell. Er hat sich nicht gescheut, Eliwagar mit seinen Worten herauszufordern. Noch weniger wird er sich scheuen, *dir* die Stirn zu bieten. Denn er baut darauf, dass du nicht mit der Strenge eines Anführers gegen ihn vorgehst, sondern mit der Nachsicht eines Bruders.«

»Ich könnte es mir nicht erlauben, ihm gegenüber Nachsicht walten zu lassen. Darum hoffe ich, dass er Vernunft annimmt.«

Als der Morgen graute, setzten sie ihren Marsch fort. Jalvaror und die Gruppe der Berittenen kundschafteten den Weg aus, das Gros der Nordmänner folgte zu Fuß. Bei ihnen waren auch die Fuhrwerke, auf denen sie ihre Schilde, die erbeuteten Wertgegenstände und die Tochter William de Warennas transportierten. Die junge Frau sah ausgesprochen mitgenommen aus. Während der Nacht hatte sie keinen Schlaf gefunden. Sie war das Nächtigen im Freien nicht gewohnt und hatte gefroren, obwohl Asbjorn eine Decke über sie gebreitet hatte. Ihre Augen waren gerötet und lagen in dunklen Höhlen, die langen blonden Haare hingen ihr wirr und strähnig auf Schultern und Rücken und hatten keinen Glanz mehr, und sie spürte jeden Knochen im Leib. Die Reise war für sie eine Tortur, denn bei jeder Erschütterung des Fuhrwerks wurde sie hin und her geworfen.

Die Stunden bis zum Morgen waren voll quälender Wachträume gewesen. Grässliche Bilder waren an ihrem inneren Auge vorbeigezogen – Bilder von Mord und Totschlag. Sie hatte ihren Bruder innerhalb dieser Stunden ein Dutzend Mal und öfter sterben gesehen. Nie zuvor in ihrem Leben war sie derart hautnah mit brutaler, blutiger Gewalt konfrontiert worden. Die Feier, die zum Höhepunkt des erfolgreichen Jagdausflugs hatte werden sollen, hatte mit dem grauenhaften Tod ihres Bruders, ihrer Freunde, des Gesindes und einer Handvoll Soldaten geendet.

Elinor war sowohl körperlich als auch geistig am Ende. Ihre Hoffnung, dass ihr Vater alles tun würde, um sie aus der Gewalt dieser Barbaren zu befreien, war einer geradezu fatalen Resignation gewichen. Auch ihr war klar, dass die Eindringlinge sie gar nicht freilassen konnten, würden sie damit doch die Geisel aus der Hand geben, die für ihr Leben bürgte.

Sie wünschte sich, dass ihr Herz aufhören würde zu schlagen und ein gnädiger Tod ihren Ängsten ein jähes Ende setzte. Aber Gott erhörte ihre Gebete nicht. Sie war weiterhin den Qualen auf dem stoßenden und holpernden Fuhrwerk und ihren entmutigenden Gedanken ausgesetzt.

Am schlimmsten war die Angst davor, was die Männer ihr antun würden, wenn die körperliche Gier sie überkam. Der dunkelhaarige Nordmann, der ihren Bruder so brutal erschlagen hatte, hatte sie vergewaltigen wollen, aber irgendetwas hatte ihn zurückgehalten. Dennoch war sie sicher, dass die Barbaren bald über sie herfallen würden. Diese Männer waren mehr Tiere als Menschen …

Asbjorn, der zusammen mit Jalvaror und der Gruppe der Berittenen vorausritt, trieb sein Pferd neben das von Jalvaror und sagte: »Ich vermisse Hogni. Wo ist er?«

»Ich habe ihn zurückgeschickt«, antwortete Jalvaror knapp, ohne Asbjorn anzusehen.

»Aus welchem Grund?«

»Er wird mit William de Warenna verhandeln und ihm meine Bedingungen für die Freilassung seiner Tochter übermitteln.«

»Hogni beherrscht nicht die Sprache dieser Leute. Wie soll er mit de Warenna verhandeln, wenn er nicht mit ihm sprechen kann?«

»Ein älterer, erfahrener Krieger, der schon einige Male in Britannien war und die Sprache der Briten einigermaßen beherrscht, ist mit ihm zurückgeritten.«

»Was sind das für Bedingungen?«

»Hogni hat mir von seinem Gespräch mit dir berichtet. Ich habe nachgedacht, und du hast recht. Es wäre nicht ratsam, de Warennas Tochter jetzt schon freizulassen.«

Asbjorn schwieg weiterhin. Jalvaror warf ihm einen schnellen, forschenden Seitenblick zu und fuhr dann fort: »Solange sich Elinor in unserer Gewalt befindet, wird uns ihr Vater nicht angreifen. Wir haben gewissermaßen freie Hand.«

»Deinen Plan, sie gegen ein hohes Lösegeld einzutauschen, hast du aber nicht aufgegeben, wie ich aus deinen Worten schließe. Wann, denkst du, ist es ratsam, sie freizugeben?«

»Sobald wir wieder bei den Schiffen sind. Wir vollziehen den Tausch, setzen die Segel und machen uns auf den Heimweg. Die Briten verfügen nicht über Schiffe, mit denen sie uns folgen könnten. Wir werden mit reicher Beute nach Hause zurückkehren.«

»Die uns Meldun Eliwagar in seiner Habgier sogleich abnehmen wird«, meinte Asbjorn verbittert.

»Hauptsache, er ist uns wieder wohlgesonnen«, hielt Jalvaror dagegen. Dabei schaute er starr geradeaus, als schämte er sich für diese Worte.

»Das wirst du niemals erreichen. Dankbarkeit kennt Eliwagar nicht. Wenn er den Zeitpunkt für gekommen hält, versetzt er uns den Todesstoß, wenn wir nicht aufpassen.«

»Wir werden ihm keinen Grund dazu liefern.«

»Er hat sich für einige Zeit nach Hordaland begeben, um dort seine Amtsgeschäfte zu führen. Uns hat er aufgetragen, die Beute nach Hordaland zu schaffen. Ich bin jedoch dafür, dass wir nicht nach Hordaland segeln, sondern unsere gesamte Familie abholen und uns mit der Beute und den Schiffen nach Jütland absetzen. König Horik hat Gunnarr Grimmsson Asyl gewährt, und er wird auch uns aufnehmen.«

Jalvaror lachte fast belustigt auf. »Das wäre Hochverrat. Denkst du wirklich, Vater würde dabei mitmachen?« Diesen Worten folgte ein erneutes Lachen, das allerdings unecht und aufgesetzt klang, dann fügte er hinzu: »Vergiss es, Asbjorn. Wir bringen alles, was wir erbeuten, nach Hordaland zu Jarl Eliwagar, und wir werden mit dem zufrieden sein, was er uns davon abgibt.«

Von Asbjorns Miene war deutlich abzulesen, dass er damit nicht einverstanden war. Aber er begriff, dass er Jalvaror nicht umstimmen konnte. Er stemmte sich leicht gegen die Zügel, sodass sein Pferd langsamer wurde und zurückfiel. Jedes weitere Wort wäre vergeudet und vielleicht sogar verräterisch gewesen, denn Asbjorn hatte in diesem Augenblick den Entschluss gefasst, eigene Wege zu gehen. Nur durfte Jalvaror nicht wissen, was er vorhatte …

Kapitel 7

Auf dem Rücken einer Bodenerhebung brachten Hogni Bork und sein Begleiter Ronguor Thorbjorn ihre Pferde zum Stehen. Auf der Ebene, die sich vor ihnen nach Osten ausdehnte, wogten noch die Morgennebel, und die Sichtweite betrug allenfalls siebzig Doppelschritte.

»Hörst du sie kommen?«, fragte Hogni. »Es klingt wie fernes Donnergrollen.«

Es musste in der Tat eine halbe Hundertschaft Berittener sein, die sich ihnen durch den Nebel näherte.

»Ich höre sie«, bestätigte Thorbjorn. Er war etwa dreißig Jahre alt, sein Haar und sein Bart waren rotblond, und eine Narbe, die von einem Schwerthieb stammte, reichte von seinem linken Auge bis zu seinem Mundwinkel. »Wir sollten sie hier erwarten.«

Ihre Geduld wurde auf keine allzu lange Probe gestellt. Die verworrenen Geräusche wurden schnell deutlicher, und dann schälten sich die Reiter in Dreierreihe aus dem Nebel. Sie trugen rote Wämser mit langen Ärmeln und darüber zum Schutz von Brust und Rücken ärmellose Kettenhemden. Außerdem saßen eiserne Helme auf ihren Köpfen. Ihre Schilde mit dem Wappen von William de Warenna hingen seitlich an den Sätteln, bewaffnet waren sie mit langen Lanzen und mit Schwertern.

Als man die beiden Reiter auf der Anhöhe entdeckte, kam die Abteilung zum Stehen. Hufe stampften, Gebissketten klirrten, das eine oder andere Wiehern stieg in den Morgenhimmel.

Es dauerte nicht lange, dann löste sich ein halbes Dutzend Reiter aus dem Trupp. Sie stoben den Abhang empor und kreisten die Nordmänner ein. Düstere, misstrauische Blicke tasteten die beiden ab, Blicke, in denen sich eisige Kälte und unversöhnliche Feindschaft paarten und die wenig verheißungsvoll waren.

Ein Gefühl körperlichen Unbehagens beschlich Hogni Bork. »Sag ihnen, dass wir als Unterhändler hier sind und dass wir William de Warenna zu sprechen verlangen«, wies er seinen Begleiter an.

Thorbjorn beherrschte die britannische Sprache nur schlecht, doch es gelang ihm, sich verständlich zu machen. Nachdem er geendet hatte, befahl einer der Soldaten, die sie eingekreist hatten: »Holt diese Barbaren von den Pferden und entwaffnet sie!«

Die anderen fünf sprangen von den Pferden, als hätten sie nur auf diesen Befehl gewartet, und im nächsten Moment lagen Hogni Bork und Ronguor Thorbjorn am Boden.

Harte Fäuste hielten sie, man zog ihnen die Streitäxte aus den Schlaufen an den Gürteln, dann wurden sie auf die Beine gezerrt. Unerbittlich wurden ihnen die Arme auf den Rücken gedreht, und man bugsierte sie den Abhang hinunter.

Unten wurden sie zu Boden geworfen. Einer der Soldaten rief: »Das sind zwei der Barbaren, Mylord, die Euren Sohn ermordet und Eure Tochter entführt haben. Sie wollen mit Euch verhandeln.«

William de Warenna trieb sein Pferd einige Schritte nach vorn, schaute Hogni Bork und Ronguor Thorbjorn ohne die Spur einer Gefühlsregung an und stieß zwischen den Zähnen hervor: »Seid ihr tatsächlich vermessen genug anzunehmen, ich würde mit Vieh wie euch verhandeln?«

»Wenn Ihr es nicht tut, wird es Eure Tochter schmerzhaft zu spüren bekommen«, radebrechte Thorbjorn.

»Wie geht es meiner Tochter?«, fragte William de Warenna, dessen Gesichtsausdruck wenig Gutes verhieß.

»Sie ist die Gefangene von Jalvaror Blavorr. Niemand hat sie angerührt.«

»Unter welchen Bedingungen will euer Anführer sie freilassen?«

»Zunächst fordert er von Euch nur, dass Ihr ihn nicht angreift. Sobald er mit unseren Leuten die Heimreise anzutreten gedenkt und wir dorthin zurückgekehrt sind, wo unsere Schiffe liegen, wird er Euch seine Bedingungen zukommen lassen.«

»Du meinst, er wird mir die Höhe des Lösegeldes nennen, das er für die Freilassung meiner Tochter fordert.«

»Ja, das meine ich. Jalvaror Blavorr lässt Euch außerdem ausrichten, dass er Eure Tochter töten lässt, wenn Ihr unsere Schiffe zerstört.«

William de Warenna schürzte die Lippen. »Ich soll also tatenlos zusehen, wie ihr unsere Dörfer plündert und niederbrennt und sie in Friedhöfe verwandelt, und am Ende soll ich euch ungeschoren an Bord eurer Schiffe gehen lassen, damit ihr die erbeuteten Schätze in aller Ruhe nach Hause bringen könnt. Und das alles für die vage Hoffnung, dass ihr meine Tochter freilasst.«

»Jalvaror Blavorr gibt Euch sein Wort …«

De Warennas Linke wischte durch die Luft. »Das Wort eines Barbaren!«, sagte er verächtlich. »Kein zivilisierter Mensch würde sich darauf verlassen.«

»Wenn Ihr Eure Tochter retten wollt, habt Ihr kaum eine Wahl«, versetzte Thorbjorn. »Und noch etwas.

Solltet Ihr mir oder meinem Begleiter auch nur ein Haar krümmen, wird sie ebenfalls dafür zu leiden haben.«

William de Warenna starrte die beiden Boten eine Weile lang an, dann sagte er: »Man sagt euch Nordmännern nach, dass ihr gefangene Frauen brutal schändet, ihnen dann die Kehlen durchschneidet oder sie als Sklavinnen verkauft.«

»Ich sagte es schon, keiner von uns hat Eure Tochter angerührt.«

»Aber ihr habt meinen Sohn erschlagen. Außerdem habt ihr die Freunde meiner Kinder brutal niedergemetzelt und ein ganzes Dorf ausgelöscht. Ihr seid Bestien, Scheusale, Tiere, die sich von niedrigsten Instinkten leiten lassen. Aber gut, ich will mich mit meinen Vertrauten beraten. Einer von euch wird dann mit meiner Entscheidung zu Blavorr zurückkehren.«

»Was geschieht mit dem anderen?«

»Er bleibt als Geisel bei uns.«

»Keiner von uns beiden ist so wichtig, dass er von Jalvaror Blavorr Rücksichtnahme erwarten könnte«, erklärte Thorbjorn, und er ließ sich seine Angst nicht anmerken.

»Es geschieht so, wie ich es gesagt habe!«, schnarrte de Warenna.

Am späten Nachmittag holte Ronguor Thorbjorn die Gruppe der Nordmänner ein. Er ritt neben Jalvaror Blavorr und sagte: »William de Warenna ist auf deine Forderungen eingegangen. Er lässt dir bestellen, dass er in seiner Burg darauf wartet, dass du mit ihm Verbindung aufnimmst. Er will alles tun, um seine Tochter heil zurückzubekommen.«

»Warum kommst du allein? Wo ist Hogni?«

»In de Warennas Gewalt. Er hat ihn als Geisel bei sich behalten.«

»Als Geisel?« Jalvaror glaubte, nicht richtig zu hören.

»Ich habe versucht, ihm zu erklären, dass Hogni und ich unwichtig sind. Er bestand darauf, Hogni mit auf seine Burg zu nehmen.«

»Es ist in Ordnung«, meinte Jalvaror. »Er wird uns Hogni zusammen mit dem Lösegeld im Austausch gegen seine Tochter übergeben.« Er wandte sich an den Krieger, der an seiner anderen Seite ritt. »Wir marschieren bis zur Abenddämmerung. Du vertrittst mich hier, Ronguor, bis ich selbst wieder die Führung übernehme.«

Jalvaror trieb sein Pferd zur Seite und parierte es. Die berittenen Krieger zogen an ihm vorbei, dann kam die Fußtruppe, ihnen folgten die Fuhrwerke, und hinter ihnen marschierte der Rest seines kriegerischen und von der Gier nach Beute besessenen Haufens.

Asbjorn ritt neben dem Karren, auf dem Elinor festgebunden war. Die junge Britin war nur noch ein Schatten ihrer selbst, und dennoch konnte Asbjorn nicht den Blick von ihr wenden. Sie übte eine Faszination auf ihn aus, der er nichts entgegenzusetzen hatte. Empfindungen, die er sein ganzes Leben lang nicht gekannt hatte, stürmten mit Vehemenz auf ihn ein. Er, der Krieger mit dem einfachen Gemüt, der bei einer Reihe von Raubzügen brutal und gnadenlos getötet und dabei nicht zwischen Mann, Frau und Kind unterschieden hatte, verspürte Elinor gegenüber Hemmungen. Er sagte sich, dass so viel Schönheit nur das Werk eines Gottes sein konnte und er gehalten war, diese göttliche Schönheit zu bewahren.

Er wurde aus seiner gedanklichen Versunkenheit gerissen, als Jalvaror sein Pferd neben ihn trieb. Jalvaror beachtete ihn nicht, sondern konzentrierte sich auf die Frau, deren Kinn auf die Brust gesunken war und deren Kopf bei jeder Erschütterung wie haltlos hin und her baumelte.

Elinor hatte die Augen geschlossen, manchmal drang ein Stöhnen aus ihrer Kehle, ansonsten wirkte sie absolut teilnahmslos.

»He, Weib!«, rief Jalvaror. »Um dein Leben zu schonen, hat sich dein Vater bereit erklärt, uns nicht zu verfolgen und anzugreifen.«

Es kostete Elinor Mühe, den Kopf zu heben. Ihre Lider zuckten und hoben sich schließlich, doch ihr Blick wirkte verschleiert. Jegliches Feuer der Auflehnung war darin erloschen. Elinor empfand nur noch Erschöpfung, Hoffnungslosigkeit und Schmerzen, doch sie ertrug alles mit einer geradezu fatalen Gleichgültigkeit.

Kraftlos fiel ihr Kopf wieder nach vorn und hing vor ihrer Brust.

»Sie bleibt bei uns, bis wir wieder bei den Schiffen sind«, sagte Jalvaror zu Asbjorn. »Ehe wir ablegen, tauschen wir sie gegen ein hohes Lösegeld und Hogni aus und …«

»Was ist mit Hogni?«, stieß Asbjorn hervor und schnitt mit seiner Frage Jalvaror das Wort ab.

»Er befindet sich als Geisel bei de Warenna. Der Lord hat darauf bestanden. Es spielt keine Rolle. Hogni ist als Geisel für ihn wertlos.«

Asbjorn wusste, was Jalvaror meinte, zeigte aber keine Gemütsregung. Hogni gegebenenfalls zu opfern, fiel ihm ebenso wenig schwer wie Jalvaror. Zu sterben war das Schicksal jedes Mannes und Weibes. Auf den Zeitpunkt und die Art kam es nicht an. Der Einzug in Walhall würde Hogni zwar verwehrt sein, weil er nicht auf dem Schlachtfeld mit der Axt in der Hand gefallen war. Doch auch wenn man im Kampf starb, war nicht sicher, ob man nach Walhall durfte, denn die Walküren geleiteten nur die tapfersten Krieger in Odins Burg.

»Wann werden wir die Heimreise antreten?«, fragte Asbjorn.

»Wenn die Ochsenkarren mit Schätzen gefüllt sind.«

»De Warenna und seine Soldaten werden nicht die Einzigen sein, die wir zu fürchten haben«, sorgte sich Asbjorn. »Und nicht alle werden Rücksicht auf die Christenfrau nehmen.«

»Als wir nach Wessex aufgebrochen sind, war jedem von uns klar, dass uns harte Kämpfe bevorstehen. Jeder hat akzeptiert, dass er Norwegen vielleicht niemals mehr wiedersehen wird.«

»Keiner von uns fürchtet den Tod.«

»Gut«, sagte Jalvaror. »Ich baue auf deine Treue, Asbjorn, und ich hoffe, dass du dich von dem Gedanken gelöst hast, Elinor wäre dein Eigentum.«

»Ich bin bereit, meine Interessen denen der Gemeinschaft unterzuordnen. Ja, Bruder, ich habe nachgedacht, und mir ist klar geworden, dass mich Sturheit und Eigensinn nicht weiterbringen. Ich möchte, dass zwischen uns alles wieder so wird, wie es einmal war. Unsere unterschiedliche Einstellung zu Eliwagar soll keinen Keil zwischen uns treiben.«

»Wenn diese Worte aus ehrlichem Herzen kommen, dann freue ich mich über sie«, sagte Jalvaror.

»Sei dir meiner Treue gewiss, Bruder«, sagte Asbjorn mit Nachdruck im Tonfall.

Jalvaror jedoch glaubte trotzdem, einen falschen Unterton herausgehört zu haben.

Als der Abend kam und nach und nach das Gezwitscher der Vögel verstummte, befahl Jalvaror, zwischen bewaldeten Hügeln zu lagern. Bald loderten Feuer, denn Jalvaror fürchtete de Warenna nicht mehr, und die nächste Ansiedlung war weit entfernt.

Asbjorn stieg mit einem Stück gebratenen Fleisches und einem Krug voll Wasser auf das Fuhrwerk zu Elinor und zerschnitt ihre Handfesseln, hielt ihr das Fleisch hin und sagte in seiner Sprache: »Iss das!«

Der Schein eines Feuers in der Nähe zauberte Licht- und Schatteneffekte in ihr ebenmäßiges Gesicht, das allerdings von den Strapazen der Gefangenschaft, den Entbehrungen, von Angst und Verzweiflung gezeichnet war.

Sie raffte als Erstes ihr zerfetztes Kleid und die Decke, die er ihr gegeben hatte, über ihrem Leib zusammen, dann griff sie nach dem Fleisch. Asbjorn stellte den Krug mit dem Wasser vor sie hin und starrte ihr ins Gesicht. Sie erwiderte seinen Blick, und er las weder Trotz noch Hass noch sonst etwas in ihren Augen. Sie schaute ihn einfach nur an.

Asbjorn verspürte mit einem Mal Verlegenheit und hatte das Bedürfnis, irgendetwas zu sagen, um von seiner unvermittelten Unsicherheit abzulenken. »Ich weiß nicht, ob dein Vater ein ehrliches Spiel betreibt. Ich habe auch keine Ahnung, ob Jalvaror zu seinem Wort stehen wird. Doch wie auch immer, ich werde zu verhindern wissen, dass du die Leidtragende bist. – Und nun iss das Fleisch. Du musst bei Kräften bleiben.«

Elinor verstand kein Wort. Doch sie hatte Hunger, und so führte sie das Stück Fleisch zum Mund und biss ein Stück ab.

Während sie aß, ließ Asbjorn sie nicht aus den Augen. Er bemerkte, dass sie trotz des Hungers, den sie verspüren musste, nur kleine Stücke abbiss. Diese Art von Zurückhaltung war ihm fremd. Und es faszinierte ihn.

Der Begriff Liebe war Asbjorn nicht geläufig, er konnte damit nicht wirklich etwas anfangen. In seiner Welt gab es Menschen, zu denen man gehörte und die man respektierte, die anderen erschlug man. Das war die Lebensphilosophie, die man ihn gelehrt hatte. Doch sie galt nicht gegenüber Elinor. Asbjorn fühlte wie ein kleiner Junge, der ein Spielzeug gefunden hatte, das ihm gefiel, ihm aber nicht gehörte, doch das er für sich beanspruchte und auf keinen Fall mehr hergeben wollte.

Nach und nach kehrte im Lager Ruhe ein. Jalvaror hatte Wachen eingeteilt. Es handelte sich um drei Doppelposten, die getrennt voneinander den Lagerplatz umrundeten. Asbjorn hatte sein Nachtlager unter dem Wagen aufgeschlagen, auf dem sich Elinor befand, die er, nachdem sie gegessen und getrunken hatte, wieder fesselte.

Immer wieder wurde er wach. Tausend Gedanken zogen ihm durch den Kopf. Es war eine tiefe, innerliche Zerrissenheit, die ihm den Schlaf raubte.

Plötzlich vernahm er ein gurgelndes Geräusch, dann einen dumpfen Fall. Sofort war Asbjorn hellwach.

Er lauschte angespannt. Ein leises Knirschen wehte heran, als würde jemand über losen, trockenen Untergrund wie etwa Kies schleichen. Gleich darauf war ein leises Schaben zu vernehmen …

Asbjorn war sich plötzlich sicher, dass sich jemand näherte. Er griff nach der Axt, die er neben sich auf den Boden gelegt hatte, und drehte sich auf die Seite, sodass er in die Richtung blickte, aus der die verräterischen Geräusche gekommen waren. Eine Gestalt löste sich aus der Dunkelheit, schattenhaft, geradezu unwirklich. Ihr folgte eine zweite, eine dritte …

Es waren sechs Männer. Asbjorn ahnte, dass es sich um Soldaten von William de Warenna handelte. Der Edelmann hatte also nicht vor, Wort zu halten, sondern eine Handvoll ausgesuchter Männer losgeschickt, die seine Tochter in einer Nacht- und Nebelaktion befreien sollten, um dann mit seinen Söldnern über die Nordmänner herzufallen und sie bis auf den letzten Mann niederzumachen. Davon jedenfalls war Asbjorn sofort überzeugt.

Die Soldaten glitten fast lautlos heran. Dann vernahm Asbjorn Flüstern. Einer wollte auf das Fuhrwerk klettern.

Für Asbjorn war es an der Zeit, zu handeln. Blitzschnell rollte er unter dem Karren hervor, kam hoch und schlug mit der Axt auf den Mann ein, der gerade im Begriff war, auf das Fuhrwerk zu steigen. »Alarm!«, brüllte er, während der Soldat mit zerschmettertem Rückgrat zu Boden ging und sich Asbjorn schon dem Nächsten zuwandte. Der war viel zu überrascht, um noch reagieren zu können. Der wuchtige Axthieb des Nordmanns drang durch sein Kettenhemd, und die Schneide grub sich tief in seine Brust.

»Eindringlinge!«, schrie Asbjorn, der seine Waffe aus dem zuckenden Leib des Sterbenden riss und gleich darauf den dritten der unliebsamen Besucher attackierte.

Die Schwertklinge, die nach ihm stach, schlug er zur Seite und versenkte das Axtblatt in dem Oberschenkel des Soldaten, der brüllend niederfiel. Die Wunde war so tief, der Blutverlust so erheblich, dass er nicht überleben würde.

»Nichts wie weg!«, schrie einer der Soldaten und warf sich herum.

Da aber sprangen schon einige Schemen näher, ein kurzes Handgemenge entstand, und dann waren die drei noch lebenden und unverletzten Söldner niedergerungen und gefesselt.

»Dieser hinterhältige, dreckige Hund!«, giftete Jalvaror, nachdem ein Feuer angezündet worden war und sich die Nordmänner versammelt hatten. Die drei Gefangenen lagen in dem Kreis aus Leibern am Boden. »Ich werde ihm den Leichnam seiner Tochter zusammen mit den Kadavern seiner Handlanger schicken!«

»Das wäre dumm!«, widersprach Asbjorn. »Damit würdest du unser Faustpfand aus der Hand geben!«

Scharf stieß Jalvaror die verbrauchte Atemluft durch die Nase aus, und nur nach und nach brachte er den Aufruhr in seinem Innern wieder unter Kontrolle. »Du hast recht«, gab er schließlich zu. »Elinor ist viel zu wertvoll, als dass wir auf sie verzichten könnten. Diese drei aber …«

»Ich höre Pferde!«, rief einer der Posten, die das Nachtlager William de Warennas und seiner Söldner bewachten. »Wahrscheinlich unsere Leute, die die Tochter des Lords befreit haben.«

»Anzunehmen«, sagte sein Kamerad.

Die Pferde gingen langsam, und es dauerte eine ganze Weile, bis die beiden Wachen ihr Prusten und Schnauben vernehmen konnten. Plötzlich verstummte das Hufgetrappel.

»Ich sehe nach«, knurrte einer der Wachposten und setzte sich auch schon in Bewegung. Er ging auf das unruhige Stampfen und Prusten zu und konnte die Tiere schließlich trotz der Dunkelheit ausmachen. Im ersten Moment sah es so aus, als wären ihre Sättel leer. Aber nachdem der Soldat zwei weitere Schritte gegangen war, sah er die schlaffen Gestalten, die über den Pferderücken hingen.

»Gütiger Gott!«, entrang es sich ihm. Seine Hände tasteten über eine der reglosen Gestalten, dann rief er: »Es sind unsere Leute! Aber sie … sie sind tot! Weck den Lord!«

Die sechs Pferde mit den Leichen auf ihren Rücken wurden ins Lager geführt. Einige Feuer wurden entzündet, die Söldner versammelten sich und starrten auf die Toten, die von den Pferden genommen und nebeneinander auf den Boden gelegt wurden. Zwei von ihnen waren offenbar mit einer Axt erschlagen worden, den vier anderen, einer mit einer klaffenden Wunde am Oberschenkel, hatte man die Kehlen aufgeschlitzt. Kettenhemden und Wämser hatten ihnen die Nordmänner ausgezogen und einem jeden die Konturen eines Adlers in den Rücken geschnitten. Auch das war eine Möglichkeit, den Blutadler zu vollziehen – eine weniger brutale Methode.

William de Warenna stand vor den Leichen, sein Kiefer mahlte, und die finsteren Gedanken, die in seinem Kopf tobten, spiegelten sich in seinen Zügen wider.

»Ich glaube, es war ein Fehler«, murmelte er in die Stille hinein, die über dem Lagerplatz hing und in der nur das Prasseln der Feuer zu vernehmen war. »Wenn die Barbaren meiner Tochter nun ein Leid zufügen oder ihr bereits zugefügt haben, dann ist das meine Schuld. Aber … darf ich mich von diesen Heiden erpressen lassen? Könnte ich das meinen Untertanen gegenüber verantworten, die ich, wenn ich stillhalte, diesen brutalen Mördern ausliefere?«

Einer der Berater des Edelmannes sagte: »König Ethelred würde sicher kein Verständnis dafür aufbringen, Mylord. Das Wohl seines Volkes steht über den Interessen Einzelner.«

William de Warenna presste die Lippen zusammen. Er liebte seine Tochter, fürchtete aber auch den König.

Ein anderer der Männer, die bei ihm standen, ergriff das Wort und sagte: »Kaum anzunehmen, dass die Barbaren Eurer Tochter etwas antun, Mylord. Solange sie Elinor als Geisel haben, sind Euch die Hände gebunden, und das wissen sie.«

»Diese Heiden sind unberechenbar«, versetzte de Warenna betrübt. »Aber es ist wohl der Wille Gottes, dass ich meine Tochter zum Wohle Britanniens opfern muss. Bringt den Gefangenen her!«

»Was habt Ihr vor, Mylord?«, fragte der Mann, der eben versucht hatte, de Warenna etwas Zuversicht zu vermitteln.

»Ich lasse den Gefangenen an ein Kreuz nageln und schicke ihn diesem Jalvaror Blavorr zum Zeichen dafür, dass wir uns von ihm nicht einschüchtern lassen.«

»Habt Ihr Euch das gut überlegt, Mylord?«, fragte der Mann neben de Warenna geradezu entsetzt.

»Ihr zweifelt doch nicht meine Entscheidungen an, Sir Archibald?«, kam es fast drohend von de Warenna.

»Natürlich nicht, Mylord. Verzeiht meine Worte, aber ratsamer wäre es vielleicht, noch einmal zu versuchen, mit Blavorr zu verhandeln. Mit Gold und Silber sind diese Barbaren leicht zu ködern. Vielleicht könnt Ihr so verhindern, dass Sie Euren … Euren Wortbruch an Eurer Tochter vergelten und weitere Dörfer oder Klöster überfallen. Kauft Eure Tochter und unser Land frei, indem Ihr den Barbaren so viel bietet, dass sie lieber damit nach Hause fahren, statt sich der weiteren Mühsal ihres Raubzugs zu unterziehen.«

De Warenna starrte versonnen auf einen unbestimmten Punkt in der Dunkelheit. Zig Augenpaare waren erwartungsvoll auf ihn gerichtet. Schließlich schien er sich zu einem Entschluss durchgerungen zu haben, denn er gebot: »Schafft den Gefangenen herbei!«

Zwei Minuten später lag Hogni Bork vor ihm am Boden, gefesselt an Händen und Füßen, voll unheilvoller Ahnungen, nachdem er die übel zugerichteten Leichen erblickt hatte. Ein eiserner Reif schien sich um seine Brust gelegt zu haben und sie einzuengen; er verspürte jähe Atemnot.

»Das waren deine Leute!«, fauchte de Warenna, wohl wissend, dass Hogni keines seiner Worte verstand. »Eigentlich sollte ich dich dafür vierteilen lassen. Doch ich denke, dass dies taktisch unklug wäre. – Befreit ihn von seinen Fesseln! Sir Archibald, Ihr versteht etwas von der Sprache dieser Barbaren. Gebt acht, was ich Euch jetzt sage, damit Ihr es für ihn übersetzen könnt.«

Kurz darauf verließ Hogni auf einem Pferd das Lager. Er ritt die halbe Nacht hindurch, und als der Tag anbrach, hatte er seine Leute eingeholt. Hogni überholte den Zug und traf auf Jalvaror, der an der Spitze ritt.

»Ah, Hogni!«, rief Jalvaror durchaus erfreut, was man ihm auch ansah. »Konntest du ihnen entkommen?«

»De Warenna schickt mich zu dir«, antwortete Hogni, während der Zug zum Stehen kam. »Du hast ihm sechs tote Soldaten geschickt.«

»Er ist wortbrüchig geworden. Das war meine Antwort darauf.«

»Hast du seine Wortbrüchigkeit auch an seiner Tochter vergolten?«

»Die Stimme der Vernunft hat mir davon abgeraten. Was lässt de Warenna mir mitteilen?«

»Er möchte, dass wir Wessex verlassen.«

»Und was bietet er dafür?«

»Er will wissen, was du forderst.«

Jalvaror dachte kurz nach, dann nannte er den Preis: »Zwei der Fuhrwerke, die wir aus dem Dorf mitgenommen haben, voll Gold, eine große Truhe voll Edelsteine und so viel Silber, dass auch die beiden anderen Fuhrwerke voll beladen sind.«

Hogni schaute skeptisch. »Du forderst mehr, als er bezahlen kann.«

»Aber ich bin derjenige, der die Forderungen stellt. Reite zurück und sag ihm, dass wir nur dann sein Land verlassen, wenn er den geforderten Preis aufbringt.«

»Er lässt dir noch etwas ausrichten, Jalvaror. De Warenna ist bereit, seine persönlichen Belange dem Wohl seiner Untertanen unterzuordnen. Das heißt, dass er seine Tochter opfert, wenn er dadurch das Unglück, das wir ins Land zu bringen gedenken, abwenden kann.«

»Ich werde es seiner Tochter sagen«, knurrte Jalvaror. »Und sie wird ihren Vater dafür verfluchen. Sag ihm das, Hogni. Zwei Wagen voll Gold, eine Truhe voll Edelsteine und zwei weitere Karren voll Silber. Das sind meine Bedingungen. Und es ist mein letztes Wort.«

»Ich werde es ihm bestellen«, murmelte Hogni, ließ sein Pferd kehrtmachen, trieb es mit einem Schenkeldruck an und ritt davon.

Am späten Nachmittag erhob sich weit vor ihnen der Turm einer Kirche, die von einigen Gebäuden umgeben war und eine Mauer überragte, die alles umschloss. Auf der Spitze des Turms befand sich ein hohes Kreuz, im offenen Glockenstuhl war eine große, freischwingende Glocke zu sehen.

Jalvaror hob die rechte Hand, und seine Unterführer ließen den Zug anhalten. Nachdem er einige Zeit die Gebäude betrachtet hatte, wendete Jalvaror sein Pferd und ritt zu dem Fuhrwerk, auf dem Elinor saß. »Vor uns befindet sich ein Kloster. Kennst du seinen Namen?«

»Nein«, sagte die junge Frau müde. »Aber ich ... ich denke, dass wir uns in der Nähe von Rochester befinden ... Rochester ist ein Bischofssitz und ... und das Kloster ... es gehört wahrscheinlich dem Bistum.«

Jalvaror nickte mürrisch und kehrte an die Spitze des Zugs zurück. »Wir greifen das Kloster an!«, befahl er. »Zwanzig Männer bleiben bei den Fuhrwerken. Die anderen folgen mir.«

Sie verloren keine Zeit. Mehr als eine halbe Hundertschaft der Nordmänner näherte sich in loser Ordnung dem Kloster.

Dort schien man die Angreifer bereits gesehen zu haben, denn das Tor wurde geschlossen und ebenso die Pforte, die daneben in die dicke Mauer eingelassen war. Sie war mit soliden Eisenbändern beschlagen, die Höhe der Mauer betrug vielleicht zwei Klafter*.

Entschlossen gingen und ritten die Nordmänner auf das Kloster zu. Die Schilde hatten sie auf den Fuhrwerken gelassen, denn mit Gegenwehr seitens der Mönche war nicht zu rechnen.

Zwanzig Schritte vor dem Tor hielt der Pulk an. Nur Jalvaror und ein halbes Dutzend Krieger, unter ihnen Asbjorn, bewegten sich weiter vor bis zum Tor. Jalvaror, der auf seinem Pferd saß, schlug mit der Axt gegen das massive Holz und rief: »Öffnet! Dieses Tor und die Mauer sind kein Hindernis für uns!«

* ca. 3,60 Meter

»Hier gibt es nichts zu holen!«, erklang eine Stimme, während sich der Sprecher nicht blicken ließ. »Die Mönche dieses Klosters haben das Gelübde der Armut abgelegt, und wir könnten euch nur unser Leben bieten, das wir aber der Heiligen Dreifaltigkeit geweiht haben!«

»Öffnet!«, forderte Jalvaror. »Wenn wir uns mit eigenen Augen von eurer Armut überzeugt haben, gehen wir, ohne euch ein Haar zu krümmen!«

»Zieht weiter und verschont das Kloster. Andernfalls werdet ihr der ewigen Verdammnis anheimfallen. Denn Gott, der allmächtige Herrscher des Himmels und der Erde …«

»Asbjorn!« Jalvaror übertönte die Stimme hinter dem Tor mit Leichtigkeit.

»Hier!«, rief Asbjorn und trieb sein Pferd neben das seines Ziehbruders.

»Steig über die Mauer und öffne das Tor!«

Asbjorn nickte und hängte seine Streitaxt in die Schlaufe seines Gürtels. Danach ritt er dicht an die Mauer heran, stellte sich auf den Pferderücken und stieß sich ab. Mit beiden Händen erreichte er den Rand der Mauerkrone und zog sich mit einem kraftvollen Ruck nach oben.

Er sah vier bärtige Männer in braunen Kutten und mit kahl geschorenem Vorderhaupt, der sogenannten *Tonsur des Apostels Jakobus*, beim Tor stehen. Sie schienen sich miteinander zu beratschlagen, denn sie redeten aufgeregt und mit den Händen gestikulierend aufeinander ein. Da bemerkte einer von ihnen den Mann auf der Mauer und machte die anderen auf ihn aufmerksam.

Asbjorn sprang in den Klosterhof, federte, als er aufkam, geschmeidig in den Knien und ging dann schnell und mit tödlicher Entschlossenheit auf die Mönche zu, die wie zu Stein erstarrt dastanden und zu keiner Reaktion fähig waren.

Ein brutaler Faustschlag in die Magengrube ließ einen von ihnen zusammenbrechen, und daraufhin erwachten die anderen aus ihrer Erstarrung, drehten sich um und flohen, getrieben von Entsetzen und Todesangst.

Asbjorn hob die beiden schweren Eisenriegel aus der Halterung und drückte gegen einen der Torflügel, sodass er knirschend und knarrend aufschwang.

Jalvaror und die Nordmänner drängten in den Klosterhof. Während sich die anderen Nordmänner verteilten und mit wüstem Geschrei in die verschiedenen Gebäude eindrangen, betraten Jalvaror, Asbjorn und eine große Gruppe das Kirchenschiff.

Vor dem Altar hatten sich fast ein Dutzend Mönche versammelt. Einer von ihnen trug eine vergoldete, mit farbigen Edelsteinen verzierte Monstranz. Nun setzte er sich in Bewegung und näherte sich auf dem breiten Mittelgang den Nordmännern. Die hatten sich beim Portal zusammengerottet und beobachteten die Mönche.

In dem Moment, als der Mönch mit der Monstranz zu beten begann, gab Jalvaror den Befehl, das feige Pack niederzumachen. Der Pulk, allen voran Jalvaror selbst, stürzte sich auf die Gottesmänner, und die Wehrlosen wurden erbarmungslos niedergemetzelt. Man schnitt ihnen die Kehlen durch, spaltete ihnen die Schädel oder erschlug sie mit bloßer Faust.

Danach stiegen die Mörder über ihre Leichen hinweg und begannen, vergoldete und silberne Kerzenleuchter, den goldenen Messkelch, vergoldete und versilberte und mit Edelsteinen verzierte Kruzifixe sowie Heiligenfiguren nach draußen zu schleppen. Was für sie keinen Wert hatte, wurde zerstört, denn sie verachteten den schwachen Christengott, der nicht in der Lage war, seine Priester zu schützen.

Die Fuhrwerke wurden in den Hof des Klosters gefahren und beladen.

Der Abt des Klosters und zwei der Mönche lebten noch. Gefesselt warf man sie auf die Ladefläche des Karrens, auf dem Elinor lag. Die Nordmänner legten in den verschiedenen Gebäuden Feuer, dann verließen sie den Ort des Grauens und der Zerstörung.

Es ging auf den Abend zu, von Osten her schlich sich die Dämmerung ins Land, und mit der Abenddämmerung trottete ein einzelnes Pferd näher, das etwas hinter sich herzog. Jalvaror gebot zweien seiner berittenen Gefolgsleute, das Tier zu ihm zu bringen. Sie führten es wenig später heran, und nun konnte jeder sehen, dass es sich um ein großes Kreuz handelte, das das Pferd hinter sich herschleifte. Zwei dicke Seile führten von den beiden Enden des Querbalkens zum Sattel des Tieres, wo sie festgezurrt waren.

Und an das Kreuz war Hogni Bork genagelt. Zusätzlich hatte man ihm die Arme mit Seilen am Querbalken festgebunden. Er lebte noch.

Jalvaror war vom Pferd gesprungen und neben seinem Schwager niedergekniet. Asbjorn trat neben ihn. »Wasser …«, röchelte Hogni. Sein Gesicht war totenbleich, in seinen blutunterlaufenen Augen wütete der Schmerz.

Jemand reichte Jalvaror eine Wasserflasche aus Ziegenleder, und er gab Hogni zu trinken. Das Wasser rann über sein Kinn, das Schlucken bereitete ihm Mühe. Er verschluckte sich und wurde von einem Hustenanfall geschüttelt.

Jalvaror zog die Hand mit der Wasserflasche zurück. Der Hustenreiz ging vorüber, Hogni atmete rasselnd. Er wollte etwas sagen, aber über seine rissigen Lippen kam nur ein unzusammenhängendes, unverständliches Gestammel. Schweiß glitzerte ihm auf der Stirn, und er begann, mit den Augen zu rollen.

»Hat das de Warenna befohlen?«, fragte Jalvaror mit einer Stimme, die vor Hass zitterte. »Hörst du mich, Hogni? Hat Warenna den Befehl gegeben, dich ans Kreuz zu schlagen?«

Hogni schien nicht mehr ansprechbar.

»Hogni! Gib mir Antwort!«

Der Gekreuzigte schloss die Augen, doch nach einigen Atemzügen öffnete er sie wieder, und sein Blick war nun einigermaßen klar. »De Warenna … hat gedroht, dich und alle … alle anderen ebenfalls ans Kreuz zu nageln, wenn du … seiner Tochter auch nur ein Haar krümmst …« Seine Stimme war zuletzt wieder ganz schwach geworden. »Deine Forderung … zu hoch … De Warenna will nicht mehr verhandeln. Er … hat geschworen, dich … und all unsere Männer … zu ver … nichten …«

Ein letzter, verlöschender Atemzug, sein Blick brach, und Hogni Bork war tot.

»Stellt das Kreuz auf, und dann bringt die drei Mönche her«, befahl Jalvaror impulsiv. »Rammt um das Kreuz drei Pfähle in den Boden und bindet die Christen an ihnen fest.«

Während einige Männer seinen Befehl ausführten, begab sich Jalvaror, begleitet von Asbjorn, zu dem Fuhrwerk, auf dem Elinor lag. »Du bist für uns wertlos geworden!«, stieß er hervor.

Elinor hatte den Oberkörper ein wenig aufgerichtet und stützte ihn mit beiden Armen ab. Sie schaute Jalvaror mit Augen an, in denen kein Leben mehr war, und atmete stoßweise und keuchend.

»Dein Vater will nicht mehr verhandeln«, fuhr Jalvaror fort. »Er hat dich aufgegeben. – Steig auf den Wagen, Asbjorn, und löse ihr die Fesseln.«

»Was hast du vor?«, fragte Asbjorn verständnislos. »Du willst sie doch nicht etwa …«

»Nein. Ich will, dass sie sieht, wie wir auf die Kampfansage ihres Vaters reagieren. Im Übrigen … gehört sie dir!«

Asbjorn zeigte ein kantiges Grinsen. »Ich muss de Warenna also dankbar sein.«

»Dank ihm mit dem Schwert, wenn er uns mit seinen Söldnern gegenübersteht«, versetzte Jalvaror.

Einen Augenblick lang dachte Asbjorn an die Weissagung der alten Seherin. Die hatte einen kämpfenden Krieger – möglicherweise ihn – gesehen, um den sich die Walküren gekümmert hatten, was nur bedeuten konnte, dass sie ihn nach Walhall brachten.

William de Warennas Weigerung, das geforderte Lösegeld zu zahlen, bedeutete Kampf, und Asbjorn fragte sich, ob sich hier in Wessex sein Schicksal erfüllen sollte. Doch er verdrängte den Gedanken, kletterte auf den Wagen, zerschnitt Elinors Fesseln und zog sie von der Ladefläche.

Die junge Frau hatte das Gefühl, jeden Moment zusammenzubrechen. Als sie auf dem Boden stand, musste sie sich am Wagen festhalten, weil ihre Knie nachzugeben drohten. Ein gequälter Laut entrang sich ihr.

»Komm!«, befahl Jalvaror.

Mit tauben Beinen setzte sich Elinor in Bewegung. Asbjorn folgte ihr.

Kapitel 8

Zur selben Zeit in Hordaland …

Zwei Fischer, die mit ihrem Boot im Fjord ihre Netze ausgeworfen hatten, sahen die vier Drachenboote um den Felsen segeln, der weit in den Fjord hineinreichte und die Sicht begrenzte. Es waren große Schiffe, und an den äußeren Bordwänden waren runde Schilde aufgesteckt, um die Ruderer vor Pfeilen, Spritzwasser und Wellen zu schützen.

»Bei Odin, wer kommt da?«, entfuhr es einem der Fischer. Sein Kopf zuckte herum, und er maß mit seinem Blick die Entfernung bis zum Landungssteg bei dem Dorf, in dem sie beide lebten. Die mit Schilf und Grassoden gedeckten Holzhäuser waren wohl an die fünfhundert Klafter entfernt, und es war nicht möglich, sie vor den fremden Schiffen zu erreichen, um die Einwohner zu warnen. Also ließen beide ihre Netze fahren, nahmen die Paddel und versuchten zu fliehen.

Die Schiffe holten sie ein, Pfeile bohrten sich in ihre Körper und töteten sie. Eines der Schiffe rammte das Boot, zertrümmerte es, und die beiden Getöteten versanken im Wasser.

Aber im Dorf waren einige spielende Kinder auf die Drachenboote aufmerksam geworden, und sie schlugen Alarm. Die Menschen liefen zusammen, ahnungslos, wer sich ihrem Dorf näherte, bis jemand brüllte: »Sie haben das Boot mit Ari und Bror versenkt! Das sind keine Freunde! Holt eure Waffen, Männer! Frauen, bringt euch und die Kinder in Sicherheit!«

Im Dorf herrschte unvermittelt Hektik und Chaos. Mütter rannten voller Entsetzen aus ihren Häusern, packten ihre Kinder und flohen mit ihnen zwischen die Hügel und Felsen nahe beim Dorf. Männer rotteten sich beim Holzsteg an der Anlegestelle zusammen, an der einige Fischerboote befestigt waren. Jeder, der zwei gesunde Beine hatte und eine Waffe halten konnte, erwartete voll grimmiger Entschlossenheit die Ankömmlinge.

Am Bug des größten der vier Schiffe stand ein riesiger rothaariger Mann. In seiner Scheide am Gürtel steckte ein langes Schwert, in der Linken hielt er eine Streitaxt mit schmaler Klinge. Um seinen Mund lag ein brutaler Zug, etwas Bedrohliches, Unheilvolles ging von ihm aus.

Es war Gunnarr Grimmsson. Nach seinen blutigen Überfällen auf zwei Dörfer in Meldun Eliwagars Herrschaftsbereich war er nach Jütland zurückgekehrt, denn er musste damit rechnen, dass Eliwagar seine Krieger mobilisierte, um dem Rachefeldzug seines Todfeindes mit einer Überzahl an Schiffen ein rigoroses Ende zu bereiten.

Aber Grimmsson blieb nicht lange in Jütland. Er wusste, dass sich sein Todfeind in der Zwischenzeit nach Hordaland begeben hatte, um seine Aufgaben als Jarl im Dienste König Haralds wahrzunehmen. So war auch er dorthin gesegelt, um mit weiteren Bluttaten auf sich aufmerksam zu machen.

Als der Grund durch das klare Wasser hindurch auszumachen war, sprang die Besatzung der Schiffe von Bord, watete an Land und wurde dort von den Dorfbewohnern erwartet. Wie Raubtiere, von denen eines in das Revier des anderen eingedrungen war, gingen beide Parteien aufeinander los, aber schon bald war es nicht mehr wildes Kampfgebrüll, das sich erhob, sondern die Schreie Sterbender, das Stöhnen von Verwundeten, das Krachen der Schilde und das Klirren der Waffen. Männer, deren Körper tödliche Wunden aufwiesen, lagen zuckend am Boden, wimmerten mit bebenden Lippen und hauchten schließlich ihr Leben aus.

Das Abschlachten endete erst, als es aufseiten der Dorfbewohner niemanden mehr gab, der sich zur Wehr setzte.

Gunnarr Grimmsson sah zum Fürchten aus. Das Blut seiner Feinde – nein, seiner Opfer – hatte sein Gesicht und seine Hände rot gefärbt, besudelte seine Kleidung und tropfte von der Schneide der Axt in seiner Linken und der Klinge des Schwerts in seiner Rechten. Er hatte gewütet wie ein Berserker, und er war offenbar immer noch nicht müde, denn er brüllte mit dröhnendem Bass: »Sammelt die Verletzten ein und erschlagt jene, die sich nicht mehr auf den Beinen halten können! Treibt außerdem die Frauen und Kinder aus den Hügeln! Die jungen Frauen und die Kinder nehmen wir mit, die alten Weiber lassen wir hier!«

Zuletzt standen sieben verletzte Dorfbewohner in einem Kreis aus blutverschmierten Kriegern, und sie ahnten das Schreckliche, das ihnen bevorstand. Weitere von Grimmssons Männern trieben die geflohenen Frauen und Kinder mit Schlägen und Tritten zurück ins Dorf. Die meisten der Kinder weinten, einige Frauen jammerten laut, doch das rührte die Herzen von Grimmsson und seinen Männern nicht. Diese Frauen und Kinder waren nichts weiter als Mittel zum Zweck, der darin bestand, Meldun Eliwagar zu strafen und König Harald seine Ohnmacht vor Augen zu führen.

Auf einen Befehl Grimmssons hin wurden alle Frauen, die nicht mehr als Sklavinnen verkauft werden konnten, weil sie zu alt und verbraucht waren, in eine Scheune getrieben. Das Tor wurde geschlossen und dann die Scheune an allen vier Ecken angezündet.

Bald schlugen die Flammen an den Scheunenwänden empor. Das alte, trockene Holz brannte wie Zunder. Das Prasseln der Flammen vermischte sich mit dem verzweifelten Geschrei der Eingeschlossenen. Dunkler Rauch stieg zum Himmel und ballte sich zu Wolken, die träge nach Osten trieben. Funken stoben, und Asche wirbelte.

Irgendwann war der letzte Schrei verklungen, und bald darauf stürzte knirschend und berstend das Dachgebälk in sich zusammen und begrub unter sich, was das Feuer nicht zu Asche verbrannt hatte.

Die Gesichter der Frauen und Kinder, die gezwungen gewesen waren, das schreckliche, unmenschliche Spektakel voller Hilflosigkeit anzusehen, waren vom Grauen geprägt. Tränen rannen über ihre Wangen, Schmerz und Trauer waren grenzenlos und ließen zunächst nicht einmal Gefühle wie Wut oder Hass aufkommen. Es waren ihre Mütter und Großmütter, die auf diese barbarische Weise hatten sterben müssen.

Gunnarr Grimmsson ging langsam um die Gruppe der sieben Gefangenen herum und schien mit dem Blick jeden Einzelnen einer eingehenden Prüfung zu unterziehen. Schließlich deutete er auf einen Jungen von allenfalls vierzehn Jahren, dessen Hemdsärmel sich am rechten Oberarm mit Blut vollgesogen hatte. »Du da – vortreten!« Der Knabe kam dem Befehl nach, vermied es aber, Grimmsson dabei anzusehen. »Du ebenfalls!« Grimmsson wies auf einen jungen Mann, dessen Wange von einem Schwertstreich aufgeschlitzt worden war.

Der Knabe und der junge Bursche standen mit gesenkten Köpfen vor Grimmsson, in der Erwartung, im nächsten Moment von ihm erschlagen zu werden, denn er hielt nach wie vor die Axt und das Schwert in den Fäusten. Aber Grimmsson schlug nicht zu, sondern sagte grollend:

»Begebt euch zu Jarl Eliwagar und berichtet ihm, dass Gunnarr Grimmsson nach Norwegen zurückgekehrt ist. Bestellt ihm, dass ich sein Land immer wieder heimsuchen werde. Ich werde dieses Land und ihn selbst nach und nach ausbluten lassen und ihn am Ende grausam für seine Verbrechen an meinem Stamm und mir bestrafen. – Geht!«

Die beiden Burschen setzten sich in Bewegung.

»Bereitet alles für die Opferung dieser fünf vor!«, rief Grimmsson. »Das soll Odin gnädig stimmen – und es soll Eliwagar vor Augen führen, dass die Götter mit uns sind und sein Schicksal besiegelt haben! Der Tag ist nicht mehr fern, an dem Hel ihn sich holt, um das Mark aus seinen Knochen zu schlürfen!«

Aus den Ruinen des Klosters stieg noch dunkler Rauch auf, als William de Warenna und seine Söldner dort ankamen. Nur hundert Doppelschritte von dem zerstörten Kloster entfernt stand das Kreuz mit Hogni Borks Leichnam, und um das Kreuz herum ragten die drei dicken Pfähle aus dem Boden, an die der Abt und die beiden Mönche gefesselt waren. Sie waren nackt, und einem jeden hatte man die Brust aufgeschnitten und das Herz herausgerissen.

Den Edelmann, seine Berater und die gewiss hartgesottenen Söldner schien ein eisiger Hauch zu streifen. De Warenna gelang es schließlich, seine Fassungslosigkeit abzuschütteln. »Gott, der Herr, sei ihren Seelen gnädig.« Eine jähe Leidenschaft verzerrte seine Stimme. »Diese Tiere! Das sind keine Menschen. Man muss sie ausrotten, mit Stumpf und Stiel. Ich schwöre bei Gott dem Allmächtigen, dass ich nicht ruhen werde, bis der Letzte dieser Scheusale tot vor meinen Füßen liegt!«

Er fuhr sich mit der flachen Rechten über die Augen, als wollte er den grässlichen Anblick, der sich ihnen bot, wegwischen, aber das Bild blieb.

»Denkt an Eure Tochter, Mylord«, mahnte Sir Archibald, ein besonnener Mann von zweiundvierzig Jahren.

»Ich denke an Hunderte, an Tausende Töchter meines Landes!«, ereiferte sich de Warenna. »Ich denke an ihre Väter, ihre Mütter und ihre Brüder. Mir haben diese elenden Heiden den Sohn auf brutale Art und Weise genommen, und es ist wohl auch so, dass sie mir die geliebte Tochter nehmen werden. Findet Ihr nicht, Sir Archibald, dass ich dieses Opfer zu bringen bereit sein muss, um zu verhindern, dass meinem Land viele Töchter und Söhne genommen werden?«

»Vielleicht hättet Ihr auf Blavorrs Angebot eingehen sollen, Mylord.«

»Woher hätte ich all das Gold, die Edelsteine und das Silber nehmen sollen, das er gefordert hat?«

»Von den Bauern, den Klöstern und den Kirchen, an denen sich nun die Barbaren schadlos halten und darüber hinaus die Dorfbewohner, Mönche und Priester in ihrer Mordgier abschlachten.«

»Ich werde dem Einhalt gebieten!«, knirschte de Warenna. »Bei Gott dem Allmächtigen, bei Jesus Christus, seinem Sohn, und bei der heiligen Mutter Maria.«

Sekundenlang ließ de Warenna seine Worte wirken, dann ordnete er an: »Schneidet die armen Männer von den Pfählen, bedeckt ihre nackten, geschundenen Leiber und bereitet ein christliches Begräbnis vor. Den dort am Kreuz, den überlasst den Krähen und Elstern. Sobald wir die Mönche beerdigt haben, folgen wir den Barbaren. Ich kann es kaum erwarten, sie einzuholen und gnadenlos zu vernichten.«

Einige Kundschafter Jalvarors kehrten zurück und meldeten, dass sie nur noch einen halben Tagesmarsch von Rochester entfernt waren. Sie berichteten aber auch, dass die Stadt gut mit Wehranlagen gesichert war und dass es eine Garnison gab, in der eine große Anzahl von Soldaten stationiert war.

Nachdem er sich mit seinen Unterführern beraten hatte, kam Jalvaror zu dem Schluss, dass es nicht ratsam war, die Stadt zu überfallen. Also bogen sie nach Süden ab und umgingen den Ort in einem weiten Bogen, um sich dann wieder westwärts zu wenden.

Die Hinrichtung der Mönche lag fast vierundzwanzig Stunden zurück. Während dieser Zeit war Asbjorn der jungen Britin kaum von der Seite gewichen.

Auch jetzt ritt er neben dem Fuhrwerk, auf dessen Ladefläche Elinor saß. Das grässliche Schauspiel, als der Abt und die beiden Mönche getötet worden waren, hatte sie nicht ertragen und war ohnmächtig geworden. Er, Asbjorn, hatte sie auf seinen Armen zum Wagen getragen und ihr Wasser zwischen die Lippen geträufelt. Schließlich war sie wieder zu sich gekommen, und das Erste, das ihr Verstand erfasst hatte, war sein Gesicht nur wenige Handbreit über ihrem, und sie hatte geglaubt, im Blick seiner blauen Augen so etwas wie Besorgnis zu erkennen. Aber dieser Ausdruck war sehr schnell dem der Erleichterung gewichen. Und dann hatte er sie sogar angelächelt …

Sie hatte Angst vor ihm, vor seiner barbarischen Wildheit, vor seiner rücksichtslosen Grausamkeit, deren Zeugin sie geworden war. Doch an ihm war auch etwas, das sie auf seltsame Weise anzog. Er hatte ihren Bruder vor ihren Augen erschlagen, dann hatte er ihr die Kleider vom Leib gerissen. Aber … er hatte sie aus unerklärlichen Gründen nicht einfach genommen und geschändet, wie er es sicherlich vorgehabt hatte. Irgendetwas hatte dies verhindert.

Elinor hatte das unbestimmte Gefühl, dass ihr von seiner Seite keine Gefahr drohte. Und sie war sich fast sicher, dass er nicht zulassen würde, dass ihr einer seiner Gefährten ein Leid zufügte.

Von ihrem Vater hingegen fühlte sich Elinor schmählich im Stich gelassen. Zuerst war sie zutiefst enttäuscht gewesen, denn sie verstand nicht, dass er sie einfach ihrem Schicksal überließ. Den gescheiterten Befreiungsversuch empfand sie als halbherziges Unternehmen. Schlimmer noch, allzu leicht hätte auch sie dabei den Tod finden können. Zudem hatte ihr Vater damit den Zorn der Barbaren provoziert, der sich auch gegen sie gerichtet hätte, wäre Asbjorn nicht eingeschritten. Er hatte sie vor der Vergeltung der anderen Nordmänner bewahrt, so viel hatte sie mitbekommen, auch wenn sie die Sprache ihrer Entführer nicht verstand. Auch, dass ihr Vater den Unterhändler den Barbaren gekreuzigt zurückgeschickt hatte, war ihrer Meinung nach ein deutliches Zeichen, wie wenig er um ihre Sicherheit besorgt war.

Während sie in den langen Stunden ihrer Gefangenschaft immer wieder derartige Gedanken wälzte, hatte sich ihre Enttäuschung über ihren Vater in Zorn gewandelt und schließlich sogar in Hass. Sie sagte sich, dass er längst das verlangte Lösegeld gezahlt hätte, hätten die Barbaren nicht sie, sondern ihren Bruder Edward, seinen Erben, verschleppt.

Es war später Nachmittag, als zwei Späher zurückkehrten und den Zug im Galopp überholten. Jalvaror hatte sie und zwei andere ausgeschickt, um keine bösen Überraschungen zu erleben und vor etwaigen Verfolgern rechtzeitig gewarnt zu werden.

Asbjorn war sicher, dass sich die beiden nicht von ungefähr derart beeilten. »Ich denke, dein Vater hat uns eingeholt«, sagte er, ungeachtet dessen, dass Elinor ihn nicht verstand. Er achtete auch gar nicht darauf, ob sie irgendeine Reaktion zeigte, sondern trieb sein Pferd den beiden Spähern hinterher. Deren Ziel war die Spitze des Zugs, wo Jalvaror ritt.

Jalvaror ließ anhalten. Als Asbjorn bei ihm ankam, rief er: »William de Warenna wird uns noch vor Sonnenuntergang eingeholt haben! Wir stellen uns zum Kampf!«

Asbjorn schaute sich um. Das Land ringsum war voller Hügel. Auf deren Flanken wuchs Wald zum Teil weit in die Ebene hinein, durch die sie zogen.

»Das Gros der Männer sollte sich zu beiden Seiten zwischen den Bäumen verbergen, während die Fuhrwerke und die Berittenen weiterziehen«, schlug er vor. »Wenn sich de Warenna und seine Söldner in der Ebene befinden, greifen wir von zwei Seiten an, und unsere berittenen Krieger nehmen sie sich von Westen her vor.«

»Genau so hatte ich es vor«, erklärte Jalvaror mit breitem Grinsen, und dann erteilte er die entsprechenden Befehle. Die Männer ohne Pferd holten ihre Schilde, und während die Ochsenkarren und die Gruppe der Berittenen weiterzogen, verschanzten sie sich im Unterholz der Waldränder nördlich und südlich der Route, der sie folgten.

Es war warm, und der Himmel war fast wolkenfrei.

Die Sonne näherte sich dem Punkt, wo sie hinter dem Horizont versinken würde, und die Schatten wurden lang. Stechmücken, die vom Schweißgeruch angelockt wurden, quälten die lauernden Krieger.

Die Nordmänner übten sich in Geduld.

Und dann zeigte sich eine kleine Gruppe berittener Soldaten. Sie kam über eine Bodenwelle im Osten, auf deren Kamm sie anhielt. Die Soldaten beobachteten eine ganze Weile die Ebene, dann trieben sie die Pferde wieder an. Die Nordmänner ließen sie passieren. Die Vorhut verschwand im Westen in einer Hügellücke, und nach einiger Zeit kam der Haupttrupp. William de Warenna selbst führte ihn an. Ihm folgten seine Berater, und hinter ihnen kam die Streitmacht des Edelmanns in Dreierreihe. Ein Durcheinander von Geräuschen, das zig Pferde verursachten, trieb zwischen die Bäume und Sträucher. De Warenna hatte es eilig, er wollte die Nordmänner noch vor Sonnenuntergang stellen und niederkämpfen, und da seine Kundschafter keine Gefahr gemeldet hatten, zögerte er nicht, sein Heer in die Ebene zu führen.

Doch dann brach das Unheil wie ein Wirbelsturm über sie herein. »Odin!«, erklang es aus mehreren Dutzend Kehlen, und die Nordmänner kamen aus dem Unterholz und griffen brüllend von zwei Seiten an.

Die britannischen Söldner, von jäher Panik erfasst, trieben ihre Pferde auseinander und rissen die Schwerter aus den Scheiden. Die Klingen blitzten im Sonnenlicht. Schon prallten die verfeindeten Parteien aufeinander, die Waffen klirrten gegeneinander, Kämpfer sackten tot oder schwer verwundet zu Boden, Pferde stiegen und wieherten, brachen zusammen und wanden sich im Todeskampf.

Asbjorn, der bei der Fußtruppe geblieben war, spürte

nicht, dass auch er verwundet wurde. Keine seiner Verletzungen war so schwer, dass sie ihn aufhalten konnte. Jeglichen Gedankens beraubt, nur noch erfüllt vom Willen zu töten, schwang er die Axt. Seine Muskeln arbeiteten wie von selbst, er wurde nur noch vom Instinkt geleitet, trat seine Gegner nieder, rammte andere mit dem Schild von den Beinen und erschlug sie mit wuchtigen Hieben. Er wütete wie ein Berserker, und sein einziges Bestreben war es, so viele Feinde wie möglich zu erschlagen.

Auf ihn stob ein gegnerischer Reiter zu. Soeben hatte Asbjorn einen der Söldner erschlagen, zog seine Axt aus dessen Brust, und er suchte mit dem Blick den nächsten Gegner, dem er sich zuwenden konnte, als er den berittenen Angreifer wahrnahm. Im letzten Moment warf er sich zur Seite. Die Klinge des Schwerts pfiff dicht über seinen Kopf hinweg, doch das Pferd streifte ihn noch mit der Brust. Asbjorn ging zu Boden und überschlug sich einige Male, kam dann behände auf die Beine und sah den Reiter sein Pferd herumreißen, das Schwert zum tödlichen Streich erhoben.

Wieder sprang Asbjorn zur Seite und schlug nun selbst zu. Das Axtblatt grub sich in die Brust des Pferdes, das vorn einbrach und auf die Seite kippte. Der Reiter hatte geistesgegenwärtig die Steigbügel abgeschüttelt, kam hoch und attackierte Asbjorn. Der wich geschickt aus, als das Schwert auf ihn niederfuhr, sodass der Söldner von seinem eigenen Schwung nach vorn getrieben wurde. Sofort wirbelte er herum, doch da durchtrennte ihm Asbjorns Axt den halben Hals. Das Blut sprudelte geradezu aus den aufgerissenen Schlagadern, der Soldat sackte auf die Knie und fiel im nächsten Moment tot aufs Gesicht.

Asbjorn sprang über ihn hinweg und griff eine

Gruppe von Söldnern an, die eine kleine Anzahl seiner Gefährten eingekreist hatten und sie hart bedrängten. Unter seinem Hieb sackte einer der britannischen Kämpfer zusammen, ein anderer wirbelte zu Asbjorn herum und stach mit dem Schwert nach ihm, doch Asbjorn konnte die Klinge mit dem Schild abwehren. Ein kraftvoller Schlag mit der Axt prellte dem Söldner die Waffe aus der Hand, und sogleich rammte ihm Asbjorn seinen Schild gegen die Brust und brachte ihn zu Fall. Der nächste Axthieb erfolgte blitzschnell und zertrümmerte das Gesicht des Söldners.

Nun stieß die Reiterei der Nordmänner von Westen her in das verbissene Gewoge der schwitzenden und ermüdenden Kämpfer. Die Sonne war halb hinter dem Horizont versunken, der Himmel hatte sich im Süden und Norden purpurn verfärbt, und ein rötlicher Schein hatte sich auf das Schlachtfeld gelegt.

William de Warenna kämpfte mit der Leidenschaft eines Fanatikers. Er wollte sein Land um jeden Preis von dieser Geißel Gottes befreien und war sogar bereit, dieser Besessenheit seine Tochter zu opfern. Er trieb sein Pferd hin und her und schlug mit seinem Schwert auf die Nordmänner ein, doch im letzten Licht des Tages musste er mit Erschrecken feststellen, dass die barbarischen Eindringlinge den Kampf für sich entscheiden würden. Ihre Kampfweise war wilder, brutaler und kompromissloser als die seiner militärisch gedrillten Söldner. Dazu kam, dass die Nordmänner in der unumstößlichen Überzeugung kämpften, im Falle ihres Todes von den Walküren nach Walhall geholt zu werden, wenn sie nur mutig genug kämpften und zahlreiche Feinde erschlugen.

Nun wütete auch noch die Reiterei der Barbaren in seinen Reihen, und de Warenna wurde schlagartig klar, dass er zurückweichen musste, wollte er nicht, dass seine Truppe bis auf den letzten Mann niedergemacht wurde. »Rückzug!«, brüllte er heiser, und jene Soldaten in seiner Nähe, die den Befehl vernahmen, gaben ihn weiter.

Mit Mühe und Not gelang es den wenigsten der britannischen Söldner, sich freizukämpfen und zwischen die Hügel zu fliehen. So manchen holte noch eine geworfene Axt ein und zerschmetterte ihm die Wirbelsäule, oder ein Speer durchbohrte seinen Oberkörper. Schließlich aber hatte sich eine Handvoll Soldaten gerettet, unter ihnen William de Warenna. Fast jeder der Söldner war verletzt, die letzten Energien waren verbraucht, sie taumelten nur noch dahin oder hingen auf den Rücken der Pferde, das Bewusstsein der Niederlage im Gemüt, das Entsetzen gepaart mit kaltem Grauen.

Drei Viertel der Männer, die mit de Warenna gekommen waren, hatten den Eifer des Edelmanns mit dem Leben bezahlt. Und diejenigen, die noch lebten, aber nicht mehr die Kraft zur Flucht gehabt hatten, wurden in diesen Minuten von den Nordmännern brutal gemeuchelt. Der Blutzoll, den de Warenna entrichtet hatte, war unverhältnismäßig hoch. Erreicht hatte er nichts.

Die Nordmänner rannten, ihre Verletzten mit sich schleppend, hinter den Fuhrwerken her zwischen die Hügel. Die Berittenen sicherten ihren Rückzug und folgten ihnen dann. Auch von ihren Gefährten blieb eine ganze Reihe tot auf dem Schlachtfeld zurück.

Asbjorn begab sich sofort zu Elinor, und ihr fiel ein Stein vom Herzen, als sie ihn sah. Ohne seinen Schutz wäre sie der schwankenden Stimmung der anderen

Barbaren hilflos ausgeliefert gewesen. Jalvaror hätte sie wahrscheinlich schon zusammen mit den drei Mönchen töten lassen, nachdem ihr Vater die Zahlung des Lösegeldes kategorisch abgelehnt hatte, indem er den Nordmännern ihren Vermittler gekreuzigt zurückgeschickt hatte.

Das wäre nicht einmal das Schlimmste gewesen. Sie wusste, was diese viehischen Bestien mit ihr anstellen würden, wenn Asbjorn sie nicht mehr schützte. Sie musterte sein blutverschmiertes Gesicht mit einer Mischung aus Abscheu und Anteilnahme, denn sie glaubte, dass es sein eigenes Blut war.

Jalvaror ritt herbei, zerrte an den Zügeln, und als das Pferd stand, stieß er hervor: »Wir haben mehr als zwanzig Kämpfer verloren. Seit wir hier gelandet sind, ist fast die Hälfte unserer Leute gefallen.« Er wischte sich mit dem Handrücken das Blut von den Augen. »Ich will nicht mehr tiefer ins Land eindringen, sondern in einem weiten Bogen zu unseren Schiffen zurückkehren und die Heimreise antreten. Sollten wir auf dem Rückweg auf irgendwelche Dörfer oder Klöster stoßen, überfallen wir sie.« Er schüttelte mürrisch den Kopf. »Ich glaube, es war ein Fehler, in Wessex an Land zu gehen. Der Sieg über de Warenna ist letztendlich keiner.« Daraufhin heftete sich sein Blick auf Elinor, und er sprach in ihrer Sprache weiter. »Du bist jetzt das Eigentum meines Bruders Asbjorn. Ich habe es bereits gesagt: Für uns hast du jeglichen Wert verloren. Ich würde dich töten, aber mit Rücksicht auf ihn sehe ich davon ab. Über dein Schicksal entscheidet er. Wenn er dich will, darfst du leben!«

Elinor schwieg zunächst, doch deutlich war ihr anzusehen, dass etwas in ihr vorging, und schließlich fasste sie ihre Empfindungen in Worte. »Mein Vater …«, begann sie stockend. »Ihm ist sein Land wichtiger als seine Tochter. Er … er hat mich einem völlig ungewissen Schicksal überlassen. Er hat in Kauf genommen, dass ich meiner Ehre beraubt, von Dutzenden Tieren geschändet und getötet werde. Mit seinem grausamen Handeln gegen euren Boten hat er dies sogar noch herausgefordert. Er hat mich damit ganz bewusst in größte Gefahr gebracht. Ich …« Wieder stockte sie. Ihre Stimme hatte unendlich traurig und enttäuscht geklungen, doch als sie nun den Kopf hob, funkelte Trotz in ihren tränenfeuchten Augen. »Er ist nicht mehr mein Vater!«, stieß sie hervor und richtete den Blick auf Jalvarors Bruder. »Ich bitte dich, Asbjorn, bei dir bleiben zu dürfen. Ich werde meinem Glauben abschwören und … und den Namen William de Warenna nie wieder aussprechen!«

Der Hass auf ihren Vater schien ihr die Worte vorzugeben, und vielleicht wäre sie darüber selbst erschrocken gewesen, hätte sie in diesem Moment noch etwas anderes empfinden können als diesen Hass.

Mit gesenkter Stimme, geradezu flüsternd, fuhr sie fort: »Gott hat ihn gestraft für den Verrat an seinem eigenen Blut. Fast alle seine Männer sind tot, und er wird sich für seine schmähliche Niederlage vor König Ethelred verantworten müssen. Der hat ihn hier im Osten von Wessex eingesetzt, damit er die Ansiedlungen und Klöster schützt. Doch Versagen duldet Ethelred nicht. Mein Vater wird teuer bezahlen.«

Nachdenklich musterte Jalvaror die junge Frau. Ihre Worte hallten in ihm nach, und er überlegte, ob sie ernst zu nehmen waren oder lediglich ihrer Enttäuschung, ihrer Verbitterung und ihrem Zorn entsprangen. Dann sah er Asbjorn an und erklärte ihm: »Sie sagt, sie will bei dir bleiben, und ich glaube, sie meint es auch tatsächlich so. Also nimm sie zur Frau, wenn du magst. Allerdings ... sie sollte unsere Sprache lernen.« Jalvaror grinste. »Du möchtest dich doch auch mit deinem Weib unterhalten können.«

»Warum ... warum will sie meine Frau werden?«, stammelte Asbjorn ungläubig. »Ich ... ich habe ihren Bruder erschlagen. Ich würde den, der meinen Bruder umbringt, hassen und nicht ruhen, bis ich ihn gerächt hätte.«

»Sie ist ein Weib und kein Krieger«, sagte Jalvaror lachend. »Nicht Mut und Ehre leiten sie, sondern ...« Er zuckte mit den Achseln. »... wovon sich Weiber eben leiten lassen.«

»Du meinst, ich kann ihr trauen?«

»Wenn du ihr nicht traust«, meinte Jalvaror, »mach sie nicht zu deinem Weib, sondern zu deiner Sklavin. Dann leihe ich sie mir hin und wieder aus.« Das Grinsen um seinen Mund war erloschen, denn er meinte das, was er zum Schluss gesagt hatte, völlig ernst.

Dann wendete er sein Pferd und trieb es an.

Meldun Eliwagar, der Jarl von Hordaland, hatte sofort vier Schiffe, die einmal König Eirik von Hordaland gehört hatten, auslaufen lassen, nachdem ihm die Kunde von Gunnarr Grimmssons Überfall zugetragen worden war. Der Auftrag an die Mannschaft lautete, Grimmsson aufzustöbern, seine Männer zu töten und ihn als Gefangenen zu Eliwagar zu bringen. Zudem sollten die Schiffe, mit denen er von Jütland heraufgesegelt war, nach Möglichkeit nicht beschädigt werden.

Zu der Stunde, in der William de Warenna seine Niederlage erkannte und den Rückzug befahl, hatte Grimmsson ein weiteres Dorf überfallen und verwüstet. Der Rauch, der von den brennenden Häusern zum Himmel aufstieg, wies jedoch Eliwagars Schiffen den Weg, und in einem weit ins Land reichenden Fjord trieben sie die Mörder aus Dänemark in die Enge.

Grimmsson aber dachte nicht ans Aufgeben, sondern befahl den Angriff. Die Drachenboote glitten aufeinander zu, und an den Bordwänden eines jeden stand ein großer Teil der Krieger, den Schild am Arm, die Axt oder das Schwert in der Hand, bereit, das gegnerische Schiff zu entern und die Besatzung niederzumetzeln.

»Odin! Odin! Odin!« Das frenetische Gebrüll nahm an Lautstärke zu, je unbeherrschter und exzessiver die Krieger mit den Waffen gegen ihre Schilde schlugen. Es war ein höllisches Crescendo, das den Auftakt zu einer weiteren Tragödie bilden sollte.

Die Bogenschützen warteten auf ihren Einsatz. Als sich die Schiffe auf etwa zwanzig Doppelschritte genähert hatten, kam der Befehl, die Pfeile abzuschießen. Auf sämtlichen Schiffen bildeten die vorderen Reihen der Kämpfer einen Schildwall, und kaum eines der gefiederten Geschosse richtete Schaden an. Sie pochten gegen die Schilde und blieben mit zitternden Schäften stecken. Auch einige Speere flogen, aber auch dadurch konnte keine der verfeindeten Parteien einen nennenswerten Erfolg erzielen.

Schließlich lagen die Schiffe nebeneinander. Mit trockenem Knirschen zerbrachen die Riemen, die nicht schnell genug eingezogen worden waren, und die Schiffe wurden von dem leichten Zusammenprall erschüttert. Einige der Krieger gerieten ins Taumeln, andere aber kletterten schon auf die Bordwände, um auf das gegnerische Schiff zu springen.

Der Kampf war blutig und gnadenlos, und schon sehr bald gewannen die Dänen unter Gunnarr Grimmssons Befehl die Oberhand. Die wenigen noch lebenden Krieger aus Hordaland sprangen ins Wasser und versuchten, sich schwimmend an Land zu retten. Sie wussten, dass Gunnarr Grimmsson keine Gefangenen machte. Pfeile holten viele von ihnen ein und setzten ihrer verzweifelten Flucht ein Ende. Wer nicht sofort tot war, ertrank jämmerlich, mit ein, zwei oder gar drei Pfeilen im Leib. Nur einigen wenigen gelang es, zu entkommen. Ansonsten wurde keiner von Jarl Eliwagars Männern geschont.

Als die Sonne am Horizont im Meer zu versinken schien und dem Wasser die Farbe flüssiger Bronze verlieh, hatte Gunnarr Grimmsson vier wertvolle Schiffe erbeutet. Er beschloss, seine Mannschaft auf die acht Schiffe aufzuteilen und nach Jütland zu segeln, um die Beute in Sicherheit zu bringen.

Meldun Eliwagar tobte, als nur eine Handvoll Überlebender geschlagen und sämtlicher vier Schiffe beraubt zurückkehrte. Im ersten Moment wollte er sie alle hinrichten lassen, doch er war immer noch ein Fremder in Hordaland, und eine derartige Vorgehensweise hätte möglicherweise zu einem Aufstand geführt. Das wollte er auf keinen Fall herausfordern.

Er und vier seiner Berater saßen an der großen, rechteckigen Tafel in seinem Haus, in dem einmal Eirik, der König von Hordaland, residiert hatte. In großen Eisenschalen brannten Feuer, an den Wänden waren Halterungen angebracht, in denen brennende Fackeln steckten und zusätzlich für Helligkeit sorgten. Die fünf Männer tranken Met, die Stimmung war gedrückt, und Meldun Eliwagar kochte innerlich vor Wut.

»Wie können wir diesen verdammten Hund, den Hel verschlingen soll, aufhalten?«, brach es über Eliwagars blutleere Lippen. Allmählich fürchtete er um sein

Leben. Grimmsson schlug völlig unerwartet und überraschend zu, tötete, plünderte und verschwand wieder, als hätte ihn die See verschluckt. Er hatte Eliwagar und dem König blutige Rache geschworen. An Harald selbst kam er jedoch nicht heran, also mussten stellvertretend für den König dessen Untertanen bluten. Doch er hatte es sicherlich auch auf Meldun Eliwagar abgesehen. Jeden Tag, der einer langen Nacht voller Beklemmung und Furcht folgte, konnte Gunnarr Grimmsson mit seinen Drachenschiffen zu ihm in den Hardangerfjord segeln, um seinem Hass und seiner Rachsucht freien Lauf zu lassen.

»Wir haben nicht genügend Krieger, um ihm die Stirn zu bieten, wenn er kommt«, äußerte einer der Räte. »Und auf die Männer von Hordaland können wir uns nicht verlassen. Sie haben König Eirik Treue geschworen, und die meisten von ihnen fühlen sich noch immer an diesen Eid gebunden. Auch sind viele in Solkiel gefallen, andere sind nach Avaldsnes gezogen, um sich der Streitmacht des Königs anzuschließen.«

Eliwagar griff nach dem Krug, trank von dem Met, wischte sich mit dem Handrücken über die Lippen und murmelte: »Der Racheschwur trifft König Harald und mich gleichermaßen. Avaldsnes anzugreifen wird Grimmsson nicht wagen, denn dort sind mehrere Hundert Krieger, eine Armee, die Harald in den nächsten Monaten noch verstärken wird, weil er sich weitere große Teile Norwegens unterwerfen will, vor allem weiter oben im Norden.«

»Aber Grimmsson schwächt unser Land«, sagte einer, »und davon wird auch Harald betroffen sein.«

»Darum muss mir der König helfen«, befand Eliwagar. »Ich werde noch heute Boten nach Avaldsnes senden, die ihm von der Lage hier berichten, damit er mir Männer schickt, die die Küsten und Fjorde sichern. Andernfalls ist Hordaland bald ein entvölkerter Landstrich.«

Jalvaror und seine Horde setzten ihren Raubzug fort. Jedes Dorf, das an ihrem Weg lag, wurde überfallen, die Bewohner wurden getötet, Gefangene den Göttern als Dankesopfer dargebracht. Als sie zehn Tage später, mitten in der Nacht, in der Bucht ankamen, in der ihre Schiffe lagen, waren die vier Fuhrwerke voll mit Wertgegenständen.

Während der ganzen Zeit, in der sie auf dem Marsch durch Wessex waren, hatte Ronguor Thorbjorn, der mit Hogni Bork als Unterhändler zu William de Warenna geritten war, bei Elinor auf dem Fuhrwerk gesessen und sich bemüht, ihr so viel von seiner Sprache wie möglich beizubringen. Man hatte der jungen Britin die Fesseln abgenommen, dennoch behandelte man sie weiterhin wie eine Gefangene.

Jalvaror beschloss, die kommende Nacht noch in der Bucht zu verbringen und am Morgen die Beute auf die vier Schiffe zu verteilen, an Bord zu gehen und Kurs auf Norwegen zu nehmen.

Jalvaror, Asbjorn, Elinor und die beiden anderen Unterführer sowie Ronguor Thorbjorn saßen um ein kleines Feuer. Sie fühlten sich sicher, denn William de Warenna und der Rest seiner Söldnertruppe hatten sich auf seine Burg zurückgezogen und leckten ihre Wunden. Außerdem hatte Jalvaror auf den Hügeln ringsum Wachen aufgestellt, die jede Annäherung feindlicher Kämpfer sofort melden würden.

»Uns war ein großer Erfolg beschieden«, sagte Jalvaror. »Wir haben gute Beute gemacht und werden in der Heimat Lob und Anerkennung ernten.«

»In der Heimat!«, stieß Asbjorn verächtlich hervor.

»Hordaland ist nicht unsere Heimat. Doch dorthin bringen wir all die Schätze, die wir erbeutet haben. Eliwagar wird sie in seiner Gier an sich raffen, und wir werden genauso arm, wie wir es verlassen haben, wieder in unser Dorf zurückkehren.«

»Ich will mit dir nicht mehr darüber streiten, Asbjorn!«, versetzte Jalvaror mit einem geradezu aggressiven Unterton. »Du kennst meine Einstellung, und es wäre ratsam für dich, du würdest die deinige ändern.«

»Er wird mir auch das Weib wegnehmen und sie zu seiner Sklavin machen«, befürchtete Asbjorn. »Das werde ich nicht zulassen.«

»Deine Äußerungen geben mir zu denken, Bruder«, sagte Jalvaror. »In den vergangenen Tagen wurde mein Argwohn dir gegenüber zerstreut, aber nun gibst du mir wieder allen Grund, dir zu misstrauen.«

»Du solltest meinen Worten keine allzu große Bedeutung beimessen, Jalvaror«, lenkte Asbjorn ein. »Ich weiß um deine Ängste, dass Eliwagar seine Wut an unserer Familie auslassen könnte. Das sind auch meine Befürchtungen, und daher werde ich nichts tun, was ihm weiteren Anlass dazu geben könnte.«

Doch es gelang Asbjorn nicht, die Flamme des Misstrauens, die erneut in Jalvaror loderte, einzudämmen. Als sie am Morgen die Schätze auf die Schiffe brachten und ziemliche Hektik herrschte, nahm dieser Ronguor Thorbjorn beiseite und flüsterte: »Ich will, dass du mit auf Asbjorns Schiff gehst. Trotz seiner Beteuerungen befürchte ich, dass sich mein Bruder absetzen will. Allerdings muss er in diesem Fall die Mannschaft auf seine Seite bringen. Also wird er sie mit irgendwelchen Versprechungen zu ködern versuchen. Sobald das geschieht, wirst du mich informieren. Andernfalls wird es deine Familie zu büßen haben. Denk an deine

Frau und deine Kinder, denk auch an deine Eltern und Geschwister.«

Die Drohung verfehlte ihre Wirkung nicht. »Du kannst dich auf mich verlassen, Jalvaror«, versicherte Ronguor Thorbjorn.

»Das rate ich dir«, knurrte Jalvaror, und in seinem Blick lag eine tödliche Warnung.

Bald darauf ruderten sie aus der Bucht, und auf dem offenen Meer setzten sie auf jedem der Schiffe das riesige Segel mit den senkrechten roten und weißen Streifen. Schnell und lautlos pflügten die Drachenboote durch die kaum bewegte See.

Kapitel 9

Am späten Nachmittag zogen drohende Wolken auf, türmten sich im Westen zu dunklen Gebilden zusammen, und der Himmel über dem Horizont wurde finster wie in der tiefsten Nacht. Hin und wieder zuckte ein greller Blitz aus dem brodelnden Schwarz und Grau, doch Donner war nicht zu hören, denn das Unwetter war noch weit entfernt. Jedem der Nordmänner war klar, dass sich ein Orkan anbahnte und er sie nicht verschonen würde.

»Thor schlägt den Amboss!«, rief Asbjorn und ging zum Steuer, an dem ein bärtiger Mann fortgeschrittenen Alters stand, und flüsterte diesem etwas ins Ohr.

Im Heck des Boots saß Elinor auf einer Kiste, und ihre Augen waren nach Westen gerichtet, wo die felsige Küste von Wessex längst aus ihrem Blickfeld entschwunden war. Ihr Blick schien sich nach innen verkehrt zu haben, ihr Gesicht war ausdruckslos, und von ihrer Stirn war nicht abzulesen, was dahinter vorging.

Bei ihr befand sich Ronguor Thorbjorn, der sie auch an diesem Tag wieder in der Sprache seines Volkes unterrichtete. Ihm entging nicht, dass Asbjorn ziemlich intensiv auf den Steuermann einredete, und düstere Ahnungen machten sich in ihm breit.

Außer ihnen befanden sich noch weitere vierzehn Männer an Bord. Sie reichten aus, um im Falle des Falles die Ruder zu bedienen. Die Besatzung auf den anderen Schiffen war nicht größer, denn Jalvaror hatte die ihm noch zur Verfügung stehenden Krieger gleichmäßig aufgeteilt.

Der Steuermann nickte, und Asbjorn versetzte ihm einen leichten, kameradschaftlichen Klaps gegen den Oberarm. Dann ging er zu einer kleinen Gruppe von Männern, die sich im Bug versammelt hatten und nach Westen starrten, wo sich das Unwetter zusammenbraute. Auch auf sie sprach er ein, woraufhin sie ihm nacheinander die Hand reichten.

Schließlich näherte sich Asbjorn dem Heck, während der Sturm die Wolken schnell näher trieb. Nun war auch schon das ferne Grollen des Donners zu vernehmen, und der Wind wurde stärker. Das düstere Grau ringsum wirkte geradezu unheimlich. Immer wieder zerrissen grelle Blitze den aufgewühlten Himmel, und erste heftige Windstöße trugen nun den rollenden Donner heran.

Asbjorn blieb vor Ronguor Thorbjorn stehen und stemmte die Fäuste in die Seiten. »Ich habe beschlossen, nicht nach Hordaland zu segeln«, erklärte er und wies mit dem Kinn nach Westen. »Thor scheint meinen Plan zu unterstützen. Er schickt Sturm, und die Gelegenheit ist für uns günstig. Die Götter mögen Eliwagar ebenso wenig wie ich und die anderen Männer auf diesem Schiff.«

Thorbjorn hatte so etwas erwartet, und dennoch war er betroffen. »Du stößt dadurch deine Familie ins Unglück. Ich hoffe, das bedenkst du.«

»Ja, ich habe darüber nachgedacht, doch ich glaube nicht, dass Eliwagar meine Familie bestrafen wird. Immerhin erhält er drei Schiffe zurück, und die Beute, die ihm Jalvaror zusammen mit den Schiffen übergeben wird, ist nicht gering. Eliwagar braucht Jalvaror und die anderen Männer unserer Sippe, denn Hordaland ist noch lange nicht befriedet. Er hat sicherlich auch gegen eine ganze Reihe von Problemen zu kämpfen und kann es sich nicht leisten, in seinem Herrschaftsbereich einen Aufstand herauszufordern, indem er gegen Arnorr Blavorr und seine Sippe vorgeht. Immerhin ist Arnorr Blavorr einer der Stammesältesten, und man respektiert ihn, wahrscheinlich weit mehr als Eliwagar.«

»Darauf solltest du dich nicht verlassen, Asbjorn«, entgegnete Thorbjorn zweifelnd. »Wir alle kennen Eliwagar. Er ist jähzornig und unberechenbar. In seiner Wut ordnet er möglicherweise Maßnahmen gegen Arnorr Blavorrs Sippe an, die er später bereut. Doch dann wird es für viele deiner Angehörigen zu spät sein.«

»Eliwagar ist mir feindlich gesinnt«, knirschte Asbjorn. »Er wird nicht nur auf die Beute Anspruch erheben, sondern auch auf Elinor, und zwar nur aus dem einen Grund, um mich zu treffen und zu provozieren, weil er weiß, dass ich es nicht schlucken würde. Er will, dass ich ihm einen Grund in die schmutzigen Hände gebe, gegen mich vorzugehen. Aber so weit lasse ich es erst gar nicht kommen.«

»Selbst wenn du damit recht haben solltest«, entgegnete Thorbjorn, »Arnorr Blavorr wird kein Verständnis für dein Handeln aufbringen. Er wird dich verstoßen. Und Jalvaror wird dich hassen. Und nach Norwegen wirst du nie wieder zurückkehren können, denn Eliwagar wird dich ächten lassen, und jeder, der dich erkennt, darf dich dann erschlagen wie einen räudigen Hund.«

»Es gibt einen Ort, an dem ich bleiben und leben kann. Ich kann dir keine Wahl lassen, Ronguor. Alle hier auf dem Schiff sind einverstanden. Solltest du es ablehnen, mich zu unterstützen, täte es mir leid für dich.« Asbjorns rechte Hand berührte den Stiel der Streitaxt, die an der Schlaufe an seinem Gürtel hing.

»Ich verstehe.« Diese letzten Worte und Asbjorns Geste waren unmissverständlich. Asbjorn war nicht bereit, den einmal eingeschlagenen Weg zu verlassen. Er würde vor nichts zurückschrecken, um sein Vorhaben durchzusetzen. »Es ist in Ordnung, Asbjorn«, versicherte er schnell, »ich bin dabei. Dieser Sturm, der sich nähert ... Du solltest das Segel einholen lassen, oder willst du, dass der Mast bricht?«

Asbjorn wandte sich ab.

Auch auf den anderen Schiffen wurden die Segel eingeholt und die Ruderbänke besetzt. Der Wind war schärfer geworden und die See inzwischen ziemlich unruhig. Wellen schlugen gegen die Schiffe und ließen sie hin und her schaukeln, schwappten über die Bordwände, und die Besatzung rannte nach Eimern, um Wasser zu schöpfen.

Ronguor Thorbjorn schaute zum nächsten Schiff hinüber und sah an der Bordwand Jalvaror Blavorr stehen, der zu ihm herüberstarrte. Doch Thorbjorns Entscheidung hatte schon in dem Moment festgestanden, als ihm Asbjorn eröffnet hatte, dass er sich absetzen wollte. Er überlegte also nicht mehr lange, nahm kurz Anlauf und sprang über die Bordwand ins Meer.

Das Wasser schlug über ihm zusammen. Er hatte die Luft angehalten und begann, unter Wasser zu schwimmen. Erst, als seine Lunge schon zu stechen anfing und er das Gefühl hatte, der Kopf würde ihm platzen, tauchte er auf, und gierig sog er frische Luft in seine Lunge.

Etwa fünfzig Klafter betrug die Entfernung bis zu Jalvarors Schiff. Thorbjorn schaute nach hinten und sah Asbjorn, der ihm mit erhobener Faust drohte. Aber sein Drachenboot wurde bereits in den Wind gedreht und das Segel gehisst. Der Wind fuhr hinein, und das Boot nahm sofort Fahrt auf, wurde schneller und schneller und glitt in Richtung Osten davon.

Asbjorn riskierte, dass der Mast brach oder das Segel riss, doch er nahm es in Kauf. Jalvaror konnte ihn nicht aufhalten, denn schon wenig später tobte das Unwetter mit elementarer Gewalt. Der Sturm kam wie ein wildes Ungeheuer über das Meer gefegt und trieb eine graue Wand aus Regen vor sich her.

Große Tropfen klatschten in die Gesichter der Krieger auf den Schiffen, und ihre Ohren waren geradezu taub von dem Heulen und Prasseln ringsum. Der Ozean hatte sich in einen tosenden, alles verschlingenden Hexenkessel verwandelt, aus dem es kein Entrinnen zu geben schien.

Immer neue Regenmassen jagte der Sturm heran, Blitze, die in schneller Folge am Himmel entlangfuhren, tauchten alles in blauweißes, gespenstisches Licht.

Thor wurde seinem Ruf als Gewitter- und Wettergott wieder mehr als gerecht. Er schlug in schnellem Rhythmus mit Mjöllnir auf den Amboss, dass die Funken flogen …

Die Ruder wurden eingezogen, die Schiffe waren nur noch Spielbälle der entfesselten Elemente.

Thorbjorn kämpfte verzweifelt gegen die Brecher an, die über ihn hinwegspülten, die ihn herumwirbelten und denen er hilflos ausgeliefert war. Manchmal gelang es ihm, Luft zu schnappen, einmal sah er durch die graue Regenwand verschwommen den Umriss eines Drachenboots, dann wiederum hatte er das Gefühl, von einer Welle erschlagen zu werden. Sie drückte ihn mit unwiderstehlicher Gewalt unter Wasser, und er war nicht mehr in der Lage, sich zu orientieren.

Panik stellte sich ein, seine Lunge drohte zu platzen, Schwindelgefühl erfasste ihn.

Plötzlich aber wurde er wieder in die Höhe geworfen. Es war in dem Moment, als er den Mund öffnete, weil er die Luft nicht mehr anhalten konnte, und er konnte durchatmen, wurde aber im nächsten Moment schon wieder unter Wasser gezogen, und erneut wurde ihm die Luft knapp.

Aber Njörd, der Gott des Meeres, konnte ihn auch dieses Mal nicht festhalten. Verzweifelt mit den Armen rudernd durchstieß er mit dem Kopf wieder die sturmgepeitschte Wasseroberfläche, und nun sah er das Drachenboot ganz dicht vor sich. Er versuchte, sich bemerkbar zu machen, aber in dem Moment, als er schreien wollte, überrollte ihn erneut eine Welle.

Er schluckte Wasser, kam wieder hoch und schrie voller Verzweiflung, doch der Sturm riss ihm die Hilferufe von den Lippen und trug sie fort. Dennoch schien man ihn auf dem Schiff bemerkt zu haben, denn er sah ein Ruderblatt auf sich zukommen, klammerte sich daran fest und kämpfte sich dicht an die Bordwand heran.

Zwei Männer beugten sich darüber, ein Seil baumelte nach unten. Er packte es mit beiden Händen und wurde schließlich an Bord gezogen.

Keuchend und Wasser spuckend lag er auf dem Schiffsboden, auf dem knöcheltief das Wasser stand. Fast die gesamte Besatzung schöpfte und beförderte es eimerweise ins Meer zurück.

Der Sturm tobte zwei Stunden, dann aber flaute er ab. Die Abstände zwischen den Blitzen wurden immer länger, es regnete nur noch leicht, und die See beruhigte sich.

Wie durch ein Wunder hatte Jalvaror keines der Drachenboote verloren. Nur von dem Schiff, mit dem Asbjorn geflohen war, war weit und breit nichts mehr zu sehen.

Jalvarors Zähne knirschten aneinander, und wer in seine Augen sah, dem eröffnete sich ein Abgrund von Enttäuschung, Verbitterung und ohnmächtigem Zorn.

»Er meinte, es gebe einen Ort, an dem er bleiben und leben könne«, berichtete Thorbjorn. »Den Namen des Ortes hat er allerdings nicht genannt.«

»Ich weiß, welchen Ort er meint«, grollte Jalvaror und richtete den Blick auf einen unbestimmten Punkt hoch oben im Norden, wo der graue Horizont mit dem Meer zu verschmelzen schien. »Thor hat seinen Verrat unterstützt. Odin, nun hilf du mir, Eliwagar gnädig zu stimmen. Ich schwöre in deinem Namen und im Namen sämtlicher Asen, dass ich ihn jagen und töten werde, wenn wegen seines Verrats einem meiner Angehörigen auch nur ein Haar gekrümmt wird.«

Am Landungssteg hatte sich die gesamte Einwohnerschaft der Siedlung versammelt, und zig Augenpaare beobachteten die drei Schiffe, die sich vom Meer her näherten. Die Segel waren eingeholt, die Ruder bewegten sich rhythmisch und brachten die Schiffe der Anlegestelle schnell näher.

»Es sind nur drei Schiffe«, grummelte Meldun Eliwagar, der zusammen mit einigen engen Vertrauten auf dem Landungssteg stand und ziemlich verkniffen dreinschaute. »Ich habe Jalvaror Blavorr mit vier Schiffen nach Wessex geschickt.«

Nach und nach legten die Drachenboote an, die Ruder wurden eingezogen und die Schiffe vertäut. Dann ging Jalvaror an Land. Längst hatte er Eliwagar auf dem Landungssteg entdeckt, und er fühlte sich nicht wohl in seiner Haut. Vor den Jarl hintreten zu müssen, um ihm von Asbjorns Verrat zu berichten, bereitete ihm geradezu körperliches Unbehagen.

Einen Augenblick lang dachte er sogar daran, Eliwagar gegenüber zu behaupten, dass das vierte Schiff im Sturm gekentert und im Meer versunken wäre. Doch schon mit dem nächsten Gedanken war ihm klar, dass er mit einer solchen Lüge das Unglück über sich und seine Sippe geradezu heraufbeschwor, denn es gab zu viele Zeugen, und es wäre nur eine Frage der Zeit gewesen, bis Eliwagar die Wahrheit erfahren hätte.

Gefolgt von seinen Leuten trat Jalvaror vor den Jarl und sagte: »Sei gegrüßt, Meldun Eliwagar. Ich bin mit drei Schiffen und großer Beute aus Wessex zurück.«

»Wie ich sehe, hast du viele Männer verloren«, entgegnete Eliwagar anstelle eines Willkommensgrußes. Sein Gesichtsausdruck hatte sich geglättet und zeigte keinerlei Gemütsregung.

»Wir mussten schwere Kämpfe bestehen«, erklärte Jalvaror. »Außerdem leistete man in dem einen oder anderen Dorf Gegenwehr.«

»Wie zu erwarten war«, meinte Eliwagar. »Doch wie es scheint, hast du auch eines meiner Boote verloren. Oder verspätet sich das vierte Schiff lediglich? Ich vermisse auch deinen Ziehbruder, Asbjorn Eriksson.«

Jalvaror entging nicht das erwartungsvolle Lauern in Eliwagars Blick, doch wahrheitsgetreu antwortete er: »Asbjorn hat es vorgezogen, nicht mehr nach Norwegen zurückzukehren.«

»Wie soll ich das verstehen?«, fragte der Jarl lauernd.

»Er ist mit dem vierten Schiff während eines Sturms ... geflohen!«

Eliwagar kniff die Augen zusammen, und sein Blick wurde stechend. »Geflohen? Wovor? Erkläre mir, was ihn zur ... hm, Flucht getrieben haben könnte.«

»Er ...« Jalvaror räusperte sich, kämpfte um Haltung und vollendete schließlich: »Er ist mit einem Viertel der Beute auf und davon. Außerdem befindet sich bei ihm die Tochter eines britannischen Edelmanns, die er als sein Eigentum betrachtet.«

Eliwagar starrte Jalvaror herausfordernd an, schwieg aber, und so sprach Jalvaror schließlich weiter: »William de Warenna, das ist der Name des Edelmanns, ist nicht auf meine Lösegeldforderung eingegangen. Im Gegenteil, er verfolgte uns, und es kam zu einem Kampf, der mich viele Männer gekostet hat.«

»Asbjorn Eriksson hat mich also bestohlen!«, stieß der Jarl hervor, und die Glätte in seinen Zügen brach. »Das ist ein todeswürdiges Verbrechen! Hast du eine Ahnung, wohin er sich gewandt haben könnte?«

Jalvaror zögerte, dann schüttelte er den Kopf. »Nicht die geringste …«

»Das stimmt nicht!«, ertönte es hinter Jalvaror, und Ronguor Thorbjorn trat neben ihn. »Asbjorn Eriksson wollte mich dazu überreden, mit ihm zu fliehen. Er meinte, er wüsste einen Ort, an dem er bleiben und leben könne. Als ich dies Jalvaror sagte, nachdem ich geflohen war und beinahe ertrunken wäre, erklärte er mir, dass er diesen Ort kennt.«

Jalvaror spürte den rasenden Schlag seines Herzens. Die Angst vor Eliwagars Reaktion ließ es wie verrückt hämmern. Zorn auf Thorbjorn stieg in ihm empor, aber auch Enttäuschung, weil dieser ihm in den Rücken gefallen war. »Ich bin mir nicht sicher«, murmelte er. »Zunächst dachte ich, dass er vielleicht nach Dänemark will, denn ein anderes Land kommt kaum infrage. Doch das ist eine reine Vermutung, außerdem ist Dänemark groß, und es gibt tausend Plätze, an denen er sich dort niederlassen kann.«

Er spürte geradezu den Anprall des Misstrauens, der von Eliwagar ausging. »Das würde gut zusammenpassen«, knirschte der Jarl. »Gunnarr Grimmsson, der niederträchtige Verräter, ist ein weiteres Mal nach Norwegen zurückgekehrt und hat zwei meiner Dörfer überfallen. Die Männer und alten Weiber hat er erschlagen zurückgelassen, die jungen Frauen und die Kinder wird er sicher als Sklaven verkaufen. Ich vermute, dass er damals nach Dänemark geflohen ist, und ich bin mir sicher, dass es Asbjorn Eriksson war, der ihn warnte. Kann es sein, dass er genau weiß, wo sich Grimmsson verkrochen hat? Dass er zu Grimmsson gesegelt ist, um bei ihm Zuflucht zu finden?«

»Ich weiß es nicht«, behauptete Jalvaror, obwohl er sich sicher war, dass dies den Tatsachen entsprach.

»Vermutlich steckt er auch hinter dem Mord an Niobjorg Bryngeror, meinem Vertrauten. Aber bestimmt weißt du auch dahingehend nichts, oder?«

»So ist es, Jarl Eliwagar.«

»Ich habe König Harald um Unterstützung gebeten«, erklärte Eliwagar. »Gemeinsam werden wir dem Treiben des Verräters Grimmsson ein blutiges Ende bereiten. Und sollte Asbjorn Eriksson tatsächlich …« Eliwagar brach ab, und ein tückisches Glitzern trat in seine Augen. »Du und Asbjorn, ihr seid wie Brüder. Darum schließe ich nicht aus, dass du seine Flucht begünstigt hast, Jalvaror Blavorr. Ich muss nachdenken, was zu veranlassen ist. Bis ich mich entschieden habe, bleibst du hier in meinem Gewahrsam. – Führt ihn ab und legt ihn in Ketten!«

Jalvaror wusste, dass es sinnlos war, dagegen zu protestieren. Drei der Männer, die bei Eliwagar standen, traten vor, zogen ihm die Streitaxt aus der Gürtelschlaufe und nahmen ihn in ihre Mitte. »Gehen wir!«, gebot einer und versetzte ihm einen rüden Stoß in den Rücken.

Jalvaror setzte sich in Bewegung.

Eliwagars unergründlicher Blick folgte ihm, dann wandte sich der Jarl der Besatzung der Schiffe zu und rief: »Ladet die Schätze aus und bringt sie in mein Haus! Und wagt es ja nicht, auch nur ein Stück der Beute zurückzubehalten! Ich würde ein solches Vergehen mit der gebotenen Strenge und Härte ahnden.«

Sie hatten Jalvaror im Schaf- und Ziegenstall angekettet. Er lag auf fauligem Stroh, hatte den penetranten Geruch von Tierausscheidungen und -ausdünstungen in der Nase und war voller Sorge. Er verfluchte Asbjorn und betete zu Thor, dass dieser Feuer vom Himmel schicken und Asbjorn verbrennen sollte, er betete zu Njörd, dem Meeresgott, dass er den verhassten Ziehbruder bei der nächsten Gelegenheit in die Tiefe des Meeres zog und kläglich ertrinken ließ, und er schwor, den einstigen Freund zur Verantwortung zu ziehen, sollte er die Gelegenheit dazu bekommen.

Es ging ihm nicht so sehr um ihn selbst. Er befürchtete, dass Eliwagar seinen Groll an seiner, Jalvarors, Familie austoben könnte, weil er Asbjorn, den Arnorr Blavorr an Sohnes statt angenommen hatte, dazurechnete. Eliwagar war skrupellos, und Jalvaror traute ihm jede Niedertracht zu. Familien von Verrätern wurden geächtet, manchmal verwies man sie der Dorfgemeinschaft, oftmals aber wurden sie anstelle des eigentlichen Verräters hingerichtet, wenn der sich nicht freiwillig stellte und die Verantwortung für sein Handeln übernahm.

Es war früher Morgen. Durch die Ritzen in den Bretterwänden des Stalls fiel in schräger Bahn Sonnenlicht und malte goldene Linien auf den Boden. Staubpartikel tanzten in den Lichtbahnen. Eine junge Frau kam und trieb die Ziegen und Schafe aus dem Stall. In den Blicken, die sie Jalvaror scheu zuwarf, konnte er Anteilnahme erkennen. Sie hatte einst König Eirik gedient, und vielleicht gehörte sie zu den Bewohnern Hordalands, die dem neuen Herrscher nicht freundlich gesinnt waren.

Sie verschwand wieder, und daraufhin war es wieder ruhig im Stall. Jalvaror verspürte Hunger und Durst, und er war erschöpft. Die Strapazen der vergangenen Wochen steckten ihm noch in den Gliedern. In Wessex hatten sie ziemlich Federn lassen müssen, auch wenn sie mit reichlich Beute nach Norwegen zurückgekehrt waren.

Unwillkürlich dachte er an William de Warenna, der seine väterlichen Gefühle dem Wohle seines Landes und seiner Untertanen untergeordnet hatte. Jalvaror fragte sich, wie es in dem Edelmann wohl aussehen mochte. Sein Sohn war tot, die Tochter entführt. Jalvaror war selbst Vater und konnte sich in de Warennas Lage hineinversetzen.

Das Stalltor schwang auf, Licht flutete ins Stallinnere, und eine Gestalt zeigte sich, die vom Sonnenlicht scharf umrissen wurde. Sie kam in den Stall, eine zweite und eine dritte folgten. Waren es die Henkersknechte, die kamen, um ihn zu seiner Hinrichtung abzuholen? Jalvaror fühlte, wie er sich innerlich anspannte. Der Tod hatte für ihn längst jeglichen Schrecken verloren, aber er wollte nicht für den Verrat eines anderen sterben.

Ohne ein Wort befreiten sie ihn von den Ketten. Er stand auf, reckte die verspannten Schultern und massierte seine schmerzenden Handgelenke, die von den Fesseln aufgescheuert waren. Dann ging er zwischen den drei Männern nach draußen.

Sie brachten ihn zu Eliwagars Haus. Der Jarl kam

ins Freie und setzte sich auf den Stuhl, der für ihn auf den freien Platz vor dem Gebäude gestellt worden war. Seine Berater und Vertrauten standen im Halbkreis um ihn herum. Ohne eine Spur von Freundlichkeit musterten sie Jalvaror.

Auch Eliwagar fixierte seinen Gefangenen schweigend, dann sagte er: »Ich habe mich entschlossen, Gnade vor Recht ergehen zu lassen. Allerdings knüpfe ich daran eine Bedingung.«

Eliwagar ließ seine Worte eine Weile lang wirken. Mit seinem Blick versuchte er, Druck auf Jalvaror auszuüben, als wolle er dadurch jeden möglichen Widerspruch im Keim ersticken.

»Nenn mir die Voraussetzung, Herr«, gab sich Jalvaror demütig, und während er sprach, schaute er zu Boden. Falscher Stolz wäre Eliwagar gegenüber auf keinen Fall angebracht gewesen, denn der Jarl befand sich in der Position des Starken und konnte mit einem Fingerschnippen darüber entscheiden, ob Jalvaror leben oder sterben würde.

»Ich bin Jarl Eliwagar!«, wies dieser Jalvaror zurecht.

»Natürlich. Entschuldige, Jarl Eliwagar.«

»Ich will, dass du Asbjorn Eriksson aufstöberst, ihn gefangen nimmst und mir auslieferst. Hast du verstanden? Ich will ihn lebend! Denn es gilt, ein Exempel zu statuieren.«

»Wie soll ich ihn finden?«, fragte Jalvaror. »Er kann in Dänemark sein, vielleicht aber ist er auch nach Schweden geflohen oder, noch weiter, nach Russland.«

Eliwagar zeigte ein eisiges Grinsen. »Ich bin davon überzeugt, du weißt genau, wo du ihn findest.«

»Wie viele Schiffe gibst du mir, Jarl Eliwagar?«

»Jene drei, mit denen du gestern angekommen bist. Und ich rate dir, zusammen mit Asbjorn Eriksson auch mein viertes Schiff zurückzubringen. So ein Schiff ist teuer, und König Harald fordert hohe Steuern, damit er seinen Feldzug nach Norden innerhalb der nächsten zwei Jahre finanzieren kann.«

»Ich tue mein Möglichstes, Jarl Eliwagar«, versicherte Jalvaror.

»Das solltest du«, kam es fast sanft aus Eliwagars Mund. »Du hast Zeit bis zum letzten Tag des Heuert*, also des Monats der Heuernte. Bist du bis dahin nicht zurück und lieferst mir Asbjorn Eriksson aus, wird es deine Familie büßen. Das ist geltendes Recht, und das weißt du.«

Jalvaror spürte ein Würgen im Hals und schluckte. »Ich werde unverzüglich aufbrechen, Jarl Eliwagar.«

»Die Kosten für die Vorräte, die ihr mitnehmen müsst, trägst du natürlich selbst, Jalvaror Blavorr. Das ist recht und billig. Verlier keine Zeit. Solltest du bis zum letzten Tag des Heuert nicht zurück sein, werden dein Vater, deine Mutter, deine Frau und deine Kinder anstelle von Asbjorn Eriksson ihr Leben verlieren.«

Für einen kurzen Moment wurde es Jalvaror schwarz vor Augen, und er glaubte, die Kontrolle über seinen Körper zu verlieren.

»Ich werde dir Asbjorn ausliefern, Jarl Eliwagar. Du hast mein Wort.«

»Doch vergiss nicht, Jalvaror Blavorr: Ich will den gemeinen Dieb und Verräter lebend. Bringst du ihn mir tot, wäre das genauso, als brächtest du ihn gar nicht. Was dann geschieht, weißt du. Und noch etwas: Eine Gruppe meiner Krieger wird dich in dein Dorf begleiten und dafür sorgen, dass deine Familie nicht flieht. Sie ist nämlich der Garant für deine Rückkehr.«

---

* die germanische Bezeichnung für den Monat Juli

»Ich glaube nicht, dass mein Vater daran auch nur einen einzigen Gedanken verschwenden würde, Jarl Eliwagar.«

»Ja, Arnorr Blavorr ist ein Ehrenmann. Leider hat er bei Asbjorns Erziehung versagt. Und nun haften er und seine ganze Sippe für die Verfehlungen und Verbrechen dieses Diebes und Verräters.«

Jalvaror legte die Hand flach vor den Leib und deutete eine Verbeugung an. Eliwagars widerliches Grinsen brachte zwar sein Blut in Wallung, aber er konnte sich zur Ruhe zwingen und bewahrte eisern die Kontrolle über seine Gefühle.

Vier Tage später legten die drei Schiffe am Landungssteg der Siedlung an, in der die Sippe Jalvarors lebte. Dagrun und die beiden Kinder waren glücklich, als sie ihren Gatten und Vater wohlbehalten von Bord gehen sahen. Die Besatzungen wurden mit lauten Willkommensrufen begrüßt, die Männer schlossen ihre Frauen, Kinder, Mütter, Väter und Geschwister in die Arme.

Auch Arnorr Blavorr und seine Frau Myrun waren zur Anlegestelle gekommen. Sie begrüßten ihren Sohn herzlich, doch dann glitt Arnorrs Blick suchend über die Gruppe der Heimgekehrten, und voller Sorge sagte er: »Ich sehe nur drei Schiffe und vermisse Asbjorn. Sprich, Jalvaror«, forderte er voller Unbehagen, »ist er in Britannien auf dem Schlachtfeld geblieben, oder hat Njörd ihn sich geholt?«

»Weder das eine, noch das andere. Er lebt, Vater, und ich werde dir ausführlich berichten.«

Arnorr deutete auf eine Gruppe Bewaffneter, die mit den Schiffen gekommen war und abwartend beim Ende des Landungssteges stand. »Wer sind diese Männer? Ich kenne sie nicht.«

»Es sind Krieger von Meldun Eliwagar. Sie sind mit mir gekommen, um ...« Asbjorn brach ab und sagte dann: »Gehen wir ins Haus, Vater. Dort werde ich dir alles erzählen. Es ist keine schöne Geschichte, denn Asbjorn hat deinen guten Namen in den Schmutz gezogen, und dazu hatte er kein Recht.«

Arnorr Blavorr, seine Frau und Dagrun schauten Jalvaror betroffen an. »Er hat meinen Namen ... in den Schmutz gezogen?«, ächzte der alte Mann. »Inwiefern?«

»Er hat uns alle verraten.«

»Ich hätte ihn damals, nachdem seine ganze Familie ausgelöscht worden war, nicht bei mir aufnehmen dürfen!«, stieg es grollend aus Arnorr Blavorrs Kehle. »Er hat meine Großmut schlecht belohnt. Gebe Odin, dass er dir lebend in die Hände fällt und du ihn Eliwagar ausliefern kannst. Er hat sich als undankbarer, nichtswürdiger Sohn erwiesen. Wenn ihn Meldun Eliwagar nicht für seinen schändlichen Verrat bestraft, werde ich selbst es übernehmen und ihn mit bloßen Händen totschlagen.«

»Ich habe Asbjorn erklärt, dass du sein Vorgehen niemals akzeptieren würdest. Doch er hat all meine Ermahnungen in den Wind geschlagen. Er war schon immer ein Rebell, und ich hätte ihn nicht decken dürfen, als ich herausfand, dass er es war, der Gunnarr Grimmsson gewarnt hatte.«

»Wie hättest du ahnen können, wozu er noch alles fähig ist«, mischte sich Dagrun ein.

»Du weißt, wo du ihn suchen musst?«, fragte Arnorr Blavorr.

»Bei Grimmsson in Jütland, genauer gesagt in Vibjerg. Allerdings wird er mir nicht freiwillig folgen, und auch Grimmsson wird eine Menge dagegen haben, dass ich seinen Lebensretter mitnehme, um ihn Eliwagar auszuliefern. Aber darüber zerbreche ich mir den Kopf, wenn ich weiß, wo genau sein Schlupfwinkel ist. Wir segeln morgen bei Tagesanbruch los.«

In der Nacht lag Dagrun in seinen Armen. »Ich weiß, dass du es schaffst«, sagte sie. »Du lässt nicht zu, dass wegen Asbjorns Verbrechen das Unglück über unsere gesamte Familie hereinbricht. Ich vertraue auf dich, geliebter Mann.«

»Und ich werde alles tun, um dein Vertrauen nicht zu enttäuschen, geliebte Dagrun. Unseretwegen sowie unserer Kinder und meiner alten Eltern wegen. Es hat Vater zutiefst getroffen, als er von Asbjorns neuerlichem Verrat erfuhr. Es hat ihn in seiner Ehre verletzt und seinen Stolz gekränkt. Er kann mit dieser Enttäuschung nur fertigwerden, wenn Asbjorn die gerechte Strafe dafür erhält und der Name Blavorr wieder reingewaschen ist.«

»Ich bin mir jedoch sicher, dass Asbjorn nicht bedacht hat, dass er uns alle in Gefahr bringt«, sagte Dagrun bedrückt.

»Ja«, murmelte ihr Mann. »Ronguor Thorbjorn gegenüber äußerte er, dass Eliwagar wohl davon absehen werde, unsere Sippe zu bestrafen, weil er zum einen die Blavorrs bräuchte, um Hordaland zu befrieden, und zum anderen, weil er einen Aufstand befürchten müsste, wenn er gegen uns vorgeht, da ja vor allem Vater hohes Ansehen im Stamm genießt.«

»Asbjorn hätte wissen müssen, dass Eliwagar auf so etwas keine Rücksicht nimmt, so wie er überhaupt auf nichts und niemanden Rücksicht nimmt. Er ist ein treuer Vasall König Haralds, und dass Harald voll und ganz hinter ihm steht, hat er bewiesen, als er ihm das Amt des Jarls von Hordaland übertrug.« Dagrun seufzte. »Eliwagar hat Harald um Hilfe gebeten, und Harald wird sie ihm nicht verweigern und viele Krieger schicken.«

»Harald wird mit seiner ganzen Streitmacht nach Hordaland kommen, um von hier aus seinen Marsch nach Norden zu organisieren. Und er wird Eliwagar die erforderlichen Krieger zur Verfügung stellen, um hier etwaigen Widerstand im Keim zu ersticken. Eliwagar ist also nicht auf uns Blavorrs angewiesen, und sollte es unseretwegen eine Rebellion geben, lässt er sie mit Haralds Hilfe brutal niederschlagen. Auch Eliwagars Sippe lebt hier, und würde sich Widerstand auch nur andeuten, wäre er innerhalb kürzester Zeit informiert.«

»Ronguor Thorbjorn ist dir schnöde in den Rücken gefallen«, erregte sich Dagrun.

»Nun, ich denke, es war Berechnung. Er erwartet dafür irgendeinen Vorteil für sich, eine Bevorzugung, vielleicht sogar etwas von unserem Land, sollte uns Eliwagar für Asbjorns Verrat bestrafen, was ja auch eine Enteignung nach sich zieht. Tja, Thorbjorn wird mich nach Norwegen begleiten. Eliwagar hat darauf bestanden. Du kannst dir denken, weshalb.«

Am Morgen gingen die Mannschaft und schließlich auch Jalvaror an Bord. Er trug schwer daran, dass er seine Familie und seine Eltern, überhaupt die ganze Sippe seines Vaters als Eliwagars Geiseln zurücklassen musste. Sein Zorn auf Asbjorn war grenzenlos und brannte heiß in ihm. In der Nacht hatten er und Dagrun noch viele Stunden wach gelegen und gesprochen. Er war fester denn je entschlossen, seinen Ziehbruder und ehemals besten Freund nach Norwegen zurückzubringen, um ihn der gerechten Bestrafung zuzuführen.

Er hatte kein Verständnis für Asbjorns Verbrechen. Es würde kein Entgegenkommen, keine Zugeständnisse und schon gar keine Versöhnung geben. Und die Angst um seine Familie würde seinen Hass immer wieder neu entfachen.

Kapitel 10

Zwölf, dreizehn, vierzehn Drachenboote segelten in östliche Richtung durch den Hardangerfjord. Auf der Mastspitze des vordersten flatterte das königliche Banner im Wind – das Banner König Haralds.

Der Herrscher stand auf seinen Stab gestützt am Bug des Bootes, und alle blickten zum Ufer, wo sich eine große Ansiedlung befand. Beim Landungssteg war eine stattliche Anzahl von Menschen zusammengelaufen.

Die Haare des Königs, der geschworen hatte, sich diese erst wieder schneiden zu lassen und zu pflegen, wenn er ganz Norwegen unter seiner Herrschaft geeint hatte, hingen lang und wirr über seinen Rücken und fielen vorn über seine Schultern auf die Brust. Als er sie zwei Jahre später, nach der entscheidenden Schlacht am Hafrsfjord*, mit der er den Grundstein für ein norwegisches Reich legen würde, schneiden und kämmen ließ, sollte ihm das den Beinamen »Schönhaar« eintragen. Danach aber sollte er als Harald I. in die Geschichte eingehen.

»Die Soldaten werden in den Bergen weiter östlich ihre Lager aufschlagen«, bestimmte er. »Wir werden hier überwintern und das Heer so weit verstärken, dass wir im kommenden Frühling nach Norden aufbrechen können, um dann, wenn wir die dortigen Gebiete erobert haben, weiter ins Zentrum des Landes vorzu-

* Sie wird dem Jahre 872 zugerechnet

dringen. Es sind nicht mehr allzu viele Provinzen, die es zu unterwerfen gilt. Am Ende wird Norwegen in seiner Gesamtheit unter meiner Herrschaft stehen, und ich habe mein Ziel erreicht. Wir werden eine geeinte Nation sein, ähnlich dem Frankenreich Karls.«

»Und ihr werdet der König sein, dem es gelungen ist, all die Stämme mit ihren Führern und Häuptlingen und auch die Kleinkönigreiche zu einen«, antwortete einer seiner Berater. »Vielleicht nennt man Euch eines Tages Harald den Großen, so wie man heute von Karl dem Großen spricht. Die Ehre dieses Beinamens ist noch nicht vielen Herrschern zuteilgeworden. Aber Ihr werdet wohl einer der wenigen sein.«

Harald lächelte geschmeichelt, dann jedoch fror dieses Lächeln ein, und er sagte: »Wir sollten aber bedenken, dass das Frankenreich schon bald nach Karls Tod auseinanderfiel und zunächst von drei Königen regiert und nach Lothars Tod in zwei Reiche aufgeteilt wurde.«

Ein anderer der Räte sprach ein anderes Thema an und äußerte seine Bedenken, indem er sagte: »Es wird Jarl Eliwagar unmöglich sein, Euer Heer den Rest des Sommers und den ganzen Winter lang zu versorgen, mein König. Wir werden alle hungern. Sowohl wir als auch die Bewohner der Siedlung, der Weiler und Höfe in der näheren Umgebung.«

»Eliwagar muss sich eben etwas einfallen lassen«, meinte Harald ungerührt. »Er hat mich um Hilfe gebeten, doch er wird wohl kaum erwarten, dass ich allein zu ihm in den Hardangerfjord komme. Außerdem gibt es Wild in den Bergen und Wäldern. Wir werden also nicht verhungern.«

Am Ufer hatte sich Jarl Eliwagar mit seinen Vertrauten eingefunden, um den König, dessen Ankunft bereits gemeldet worden war, gebührend zu empfangen und ihn willkommen zu heißen.

»Dass er mit vierzehn Schiffen kommt, hat mir der Bote nicht berichtet«, murrte Eliwagar sichtlich fassungslos. »Und es sind große Schiffe, jedes fasst wohl an die fünfzig Männer. Bei Odin, wie stellt sich …« Eliwagar verbiss sich die weiteren Worte, denn sie hätten Harald zu Ohren kommen können, und den König wollte er auf keinen Fall gegen sich aufbringen.

Er zog die Unterlippe zwischen die Zähne und kaute darauf herum. Nichts an ihm verriet auch nur eine Spur von Begeisterung über das riesige Aufgebot, das den König begleitete. Als er Harald um Hilfe gegen Gunnarr Grimmsson gebeten hatte, hatte er gehofft, dass der König drei oder vier Schiffe mit kampferprobten Männern schicken würde, um die Küsten und Fjorde von Eliwagars Herrschaftsbereich zu sichern und Grimmsson samt seinen Totschlägern und Brandstiftern auf dem Grund des Meeres zu versenken.

Als Harald sein Boot verließ und auf ihn zutrat, sank der Jarl aufs linke Knie und presste die rechte Hand flach vor den Leib. »Seid gegrüßt und herzlich willkommen, mein König«, sagte Meldun Eliwagar mit starrem Lächeln um den Mund. »Ich fühle mich geehrt.«

»Ich freue mich, dass ich dir einen Gefallen erweisen kann, Jarl Eliwagar«, versetzte Harald und griff nach Eliwagars Oberarmen. Der Jarl richtete sich dem sachten Zwang gehorchend auf, und als er stand, umarmte ihn Harald und sagte leise: »Es sind keine erfreulichen Umstände, die mich nach Hordaland gebracht haben.«

»Nein, mein König. Gunnarr Grimmsson ist zweimal in meine Provinzen eingefallen und hat Verwüstung und Erschlagene zurückgelassen. Er hat geplündert und gebrandschatzt und die jungen Frauen sowie die Kinder entführt, um sie in die Sklaverei zu führen.«

»Er scheint mir ein ausgesprochen konsequenter Mann zu sein, dieser Grimmsson«, bemerkte der König sarkastisch. »Kennt man seinen Schlupfwinkel?«

»Ich vermute, dass ihm König Horik in Dänemark Asyl gewährt. Genau weiß ich es nicht. Ich bin mir aber sicher, dass er einen Verbündeten gefunden hat, einen Verräter, einen Abtrünnigen, wie Grimmsson selbst einer ist.«

Harald runzelte die Stirn, und sein Blick wurde fragend. »Von wem sprichst du, Jarl?«

»Von Asbjorn Eriksson aus der Sippe Arnorr Blavorrs.«

»Kläre mich auf, Jarl«, forderte der König.

»Ich habe in meinem Haus Speisen und Getränke anrichten lassen und bitte Euch, mein Gast zu sein. Ihr könnt natürlich während der Zeit Eures Aufenthalts in Hordaland auch dort wohnen. Bitte, folgt mir. Während wir essen und trinken, werde ich Euch ausführlich Bericht erstatten.«

»In der Tat«, erwiderte Harald, »meine Räte und ich sind hungrig und durstig. Ja, im Sitzen, mit gefülltem Magen und bei einem Krug Met, spricht es sich besser. Geh voran, Jarl Eliwagar.«

Eliwagar hatte tatsächlich ein feudales Mahl zubereiten und auftragen lassen. Als sie die Halle des Hauses betraten, kam ihnen die Gattin des Jarls entgegen, ging vor Harald auf die Knie, und der König begrüßte sie mit Würde, aber auch einem hohen Maß an Respekt, wie es den Frauen seiner Fürsten zukam.

Harald bekam den Ehrenplatz an der einen Stirnseite des Tisches, an der anderen nahm Eliwagar Platz.

Sie aßen mit Appetit, tranken dazu Met aus Hörnern und Krügen und führten zunächst belanglose Unterhaltungen, bis schließlich Harald den Jarl aufforderte, über Asbjorn Erikssons Verrat zu berichten. Nachdem Eliwagar geendet hatte, herrschte kurze Zeit Schweigen, das der König schließlich brach, indem er sagte: »Jalvaror Blavorr … das ist doch der Mann, der die Angelegenheit mit Grimmsson ins Reine bringen sollte. Was meinst du, Jarl – hat er mit seinem Ziehbruder schon damals gemeinsame Sache gemacht?«

»Ich schließe es nicht aus, mein König, aber ich habe keinen Beweis dafür. Doch es wird sich herausstellen. Wenn Jalvaror Blavorr seinen Ziehbruder lebend nach Hordaland bringt, wird Eriksson unter der Folter die Namen seiner Mitverschwörer nennen. Und dann …«

Den Rest ließ Eliwagar unausgesprochen, aber jeder wusste, was dann sein würde.

»Wenn er ihn aber nicht lebend erwischt?«, wollte Harald wissen.

»Dann lösche ich die Blavorr-Sippe rigoros aus. Dahingehend habe ich keinen Zweifel gelassen. Und auch Jalvaror Blavorr wird am Ende sterben. Darum spielt es im Grunde keine Rolle, ob er an dem Verrat beteiligt war.«

»Gut, Jarl Eliwagar, du bist oberster Gerichtsherr in Hordaland, nachdem ich dir die Verwaltung der Provinz übertragen habe, und dein Wort ist Gesetz. Sprich den Bann über Asbjorn Eriksson aus, ächte ihn, dann bedarf es keiner Zustimmung der Ältesten beim Thing, um ihn zu erschlagen«, erklärte Harald. »Ich bin deinem Hilferuf gefolgt, Jarl Eliwagar, und weil Hordaland günstig liegt, habe ich meine Streitmacht mitgebracht. Meine Flotte wird deine Küste und die Fjorde vor Grimmssons Heimsuchungen schützen. Im Gegenzug dafür wirst du meine Leute bis zum Frühjahr mit allem

Notwendigen versorgen. Dann ziehen wir nach Norden, um die letzten Küstenprovinzen zu unterwerfen. Der Preis für meine Hilfe ist nicht zu hoch angesetzt.«

»Nein, mein König«, antwortete Eliwagar mit gepresster Stimme. »Eure Forderung ist ... angemessen. Ich bin Euch zu Dank verpflichtet, und es ist für mich eine Ehre, Euch und Eure Krieger versorgen zu dürfen.«

»Wenn du das so siehst, Jarl, erfreut mich das. Erzähle mir mehr von dieser Frau, dieser Britin, der Tochter dieses William de Warenna. Wie konnte Jalvaror Blavorr ein derart wertvolles Faustpfand aus der Hand geben und seinem missratenen Bruder überlassen? Mit ihr als Geisel könnten wir vielleicht mit König Ethelred von Wessex Verhandlungen führen. Unser Volk hat begonnen, Northumbria, East Anglia und Teile von Mercia zu besiedeln. Vielleicht würde uns König Ethelred in Wessex ungenutztes Land zur Verfügung stellen, das unsere Leute in Besitz nehmen und bewirtschaften könnten. Gegen gute diplomatische Beziehungen mit ihm wäre nichts einzuwenden.«

»Nicht einmal der eigene Vater, William de Warenna, immerhin Vasall des Königs, war bereit, über ihre Freilassung zu verhandeln. Er ging sicher davon aus, im Interesse des Königs zu handeln, als er das Wohl des Königreichs über seine eigenen Belange und sogar über das Leben seines Kindes gestellt hat.«

»Egal«, meinte Harald. »Die Frage, ob Ethelred verhandlungsbereit wäre, hätten wir das Weib als Geisel, erübrigt sich, denn wir haben es nicht.«

Zur selben Zeit fand in Jütland, in einem Dorf in der Nähe von Vibjerg, ein kleines Gelage statt. In dem Haus, das der Jarl von Vibjerg Asbjorn Eriksson und Elinor de Warenna zur Verfügung gestellt hatte, saßen Jarl Persson, Gunnarr Grimmsson, seine beiden Söhne und sein Bruder Egill, die Ältesten des Dorfes sowie Asbjorn Eriksson an einer langen Tafel. An einem weiteren Tisch etwas abseits saßen einige Frauen, unter ihnen die des Jarls und Elinor, die sich in der Zwischenzeit einigermaßen mit den Einheimischen verständigen konnte.

Es wurde viel Met getrunken, dazu schnitt man sich Stücke von dem gebratenen Fleisch ab, das auf mehreren Platten, die auf dem Tisch verteilt standen, angeboten wurde. Kauend sagte der Jarl: »Du bist dir also sicher, dass dein Bruder ahnt, dass du nach Jütland zu Gunnarr Grimmsson geflohen bist, Asbjorn Eriksson. Was denkst du, wird Meldun Eliwagar, der ja schließlich der Betrogene ist, Krieger schicken, damit sie dich aufstöbern, gefangen nehmen und dich ihm ausliefern?«

»Ich kann diese Frage nicht beantworten, Jarl Persson. Doch ich schließe es nicht aus. Jalvaror weiß, dass ich Gunnarr Grimmsson damals gewarnt habe. Gunnarr Grimmsson hat mir vor einiger Zeit eine Botschaft zukommen lassen, dass mir König Horik in Dänemark Asyl gewähren würde, sollte ich ihn darum bitten, und ich habe mit Jalvaror darüber gesprochen.«

Der Jarl tippte sich mit dem Daumen gegen die Brust. »Ich bin in diesem Landstrich als König Horiks Vertreter eingesetzt, und darum stehst du nun unter meinem Schutz. Ich gewähre dir und deinen Leuten Sicherheit. Nach allem, was man mir über Jarl Eliwagar berichtet hat, denke ich aber, dass er es nicht einfach hinnehmen wird, dass du ihn bestohlen hast. Es wäre mir recht, wenn du nicht hier wärst, wenn seine Krieger aufkreuzen, um dich festzunehmen. Da ich dir Schutz gewähre, müsste ich einschreiten. Das würde womöglich eine

Feindschaft zwischen König Horik und König Harald heraufbeschwören, die weder im Interesse Horiks noch in meinem wäre.«

»Ich soll also Jütland wieder verlassen?« Asbjorns Blick suchte Gunnarr Grimmsson, der ebenfalls ziemlich irritiert dreinblickte.

Jarl Persson schüttelte den Kopf. »Deine Abwesenheit soll lediglich vorübergehender Art sein. Du hast mir von Wessex erzählt und von den Schätzen, die dort in den Klöstern und Kirchen gehortet sind. Die Schätze, die du mir zum Geschenk gemacht hast, sind nur ein Bruchteil dessen, was es in Wessex noch zu erbeuten gibt, das hast du selbst gesagt.«

Asbjorn begriff. »Ihr wollt, dass ich nach Wessex segle.«

»Ja, mit dem Schiff, mit dem du gekommen bist, sowie drei weiteren, die ich dir zur Verfügung stelle. Und ich stocke deine Mannschaft auf, sodass du hundert Krieger befehligst. Bring mir so viele Schätze wie möglich, und du sicherst dir und deinen Leuten für den Rest eures Lebens einen Platz hier in Jütland.«

Der Jarl lächelte süffisant.

»Ich muss mir unseren Platz hier also erkaufen«, knirschte Asbjorn, und seine Augen blitzten zornig.

»Nichts ist umsonst auf dieser Welt«, philosophierte Persson. »Du hast mir zwar den Schatz überlassen, den du Eliwagar gestohlen hast, aber das ist nicht genug. Du willst doch in Jütland bleiben, Asbjorn Eriksson? Ob du bleiben kannst, entscheide jedoch ich.«

»Ich will dabei sein!«, mischte sich Gunnar Grimmsson ein. »Schon lange habe ich mit dem Gedanken gespielt, nach Britannien zu segeln, um Beute zu machen. Lasst mich ihn begleiten, Jarl Persson. Ich kann Schiffe und Krieger beisteuern, wenn auch nicht viele

Krieger, denn Eliwagar hat die meisten meiner waffentüchtigen Männer ermorden lassen.«

Asbjorn dachte daran, wie er zusammen mit Jalvaror und einigen Männern in Gunnarr Grimmssons Lager geschlichen war, um diesen kaltblütig zu meucheln. Hoffentlich kam Grimmsson nie dahinter, dass er vorgehabt hatte, ihn für immer zum Schweigen zu bringen. Das grässliche Bild der drei gefangenen Könige, als man an ihnen den Blutadler vollzogen hatte, erstand vor seinem geistigen Auge, und es rieselte ihm eiskalt über den Rücken.

»Nein, Grimmsson, du fährst wieder hinauf nach Norwegen«, entschied Jarl Persson. »Asbjorn Eriksson hat mir berichtet, dass Eliwagar König Harald um Hilfe angegangen ist. Wenn wir Glück haben, ist Harald mit einer großen Anzahl Kriegern dem Hilferuf gefolgt, und dann dürfte Avaldsnes nur noch unzureichend geschützt sein. Dort aber hat König Harald, so denke ich, große Schätze gehortet.«

»Sagtet Ihr nicht gerade, dass eine Feindschaft zwischen Eurem Land und König Harald weder für König Horik noch für Euch erstrebenswert sei?«, wandte Asbjorn ein.

Der Jarl grinste verschlagen. »Ich werde es ja auch nicht sein, der Avaldsnes überfällt. Und es werden auch keine anderen Dänen sein.«

»Aber Grimmsson könnte Harald lebend in die Hände fallen«, gab Asbjorn zu bedenken.

»Ich glaube nicht, dass er dann meinen Namen nennen würde«, gab sich Persson überzeugt.

»Weil meine Frau, meine Schwiegertöchter und meine Enkel natürlich hierbleiben werden«, stieß Grimmsson hervor. »Würde ich Euch verraten, würdet Ihr Euch an ihnen rächen!«

»Nun«, sagte der Jarl schulterzuckend, »wollen wir alle hoffen, dass du kein Verräter bist, Freund Gunnarr. In meinem Interesse und dem deiner Familie.«

Da erkannte Asbjorn, was gespielt wurde. Sie waren nicht Perssons Gäste, sondern seine Gefangenen, denen er seinen Willen aufzwang. Mit einem Mal betrachtete er den Jarl mit anderen Augen. Und er sah einen heimtückischen, skrupellosen und mit allen Wassern gewaschenen Halsabschneider ohne jedes Ehrgefühl, der jene, denen er angeblich Asyl und Gastfreundschaft gewährte, einsetzte wie die Figuren beim Hnefa-Tafl*.

Asbjorn wechselte mit Grimmsson einen vielsagenden Blick, und Gunnarr Grimmsson schoss ihm mit den Augen eine Warnung zu, die verhinderte, dass er das, was ihm auf der Zunge lag, voller Leidenschaft vorbrachte.

Das Lächeln um den Mund des Jarls blieb, aber es war maskenhaft und erreichte die Augen nicht; sie blieben kalt wie Gletschereis.

»In Ordnung«, sagte Asbjorn nickend, »ich segle mit vier Schiffen und hundert Kriegern nach Wessex und versuche dort, so viel Beute wie möglich zu machen.«

»Und ich begebe mich mit meinen Schiffen nach Avaldsnes«, fügte Gunnarr Grimmsson mit grollender Stimme hinzu. »Odin möge dich beschützen, Asbjorn Eriksson, und Thor möge den Atem anhalten und Mjöllnir ruhen lassen, sodass dir auch die See nicht gefährlich wird.«

Von diesem Moment an war die Stimmung gedrückt. Jarl Persson löste die kleine Gesellschaft schließlich auf, die Gäste verabschiedeten sich, und wenig später

* altes germanisches Brettspiel

lag Asbjorn neben Elinor auf einem Lager aus Stroh und Fellen. Ein Talglicht spendete spärliches Licht, die Flamme flackerte manchmal.

Sie hatten noch nicht miteinander geschlafen, obwohl Elinor davon ausging, dass er glaubte, ein Recht darauf zu haben. Doch es hatte auf der Schiffsreise nach Jütland auf dem beengten Boot keine Gelegenheit dazu gegeben. Nun jedoch hatte er darauf bestanden, dass sie das Lager mit ihm teilte, und sei es nur, um zu ruhen.

Sie lag scheu da, trug ein Untergewand und hatte die Decke bis ans Kinn hochgezogen, während er keine Scheu davor gehabt hatte, sich vor ihr zu entkleiden.

Sie hatte wegsehen wollen. Doch sein muskulöser Körper mit den breiten Schultern und der schmalen Taille hatte ihren Blick gefesselt.

»Jarl Persson ist keinen Deut besser als Meldun Eliwagar«, knirschte Asbjorn, während er sich neben Elinor legte, dann erzählte er ihr vom falschen Spiel des Stammesfürsten. Er endete mit den Worten: »Er benutzt Grimmssons Angehörige als Geiseln, sodass der ihm auf Gedeih und Verderb ausgeliefert ist. Ich muss gute Miene zum bösen Spiel machen, wenn ich nicht will, dass er dich, meine Männer und mich an König Harald und damit an Eliwagar ausliefert.«

Ihr fiel auf, dass er sie als Erstes genannt hatte, als gelte seine größte Sorge ihr. »Hat er damit gedroht?«

»Nicht direkt. Aber er ließ durchblicken, dass er dies tun würde, wenn ich nicht mache, was er verlangt. Er ist niederträchtig. Hel möge ihn verschlingen.«

»Ich … ich möchte mit dir zusammen nach Wessex segeln, Asbjorn.«

»Was willst du dort?« Er schien geradezu fassungslos. »Es wird Kampf geben, viel Blut wird fließen, und der Tod ist auf Schritt und Tritt an unserer Seite.«

»Dann lehre mich die Streitaxt zu führen, Asbjorn. Ich will … ich will als Schildjungfrau an deiner Seite kämpfen.«

Asbjorn lachte auf. »Die Schildjungfrauen sind die Walküren«, erklärte er. »Du möchtest eine Schildmaid werden, so wie Lathgertha, die erste Gattin von Ragnar Lodbrok, dem legendären Dänen.« Er hatte sich zu ihr umgedreht und den Kopf auf eine Hand gestützt, den Ellenbogen angewinkelt. »Ja, es gibt Frauen, die ihr Leben voll und ganz dem Kampf widmen. Aber dazu muss man geboren sein. Das bist du nicht.«

Da ruckte ihr Oberkörper hoch, und sie sah ihn scharf an. »Woher willst du das wissen?«

»Du kannst kein Blut sehen.«

»Ich musste genug Blut sehen, als mich dein Bruder als Gefangene durch Wessex geschleppt hat. Es begann …« Elinor brach ab und atmete etwas schneller, weil sie die Erinnerung einholte und zu überwältigen drohte.

»Als ich vor deinen Augen deinen Bruder erschlug! Das wolltest du doch sagen.«

»Damals betete ich, dass Gott dich dafür grausam straft.«

»Ich dachte, dein Gott ist ein Gott der Liebe«, sagte Asbjorn fast amüsiert.

»Er ist auch ein Gott des Zorns und der Rache«, erklärte sie. »Aber reden wir jetzt nicht von Gott. Ich will, dass du mich lehrst, mit dem Schwert und der Streitaxt umzugehen.«

»Zu dir passen Pfeil und Bogen besser. Aber du hast recht, reden wir nicht von deinem Gott, aber reden wir auch nicht von Kampf und Blut.«

Er nahm sie in die Arme und küsste sie, spürte die Wärme ihres Körpers und fühlte die Erregung, die sich seiner bemächtigte.

Elinor ließ es geschehen. Dass er sie küsste. Dass er sie auszog, bis sie nackt vor ihm lag. Dass er ihren Körper streichelte und liebkoste.

Als Elinor ihn in sich spürte, entrang sich ihr ein leiser Laut der Wollust.

Zwei Tage später gingen zwei Schiffe an der Südküste Norwegens vor Anker. Es waren schwere Schiffe mit breitem Rumpf, die tief im Wasser lagen und verglichen mit den schnittigen, leicht manövrierbaren Drachenschiffen der Nordmänner geradezu plump wirkten. Die Segel waren eingeholt, die Banner an den Spitzen der Maste trugen das Wappen William de Warennas.

Die Besatzung beider Segler ruderten mit Booten an Land. Es waren insgesamt sechzig Soldaten. Ihre Bewaffnung bestand aus Pfeil und Bogen sowie Speeren und Schwertern. Außerdem trug jeder einen Schild mit den drei gelben Löwen auf rotem Grund, dem Wappen de Warennas.

Die Küste war steinig. Hohe bewaldete Berge erhoben sich, und dazwischen konnte man den einen oder anderen Zugang zu einem Fjord sehen, diesen weit ins Land reichenden Meeresarmen, vor Urzeiten von Gletschern gebildet, die sich in Richtung Meer geschoben hatten.

Es war ein wildes, aber auch ein schönes Land. Und es war ein tödliches Land für jene, die aus den Lektionen, die es ihnen erteilte, nicht schnell genug lernten.

De Warenna schaute in die Runde. Er trug wie seine Soldaten einen Helm mit Nackenschutz. Zudem hatte er sich ein Kettenhemd über das rote Wams gestreift. Die engen Beinlinge waren grau, seine Füße steckten in Lederstiefeln, deren Schaft allerdings nur bis über die Knöchel reichte. An seinem mit bronzenen Verzierungen beschlagenen Gürtel hing links ein Schwert, und an der rechten Hüfte steckte ein langer Dolch in einer ebenfalls mit Beschlägen verzierten Scheide.

»Man hat mir berichtet«, sagte de Warenna, »dass die Menschen hier ihre Ansiedlungen hauptsächlich an diesen Meeresarmen errichten, allerdings nicht dort, wo sie ihren Anfang nehmen, sondern weiter im Landesinnern.«

»Ich denke, dass sie tief genug sind, sodass wir uns mit den Schiffen hineinwagen können, Mylord«, bemerkte einer der Berater des Edelmanns.

»Da wir keine Pferde haben, bleibt uns wohl nichts anderes übrig. Wir nehmen einen der Fjorde in der Hoffnung, auf ein Dorf zu stoßen, in dem man uns jene Auskünfte erteilen kann, die wir benötigen.« Noch einmal ließ de Warenna den Blick in die Runde schweifen. »In einer Stunde wird es dunkel«, sagte er. »Wir schlagen hier unser Nachtlager auf. Morgen früh segeln wir dann dort hinein.« Er deutete auf einen breiten Einschnitt zwischen zwei steil abfallenden, bewaldeten Abhängen. Sein Gesicht nahm dabei einen entschlossenen Ausdruck an, und er fügte hinzu: »Was immer uns in diesem von Gott verdammten Land erwartet, ich verlasse es nicht eher, als bis ich meine Tochter aus den Händen dieser mordlüsternen Heiden befreit habe!«

»Wir werden Eure Tochter retten, Mylord«, versicherte einer der Berater. »In Wessex waren Euch die Hände gebunden, denn dort ging es um das Wohl unseres Landes und seiner Bewohner. Hier aber brauchen wir auf nichts und niemanden Rücksicht zu nehmen. Wir werden erfahren, wo Eure Tochter festgehalten wird, und dann werdet Ihr sie bald wieder in Eure Arme schließen können.«

»Elinor wird mich hassen«, murmelte de Warenna.

»Zwangsläufig musste sie annehmen, dass ich sie schmählich im Stich gelassen und aufgegeben habe, und sie wird noch immer davon ausgehen. Allein der Gedanke, dass sie an mir zweifelt, zerfleischt mich innerlich.«

»Der Tag ist nicht mehr allzu fern, an dem sie erfahren wird, was Euch bewogen hat, der Lösegeldforderung nicht zuzustimmen. Sie ist Eure Tochter, Mylord, Euer Fleisch und Blut, und sie wird Verständnis für Eure Entscheidung aufbringen.«

»Schon ihrer Mutter wegen muss ich Elinor befreien und nach Wessex zurückbringen. Balthild grämt sich zu Tode. Nun, ich bin voll Hoffnung, dass uns Erfolg beschieden sein wird, denn mit uns ist der Segen Gottes, unsere Waffen sind geweiht, die heilige Mutter Maria, die selbst ihr Kind zu Grabe tragen musste, wird uns beistehen.«

»Ja, Mylord. Außerdem habt Ihr die besten und erprobtesten Kämpfer Eures Landes um Euch geschart.«

»Auf diese Männer baue ich«, versetzte der Edelmann.

»Das könnt Ihr auch, Mylord. Denn der Sold, den Ihr ihnen bezahlt, ist geradezu fürstlich.«

Die Soldaten waren froh, nach einigen Tagen auf den Schiffen endlich keinen schwankenden Boden mehr unter den Füßen zu haben. Die wenigsten von ihnen waren Seeleute, und so hatten sich viele von ihnen mehrmals übergeben müssen.

William de Warenna verbot es ihnen, Feuer zu machen, sodass sie sich mit kaltem, getrocknetem Fleisch und hartem Brot zufriedengeben mussten. Dazu tranken sie Wasser, das sie in großen Fässern auf den Schiffen mitführten.

Sie konnten nicht ahnen, dass zwei Jäger, die zufällig bei der Einfahrt in den Fjord im Wald unterwegs gewesen waren, die Ankunft der beiden Schiffe beobachtet und sich sofort auf den Weg in ihr Dorf gemacht hatten, um die Einwohner zu warnen.

Bald kehrte Ruhe ein im Lager der britannischen Söldner. Die Männer waren von der Überfahrt erschöpft, denn richtige Ruhe fand man auf einem Schiff nie. Das begann schon bei den unbequemen Schlafplätzen zwischen all den Truhen, Fässern, Säcken sowie den Haufen zusammengerollter Taue und einer ganzen Reihe anderer notwendiger Dinge, ohne die man bei einem mehrtägigen Aufenthalt auf See nicht auskam.

Zwei Doppelposten bewachten das Lager. Sie umrundeten es in entgegengesetzter Richtung, an einem Arm den Schild, in der anderen Hand den Speer.

Es war still, abgesehen vom Schlagen der Brandung gegen die Felsen und dem leisen Säuseln des Nachtwinds. Der Himmel war sternenübersät, die Sichel des Mondes hing im Südosten, und sein spärliches kaltes Licht ließ die Oberfläche des Meeres silbrig schimmern.

Plötzlich glaubte einer der Wachposten, in der Finsternis eine flüchtige Bewegung wahrgenommen zu haben, und er machte seinen Gefährten darauf aufmerksam. Die beiden lauschten reglos mit angehaltenem Atem und verdammten die Brandung, die jedes andere Geräusch zu schlucken schien.

Dennoch sagte der zweite der beiden Wachposten schließlich: »Da schleicht sich tatsächlich jemand an! Ich habe einen Schatten gesehen. Dort, noch einer!«

Die Nervenanspannung überwältigte seinen Kameraden, und er schrie gellend: »Alarm! Die Nordmänner sind da! Alarm!«

Daraufhin wurde die Nacht lebendig. Aus der Finsternis des Waldes, nur einen Steinwurf vom Nachtlager entfernt, sprangen Gestalten, und wie eine Sturmböe erhob sich der Name des obersten Gottes der Nordmänner, ein misstönender Laut aus zwei Dutzend Kehlen, der sich ständig wiederholte. »Odin …!«

Die britannischen Söldner waren trotz ihrer Erschöpfung sofort auf den Beinen und rissen ihre Waffen und Schilde an sich. Sie waren in zig Kämpfen erprobt, und es gab bei ihnen nur eine äußerst kurze Zeitspanne zwischen Erkennen, Begreifen und Reagieren.

»Erschlagt die Heiden!«, brüllte einer, dann waren die Angreifer auch schon heran und warfen sich todesmutig in den Pulk der Söldner, um ihn zu sprengen und eine geschlossene Abwehr zunichtezumachen.

Wüstes Geschrei begleitete das gegenseitige Abschlachten. Wuchtige Axthiebe ließen Knochen splittern und trennten Gliedmaßen ab, Schwertklingen durchbohrten Körper und ließen Köpfe rollen, und in das Kampfgetümmel mischten sich Todesschreie sowie das Stöhnen der Verwundeten. Gnadenlos wurde Leben ausgelöscht, und Hel galoppierte auf ihrem dreibeinigen grauen Pferd Helhesten über den Schauplatz des Gemetzels, um die Seelen der Toten nach Niflheim zu entführen.

Das Klirren der Waffen und Krachen der Schilde, wenn die Kontrahenten aufeinanderprallten, das wütende Gebrüll, mit dem sich die Kämpfer selbst anfeuerten und sich in einen Blutrausch hineinsteigerten, und die Schmerzensschreie wurden immer leiser, und schließlich hörte man zwischen dem Rauschen und Donnern der nahen Brandung nur noch Wimmern und Stöhnen.

Die Kämpfer, die noch standen, gehörten alle zu den

britannischen Eindringlingen. Sie hatten den Kampf für sich entschieden. De Warennas klirrende Stimme ertönte: »Macht Feuer!« Als man ihn deswegen zur Vorsicht mahnte, sagte er: »Weitere Angreifer brauchen wir nicht zu fürchten! Ich denke, die, die hier liegen, waren die einzigen waffenfähigen Männer in unmittelbarer Nähe.«

Bald darauf flackerten Feuer und beleuchteten die Umgebung. Die Soldaten legten die Enden harziger Äste hinein, die sie dann als Fackeln benutzten. Die Verwundeten wurden eingesammelt, die Toten legte man abseits nieder, getrennt nach Freund und Feind.

Bei einem der Feuer warteten William de Warenna und seine Räte – vier an der Zahl, unter ihnen Sir Archibald –, dass ihnen Meldung hinsichtlich ihrer Verluste und der des Gegners gemacht wurde. Schließlich kam einer der Gruppenführer, nahm Haltung an und sagte: »Wir haben sieben Tote und neun Verwundete zu verzeichnen, Mylord. Von den Nordmännern leben noch sechs, drei davon aber dürften innerhalb der nächsten Stunde sterben. Alle anderen sind tot. Die Flucht ist keinem von ihnen gelungen.«

»Bewacht die verwundeten Gegner gut. Sie werden mir morgen früh einige Fragen beantworten müssen. Die anderen bringt in den Wald und lasst sie dort liegen. Unseren Toten bereiten wir morgen ein christliches Begräbnis.«

»Ich habe verstanden, Mylord«, sagte der Soldat, dann machte er kehrt und ging eilig davon, um die notwendigen Befehle zu erteilen.

»Wir wurden beobachtet, als wir hier angelegt haben«, war Sir Archibald überzeugt. »Und diejenigen, die uns gesehen haben, haben die nächste Ansiedlung alarmiert. Doch dank der Aufmerksamkeit unserer

Wachposten haben sie uns nicht überraschen können. Gebe Gott, dass nicht weitere Dörfer und Siedlungen vor uns gewarnt werden. Denn dann würden wir bald einem schlagkräftigen Heer gegenüberstehen, und am Ende verrotten unsere Kadaver im Land der Barbaren, und wir wären tatsächlich nur über das Meer gekommen, um hier zu sterben.«

»Wir sind hierhergekommen, um meine Tochter aus den Klauen dieser nichtswürdigen Heiden zu befreien und sie nach Hause zu bringen«, versetzte de Warenna. »Jeder, der sich bereit erklärt hat, mit mir nach Norwegen zu segeln, wusste um die Gefahren, die uns erwarten, und dass wir dabei zugrunde gehen können. Aber solange ein Funke Leben in mir ist, werde ich mein Ziel verfolgen. Das habe ich bei der Heiligen Dreifaltigkeit geschworen, und nur der Tod kann mich davon abhalten, diesen Schwur zu erfüllen.«

»Und wir haben geschworen, an Eurer Seite zu sterben, Mylord, sollte das unser Schicksal hier im Land der Barbaren sein!«, rief einer der Räte entschlossen.

»Ich habe lediglich meinen Befürchtungen Ausdruck verliehen«, murmelte Sir Archibald mit versteinerter Miene.

Kapitel 11

Am Morgen lebten tatsächlich nur noch drei der Gefangenen, Männer um die zwanzig. Ihre Wunden bluteten nicht mehr, und den Schmerz ignorierten sie.

Mit auf den Rücken gefesselten Händen wurden sie vor William de Warenna und seinen Stab geführt. Mit brutalen Tritten zwang man sie auf die Knie. De Warenna fixierte sie mit harten, kalten Augen, und nach einer Weile fragte er: »Wie heißt dieser Teil eures Landes?«

Sir Archibald übersetzte.

»Vest-Agder«, antwortete einer der Gefangenen. »Ihr seid fremd in unserem Land. Wo kommt ihr her?«

»Aus Britannien«, erklärte Sir Archibald. »Wo liegt euer Dorf?«

»Dort, wo der Fjord endet. Ihr werdet dort allerdings nur noch alte Männer, Frauen und Kinder vorfinden, und es gibt dort nichts, was für euch von Wert sein könnte.«

Sir Archibald gab die Antwort an de Warenna weiter.

»Sagt ihm, dass wir nicht hier sind, um zu rauben und zu morden«, verlangte dieser. »Fragt ihn, ob ihm die Namen Eliwagar und Jalvaror Blavorr geläufig sind.« Der Unterhändler der Nordmänner, den er hatte kreuzigen lassen, hatte ihm verraten, dass Ersterer der Jarl war, der den Raubzug angeordnet hatte, und der Zweite der Anführer jener Horde, die ihn durchführte. Er vermutete, dass sich seine Tochter bei einem dieser beiden Männer befand.

»Ich kenne diese Namen nicht«, erklärte der Gefangene jedoch, nachdem die Frage übersetzt worden war.

Sir Archibald schaute den zweiten der Nordmänner fragend an, und als dieser den Kopf schüttelte, den dritten, der ebenfalls verneinte.

»Wer hat hier in Vest-Agder das Sagen?«, fragte de Warenna und erfuhr, dass die Provinz zu König Haralds Herrschaftsbereich gehörte und dass ein Mann namens Dufnall Arnthorr Stammesoberhaupt war.

»Was machen wir mit den dreien?«, wandte sich de Warenna daraufhin an seine Räte.

Einer fuhr sich mit dem Zeigefinger quer über den Hals, eine Geste, die seine Meinung unmissverständlich zum Ausdruck brachte.

Ein anderer nickte und sagte: »Hätten die Nordmänner drei von uns in ihrer Gewalt, würden sie diese brutal erschlagen oder grausam zu Tode martern. Denkt nur an den Abt und die Mönche.«

»Nur tote Heiden stellen keine Gefahr mehr für uns dar«, äußerte der dritte.

Lediglich Sir Archibald enthielt sich eines Kommentars.

»In Ordnung«, knurrte de Warenna. »Hängt sie auf.«

Die Gefangenen wurden gepackt und zum Waldrand gezerrt, wo uralte knorrige Eichen und Buchen standen. Stricke, an deren Enden Schlingen geknüpft waren, wurden über einen oberschenkeldicken, waagrecht abstehenden Ast geworfen. Man streifte den Delinquenten die Schlingen über die Köpfe und zog sie um ihre Hälse zusammen, dann stemmten sich jeweils vier Söldner gegen die anderen Seilenden und zogen die Gefangenen mehrere Fuß nach oben.

Die Gehängten schnappten vergeblich nach Luft, wanden sich im Todeskampf, und ihre Beine zuckten unkontrolliert.

Schließlich aber erschlafften ihre Leiber …

»Lasst sie hängen!«, ordnete de Warenna an. »Die Männer sollen das Lager abbrechen und unsere Toten begraben. Treibt sie zur Eile, denn ich will keine Zeit verlieren. Sobald sie marschbereit sind, brechen wir auf.«

»Den Pfeil auflegen und festhalten«, sagte Asbjorn. »Den Arm mit dem Bogen in die Waagrechte heben, spannen, über den Pfeil das Ziel aufnehmen und loslassen. Der gesamte Vorgang muss in einer einzigen fließenden Bewegung ablaufen.«

Der Pfeil schnellte von der Sehne, die mit einem leisen Schwirren nachschwang, und Asbjorn nickte zufrieden. »Wenn Feinde in einer geschlossenen Formation angreifen, brauchst du natürlich nicht so genau zu zielen, sondern hältst einfach hinein in die Rotte. Irgendwen wird der Pfeil dann schon treffen.«

Elinor hatte den Arm mit dem Bogen wieder gesenkt. Der Pfeil, den sie über die Bordwand des Schiffes abgeschossen hatte, war im Wasser verschwunden. »Ich würde gern wissen, ob ich auch ein Ziel treffen kann«, meinte sie.

»Das kannst du ausprobieren, wenn wir in Wessex auf die Männer deines Vaters treffen.« Nach diesen Worten musterte Asbjorn eine ganze Weile lang Elinors Gesicht, als versuchte er, ihre geheimsten Gedanken zu erforschen. Dann fügte er hinzu: »Du hast mir erzählt, dass ein Gebot deines Gottes lautet, dass man nicht töten soll.«

»Mein Gott ist Odin«, versetzte Elinor mit Nachdruck im Tonfall.

»Ihr Christen habt die Heilige Dreifaltigkeit: Gott Vater, den Sohn und den Heiligen Geist. Wir haben viele Götter: Odin, Thor, Loki, Freya, Njörd … um nur einige zu nennen. Als ich dir von Thor erzählt habe, dass er mit seinem Hammer den Amboss schlägt, wenn er zornig ist, und dass er mit seinen Blitzen die Welt verbrennen könnte, da hast du mich ausgelacht und mir die Geschichte von diesem – diesem … Wie nanntest du ihn gleich wieder?«

»Missionar«, antwortete Elinor lachend. »Sein Name war Bonifatius. Er hat im Frankenland – genauer gesagt im Land der Chatten, so heißt der Stamm – eigenhändig die dem Donnergott geweihte Eiche gefällt. Und wie hat Thor reagiert? Er schickte weder Blitz noch Donner, um den Frevler zu bestrafen. Die heidnischen Chatten waren von Bonifatius beeindruckt, von Thor aber waren sie enttäuscht, und so bekehrten sie sich zum christlichen Glauben.«

»Hätten sie sich geweigert, sich taufen zu lassen, hätten die Franken sie erschlagen, so wie König Karl viele tausend Sachsen erschlagen ließ, weil sie sich nicht taufen lassen wollten.«

»Das war fünfzig Jahre, nachdem Bonifatius jene Eiche fällte. Außerdem ließ Karl die Sachsen nicht hinrichten, weil sie sich nicht zum Christentum bekehren wollten, sondern weil sie sich gegen ihn erhoben hatten.«

»Du glaubst nicht wirklich an unsere Götter«, murmelte Asbjorn. »Innerlich bist du nach wie vor eine Christin.«

»Weil ich dir erzählt habe, dass Thor den Missionar nicht bestraft hat? Du irrst dich, Asbjorn. Ich will eine von euch werden, und zwar mit allem, was zu eurem Leben gehört. Ich bin jetzt deine Frau, und weil das so ist, möchte ich auch dieselben Götter anbeten wie du.«

Asbjorn legte seinen Arm um ihre Schultern und zog sie eng an sich heran. »Wir werden Kinder haben, Söhne und Töchter. Und du wirst sie …«

»Land!«, ertönte es. »Vor uns liegt die Küste von Wessex.«

Asbjorn ließ Elinor los und eilte zum Bug. Tatsächlich zeichneten sich in der Ferne jene Felsengebilde ab, die er schon einmal gesehen hatte, als er in Meldun Eliwagars Auftrag zusammen mit seinem Ziehbruder Jalvaror nach Wessex gesegelt war.

Dieser Raubzug hatte sich als schicksalhaft für ihn erwiesen. Er war zum Dieb und Verräter geworden, doch er hatte dort auch die Frau gefunden, die er inzwischen zu lieben gelernt hatte und nicht mehr als Beute und Eigentum ansah.

Oft fragte er sich, wie Meldun Eliwagar auf seinen Verrat reagiert hatte, und sodann befiel ihn Sorge um seine Zieheltern und Jalvaror, um dessen Familie und die ganze Sippe der Blavorrs. Doch es gelang ihm immer wieder, diese finsteren Gedanken zu verdrängen, denn nach wie vor redete er sich beständig ein, dass Eliwagar ihn zwar geächtet hatte, dass er es jedoch nicht wagen würde, Arnorr Blavorr und den Rest der Familie in Sippenhaftung zu nehmen.

»Wir haben unser Ziel erreicht!«, rief er. »Aber wir meiden die Bucht, in der wir schon einmal an Land gegangen sind, denn sie dürfte wieder bewacht werden, und ich will nicht gleich nach Verlassen der Schiffe kämpfen müssen. Unser Ziel ist die Südküste.«

Elinor war neben ihn getreten. Der Anblick ihrer Heimat, die sich im Dunst nur schemenhaft abzeichnete, weckte schlimme Erinnerungen in ihr. »Du meidest den Kampf?«, fragte sie. »Bist du nicht nach Britannien gefahren, um zu töten und zu rauben?«

»Ich will aber auch mehr über das Land erfahren. Es ist immer gut, sich Wissen anzueignen, denn man kann es irgendwann zu seinen Gunsten einsetzen.«

Erstaunt starrte Elinor ihn an, diesen Barbaren, von dem sie alles andere erwartet hätte als eine solche Einstellung.

»Schon Odin wollte mehr wissen als alle anderen«, fuhr er fort. »Stets war er auf der Suche nach Erkenntnis. Für einen Schluck aus Mimirs Brunnen opferte er ein Auge, und er erhängte sich selbst im Weltenbaum Yggdrasil. Dort hing er neun Tage und Nächte und erhielt größere Weisheit, die aus den Wurzeln der Esche auf ihn überging. Es war auch ein Opfer für die Menschheit, als er sich erhängte, aber der Hauptgrund war …«

»Ein Opfer für die Menschheit?«, unterbrach ihn Elinor impulsiv. »Das brachte auch …« Sie hielt erschreckt inne.

»Wer?«, verlangte Asbjorn zu wissen.

»Schon gut«, murmelte sie und vermied es, ihn anzusehen.

»Sag es mir!«, forderte er im scharfen Tonfall. »Als mein Weib hast du mir zu antworten!«

»Ich … ich wollte sagen, dass sich … Jesus Christus opferte sich für die Menschheit. Er nahm die Sünden der Menschen auf sich. Aber Odin ist wohl älter als Jesus, und so sind es auch die Geschichten, die sich um ihn ranken. Erzähl mir von Yggdrasil, dem Weltenbaum.«

»Ein andermal. Ich muss mich mit meinen Männern besprechen.« Asbjorn wandte sich ab, doch nach zwei Schritten blieb er stehen und sagte über die Schulter: »Du machst gute Fortschritte mit dem Bogen. Hoffentlich hast du auch die innere Stärke, dein Können gegen deine Landsleute einzusetzen, wenn es darauf ankommt.«

William de Warennas Schiffe glitten langsam durch den Fjord, dessen Wasser vollkommen ruhig war. Es wehte kaum Wind, sodass die Ruderer gefordert waren.

Die Siedlung schälte sich aus dem dünnen Nebel, der zwischen den bewaldeten Abhängen hing. Hier und dort überragte kahler, zerklüfteter Fels den Wald.

Bei der Siedlung handelte es sich um zwei Dutzend mit Schilf gedeckte Häuser und die dazugehörigen Wirtschaftsgebäude. Am Bootssteg dümpelten Ruderboote.

Der Ort mutete an wie ausgestorben. Aus den Schornsteinen stieg kein Rauch, die Koppeln und Pferche waren leer, nur Hühner liefen auf dem staubigen Platz zwischen den Höfen herum, und das heisere Krähen eines Hahnes trieb den Briten entgegen.

Abgesehen von den Ruderern waren die Söldner bereit, das Dorf zu erstürmen. Sie hatten die Schilde und die Waffen bei sich, trugen ihre Helme und Kettenhemden und vermittelten einen grimmigen, entschlossenen Eindruck.

»Sieht aus, als hätten die Einwohner das Dorf verlassen«, murmelte de Warenna, der am Bug des vorderen Schiffes stand. »Sie scheinen sogar ihre Nutztiere mitgenommen zu haben.«

»Es sind Alte, Frauen und Kinder«, erklärte einer der Ratgeber, »und sie sind sicher nicht weit gekommen. Wenn sie sich irgendwo im Wald verkrochen haben, spüren wir sie auf.«

»Seht dort!«, rief Sir Archibald und deutete mit der rechten Hand nach vorn.

Aus einem der Häuser traten drei Männer. Die Haare von zweien waren vollkommen grau, der dritte hatte eine Glatze, und jeder von ihnen trug einen Bart, der bis auf die Brust reichte. Auch der des Glatzköpfigen war grau, fast weiß. Es waren alte Männer, und keiner von ihnen war bewaffnet.

»Das Empfangskomitee«, spöttelte einer der Räte. »Sicher ahnen sie, dass ihre jungen Männer den Überfall auf uns mit dem Leben bezahlt haben, und nun werden sie um Gnade für sich und das ganze weitere Heidenpack winseln.«

»Hören wir uns an, was sie zu sagen haben«, entschied de Warenna. »Vielleicht erfahre ich von ihnen etwas über den Verbleib meiner Tochter.«

Die drei Alten warteten geduldig, während sich de Warenna samt seinem Stab und einer Gruppe Bewaffneter an Land begab. Nun war auch das Meckern der Ziegen, das Blöken der Schafe und das Muhen der Kühe in den Ställen zu vernehmen. Irgendwo zwischen den Häusern kläffte ein Hund.

Ein Teil der Söldner nahm dort Aufstellung, wo der Landungssteg am Ufer auflag, und sicherte nach drei Seiten. De Warenna, seine Berater und eine Leibwache bauten sich vor den drei alten Männern auf. Deren Blicke verrieten Angst und Sorge.

»Sagt ihnen, wer wir sind, Sir Archibald«, gebot de Warenna.

Der Berater des Edelmanns tat dies und fügte von sich aus hinzu: »Eure jungen Männer, die uns in der Nacht überfallen haben, sind tot. Seid versichert, dass wir auch euch und alle Bewohner des Dorfes töten, wenn wir auch nur die geringste Feindseligkeit bemerken.«

»Es gibt hier nur Frauen, Kinder und ein paar alte Männer, die nicht mehr kämpfen können«, antwortete der Glatzköpfige.

»Was sagte er?«, verlangte de Warenna zu wissen. Sir Archibald übersetzte es ihm. »Fragt ihn nach meiner Tochter!«, befahl der Edelmann.

Sir Archibald wandte sich wieder an die Dorfbewohner. »Einige eurer Leute haben in Wessex geplündert und gemordet und eine junge Frau namens Elinor de Warenna entführt. Ein Mann namens Jalvaror Blavorr war der Anführer dieser Horde, und er war im Auftrag eines Jarl Eliwagar auf Beutezug. Sagen euch diese Namen etwas?«

Einer der Grauhaarigen nickte und erwiderte: »Meldun Eliwagar und sein Stamm kämpften bei Solkiel unter König Haralds Banner gegen die Kleinkönige von Hordaland, Rogaland und Møre. Harald sprach ihm für seine Treue Hordaland zu und ernannte ihn zum Jarl über dieses Lehen.«

»Wie kommen wir nach Hordaland?«, fragte Sir Archibald.

»Ihr müsst an der Küste nach Norden segeln. Eliwagar residiert in einer größeren Ansiedlung im Hardangerfjord. Von der Gefangenen aber wissen wir nichts. Allerdings hörte ich schon den Namen Jalvaror Blavorr. Er soll ein vorzüglicher Seefahrer sein.«

»Er ist ein Mörder, Räuber, Vergewaltiger und Brandstifter!«, giftete de Warenna, nachdem ihm Sir Archibald erneut übersetzt hatte. Seine Augen blitzten vor Wut und Hass. »Wenn er mir in die Hände fällt, lasse ich ihn ans Kreuz nageln!« Er wandte sich an seine Berater. »Wir segeln zu dem Dorf, in dem Eliwagar lebt! Die drei nehmen wir mit, sie werden uns den Weg weisen!«

»Machen wir dieses Dorf dem Erdboden gleich?«, fragte einer der Räte. »Auge um Auge, Zahn um Zahn …«

»Wir sind zivilisierte Christenmenschen«, stieß de Warenna hervor, »die weder Hilflose erschlagen noch gegen Frauen oder Kinder das Schwert erheben.« De Warenna drehte sich wieder nach Sir Archibald herum. »Sagt den drei Alten, dass sie uns zum Hardangerfjord begleiten werden. Machen wir uns sofort auf den Weg und verlieren wir keine Zeit. Die Ungewissheit über Elinors Schicksal macht mich krank!«

Die vier Drachenboote lagen in einer Bucht, der Großteil ihrer Besatzung war an Land gegangen. Lediglich zwanzig Krieger waren an Bord zur Bewachung der Schiffe zurückgeblieben, während sich achtzig Krieger auf dem flachen Strand aus Kies zusammengerottet hatten.

»Wir gehen nach Norden«, entschied Asbjorn. »Sollten wir auf eine Ansiedlung stoßen, versorgen wir uns mit Pferden, Fuhrwerken und Proviant, und wenn uns irgendwelche Schätze in die Hände fallen, nehmen wir die natürlich auch mit.«

»Wenn ich mich nicht irre, dürfte Winchester von hier aus allenfalls zwei Tagesmärsche entfernt sein«, meldete sich Elinor zu Wort. Sie hielt den Bogen links am ausgestreckten Arm, und in dem Köcher auf ihrem Rücken steckte ein Bündel Pfeile. Sie trug die Kleidung eines Nordmanns, und über die Schultern hatte sie sich ein Wolfsfell gehängt, das über der Brust von einer Fibel zusammengehalten wurde.

»Es wäre vermessen, Winchester anzugreifen«, murmelte Asbjorn. »Dann könnten wir uns gleich selbst die Hälse durchschneiden.«

»Es war nur ein Hinweis«, entgegnete Elinor.

»Gehen wir!« Asbjorn setzte sich in Bewegung.

Elinor holte ihn mit einigen langen Schritten ein und schritt neben ihm her, während ihnen die Horde der Nordmänner folgte. Der Himmel, der sich weit über ihnen über den Horizont spannte, war grau, das Land lag im Dunst, der Boden war noch feucht vom letzten Regen, und über die Wipfel der Wälder erhob sich weißer Dampf.

Weiter nördlich befand sich hügeliges Land, und der Trupp stapfte auf einen tiefen Einschnitt dazwischen zu. Die Hügelflanken waren mit Buschwerk bewachsen, hier und dort ragte ein niedriger Felsen aus dem Boden.

Um die Mittagszeit hatten sie den Strand weit hinter sich gelassen, und es hatte auch wieder leicht zu regnen begonnen. Sie bewegten sich einen nicht sehr steilen Hang hinauf. Asbjorn kam zuerst oben an und sah unten in der Ebene, die sich weit nach Norden erstreckte, ein Dorf.

»Bildet eine Reihe!«, befahl Asbjorn, ohne anzuhalten, und während er sprach, zog er die Streitaxt aus der Schlaufe an seinem Gürtel. »Sorgt dafür, dass niemand entkommt. Odin ist mit uns!«

Die Rotte zog sich auseinander und schritt in breiter Reihe schnell und entschlossen auf das Dorf zu. Dort hatte man die Fremden bereits wahrgenommen. Geschrei erhob sich, und dann zeigten sich etwa fünfzehn Männer und Halbwüchsige, die mit Mistgabeln, handlichen Knüppeln und Dreschflegeln bewaffnet waren und die die Nordmänner am Ortsrand erwarteten.

Zudem stob ein Reiter in nördliche Richtung aus dem Dorf. Die Hufe seines Pferdes wirbelten und schienen kaum den Boden zu berühren. Asbjorns Zähne knirschten aufeinander.

Als sich die Angreifer den Dorfbewohnern auf zwanzig Schritte genähert hatten, flogen faustgroße Steine. Die Nordmänner rissen die Schilde hoch, an denen die Wurfgeschosse donnernd abprallten.

»Bogenschützen!«, brüllte Asbjorn.

Im nächsten Moment zogen zwei Dutzend Pfeile ihre Bahn und bohrten sich in die Körper der Dorfbewohner. Die meisten waren sofort oder nach wenigen Herzschlägen tot, ein paar wenige lagen röchelnd und mit zuckenden Gliedern am Boden.

»Angriff!«, kam Asbjorns zweiter Befehl, und die Nordmänner begannen zu laufen. Die wenigen Bauern, die nicht von den Pfeilen getroffen worden waren und sich todesmutig den Eindringlingen entgegenstellten, wurden kurzerhand niedergemacht, dann drangen die Barbaren in die Häuser ein.

Asbjorn aber rannte in einen Stall, in dem ein Pferd stand. Er band es los und schaute sich nach Zaumzeug um, konnte aber keines entdecken. Also packte er das scheuende Tier an der Mähne und zerrte es ins Freie. Mit einem kraftvollen Satz sprang er auf den Rücken des Pferdes, und indem er ihm die Fersen in die Seiten stieß, trieb er es an, wobei er mit beiden Armen den Pferdehals umklammerte.

Das Tier, von dem panischen Geschrei und dem Kampfgebrüll der Nordmänner ausgesprochen nervös, streckte sich, und seine Muskeln begannen zu arbeiten. Die Gebäude des Dorfes schienen regelrecht an Asbjorn vorbeizufliegen, und er hatte Mühe, sich festzuhalten. Dennoch feuerte er das Pferd noch mit schrillen Schreien an.

Bald waren Pferd und Reiter verschwunden, und Asbjorn folgte der Spur, die sich im hohen Gras abzeichnete und wie ein dunkler Strich nach Norden verlief. Dann jedoch tauchte vor ihm ein Wald auf. Asbjorn ritt ein Stück in das Halbdunkel unter den dichten Baumkronen, die kaum Licht hindurchließen. Das Laub, das den Boden bedeckte, war hier und dort von Hufen aufgewühlt, aber es war zu mühsam, der Spur bei diesen Lichtverhältnissen zu folgen, und so gab Asbjorn schließlich auf.

Er ritt ins Dorf zurück, wo seine Leute schon dabei waren, die wenigen Wertgegenstände, die sie in den Wohnhäusern gefunden hatten, auf Ochsenkarren zu verladen. Die alten Männer, die Frauen und die Kinder hatte man auf dem Dorfplatz zusammengetrieben, wo sie nun zusammengekauert saßen und mit Furcht in den Herzen der Dinge harrten, die sich die Barbaren für sie einfallen ließen. Einige beteten leise.

Asbjorn sprang bei Elinor vom Pferd und überließ das Tier sich selbst. »Er ist mir entkommen. Bei Odin, das hätte nicht passieren dürfen. Er wird nach Winchester reiten, um dort die Soldaten zu alarmieren, und bald werden auch sämtliche Dörfer und Klöster hier in der Umgebung gewarnt sein. Die Bauern, Handwerker und Mönche werden ihre Schätze vor uns in Sicherheit bringen und fliehen.«

»Wir können es nicht ändern«, entgegnete Elinor. »Ziehen wir einfach weiter und warten wir ab, was auf uns zukommt.« Mit einem Kopfnicken wies sie auf die Dorfbewohner. »Was hast du mit den Alten, den Frauen und Kindern vor?«

Asbjorn zuckte mit den Schultern. »Man könnte die Kinder und jungen Frauen als Sklaven verkaufen. Aber wir haben keinen Platz auf den Schiffen.«

»Also werden wir sie zurücklassen«, meinte Elinor.

»Ja, wir lassen sie zurück«, stimmte er nach einem Seufzen zu. »Deinetwillen.«

Elinor lächelte dankbar.

Jarl Meldun Eliwagar erhielt die Meldung, dass zwei fremde Schiffe bei der Einfahrt in den Fjord gesehen worden waren, und er setzte sofort König Harald darüber in Kenntnis, der nach wie vor sein Gast war. Harald ließ sogleich vier Drachenboote bemannen und schickte sie los.

»Wer mag sich uns nähern?«, fragte der König, der in der Halle des Hauses, das Eliwagar für sich beanspruchte, an der langen Tafel saß. Bei ihm befanden sich der Jarl und einige Vertraute, an der Tür standen zwei Wachen mit Speeren.

»Drei gelbe Löwen auf rotem Grund ... Ich denke, es ist ein Schiff aus Britannien.« Eliwagar zeigte ein fast überhebliches Grinsen. »Die Briten wollen doch nicht etwa den Spieß umdrehen und kommen auf Beutezug nach Skandinavien?«

»Das erfahren wir sicher schon bald«, versetzte Harald Hårfagre.

Währenddessen glitten die vier Drachenboote den beiden schweren englischen Schiffen entgegen. Die Briten sahen sie von Weitem, und de Warenna ließ die Segel einholen. »Die Ruderer an die Riemen!«, rief er, während die Drachenboote schnell und gespenstisch leise näher glitten. Ihre Ruder bewegten sich rhythmisch, als würde jemand auf den Schiffen den Takt vorgeben, wie es Jahrhunderte zuvor auf den phönizischen und später auf den römischen Galeeren der Fall gewesen war.

De Warenna schätzte, dass sich auf den vier Drachenbooten gut doppelt so viele Kämpfer befanden wie auf seinen eigenen Schiffen. Es stand zu befürchten, dass er bei einem Kampf unterliegen würde.

»Wenden!«, brüllte er. »Wir kehren um! Macht schon, sie sind schnell wie der Wind!«

Die Ruderer legten sich in die Riemen, und die schweren Schiffe wurden in einem weiten Bogen gewendet, bis ihr Bug in jene Richtung wies, aus der sie gekommen waren.

»Rudert!« De Warenna schrie sich fast die Lunge aus dem Leib, doch die britannischen Schiffe konnten nicht entkommen. Bald waren sie zwischen den Drachenbooten eingekeilt. Einige Riemen brachen mit trockenem Knirschen, und Haralds Krieger begannen, mit den Waffen gegen ihre Schilde zu schlagen. »Odin! Odin! Odin ...!« Den christlichen Söldnern klang der heidnische Kampfruf in den Ohren wie eine Botschaft aus der Hölle. Er ließ selbst diesen hartgesottenen Männern das Blut in den Adern gefrieren.

Als die ersten Nordmänner über die Bordwand sprangen, wurden sie von den Lanzen und Schwertern der Briten aufgespießt, ehe ihre Füße die Planken berührten. Bald aber wimmelte es an Bord der englischen Schiffe von Barbaren, die mit Äxten und Schwertern auf die Söldner de Warennas einhackten und dazu Laute von sich gaben, die wie das Gebrüll wilder Tiere klangen.

Dann jedoch zeigte sich die kampftechnische Überlegenheit der militärisch gedrillten Söldner, die den Kampf Mann gegen Mann mit allen Feinheiten und Raffinessen gelernt hatten. Sie formierten sich, standen Rücken an Rücken und stachen oder schlugen die auf sie eindrängenden Gegner nieder, und das mit einer Präzision, wie sie sich ein Krieger nur in vielen blutigen Kämpfen aneignen konnte. Obwohl die Übermacht der Nordmänner erdrückend schien, waren sie den Briten nicht gewachsen.

Einer nach dem anderen sanken König Haralds Krieger auf die Planken, und ihr Blut lief zu großen Lachen zusammen, während die britannischen Soldaten über sich hinauswuchsen.

Mitten unter ihnen kämpfte William de Warenna und wurde nicht müde, das Schwert zu schwingen, zu schlagen, zu stechen, mit dem Schild feindliche Hiebe abzuwehren und Angreifer zu Boden zu treten. Seine Lippen waren vor Anspannung verzerrt, Schweiß und das Blut seiner Feinde vermischten sich in seinem Gesicht, und seine Klinge stieß immer wieder in den Leib eines Barbaren.

De Warenna wurde nur noch geleitet von Wut und Hass. Sein Verstand war ausgeschaltet, seine Handlungen erfolgten rein instinktiv. Er und seine Soldaten agierten wie in die Enge getriebene Raubtiere.

Die Anführer der Nordmänner begriffen, dass sie sich mit einer Kriegertruppe angelegt hatten, von denen jeder Einzelne drei ihrer Krieger aufwog, und als sich eine demütigende Niederlage für sie abzeichnete, ordneten sie mit viel Gebrüll den Rückzug an.

Haralds Krieger ließen von den Briten ab, stiegen auf die Bordwände und sprangen zurück auf ihre Drachenboote. Einige stürzten ins Wasser, andere wurden von Speeren durchbohrt, die ihnen die Briten hinterherschleuderten. Schließlich stießen sie sich mit den Rudern von den britannischen Schiffen ab und flohen.

»Wir kehren wieder um!«, befahl de Warenna, als er voller Erstaunen begriff, dass er gegen die Übermacht gesiegt hatte. »Wir suchen uns einen Platz zum Lagern, und dann sehen wir weiter!«

Während die beiden plumpen Schiffe im Fjord nach Westen glitten, warfen die Söldner die getöteten Feinde über Bord. Elf Nordmänner, die verwundet waren, wurden notdürftig versorgt und gefesselt.

Von einem der Gefangenen erfuhr William de Warenna die Geschichte von Asbjorn Erikssons Verrat. Der Verwundete erzählte ihm auch, dass König Harald mit seinem gesamten Heer im Hardangerfjord lagerte und der Abtrünnige Gunnarr Grimmsson schon zweimal die Küsten Skandinaviens heimgesucht hatte. Weiter berichtete er, dass Jalvaror Blavorr mit drei Drachenbooten Jagd auf Asbjorn Eriksson machte und dass Jarl Eliwagar gedroht hatte, Blavorrs Familie zu vernichten, wenn dieser nicht zum Ablauf einer bestimmten Frist mit Asbjorn als Gefangenem zurückkehren würde.

William de Warenna begriff, dass er seine Tochter am falschen Ort suchte. Und der, dem es sie abzujagen galt, hieß nicht Jalvaror Blavorr, sondern Asbjorn Eriksson. Womöglich hielt er sich in Dänemark auf, genauso gut aber konnte er ins Baltikum oder nach Russland geflohen sein, gegebenenfalls auch nach Schweden.

Die Enttäuschung saß tief, und er war nahe daran, zu resignieren. In Wessex quälten seine Gattin Trauer und Kummer und brachten sie fast um den Verstand, er selbst befand sich im Land heidnischer Barbaren, die ihn und seine Männer auf der Stelle ihren Götzen opfern würden, wenn sie ihrer habhaft würden, und Elinor war in der Gewalt eines Satans, der sie als seine Leibeigene hielt und bei dem es die Tiere besser hatten als seine Sklaven.

»Sollen wir die Gefangenen an den Rahen aufhängen?«, fragte einer der Berater des Edelmanns. »Oder ersäufen wir sie?«

De Warenna saß auf einer Kiste, die Ellenbogen auf die Oberschenkel gestemmt, die Finger ineinander verschränkt und das Kinn darauf gelegt. Blicklos starrte er vor sich hin, seine Umgebung schien er gar nicht wahrzunehmen.

»Mylord …«

Als die Stimme des Beraters sein Bewusstsein erreichte, schaute er wie jemand, der aus tiefem Schlaf erwacht. »Im Grunde verfolgen Jarl Eliwagar und ich dasselbe Interesse«, murmelte er, »wenn sich unsere

Ziele auch unterscheiden. Seines ist es, diesen Verräter Eriksson in die Hände zu bekommen, meines, Elinor aus der Gewalt dieses Unholds zu befreien.«

»Worauf wollt Ihr hinaus, Mylord?«, fragte Sir Archibald.

»Man könnte sich einigen ... Jarl Eliwagar und ich könnten einen Friedensvertrag schließen und ... gemeinsam Jagd auf Asbjorn Eriksson machen.«

Sir Archibald wiegte bedenklich den Kopf. »König Harald ist bei Jarl Eliwagar zu Gast, wie wir gerade erfahren haben, und ob der einem solchen Bündnis zustimmen würde ...«

»Es könnte der Grundstein für Friedensverhandlungen zwischen König Ethelred und König Harald sein«, meinte de Warenna. »Auf diese Art ließe sich eine große Gefahr von Wessex fernhalten, und das wäre durchaus in König Ethelreds Sinn.«

»Und wie stellt Ihr Euch die Aufnahme von Verhandlungen mit dem Jarl vor?«

»Wir schicken einen Unterhändler, einen, der sich mit den Barbaren in ihrer Sprache unterhalten kann. Dann tauschen wir einige wichtige Männer als Geiseln aus, und danach setzen wir uns mit dem Jarl und vielleicht auch König Harald an einen Tisch.«

»Ich bin wahrscheinlich der Einzige hier, der sich mit Eliwagar in seiner Sprache unterhalten kann, Mylord«, sagte Archibald, dem Übles schwante.

»Euch habe ich auch für diese Aufgabe ins Auge gefasst«, bestätigte de Warenna dessen Befürchtung. »Ihr beherrscht einigermaßen die Sprache dieser Heiden, und Ihr verfügt über das nötige Geschick für eine derartige diplomatische Mission.«

»Danke, Mylord«, entgegnete Sir Archibald zerknirscht. »Ich ... fasse es als Kompliment auf.«

Kapitel 12

Asbjorn und seine Männer zogen nach Norden. Sie hatten in dem Dorf einige Pferde erbeutet, und so ritten er und Elinor sowie einige der Unterführer der wilden Horde voraus. Die Nacht hatten sie zwischen den Hügeln verbracht, und Asbjorn hatte Elinor über Yggdrasil, den Weltenbaum, aufgeklärt. »Seine Äste breiten sich über alle neun Welten aus und erstrecken sich über den Himmel«, hatte er erzählt, und Elinor hatte schweigend zugehört. »In seiner Krone sitzt ein Adler und ein Habicht zwischen seinen Augen. Während der Adler keinen Namen hat, wird der Habicht Vedrfölnir genannt.« Asbjorn war ins Schwärmen geraten. »Es gibt keinen größeren und schöneren Baum als Yggdrasil. Eine seiner Wurzeln reicht ins Land der Riesen, die andere nach Niflheim, die dritte nach Asgard, wo die Götter wohnen.«

»In Asgard befindet sich auch Gladsheim, Odins Palast, nicht wahr?«, fragte Elinor.

»Neben elf weiteren Palästen. Aber nur in Gladsheim gibt es Walhall, den Saal, in dem unsere toten Helden feiern und sich die Zeit mit Kampf vertreiben. Während des Tages töten sie sich gegenseitig, aber die Walküren erwecken sie mit Küssen wieder zum Leben, und abends feiern sie an Odins Tafel.«

Irgendwann war Elinor eingeschlafen. Asbjorn hingegen lag noch lange wach und dachte an zu Hause. Die Frage, ob sein Verrat Konsequenzen für seine Zieheltern und die Sippe der Blavorrs nach sich gezogen hatte, ließ sich nicht länger verdrängen, denn die Sorge um die Seinen war in den letzten Tagen beständig gewachsen und drohte ihn nun zu zermürben.

Als der Morgen graute, waren sie weitergezogen.

Auch dieser Tag war wieder diesig und der Boden aufgeweicht und glitschig. Zudem war es kühl, und immer wieder setzte Regen ein.

Es war um die Mittagszeit, als sie vor sich ein Dorf sahen. Asbjorn ließ anhalten. Das Klappern der Hufe und das Rumpeln der drei Ochsenkarren verstummten, desgleichen die Unterhaltungen der Krieger. Asbjorn rief: »Wir lassen die Fuhrwerke hier zurück und überfallen das Dorf. Die Männer, die die Gespanne lenken, bleiben ebenfalls hier. Sobald wir dort alles unter Kontrolle haben, kommen sie nach. – Vorwärts!«

Die Rotte näherte sich dem Dorf, zog sich auseinander und bildete eine Reihe. Dabei beschleunigten die Krieger ihre Schritte immer mehr, und jene, die Pferde hatten, trieben die Tiere in einen leichten Galopp. Im Dorf aber blieb es ruhig; nicht eine Menschenseele ließ sich blicken. Es waren auch keine Nutztiere wie Kühe, Schafe und Ziegen sowie Hühner zu sehen, und kein Hund bellte. Das Dorf war wie ausgestorben.

Sie drangen in die Häuser ein, durchsuchten Stallungen, Scheunen und Schuppen, und sehr schnell war klar, dass die Bewohner das Dorf mit allem, was sie an beweglichen Gütern besaßen, verlassen hatten.

Die Nordmänner versammelten sich auf dem Dorfplatz. »Sie wurden gewarnt«, knurrte Asbjorn. »Wir werden im ganzen Umkreis nur noch auf leere Dörfer stoßen. Wir können sie niederbrennen, aber was haben wir davon? Unsere Fuhrwerke bleiben leer, denn die Bauern und Handwerker haben ihre Wertsachen in

Sicherheit gebracht. Ich glaube, diese Expedition steht unter keinem guten Stern.«

Die drei Ochsenkarren rumpelten heran, nachdem man den Lenkern der Gespanne Zeichen gegeben hatte, dass sie nachkommen sollten.

»Der Reiter, der dir entkommen ist, hat offenbar die Dörfer alarmiert, die an seinem Weg nach Winchester lagen«, vermutete Elinor. »Wenn er inzwischen Winchester erreicht hat, müssen wir damit rechnen, dass man uns ein großes Heer entgegenschickt. Ich schlage vor, dass wir nach Osten ausweichen.«

»Weiter östlich befindet sich das Land, das dein Vater als Lehnsmann des Königs verwaltet«, erklärte Asbjorn, und diese Antwort beinhaltete zugleich auch eine Frage, nämlich die, ob sie ein besonderes Interesse daran hatte, dass sie sich in dieses Gebiet begaben. Wollte sie es de Warenna heimzahlen, dass er sie ihrem Schicksal überlassen hatte?

»William de Warenna ist nicht mehr mein Vater!«, fauchte Elinor, und in ihrer Stimme lag ein hasserfüllter Unterton.

»Du bist auf Rache aus«, glaubte Asbjorn zu erkennen, und bevor sie darauf etwas erwidern konnte, entschied er: »Meinetwegen, gehen wir nach Osten. Allzu weit möchte ich mich aber nicht ins Landesinnere begeben, sonst könnten wir zu leicht von den Schiffen abgeschnitten werden.«

»Es gibt in Küstennähe genug Dörfer und auch das eine oder andere Kloster, das wir überfallen und ausrauben können«, erklärte Elinor, die sich mehr und mehr in die von ihr gewählte Rolle einer Schildmaid einfügte. Als sich ihnen am Tag zuvor die Dorfbewohner entgegengestellt und sie mit Steinen beworfen hatten, hatte sie nicht gezögert, einen Pfeil aufzulegen und in den Pulk hineinzujagen, und schon mit dem nächsten Atemzug war der nächste von ihrer Sehne geschnellt …

Asbjorn führte seine Krieger nach Osten.

In Jütland waren Jalvarors Drachenboote auf einem breiten Fluss weit ins Landesinnere vorgedrungen. An der Nordküste Dänemarks hatten ihnen Fischer beschrieben, wo sie nach Vibjerg suchen mussten. Bei einem Dorf legten sie an und gingen von Bord. Die Dorfbewohner, die zunächst geflohen waren, kamen zurück, als sich die Fremden friedlich zeigten. Jalvaror sprach mit einigen älteren Männern und erfuhr, dass das Dorf Hvolris hieß.

»Ja«, sagte einer der Männer aus dem Dorf, »Jarl Persson gewährt Leuten aus Norwegen Gastfreundschaft. Er lebt in Vibjerg, das ist weiter im Süden, ungefähr einen halben Tagesmarsch von hier entfernt.«

»Kannst du uns Namen nennen, mein Freund?«, fragte Jalvaror. »Ich meine die der Männer, die bei eurem Jarl Gastfreundschaft genießen.«

Der ältere Mann schüttelte den Kopf. »Nein.«

»Na schön«, murmelte Jalvaror und wandte sich an seine Krieger. »Dann machen wir uns eben auf den Weg nach Süden. Die Schiffe bleiben hier, zwei Dutzend Männer bleiben zurück und bewachen sie.«

Die Krieger füllten ihre Wasserflaschen, dann brachen sie auf. Sie marschierten querfeldein, wobei es über Hügel und durch Senken ging, durch dichte Wälder und über weite Ebenen, auf denen das Gras hüfthoch wuchs. Stunde um Stunde marschierten sie, und als der Abend nahte, lag vor ihnen Vibjerg, eine größere Ansiedlung mit Langhäusern und vielen Wirtschaftsgebäuden, die rund um einen großen Dorfplatz angeordnet waren. In der Mitte des Dorfplatzes wuchs eine alte knorrige Eiche. Der Wind brachte Uringeruch von den Koppeln und Pferchen am Ortsrand mit, in denen Kühe, einige Pferde, Schafe und Ziegen weideten.

»Ronguor!« Jalvaror rief den Namen über die Schulter nach hinten, und sogleich erhielt er Antwort: »Was ist?«

»Geh hinunter und erzähle Jarl Persson, wer wir sind, und mach ihm klar, dass wir keine feindseligen Absichten hegen.«

Ronguor Thorbjorn trat neben Jalvaror und fragte grollend: »Warum ich? Jeder hier kann zu dem Jarl gehen, denn er spricht fast dieselbe Sprache wie wir.«

Jalvaror wandte sich ihm zu. Sein Blick, mit dem er Thorbjorn musterte, war kalt wie Eis, und ausgesprochen reserviert antwortete er: »Du bist meinem Befehl unterstellt, Ronguor. Ich muss dir gegenüber meine Anordnungen nicht rechtfertigen. Du hingegen bist zum Gehorsam verpflichtet.«

»Du bist wütend auf mich, weil ich Eliwagar …«

»Ich debattiere nicht mit dir, Ronguor. Also gehorche und geh.«

Thorbjorns Backenknochen mahlten, Zorn glitzerte in seinen Augen, und einen Moment lang sah es so aus, als wollte er widersprechen. Doch dann gab er sich einen Ruck und stapfte an Jalvaror vorbei in Richtung Dorf.

Schon eine halbe Stunde später kehrte er zurück. »Jarl Persson bittet dich und deine Unterführer in sein Haus, Jalvaror. Allerdings möchte er, da er uns nicht kennt, dass ihr ohne Waffen bei ihm erscheint.«

Jalvarors Miene verfinsterte sich. »Wir trennen uns nicht von unseren Waffen!«

»Ich habe nur die Bitte des Jarls wiedergegeben.«

»Was ist er für ein Mann?«

Thorbjorn hob die Schultern. »Er lässt sich nicht einschätzen.«

Jalvaror rief die Namen seiner drei Unterführer, und sie machten sich sogleich auf den Weg. Die Schilde hatten sie zurückgelassen, aber am Gürtel eines jeden hing entweder die Axt oder das Schwert.

Einige Bewaffnete – die Leibgarde Jarl Perssons – nahmen sie am Rand des Ortes in Empfang. Einer, ein bärtiger Mann von riesiger, vierschrötiger Statur, fuhr Jalvaror an: »Sagte euch euer Bote nicht, dass ihr eure Waffen zurücklassen sollt?«

»Dein Jarl kann unbesorgt sein«, erwiderte Jalvaror ruhig und fügte in festem Tonfall hinzu: »Wir trennen uns nie von unseren Waffen. Wir haben aber auch nicht vor, sie gegen euren Jarl oder irgendeinen von euch einzusetzen. Ich bin mit meinen Männern ganz bestimmt nicht nach Jütland gekommen, um einen Streit anzufangen. Meine Mission ist eine besondere.«

Der Hüne maß Jalvaror von oben bis unten. Es war, als nähme er Maß, doch dann nickte er und knurrte: »Folgt mir.«

Er ging voraus, Jalvaror und seine Unterführer gingen ihm nach, und die fünf anderen Leibgardisten des Jarls stapften hinter ihnen her. Sie wurden in das größte Gebäude geleitet, das es in Vibjerg gab, und der bärtige Riese forderte sie auf, an der Tafel Platz zu nehmen.

Jarl Persson betrat die Halle durch eine niedrige Tür, die in die dem Eingang gegenüberliegende Wand eingelassen war. Jalvaror sah einen Mann um die vierzig, dessen dunkles Haar bis auf die Schultern reichte. Sein Bart war gestutzt, sein Gesicht rundlich und von gesunder Farbe.

Der Jarl unterzog jeden der Fremden mit forschendem, abschätzendem Blick einer kurzen Prüfung, dann sagte er: »Seid gegrüßt, Männer aus Norwegen. Wer von euch ist Jalvaror Blavorr, der um eine Unterredung mit mir gebeten hat?«

»Das bin ich, Jarl Persson.«

Daraufhin setzte sich auch der Jarl. »Du hast mir bestellen lassen, dass du mit friedlichen Absichten nach Jütland gekommen bist. Wenn das so ist, warum tretet ihr mir bewaffnet gegenüber?«

»Ich habe nur einige Fragen an Euch, Jarl, und es spielt keine Rolle, ob wir bewaffnet sind oder nicht. Wir wollen keinen Ärger mit Euch, und wie Eure Antwort auch ausfallen mag, die Waffen bleiben dort, wo sie jetzt sind.«

Der Jarl verschränkte die Arme vor der Brust. »Dann sprich, Jalvaror Blavorr. Was führt dich und deine Leute nach Jütland?«

»Ich suche meinen Bruder, richtig ausgedrückt meinen Ziehbruder. Sein Name ist Asbjorn Eriksson. In seiner Begleitung befindet sich eine junge Frau aus Britannien namens Elinor.«

In Perssons Gesicht zuckte kein Muskel. »Warum suchst du ihn?«

»Er ist ein Dieb und Verräter.«

Die linke Braue des Jarls hob sich. »Hat er dich bestohlen? Wen hat er verraten? Willst du deinen … hm, Bruder zur Rechenschaft ziehen?«

»Seine Verbrechen erfordern Sühnung«, antwortete Jalvaror. »Und wenn er nicht zur Rechenschaft gezogen werden kann, muss seine Sippe an seiner Stelle büßen. Mein Vater hat Asbjorn, nachdem seine Familie ermordet wurde, an Sohnes statt angenommen. Asbjorn war damals noch ein Knabe. Er und ich, wir wuchsen auf wie Brüder. Meine Sippe ist also auch seine – und ich will verhindern, dass meine Eltern, meine Frau und meine Kinder für Asbjorns Verbrechen bluten müssen.«

»An dich denkst du dabei nicht?«, fragte der Jarl spöttisch.

»Doch, ich denke auch an mich. Und an alle anderen Männer, Frauen und Kinder, die zur Sippe der Blavorrs gehören.«

Persson nickte. »Dein Bestreben, Unglück von deiner Familie abzuwenden, ehrt dich, und es ist absolut legitim. Aber ich frage mich, wieso du deinen Ziehbruder bei mir in Jütland suchst. Was hat dich auf den Gedanken gebracht, er könnte sich hier verkrochen haben?«

»Ich weiß, dass Ihr einem Mann namens Gunnarr Grimmsson Asyl gewährt, Jarl. Mein Bruder hat Grimmsson das Leben gerettet, und Grimmsson ist ihm zu Dank verpflichtet. Nachdem Grimmsson aus Norwegen vor König Harald geflohen ist, ließ er durch einen Boten meinem Bruder Nachricht zukommen, dass er unter dem Schutz König Horiks hier in der Nähe von Vibjerg lebt. Asbjorn Eriksson hat angedeutet, dass er nach seinem Verrat das Angebot Grimmssons annehmen und ihn um Hilfe bitten werde.«

Der Jarl schürzte die Lippen. »Tut mir leid, aber wie es aussieht, hast du den Weg nach Vibjerg umsonst gemacht, Jalvaror Blavorr. Dein Bruder ist nicht hier, ich kenne ihn nicht, sein Name ist mir nicht geläufig.«

»Aber Grimmsson lebt in Eurem Herrschaftsbereich, Jarl. Vielleicht hat man Euch nicht unterrichtet, dass sich Asbjorn Eriksson bei Gunnarr Grimmsson verborgen hält. Daher bitte ich Euch, mir zu erlauben, mit Grimmsson zu sprechen.«

»Auch hier kann ich dir nicht helfen, Jalvaror Blavorr«, lehnte der Jarl ab. »Grimmsson hat Dänemark verlassen und ist mit seinen Schiffen sicher schon an der Südküste Norwegens gelandet.« Ein heuchlerisches Lächeln umspielte Perssons schmale Lippen. »Ich habe versucht, ihn von seinem Vorhaben abzubringen. Aber er erhielt Nachricht, König Harald sei von seiner Residenz in Avaldsnes aufgebrochen und habe sie ziemlich schutzlos zurückgelassen. Und da er König Harald blutige Rache geschworen hat …« Er brach vielsagend ab.

Jalvaror erschrak, und mit einem Ruck erhob er sich, sodass der Stuhl, auf dem er gesessen hatte, polternd umkippte. »Warum versucht Ihr, mir etwas vorzumachen, Jarl Persson?«, brach es wütend, geradezu unbeherrscht aus ihm heraus. »Ihr habt nicht versucht, Grimmsson davon abzuhalten, Avaldsnes zu überfallen. Und die Nachricht, dass Harald seine Residenz verlassen hat, kann nur aus dem Mund meines Ziehbruders gekommen sein!«

»Du bist ausgesprochen impulsiv, Jalvaror Blavorr!«, stieß der Jarl hervor. Jedwede Freundlichkeit war aus seinen Zügen gewichen. »Und du unterstellst mir, dass ich lüge. Du vergisst, dass du dich in meinem Haus befindest!«

»Ihr habt mich als Euren Gast hineingebeten, Jarl. Warum spielt Ihr mir etwas vor? Befürchtet Ihr diplomatische Verwicklungen zwischen König Horik und König Harald?«

Ein unduldsamer Zug lag plötzlich um den Mund des Jarls. »Du hast recht. König Horik will keinen Ärger mit Norwegen. Du, Jalvaror Blavorr, hast mich eben verdächtigt, Grimmsson zu ermutigen, in Norwegen für Angst und Schrecken zu sorgen. Sollte ein derartiger Verdacht laut werden und Horik zu Ohren kommen, wäre dies meinem guten Ruf, den ich beim König genieße, sicherlich abträglich, denn er will alles vermeiden, was König Harald als Provokation auffassen könnte.«

»Ich glaube nicht«, presste Jalvaror zwischen den Zähnen hervor, »dass ich einen *Verdacht* geäußert habe. Wenn ich Euch so reden höre, bin ich mir *sicher*, dass das, was ich sagte, mit der Wahrheit übereinstimmt.«

»Es spielt keine Rolle, Jalvaror Blavorr, denn du wirst es weder als Verdacht noch als Tatsache weitergeben können. Du hättest mehr Zurückhaltung üben sollen. Es war dumm von dir, mich so unverblümt mit deiner Vermutung zu brüskieren.« Mit einer theatralischen Geste legte er die rechte Hand flach hinter das Ohr. »Hörst du die ungleichmäßigen Hufschläge? Das ist Helhesten mit seinen drei Beinen, und er trägt auf seinem Rücken die schauderhafte Hel, die dich und deine Begleiter in die dunkle Welt Niflheim holen wird.«

Jarl Persson gab seiner Leibgarde ein Zeichen.

Jalvaror und zwei seiner Unterführer reagierten augenblicklich und rissen ihre Äxte aus den Schlaufen. Jalvarors dritter Begleiter war mit einem Schwert bewaffnet, das er nun zog. Die Männer des Jarls, allen voran der bärtige Hüne, hatten ebenfalls ihre Schwerter in den Fäusten und stürzten sich auf die vier Norweger.

Jalvaror wehrte einen Hieb des Hünen ab und rammte ihm die Schulter in den Leib, sodass der Krieger wiederzuerlangen, darum bemüht, sein Gleichgewicht zurückzufinden. Am Klirren der Waffen hörte Jalvaror, dass seine Unterführer gegen die anderen fünf Leibgardisten kämpften, während er dem riesigen Burschen nachsetzte. Der fing sich, zeigte Jalvaror die Zähne und stach nach ihm. Jalvaror wich aus, benutzte das linke Bein wie einen Rammbock, und der bärtige Hüne krümmte sich nach vorn. Ein Laut platzte dabei über seine Lippen, den ihm der Tritt aus den Lungen gepresst hatte. Dann sauste auch schon Jalvarors Axt in seinen Nacken und trennte ihm den Kopf halb vom Rumpf.

Jalvaror wirbelte herum, erkannte, dass seine Gefährten bereits zwei der Leibwächter des Jarls niedergemacht hatten, trat von hinten an einen der dänischen Krieger heran und versenkte die Schneide seiner Axt in dessen Schädel und Hirn.

In dem Moment durchbohrte ein Schwert die Brust eines seiner Unterführer. Ein Schwall Blut brach aus dem Mund des Kriegers, seine Augen weiteten sich.

Der Däne riss sein Schwert heraus – und starb unter einem wütenden Axthieb, den Jalvaror führte. Dessen Unterführer stürzte zu Boden, und Perssons getöteter Leibwächter fiel mit gespaltenem Brustkorb über ihn und begrub ihn unter sich.

Nur einen Augenaufschlag später brach auch der sechste Leibwächter des Jarls tot zusammen. Die Axt eines der Unterführer von Jalvaror hatte ihm den Schädel regelrecht gespalten.

Jalvaror fuhr herum und wandte sich der Stelle zu, wo Persson gesessen hatte, aber der war verschwunden. »Nichts wie weg!«, keuchte Jalvaror und rannte zur Tür, gefolgt von den beiden Unterführern, von denen einer aus einer Wunde am Hals blutete.

Der Kampf hatte keine zwei Minuten gedauert, aber der Lärm hatte bereits eine große Menschenmenge angelockt. Männer, Frauen und Kinder hatten sich auf dem Dorfplatz versammelt.

»Mir nach!«, schrie Jalvaror und rannte nach links davon. Gleich darauf verschwand er um eine Scheune. Wie von Furien gehetzt eilten sie hinter den Gebäuden entlang. Als sie die Hälfte der Strecke bis zu ihren Leuten zurückgelegt hatten, warf Jalvaror einen Blick über die Schulter und sah, dass sie von etwa einem Dutzend bewaffneter Dänen verfolgt wurden.

Aber endlich begriffen Jalvarors Krieger, die vor der Siedlung zurückgeblieben waren, was vor sich ging, und sie rannten Jalvaror und seinen Gefährten mit wildem Geschrei entgegen.

Die Dänen gaben die Verfolgung auf und hetzten zum Dorf zurück.

»Hinterher!«, brüllte Jalvaror. »Erschlagt jeden, der sich euch in den Weg stellt!«

Mit einer halben Hundertschaft erfahrener und entschlossener Krieger im Rücken näherte sich Jalvaror erneut der Siedlung.

Meldun Eliwagar wurde gemeldet, dass eine Gruppe Briten um ein Gespräch mit ihm ersuchte.

»Sind sie von den Schiffen, die gestern unsere Leute so vernichtend geschlagen haben?«, fragte der Jarl.

»Ja. Aber sie wollen keinen Krieg mit dir, Herr«, sagte einer der Boten. »Die Schiffe gehören William de Warenna, dessen Tochter Asbjorn Eriksson entführt hat. Er ist nach Norwegen gekommen, um sie zu befreien und nach Hause zurückzuholen.«

»Interessant«, murmelte Eliwagar und nickte. »In Ordnung, bringt die Abordnung in mein Haus. Ich lasse den König darüber in Kenntnis setzen. Er möchte bei dem Gespräch sicher mit dabei sein.«

Der Bote verließ Eliwagars Haus und begab sich zu der Stelle außerhalb des Dorfes, wo Sir Archibald und fünf Begleiter auf Antwort warteten. Sie waren die halbe Nacht und den ganzen Tag marschiert und spürten die Erschöpfung bis ins Mark. Ihre Füße brannten, und ihre Beine wollten sie kaum noch tragen. Das Land war unwegsam, und die Wegstrecke war voller Strapazen gewesen und hatte sie so ziemlich alles an Kraft gekostet.

»Der Jarl ist bereit, euch zu empfangen«, erklärte der Bote. »Folgt mir.«

Sie setzten sich in Bewegung. Jeder Schritt war eine Tortur, ihre Füße waren schwer wie Blei, einen Fuß vor den anderen zu setzen kostete Überwindung und erforderte allen Willen der völlig entkräfteten Männer, die in de Warennas Auftrag unterwegs waren.

Jarl Eliwagar empfing die Abordnung und bot den Männern in der Halle seines Hauses Platz an. Wenig später erschien König Harald mit einigen Beratern. Er begrüßte die Briten kühl und setzte sich dann ans Ende der Tafel.

»Ich habe vernommen, was William de Warenna in unser Land führt«, eröffnete Eliwagar die Unterredung. »Warum schickt er erst jetzt Boten, die mit mir verhandeln sollen? Warum hat er keine Unterhändler geschickt, *bevor* er mit seinen Schiffen in den Hardangerfjord gesegelt ist?«

»Wir konnten nicht ahnen, dass wir angegriffen werden«, antwortete Sir Archibald. »Und Ihr, Jarl, habt sicherlich nicht erwartet, dass wir uns von Euren Kriegern einfach abschlachten lassen.«

Der König mischte sich ein, indem er zornig dazwischenrief: »De Warenna ist in unser Land eingedrungen! Er befehligt zwei Kriegsschiffe und eine große Schar von Kriegern! Wir mussten von feindseligen Absichten ausgehen! Darum war es mein Recht, eure Schiffe anzugreifen!«

Sir Archibald zeigte sich von diesen Worten unbeeindruckt. »In Britannien wimmelt es von Männern aus Norwegen und Dänemark, die widerrechtlich in *unser* Land eingedrungen sind, König Harald. Und sie sind –

im Gegensatz zu uns – *eindeutig* in feindseliger Absicht dorthin gekommen.«

»Viele meiner Krieger sind tot«, beklagte sich Harald, ohne auf Sir Archibalds Einwand einzugehen. »Sie werden mir bei dem, was ich noch vorhabe, fehlen. Dass mich das euch gegenüber nicht freundlich stimmt, muss ich gewiss nicht betonen.«

»Wir haben uns zur Wehr gesetzt«, verteidigte sich Sir Archibald. »Aber wir sollten nicht mehr davon reden, denn es ist geschehen und nicht mehr rückgängig zu machen. Möglicherweise haben beide Seiten Fehler begangen. Nehmen wir es einfach als gegeben hin. – William de Warenna ist ein Lehnsmann von König Ethelred. Er hat in ihm einen absolut loyalen Gefolgsmann, und Seine Majestät hat schon so manchen guten Rat de Warennas angenommen.«

»Was wollt Ihr damit zum Ausdruck bringen?«, fragte König Harald.

»Wie Ihr wisst, Mylord, ist de Warenna in Euer Land gereist, um seine Tochter aus der Gewalt von Asbjorn Eriksson zu befreien. Nun ist uns zu Ohren gekommen, dass dieser sowohl Euch als auch Jarl Eliwagar schnöde verraten und betrogen hat. Ihr habt drei Schiffe losgeschickt, die Eriksson aufstöbern und nach Norwegen zurückbringen sollen, damit er hier seine gerechte Bestrafung erhält. Auch de Warenna ist aus den bekannten Gründen an Eriksson interessiert. Eure und de Warennas Ziele sind also dieselben, und darum will mein Herr mit Euch einen Friedensschluss herbeiführen, was auch den diplomatischen Beziehungen zwischen dem Königreich Wessex und Euch, Majestät, förderlich sein könnte.«

»Ich verstehe«, murmelte Harald und nickte wiederholt, dann richtete er den Blick auf Eliwagar. »Ich denke, man sollte über das Angebot nachdenken, Jarl.«

Eliwagar überlegte einen Augenblick, bevor er sagte: »Und woher soll ich wissen, dass sich de Warenna nicht nur in mein Vertrauen schleichen will und mir bei der ersten Gelegenheit in den Rücken fällt?«

»Indem ich mich Euch als Geisel zur Verfügung stelle, Mylord«, antwortete Sir Archibald. »William de Warenna behält im Gegenzug einige Eurer Soldaten in seiner Gewalt, und zudem sind drei ältere Männer aus Vest-Agder seine Gefangenen. Ich bin de Warenna als einer seiner Berater wichtig. Euch, Mylord, sind Eure Krieger wichtig, wie ich Euren Worten von vorhin entnommen habe.«

Fragend sah Eliwagar den König an, und der sagte: »Ich weiß nicht, wie wichtig Ihr tatsächlich Eurem Herrn seid, aber ein Frieden erfordert auch ein gewisses Maß an gegenseitigem Vertrauen. Schickt also einen Eurer Begleiter zurück zu Eurem Herrn und lasst ihm mitteilen, dass wir bereit sind, mit ihm Frieden zu schließen. Ich werde dem Boten ein Pferd zur Verfügung stellen.« Er wandte sich an Meldun Eliwagar. »Das ist doch sicher auch in deinem Sinn, Jarl.«

»Wonn oo Euor Wunooh iot, moin Horr …«

Vibjerg befand sich in den Händen von Jalvaror Blavorr und seinen Kriegern. Jeder, der ihnen mit einer Waffe in der Hand entgegengetreten war, war niedergemacht worden. Jarl Persson hatte man gefangen genommen, und er lag nun zusammen mit seinen beiden Söhnen angekettet im Ziegen- und Schafstall.

Überall zwischen den Häusern lagen erschlagene und zum Teil zerstückelte Leichen. Es war finster. Auf dem Dorfplatz brannten Feuer, und der Lichtschein geisterte über die Fassaden der Häuser. Die Dorfbewohner waren allesamt auf dem großen Platz versammelt und wurden von Jalvarors Kriegern bewacht. Einige der Frauen weinten, die älteren um ihre erschlagenen Söhne, die jüngeren um ihre Männer.

Jalvaror und seine beiden Unterführer hatten auf Stühlen Platz genommen, die man für sie unter der Eiche aufgestellt hatte, und eine Handvoll Krieger hatte sich hinter ihnen aufgebaut.

»Bringt die Gefangenen!«, befahl Jalvaror.

Wenig später wurden Jarl Persson und seine Söhne auf den Dorfplatz geschleppt und drei Schritte vor Jalvaror zu Boden gestoßen.

»Einen derartigen Ausgang deines hinterhältigen Handelns hast du dir gewiss nicht vorgestellt, Jarl Persson«, sagte Jalvaror voller Hohn.

»Wenn du uns tötest, wird König Horik von deinem König deinen Kopf fordern, Blavorr!«, keuchte Persson. »Und wenn Harald sich weigert, dich auszuliefern, wird Horik ihm den Krieg erklären.«

»Ich glaube nicht, dass du Horik wichtig genug bist, um deinetwegen einen Krieg mit Norwegen anzufangen, Persson«, versetzte Jalvaror völlig gelassen. »Schon gar nicht, wenn Horik erfährt, dass du in deiner Habgier und skrupellosen Niedertracht sogar diplomatische Verwicklungen zu stiften bereit warst.«

Jarl Persson mahlte mit den Zähnen. »Dafür gibt es keinen Beweis«, knirschte er.

»Doch, den gibt es«, widersprach Jalvaror, und dann rief er: »Holt das Weib von Gunnarr Grimmsson her.«

Jarl Persson schluckte würgend, und sein Gesicht nahm einen verkniffenen Ausdruck an. Er zog den Kopf etwas zwischen die Schultern, und seine Augen flackerten unruhig.

Die Frau Gunnarr Grimmssons kam zusammen mit zwei Kriegern aus einem der Häuser und wurde unter die Eiche geführt. »Ich will von dir hören, Svana Grimmsson, was Jarl Persson von deinem Mann gefordert hat und womit er gedroht hat, sollte Gunnarr Grimmsson seine Anweisungen nicht erfüllen.«

Svana Grimmsson, eine vorzeitig gealterte Frau mit grauen Haaren, um deren welken Mund ein herber Zug lag, rief mit weithin vernehmbarer Stimme: »Jarl Persson hat sich den Hass meines Mannes Gunnarr Grimmsson auf König Harald von Norwegen schamlos zunutze gemacht und ihm Schiffe und Krieger zur Verfügung gestellt, um die Dörfer an der Küste Norwegens zu überfallen, sie zu plündern und die Einwohner zu erschlagen. Auf die gesamte Beute erhob Persson Anspruch. Als Gunnarr Grimmsson unter diesen Bedingungen nicht mehr nach Norwegen segeln wollte, zwang ihn der Jarl, indem er ihm drohte, seine Familie auszulöschen. Nun ist mein Mann diesem Zwang folgend nach Avaldsnes gesegelt, um die Residenz von König Harald zu überfallen. Jarl Persson vermutet dort die Schatzkammer des Königs, die Gunnarr Grimmsson für ihn plündern soll.«

»Genügt dir dieser Beweis, Persson?«, fragte Jalvaror. Als der gefangene Jarl verstockt schwieg, fuhr er fort: »Und nun erzähle, Svana Grimmsson, was geschah, nachdem Jarl Persson Asbjorn Eriksson Asyl gewährte.«

»Er hat ihn nach Wessex geschickt, damit er dort plündert und mit vier Schiffen voll Schätzen zu ihm zurückkehrt. Es ist der Preis dafür, dass ihm Persson in Jütland Schutz und Sicherheit vor dem Zugriff König Haralds gewährt. Hätte Eriksson sich geweigert, hätte ihn der Jarl den Norwegern ausgeliefert.«

»Du kennst also Asbjorn Eriksson nicht, Persson, wie?«, fauchte Jalvaror. »Du hast den Namen Asbjorn Eriksson nie gehört.«

Jarl Persson ließ den Kopf sinken. Ihm war klar, dass er keine Gnade erwarten durfte, und er unterließ es auch, mit Vergeltungsmaßnahmen vonseiten König Horiks zu drohen. Ihm war bewusst, dass ihm Horik keine Träne nachweinen würde, wenn er erfuhr, auf welche Art und Weise Persson ihn hintergangen hatte und dass er in seiner Habgier sogar bereit gewesen war, den Frieden zwischen Dänemark und Norwegen zu gefährden. »Meine Söhne … sie sind noch so jung«, sagte er mit brüchiger Stimme. »Sie … sie waren in das alles, was man mir zum Vorwurf macht, nicht eingeweiht. Darum … darum bitte ich dich, Jalvaror Blavorr, verschone ihr Leben.«

»König Horik wird erfahren, wie schnöde du ihn hintergangen hast«, versetzte Jalvaror. »Dich wird er nicht mehr bestrafen können, denn du gehst heute noch nach Niflheim. Ich schätze aber, dass Horik seinen Zorn an deiner Familie auslassen wird. Und er wird nicht fragen, wer in deine niederträchtigen Machenschaften eingeweiht war und wer nicht.«

»Dann bitte ich dich, gewähre ihnen die Gnade eines schnellen Todes.«

»Fangt an«, sagte Jalvaror über die Schulter, und die Krieger, die hinter den Stühlen standen, setzten sich in Bewegung. Jalvaror wandte sich wieder an Persson. »Ich will deine letzte Bitte erfüllen, Jarl, und lasse deine Söhne enthaupten. Dich aber lasse ich an den Beinen aufhängen und dir die Kehle öffnen, sodass du langsam ausblutest. Du hast die Gnade eines schnellen Todes nicht verdient. Außerdem wird dir der Einzug in Walhall verwehrt sein.« In diesem Bewusstsein zu sterben, war für einen Krieger des Nordens weit schlimmer als der Tod selbst.

Ein Seil wurde über einen waagrecht gewachsenen

Ast der Eiche geworfen, zwei Krieger packten Persson und zerrten ihn unter den Ast. Als sie ihm die Schlinge über die Füße streifen wollten, rief Jalvaror: »Zuerst die Söhne. Er soll mit dem Wissen in Niflheim einziehen, ihren Tod verschuldet zu haben. Er hat sie seiner Habgier und skrupellosen Niedertracht geopfert.«

Die beiden jungen Männer mussten sich hinknien. Jeweils ein Krieger verkrallte seine Faust im Haupthaar eines der Persson-Söhne und hielt den Kopf aufrecht, zwei andere stellten sich mit dem Schwert in den Händen seitlich der beiden auf. Sosehr sie sich auch bemühten, ihre Angst zu unterdrücken, und das, was kam, tapfer zu ertragen, sie konnten nicht verhindern, dass ihre Zähne wie im Schüttelfrost aufeinanderschlugen. Ihre Nerven lagen blank, und die Todesangst war ihnen deutlich anzusehen.

Jalvaror gab das Zeichen. Die Klingen der Schwerter blitzten im Feuerschein, und im nächsten Moment kippten die enthaupteten Körper nach vorn, während die beiden Krieger die abgeschlagenen Köpfe noch an den Haaren hielten.

Persson konnte sein Entsetzen nicht mehr unterdrücken. Er schrie gellend auf.

»Nimm diesen Eindruck mit nach Niflheim, Jarl Persson!«, rief Jalvaror, dann nickte er den Männern zu, die darauf warteten, dem Delinquenten den Strick um die Knöchel zu legen …

Jarl Eliwagar lag mit offenen Augen auf seinem Lager und starrte in die Finsternis. Die gleichmäßigen Atemzüge neben ihm verkündeten ihm, dass sein Weib tief und fest schlief.

Unheilvolle Gedanken zogen durch sein Hirn. Und eine Frage kristallisierte sich mehr und mehr daraus hervor: Musste es Harald sein, der Norwegen zu einer Nation einte? Warum Harald Hårfagre und nicht er selbst, Meldun Eliwagar? Diese Möglichkeit bestand seiner Meinung nach durchaus, wenn es ihm gelang, sich die Unterstützung von William de Warenna zu sichern und durch ihn König Ethelred in Aussicht zu stellen, sein Land künftig zu verschonen. Ja, es schien noch mehr möglich, wenn er sich mit ihm verbündete und gegen das große Heer der Brüder Ragnarsson zog, um es aus Wessex fernzuhalten.

Im Laufe des übernächsten Tages würde de Warenna eintreffen. Eliwagar würde sich vorsichtig an ihn herantasten. Wenn er diplomatisch vorginge, würde es ihm sicherlich gelingen, ihn für seine Pläne zu gewinnen. In diesem Fall würde er Odin mit Opfergaben überhäufen. Odin musste ihm helfen, Herrscher über ein geeintes Land zu werden, König von Norwegen!

Er begann, sich darüber den Kopf zu zerbrechen, wie er Harald aus dem Weg räumen konnte, ohne dass ein Verdacht auf ihn fiel. Die Idee, ihn zu vergiften, verwarf er. Er kam zu dem Schluss, dass nur ein Meuchelmord infrage kam. Nach der Tat musste er dem Volk einen Mörder liefern, am besten einen, der nicht mehr sprechen konnte.

Die Vorstellung, in absehbarer Zeit den Platz Haralds einzunehmen, war derart überwältigend, dass Meldun Eliwagar in dieser Nacht keinen Schlaf mehr fand. Der Gedanke verfestigte sich mehr und mehr in ihm, und aus dem Wunsch wurde ein fester Vorsatz.

Kapitel 13

Jalvaror und seine Männer verließen am frühen Morgen Vibjerg. Sie hatten sich Pferde und Fuhrwerke genommen und vor Letztere Ochsen gespannt. Jalvaror wollte so schnell wie möglich seine Schiffe erreichen, um nach Norden zu segeln und Gunnarr Grimmssons Raubzug ein Ende zu bereiten.

An der Eiche mitten auf dem großen Dorfplatz hing mit dem Kopf nach unten Jarl Persson. Unter ihm am Boden war ein großer dunkler Fleck im Staub, bei dem es sich um eingetrocknetes Blut handelte. Nur wenige Schritte neben dem knorrigen Baum lagen seine beiden enthaupteten Söhne.

Jalvaror und seine Krieger zogen vorüber und verließen den Ort in nördlicher Richtung. Das Pochen der Hufe, das Rumpeln der vier Fuhrwerke, auf denen die Krieger saßen, sowie das Knirschen der eisenumreiften Scheibenräder im grobkörnigen Sand und das Quietschen der Achsen in den Naben entfernten sich.

Die Menschen wagten sich aus ihren Häusern und versammelten sich auf dem Marktplatz. Die Mutter der beiden enthaupteten jungen Männer taumelte weinend aus dem großen Haus, das sie mit ihrem Mann, dem Jarl, und der ganzen Familie sowie dem Gesinde bewohnt hatte, warf sich bei ihren Söhnen zu Boden und verfluchte mit hysterischem Geschrei Jalvaror Blavorr.

Jarl Persson wurde vom Ast geschnitten und in sein Haus getragen. Gleich darauf brachte man auch die beiden Söhne hinein. Einige Frauen kümmerten sich um die weinende Frau und Mutter der Gerichteten.

Die Einwohner standen in Gruppen auf dem Dorfplatz, redeten aufeinander ein und gestikulierten wild mit den Händen. Bald schon brandete der Hass auf alles, was aus Norwegen kam, an die Oberfläche, und schließlich machte sich eine aufgebrachte Rotte auf den Weg zu den Häusern außerhalb der Ortschaft, die von den wenigen Männern, Frauen und Kindern bewohnt wurden, die Gunnarr Grimmsson vor einiger Zeit vor den Schergen König Haralds hierher in Sicherheit gebracht hatte, darunter sein Weib und die Frauen seiner Söhne und deren Kinder.

Der Lärm, den die wütende Meute verursachte, trieb ihr voraus und alarmierte die Menschen der kleinen Siedlung, die diese mithilfe der Bevölkerung von Vibjerg errichtet hatten; man konnte fast von einer winzigen norwegischen Enklave mitten in Jütland sprechen.

Svana Grimmsson sah sie durchs Fenster kommen und rief über die Schulter: »Sie kommen! Wie ich es prophezeit habe!« Sie hatte gewusst, dass man ihr die Schuld am Tod des Jarls und seiner Söhne geben würde. Aber sie würde es diesen Leuten nicht leicht machen. »So mancher von denen wird vor uns bei Hel ankommen.«

Die beiden jungen Frauen, die sich bei Svana Grimmsson im Raum befanden, nahmen zwei der Äxte, die griffbereit auf dem Tisch lagen, und verließen den Raum. Svana Grimmsson holte sich die dritte Axt, dann trat sie wieder neben das Fenster und äugte nach draußen. »Nun, Odin, ist die Stunde gekommen, in der ich mich mit einer Bitte an dich wende: Gib uns um unserer Kinder willen die Kraft, diese Meute zu besiegen! Jarl Persson war ein niederträchtiger Mann und hat bekommen, was er verdiente. Es wäre unrecht, wenn unsere Kinder und die jungen Frauen für den Tod dieses schlechten Menschen sterben müssten.«

Der Lärm der Näherkommenden trieb heran wie ein höllischer Choral. Die Streitaxt in der Hand, trat Svana Grimmsson vor die Tür. »Odin, hilf …« Ihre blutleeren Lippen bebten.

Um die Mitte des Vormittags herum gingen Jalvaror und seine Männer an Bord. Solange sie sich auf dem breiten Fluss befanden, setzten sie die Ruder ein, doch als sie die offene See erreichten, wurden die Segel gesetzt. Wenn ihnen Thor gütig gesonnen blieb und der Wind anhielt, konnten sie bis zum Abend Avaldsnes erreichen.

Jalvaror saß auf einer Kiste und starrte nach Norden. Er dachte an Dagrun und seine Kinder, aber auch an seine Eltern. Sie würden sterben, wenn er Asbjorn nicht bis zum letzten Tag des Heuert an Meldun Eliwagar auslieferte. Bis zum Ablauf der Frist würde zwar der Mond noch zweimal voll werden, und nach dem zweiten Vollmond blieben ihm noch ein paar Tage, aber Asbjorn befand sich irgendwo in Wessex, und niemand konnte sagen, wann er zurückkehrte.

Es machte kaum Sinn, aufs Geratewohl nach Britannien zu segeln und zu versuchen, Asbjorn aufzustöbern. Also entschied er, nach Avaldsnes zu segeln, um mit sehr viel Glück Gunnarr Grimmsson zu stellen. Vielleicht würde dies Meldun Eliwagar milde stimmen.

Er trug schwer an der Ungewissheit hinsichtlich des Schicksals seiner Familie und natürlich auch seines eigenen. Und erneut fraß sich der Gedanke in sein Hirn, dass daran einzig Asbjorn die Schuld trug, und dieser Gedanke schürte das Feuer des Hasses in ihm.

Ein Schatten fiel auf Jalvaror, und er hob den Blick. Vor ihm stand Ronguor Thorbjorn. »Du verlierst Zeit, Jalvaror. Meinst du nicht, es wäre besser gewesen, nach Wessex zu segeln und Asbjorns Schiffe zu suchen, die ja irgendwo vor der Küste liegen müssen. Du spielst mit dem Leben deiner Familie.«

»Warum hast du das getan, Ronguor?«, fragte Jalvaror. Ihm entging nicht, dass einige der Männer, die in der Nähe saßen, zu ihnen herschauten und sie beobachteten. Jeder wusste, dass Ronguor Thorbjorn als Eliwagars Spitzel auf dem Schiff war, und jedem war klar, dass Jalvaror ihn wegen seiner Hinterhältigkeit hasste.

»Was meinst du?«, knurrte Thorbjorn.

»Warum hast du Eliwagar verraten, dass ich dir gegenüber geäußert habe, den Ort zu kennen, an dem sich Asbjorn wahrscheinlich verkrochen hat?«

»Asbjorn hat uns *alle* verraten, und man darf einen Verräter wie ihn nicht schützen. Ich war es dem Jarl und dem König schuldig.«

»Ich glaube nicht, dass deine Loyalität der Grund für deine Geschwätzigkeit war, Ronguor. Viel eher denke ich, dass du dir etwas erhofft hast. Bist du auf einen Teil des Landes der Blavorrs scharf? Oder willst du erreichen, dass dir Eliwagar den Befehl über seine Schiffe überträgt, wenn er sie wieder auf Raubzug schickt?«

Die Blicke der beiden Männer kreuzten sich wie Schwertklingen. Die Kälte in Jalvarors Augen warnte Thorbjorn, aber er konnte und wollte das, was Jalvaror ihm vorwarf, nicht vor dem Rest der Mannschaft auf sich sitzen lassen. »Hüte deine Zunge, Jalvaror Blavorr!«, blaffte er, und seine Hand legte sich auf die Klinge der Streitaxt, die an seinem Gürtel hing. »Du hast zwar das Kommando über die drei Schiffe, aber das berechtigt dich nicht, mir irgendwelche unlauteren

Beweggründe für mein Handeln zu unterstellen. Ich sah es als meine Pflicht an, Eliwagar die Wahrheit zu sagen, und ich hatte in dem Moment nicht einen einzigen Hintergedanken.«

Jalvaror lachte auf. »Ich mag deine Beweggründe nicht wirklich kennen, Ronguor. Odin aber kennt sie, denn er schickt von Zeit zu Zeit die beiden Raben Hugin und Munin aus, und die setzen sich nach ihrer Rückkehr nach Gladsheim auf seine Schultern, um ihm alles zu erzählen, was auf der Welt geschieht.«

»Na und?«, zischte Thorbjorn und funkelte Jalvaror zornig an. »Odin mag Verräter nicht, denn Verrat ist feige, und Feiglinge haben …«

»Du sagst es. Verräter schickt Hel nach Nastrand als Futter für den Drachen Nidhöggr, denn sie stehen auf einer Stufe mit Mördern und Vergewaltigern.«

Thorbjorns Mund verzerrte sich, er zischte irgendetwas, das Jalvaror nicht verstand … und dann riss er die Axt aus der Schlaufe, um sich mit dem nächsten Atemzug auf Jalvaror zu stürzen.

Doch Jalvaror war auf den Angriff gefasst und warf sich behände zur Seite, und als er am Schiffsboden aufkam, hatte auch er die Axt in der Hand. Thorbjorn konnte seinen Angriffsschwung nicht mehr bremsen und flog mit einem wilden Aufschrei über die Kiste, auf der Jalvaror gesessen hatte.

Beide rollten herum und kamen fast gleichzeitig hoch. Ronguor Thorbjorn stand breitbeinig und nach vorn geneigt da und belauerte Jalvaror, der langsam bis zur Bordwand zurückwich. Einige Männer, die dort herumgesessen hatten, sprangen auf und machten Platz.

»Ich schicke dich zu Nidhöggr! Er wird dich quälen und am Ende verschlingen!«, knirschte Thorbjorn. »Ich weiß jetzt auch, warum du den Jarl belügen wolltest.

Du steckst mit deinem abtrünnigen Ziehbruder unter einer Decke. Ihr seid beide Verräter, aber ich habe deine schändlichen Pläne vereitelt.«

Mit dem letzten Wort stieß er sich ab und flog regelrecht auf Jalvaror zu, landete anderthalb Schritte vor ihm mit beiden Füßen auf den Planken und schlug mit der Axt nach seinem Widersacher, wobei er den Oberkörper weit nach vorn beugte und den rechten Arm ausstreckte.

Wieder konnte Jalvaror dem mörderischen Hieb ausweichen. Er vollführte einen halben Schritt zur Seite, trat auf Thorbjorn zu, ging etwas in die Knie und rammte seinen Gegner mit der Schulter. Der Angriff erfolgte derart kraftvoll, dass Thorbjorn von den Beinen gerissen wurde und zwischen einige Fässer krachte, in denen sich Trinkwasser und in Salzwasser eingelegtes Fleisch befand. Eines der Fässer kippte um und rollte gegen die Plankenwand, ein Schwall Wasser ergoss sich über den Schiffsboden.

Die Mannschaft des Schiffes bildete einen Kreis um die Kämpfenden. Keiner würde sich einmischen, denn es war eine persönliche Sache, die die beiden austrugen, gewissermaßen ein Holmgang, wie er üblich war, um einen Streit zu schlichten.

Thorbjorn rollte herum, stemmte sich auf alle viere, schüttelte den Kopf, als wollte er eine Benommenheit abschütteln, und richtete mit einem Ruck den Oberkörper auf. Aber da war Jalvaror schon heran, griff ihm in die Haare und drückte ihm die Schneide der Axt gegen den Kehlkopf. »Wenn ich durchziehe, bist du tot!«, stieß er zwischen den Zähnen hervor.

Thorbjorn kniete reglos da. Seine Rechte mit der Axt hing neben seinem Knie, und er schielte nach Jalvaror, der neben ihm stand und von oben auf ihn hinabstarrte.

»Ich könnte dich töten, Thorbjorn«, gab Jalvaror mit ruhiger Stimme zu verstehen. »Du hast den Kampf angefangen, und du hättest mich erschlagen, wäre er zu deinen Gunsten ausgegangen. Ich töte dich nicht, doch ich werde dich dem Jarl übergeben, weil du dich der Meuterei schuldig gemacht hast. Ich habe auf diesen Schiffen von ihm den Oberbefehl erhalten, und wer seinen Befehlshaber mit der Axt angreift, ist ein Meuterer. Beim Thing wird entschieden, was mit dir geschieht. Vielleicht lässt man dich sogar wählen, auf welche Art du sterben möchtest.«

»Du hast mich bis aufs Blut gereizt«, murmelte Thorbjorn.

»Kein Grund zu meutern«, versetzte Jalvaror ungerührt. »Wirf die Axt weg. Ich lasse dich in Ketten legen. Weg mit der Axt!«

Thorbjorn warf die Axt voll Wut auf den Schiffsboden, und Jalvaror nahm die Hand aus seinem Haar, ließ die Axt sinken, trat zurück und gab den Befehl, Thorbjorn Ketten anzulegen. Als zwei der Krieger Thorbjorn packten und ihn wegschleppten, verspürte Jalvaror eine tiefe Genugtuung. Er dachte daran, was für ein Triumph das sein würde, wenn Jarl Eliwagar gezwungen war, ein Urteil über Thorbjorn zu sprechen.

Es war Nachmittag. In Wessex regnete es seit Stunden, vom Meer her wehte ein kalter Wind, der Himmel war grau, und die Wolken hingen tief. Das ganze Land mutete düster und unfreundlich an, dementsprechend schlecht war die Stimmung der Nordmänner, die Asbjorn Eriksson und Elinor nach Osten führten.

Und sie sank noch mehr, als gemeldet wurde, dass ihnen eine große Reiterschar folgte. Asbjorn ließ einige Späher zurück und zog mit seinen Kriegern zwischen die Hügel. Die Spuren, die sie hinterließen, waren allerdings deutlich auszumachen; das Gras war niedergetreten, der aufgeweichte Boden von Hufen aufgewühlt und von den Rädern der Ochsenkarren zerfurcht.

Bald holten die Späher den Zug wieder ein und meldeten, dass es sich um Soldaten von König Ethelred handelte, und zwar um eine ganze Hundertschaft.

Asbjorn entschied sich für den Kampf und verteilte seine Männer auf die Hügel zu beiden Seiten der Senke, durch die sie zogen. Wald und dichtes Buschwerk boten genügend Deckungsmöglichkeiten. Die Ochsenkarren fuhr man zwischen die Hügel.

Asbjorn stieg zwischen alten Bäumen am Waldrand vom Pferd und hielt das Tier am Kopfgeschirr fest. Voller Sorge registrierte er die Spuren, die verrieten, dass sich seine Männer beidseits des Weges auf den Abhängen versteckten. Auf eine offene Feldschlacht konnte er sich jedoch mit berittenen Kriegern des Königs nicht einlassen.

Nicht weit von ihm entfernt hatte sich Elinor postiert. Sie hatte ihr Pferd an einem Baum angebunden und beobachtete aus dem Schutz eines Strauchs die Senke. Sie hielt den Bogen, hatte einen Pfeil auf der Sehne liegen, die Sehne jedoch noch nicht gespannt.

Asbjorn schaute zu ihr hin, und sie schien seinen Blick zu fühlen, drehte etwas den Kopf und lächelte. Asbjorn fragte sich, ob sie wirklich keine Angst vor dem Kampf verspürte.

Dann kamen die Soldaten über eine Bodenwelle. Ihre Schilde trugen das Wappen von König Ethelred. Sie ritten in Dreierreihe, und Asbjorn zählte in jeder mehr als dreißig Einzelpersonen. Die Truppe hielt an, kurz darauf teilte sie sich auf. Man hatte die Spuren entdeckt, die den Hinterhalt verrieten, und der Anführer der königlichen Reiterei zog die richtigen Schlüsse.

Die eine Hälfte umritt die Anhöhe linkerhand, die andere wandte sich nach rechts und verschwand um den Hügel aus Asbjorns Blickfeld.

»Sie versuchen, uns in den Rücken zu fallen!«, rief Asbjorn. »Sichert also hinter euch!«

Er spürte das Unheil tief in der Seele, doch er verdrängte das aufsteigende Gefühl von Unruhe und Unsicherheit. Den Schild am linken Arm und die Axt in der Rechten machte er einige Schritte tiefer in den Wald hinein, dann rief er: »Folgt mir, wir gehen ihnen entgegen. Odin ist mit uns! Wir werden die Christen besiegen!«

Das Gelände stieg an. Je weiter sie sich vom Waldrand entfernten, desto spärlicher wurde das Unterholz, und bald boten nur noch die Stämme der Bäume Deckung. Zwischen ihnen war es düster und mutete geradezu unheimlich an.

Die britannischen Soldaten hatten ihre Pferde zurückgelassen. Unaufhaltsam rückten die feindlichen Parteien näher, und schließlich trafen sie zusammen!

Pfeile und Speere flogen, die Kämpfer stürzten brüllend aufeinander zu, und schon klirrten die Waffen. Jeder war nur noch auf sich gestellt.

Asbjorn sah einen Soldaten auf sich zulaufen, erwartete ihn geduckt, wehrte den Schwerthieb mit dem Schild ab und schlug dem Gegner die Axt in den Leib. Dieser krümmte sich und stürzte, aber schon sprang der Nächste, das Schwert schwingend, heran, und Asbjorn wandte sich ihm zu.

Der Wald schien den Lärm festzuhalten, der sich zu einem frenetischen Durcheinander von Geschrei, Klirren, Krachen und Stöhnen steigerte. Die Kämpfenden stachen und schlugen sich gegenseitig nieder und nahmen Schilde und Beine zu Hilfe, um den Gegner zu Boden zu stoßen. Es wurde mit grausamer Verbissenheit getötet, der Vernichtungswille war auf beiden Seiten erschreckend.

Auf Asbjorn kamen zwei Soldaten zu. Er hielt den Schild hoch und ging ihnen langsam entgegen, in der Rechten die Axt. Er sah furchterregend aus mit seinem blutverschmierten Gesicht und den glitzernden Augen, aus denen eine ungebändigte, hemmungslose Wildheit leuchtete. Die Soldaten jedoch schreckte es nicht ab. Er war ein Barbar, ein Heide und ein Feind sowohl ihres Landes als auch des Heilands. Darum galt es, diesen Teufel zurück in die Hölle zu schicken.

Beide zugleich stürzten sie sich auf ihn. Den Schwerthieb des einen parierte Asbjorn mit der Axt, den des anderen konnte er mit dem Schild abfangen. Er rammte einem der Soldaten den Fuß in den Leib, wirbelte herum, vollführte eine Drehung und fegte mit dem Schild den anderen von den Beinen. Jener, der sich nach seinem Tritt unfreiwillig verbeugt hatte, kam wieder hoch, doch da durchschnitt Asbjorns Axt seinen Kehlkopf, und mit dem eigenen Blut gurgelnd brach der Soldat zusammen.

In dem Moment, als er nach dem nächsten Gegner Ausschau hielt, verspürte Asbjorn einen heftigen Schmerz im Rücken. Ihm wurde schwarz vor den Augen, sein Mund klaffte auf zu einem Schrei, aber der erstickte im Ansatz. Der Lärm schien sich mehr und mehr von ihm zu entfernen. Er stürzte auf die Knie.

Der Krieger, der ihn niedergestochen hatte, zog mit einem Ruck sein Schwert aus Asbjorns Rücken und versetzte ihm einen brutalen Tritt zwischen die Schulterblätter, der den Nordmann aufs Gesicht warf. Dunkelheit begann ihn einzuhüllen …

Elinor und einige Krieger, die begriffen, dass die Niederlage unabwendbar war, flohen. Elinor jagte auf ihrem Pferd hinaus aus dem Wald und den Weg zurück, den sie gekommen waren. Eine Handvoll weiterer Berittener folgte ihr, und schließlich rannten ihnen an die zwanzig Krieger, die sich hatten freikämpfen können, hinterher.

Eine kleine Gruppe Soldaten versuchte, sie zu Fuß einzuholen, denn ihre Pferde hatten sie auf der anderen Seite der Hügel zurückgelassen. Als sich ihnen aber die flüchtenden Nordmänner zum Kampf stellten, machten sie kehrt, denn sie waren in der Unterzahl.

»Wir verschwinden nach Süden!«, rief Elinor, die entschlossen das Kommando übernahm. »An der Küste wenden wir uns westwärts und versuchen, uns zu den Schiffen durchzuschlagen.«

Sie stellte keine Fragen nach Asbjorns Verbleib. Es galt zunächst, sich und den kleinen Haufen, der den scharfen Schwertern der Briten entgangen war, in Sicherheit zu bringen.

Sie marschierten in südliche Richtung und nutzten den Schutz der Hügel und Wälder. Als der Abend kam, verkrochen sie sich wie wilde Tiere im Wald.

In der Nacht stieß eine weitere kleine Gruppe Überlebender zu ihnen. Elinor verspürte eine tiefe Enttäuschung, weil Asbjorn nicht unter ihnen war.

»Sie haben die Verwundeten nicht erschlagen«, erzählte einer der Männer, die vor wenigen Minuten vollkommen erschöpft angekommen waren. »Ich habe beobachtet, dass die Briten sie sogar verbunden haben. Wahrscheinlich bringen sie die Gefangenen nach Winchester, um sie dort ihrem Gott zu opfern.«

»Die Christen opfern ihrem Gott keine Menschen«,

stieß Elinor hervor. »Kannst du mir etwas über Asbjorns Schicksal verraten?«

»Nein.«

»Bei Gott, ich muss wissen, was aus ihm geworden ist«, stieß Elinor hervor. »Ich verlasse Wessex erst, wenn ich über sein Schicksal Bescheid weiß.«

»Sie haben uns nicht verfolgt, weil sie wissen, wo unsere Schiffe liegen!«, rief einer der Krieger. »Dort werden sie auf uns warten.«

Seine Worte klangen in Elinors Ohren wie eine böse Verheißung, und ihr wurde bewusst, dass ihre Lage nahezu aussichtslos war. Gut drei Viertel der Mannschaft, mit der sie gekommen waren, waren tot oder von den Briten gefangen genommen worden, und wenn man Elinor und die kleine Gruppe, die bei ihr war, von den Schiffen abschnitt, würde Wessex ihnen allen zum Schicksal werden.

»Wir bleiben bis zum Morgen hier«, entschied sie. »Vielleicht ist es noch einigen unserer Krieger gelungen, den Soldaten des Königs zu entkommen, und sie folgen unserer Spur.«

Sie sprach es in der Hoffnung zu erfahren, was aus Asbjorn geworden war.

Jalvaror war nach Avaldsnes gesegelt, um Gunnarr Grimmsson zu stellen, doch dafür kam er viel zu spät. Wie er aber erfuhr, war es Grimmsson nicht gelungen, die Schatzkammer des Königs zu plündern. Die Späher der königlichen Wache hatten seine vier Schiffe rechtzeitig entdeckt, und als er Avaldsnes angegriffen hatte, waren er und seine Krieger bereits erwartet worden. Er hatte einen immensen Verlust an Kämpfern hinnehmen und von seinem Vorhaben ablassen müssen.

Jalvaror Blavorr erkundigte sich, ob man den König

darüber in Kenntnis gesetzt hatte, dass Grimmsson wieder auf Rachefeldzug war, und der Kommandant der Wache bejahte die Frage.

Jalvaror fuhr am Morgen an der Küste entlang nach Norden, erreichte schließlich den Hardangerfjord, und anderthalb Stunden später legten seine Schiffe an. Zwei schwere Boote, die eine vollkommen andere Bauart aufwiesen als die skandinavischen Drachenschiffe, erregten Jalvarors Aufmerksamkeit. Auf den Wimpeln am oberen Ende der Masten sah er drei gelbe Löwen auf rotem Grund, und da wusste er, dass es sich um Schiffe aus Britannien handelte, die unter der Flagge von William de Warenna fuhren.

Fragen stürmten auf ihn ein, doch er wurde abgelenkt, denn sein Blick erfasste Meldun Eliwagar, der mit einigen seiner Vertrauten auf dem Landungssteg stand. Da die Ankunft der drei Drachenboote längst gemeldet worden war, wurde Jalvaror vom Jarl und dessen Vertrauten bereits erwartet.

Jalvaror gebot der Mannschaft, an Bord zu bleiben. Lediglich drei Männer begleiteten ihn an Land.

»Ich sehe deinen Ziehbruder nicht, Jalvaror Blavorr«, rief Eliwagar. »Ist er auf einem der anderen Schiffe?« Demonstrativ ließ er den Blick über die Drachenboote gleiten, die ruhig im Wasser lagen und deren Segel eingeholt waren. »Ich kann ihn nicht entdecken.«

Aus Meldun Eliwagars Haus trat König Harald, gefolgt von seinen Leibwächtern. Schnell schritten sie näher. Als der König neben dem Jarl stehen blieb, verneigte sich Jalvaror leicht, dann sagte er: »Asbjorn Eriksson befindet sich auf Raubzug in Wessex. Ich muss warten, bis er nach Dänemark zurückkehrt, und versuchen, ihn abzufangen.«

»Hier im Hardangerfjord wirst du ihn kaum erwischen«, schnarrte Eliwagar. »Du kennst die Konsequenzen, wenn du ihn bis zum letzten Tag des Heuert nicht bei mir ablieferst.«

»Ich bin heimgekehrt, weil Gunnarr Grimmsson wieder auf Raubzug in Norwegen ist.«

»Wir wissen Bescheid!«, erklärte Eliwagar. »Er hat versucht, Avaldsnes zu überfallen, hat sich dort aber eine blutige Nase geholt. Nach seiner Flucht scheint er sich mit seinen Schiffen in Luft aufgelöst zu haben, denn es gibt keine Nachricht, dass er irgendwo an Land gegangen wäre.«

Der König ergriff das Wort, indem er fragte: »Kommst du aus Dänemark, Jalvaror Blavorr?«

»Ja, mein König. Grimmsson und Asbjorn Eriksson fanden bei Jarl Persson in Jütland Unterschlupf. In Wirklichkeit aber waren sie Gefangene des Jarls. Er zwang Grimmsson, auf Raubzug nach Norwegen zu gehen, indem er drohte, seine Familie zu ermorden. Asbjorn hatte die Wahl, nach Wessex zu segeln oder an Euch ausgeliefert zu werden.«

Haralds Brauen hatten sich zusammengeschoben, während Jalvaror gesprochen hatte, und sein Gesicht hatte einen finsteren Ausdruck angenommen. »Die Überfälle geschahen also auf Geheiß des Jarls.«

»Er machte sich den Hass Grimmssons auf Euch und Jarl Eliwagar zunutze. Die Schätze, die Grimmsson erbeutet hatte, beanspruchte er für sich.«

»Kaum vorstellbar, dass er dich und deine Leute ungeschoren ziehen ließ, nachdem ihr das herausgefunden habt. Er ist König Horik in den Rücken gefallen und hat den Frieden zwischen unseren Ländern gefährdet. Das ist ein schändliches und todeswürdiges Verbrechen.«

»Er hat es gebüßt, Herr«, erklärte Jalvaror und berichtete dann ausführlich. Dann fuhr er fort: »Wir sind

Grimmsson so schnell wie möglich nach Avaldsnes gefolgt. Zu meiner Erleichterung hatten die Götter verhindert, dass er dort erfolgreich war, doch vermute ich stark, dass er andere Siedlungen überfällt, weil ja Jarl Persson reiche Beute von ihm erwartet und Grimmsson nicht wissen kann, dass sich der Jarl bereits in Helheim befindet und …«

Jalvaror verstummte, denn ein halbes Dutzend Männer, die um ein Gebäude bogen und schnell näher schritten, erregte seine Aufmerksamkeit. Ihre Kleidung verriet ihm, dass sie mit den britannischen Schiffen gekommen waren, und wieder begann ihn eine Reihe von Fragen zu bedrängen.

»Das ist William de Warenna«, erklärte Eliwagar, als die Briten bei ihm und dem König stehen blieben. »Der Name sagt dir sicher etwas, Jalvaror.«

Jalvaror nickte. »Gewiss. Seine Tochter befindet sich derzeit zusammen mit Asbjorn Eriksson in Wessex.«

»Wir haben Frieden mit de Warenna geschlossen«, sagte der Jarl. »William de Warenna war voll der Hoffnung, dass du zusammen mit Asbjorn Eriksson seine Tochter in den Hardangerfjord bringst.«

»Er muss sich gedulden«, versetzte Jalvaror. »Wir werden noch heute nach Dänemark zurücksegeln und die Küste dort abriegeln, wo Asbjorn vermutlich anlegen wird, wenn er aus Wessex zurückkehrt. Vorher aber möchte ich dir noch einen Meuterer übergeben, Jarl Eliwagar. Er ist auf der Fahrt von Jütland nach Norwegen mit der Axt auf mich losgegangen, um mich zu töten. Ich überlasse ihn dir, und du wirst zu entscheiden haben, was mit ihm geschieht. Die gesamte Besatzung meines Bootes war Zeuge seines Mordversuchs.«

Jarl Eliwagar hatte die Augen zusammengekniffen, und zwischen den Lidern funkelte es ahnungsvoll.

Jalvaror wandte sich um und gab seinen Leuten auf dem Schiff einen Wink, und wenig später wurde Ronguor Thorbjorn an Land gebracht. Seine Hände waren auf den Rücken gefesselt, sein sengender Blick streifte Jalvaror, und er keifte: »Er hat mich bis aufs Blut gereizt, und ich habe die Beherrschung verloren. Ich wollte ihn auf keinen Fall …«

»Schweig!«, donnerte Eliwagar.

Thorbjorn zog den Kopf ein, als hätte der Jarl nach ihm geschlagen.

Da ließ de Warenna seine Stimme erklingen, indem er rief: »Das also ist Jalvaror Blavorr, der Mann, der meinen Sohn auf dem Gewissen hat und der die Schuld daran trägt, dass sich meine Tochter in der Gewalt von Asbjorn Eriksson befindet! Sir Archibald, sagt König Harald und dem Jarl, dass ich mit ihm eine persönliche Rechnung zu begleichen habe!«

»Wie Ihr wollt, Mylord«, murmelte Sir Archibald und übersetzte de Warennas Worte.

»Wir haben unter das, was geschehen ist, einen Schlussstrich gezogen«, sagte König Harald. »Dazu gehört auch der Tod seines Sohnes. Wir können ihn nicht wieder ins Leben zurückbringen, und ich werde keinen meiner Männer für Dinge, die vor unserem Friedensvertrag geschehen sind, zur Rechenschaft ziehen. Sagt das Eurem Herrn, Sir Archibald. Es ist mein letztes Wort in dieser Angelegenheit.«

William de Warennas Gesicht verschloss sich mit jeder Silbe mehr, die Sir Archibald dolmetschte. Was hinter seiner Stirn vorging, konnte niemand erahnen. Der Blick aber, mit dem er Jalvaror maß, beinhaltete eine tödliche Prophezeiung.

Eliwagar wandte sich an die Männer, zwischen denen Ronguor Thorbjorn stand, und fragte: »Könnt ihr bestätigen, dass er Jalvaror Blavorr mit der Axt angegriffen hat, der zu diesem Zeitpunkt Befehlshaber auf dem Schiff war, in der Absicht, ihn zu erschlagen?«

»Ja, das können wir«, antwortete einer von ihnen. »Dem ging ein Wortwechsel voraus. Was aber gesprochen wurde, weiß ich nicht.«

»Er hat mich des Verrats bezichtigt!«, platzte es aus Thorbjorn heraus.

»Das stimmt nicht.« Glatt kamen die drei Worte über Jalvarors Lippen.

»Kann irgendjemand Ronguor Thorbjorns Behauptung bezeugen?«, fragte der Jarl mit erhobener Stimme.

Niemand meldete sich.

Meldun Eliwagar war deutlich anzumerken, dass ihm diese Entwicklung ganz und gar nicht gefiel. Er fixierte Thorbjorn mit einem durchdringenden, zwingenden Blick. »Wir werden beim nächsten Thing entscheiden, welche Strafe du erhältst. Bis dahin wirst du in Gewahrsam genommen. So verlangt es das Gesetz, und daran halte ich mich.«

Thorbjorns Kiefer mahlte, dann stieß er hervor: »Ich will ein Gottesurteil, einen Zweikampf. Ich setze mich dem Urteil der Götter aus und werde durch einen Sieg meine Unschuld beweisen.«

»Diese Forderung ist legitim«, erklärte der Jarl und schoss Jalvaror einen triumphierenden Blick voll Heimtücke zu. »Wirst du die Herausforderung annehmen, Jalvaror Blavorr?«

»Ich nehme unter der Voraussetzung an, dass der Zweikampf so bald wie möglich ausgetragen wird.« Ätzender Sarkasmus schlich sich in Jalvarors Stimme, als er hinzufügte: »Denn wie du weißt, Jarl Eliwagar, kann ich es mir nicht leisten, Zeit zu verlieren.«

»Morgen Vormittag«, bestimmte Eliwagar. »Als Austragungsort bestimme ich den Dorfplatz. Jeder bekommt drei Schilde, eine Axt und ein Schwert. Es soll ein Kampf auf Leben und Tod sein. Das heißt, der Verlierer kann sich das Leben nicht erkaufen.«

»Ich bin einverstanden«, erklärte Jalvaror.

Jarl Eliwagar kam in das Haus, das er William de Warenna und seinen Beratern zur Verfügung gestellt hatte. De Warenna bot seinem Gastgeber Wein an, doch Eliwagar lehnte ab. »Was führt Euch zu mir?«, fragte de Warenna.

Sie befanden sich allein in der Halle, dennoch ließ Eliwagar seinen Blick rundum schweifen, als befürchtete er unliebsame Zuhörer. »Ich möchte mich dafür entschuldigen, dass Euch der König hinsichtlich des Mordes an Eurem Sohn so harsch zurückgewiesen hat.«

»Ihr entschuldigt Euch für Euren König?«, fragte de Warenna überrascht.

»Er ist jung, und er hat keine Kinder. Darum kann er nicht wissen, was ein Vater fühlt, dessen einziger Sohn erschlagen und dessen Tochter entführt wurde.«

»Habt Ihr denn schon einen Sohn oder eine Tochter verloren?«

»Nein. Aber ich habe Söhne, und wenn ich mir vorstelle, dass man mir einen von ihnen nähme …«

De Warenna starrte auf einen unbestimmten Punkt. »Ja«, murmelte er, »es ist schlimm. Aber noch schlimmer ist es, wenn ein Mann die Interessen und das Wohl seines Landes über seine eigenen Belange stellen und aufgrund dessen sein Kind opfern muss.«

»Ich kann es mir vorstellen, und ich hoffe, niemals in eine solche Lage zu geraten. Doch wäre ich König, würde ich einen Mann, der solches erlebt hat, anders behandeln. König Harald mangelt es am nötigen Einfühlungsvermögen.«

»Nun ja«, sagte de Warenna, »er ist König, seine Entscheidungen sind oft sehr weitreichend, und er kann es ganz sicher nicht jedem recht machen. Ich hege deswegen keinen Groll gegen ihn.«

»Ihr seid ein ausgesprochen umsichtiger Mann, Lord de Warenna, nicht wahr?«

»Ich bin ein Mann, der nichts herausfordert, dessen Folgen er nicht abschätzen kann«, versetzte der Brite. Mit einem starren Lächeln hielt er dem unergründlichen Blick Jarl Eliwagars stand.

»Nach allem, was wir von Jalvaror Blavorr zu hören bekamen«, setzte Eliwagar nach, »ist es nicht absehbar, wann er Asbjorn Eriksson abfangen und mir ausliefern kann. Da damit auch die Befreiung Eurer Tochter verbunden ist, dürftet Ihr wohl noch einige Zeit mein Gast sein. Wir werden also noch die eine oder andere Gelegenheit finden, miteinander zu sprechen und unsere Standpunkte gegenseitig anzunähern.«

»Das wird sich ergeben«, murmelte de Warenna ausweichend.

Kapitel 14

Ronguor Thorbjorn lag auf dem Lager aus Stroh, das man ihm in seinem Gefängnis bereitet hatte, einem Stall, in dem ein bestialischer Gestank herrschte. Um ihn herum war absolute Finsternis. Die wenigen Geräusche, die er vernahm, waren zumeist jene, die die schlafenden Tiere, zwei Kühe, vier Ziegen und sechs Schafe, verursachten.

Wenn sich Thorbjorn bewegte, rasselten auch seine Ketten leise. Immer wieder erwachte Thorbjorn, denn die Unsicherheit hinsichtlich des Zweikampfs am kommenden Vormittag ließ ihn nicht zur Ruhe kommen.

Ein leises Knirschen, wie es ausgetrocknetes Holz verursacht, wenn man darauftrat, sickerte vom Stalleingang an sein Gehör, und dann vernahm Thorbjorn ein Schaben. Jemand schlich heran. Thorbjorn, der mit einem Mal hellwach war, identifizierte es als das Gegeneinanderreiben von rauem Stoff, wie es beim Gehen entstand, wenn Beinkleider nicht eng genug an den Oberschenkeln lagen.

Ronguor Thorbjorn setzte sich auf. Die Anspannung engte seine Brust ein, er atmete schneller und stieß zwischen zwei Atemzügen hervor: »Wer ist da?«

Er erhielt keine Antwort, aber das Schaben war ganz nah – und plötzlich endete es. Eine Hand berührte ihn, und eine heisere Stimme flüsterte: »Du hast versagt.«

»Ich ... ich habe Jalvaror unterschätzt«, murmelte

Thorbjorn. »Ich war mir sicher, ihn töten zu können, aber er …«

»Wird es dir morgen gelingen, ihn zu töten?«, unterbrach man ihn.

»Ja, das wird es.«

»Es ist dir aber schon einmal nicht gelungen. Und weil das so ist und ich nicht glaube, dass du morgen Jalvaror gewachsen bist, stellst du eine Gefahr für mich dar. Darum …«

Vielleicht verspürte Thorbjorn noch den Hieb, der seinen Schädel spaltete. Er kam aber nicht mehr dazu, noch in irgendeiner Weise zu reagieren. Tot fiel er zurück ins Stroh, durch das sein Blut sickerte.

Es hatten sich noch einige weitere versprengte Krieger bei Elinor und dem kleinen Haufen Geschlagener eingefunden. Mehrere von ihnen hatten beobachtet, dass die Briten die Verwundeten auf jenen Ochsenkarren abtransportiert hatten, mit denen sie, die Nordmänner, unterwegs gewesen waren, um damit ihre Beute zu befördern.

Elinor wollte Gewissheit haben und kehrte zum Schauplatz ihrer Niederlage zurück. Die erschlagenen Nordmänner hatte man einfach liegen gelassen. Fliegen krochen auf den Leichen herum, der Geruch des Todes lag in der Luft, und Elinor verspürte eine tiefe Beklemmung. Trotz ihrer vorgeblichen Hinwendung zu Asbjorns Glauben war sie doch noch immer dem christlichen Gedankengut verbunden und hatte tiefen Respekt vor dem von Gott gegebenen Leben.

Sie schaute sich jeden der Toten an, doch Asbjorn war nicht unter ihnen. Zuletzt war sie sicher, dass er lebte und von den Soldaten nach Winchester gebracht wurde. Bei dem Gedanken, was ihn dort erwartete, wurde ihr schwindlig. Der Tod auf dem Schlachtfeld wäre weitaus gnädiger gewesen.

Aber sie konnte nichts tun. Von den achtzig Kriegern, die mit ihr und Asbjorn von Bord gegangen waren, lebten nur noch zweiundzwanzig, und einige von ihnen waren verwundet. Mit dieser Handvoll Männer den Versuch zu wagen, Asbjorn zu befreien, wäre geradezu selbstmörderisch gewesen.

Elinor beschloss, Wessex zu verlassen. Als sie zu der Gruppe zurückkehrte, machte sich diese auf den Weg zu den Schiffen. Die Nordmänner marschierten mit dem Wissen, dass sie sich kurz vor dem Ziel noch den Weg würden freikämpfen müssen. Man würde sie dort, wo die Schiffe lagen, erwarten. Die dunkle, zermürbende Ahnung, dass die zwanzig Krieger, die Asbjorn zur Bewachung der Schiffe zurückgelassen hatte, nicht mehr am Leben und die Schiffe wahrscheinlich von den Briten zerstört worden waren, ließ Elinor nicht los.

Man hatte den Kampfteppich ausgelegt und den Kampfplatz mit dünnen Stangen vom Haselnussstrauch eingegrenzt.* Für jeden der Kämpfer standen drei Schilde zur Verfügung, außerdem gab es für jeden ein Schwert, das eine Handspanne tief in den Boden gerammt worden war. Die gesamte Einwohnerschaft des Dorfes war versammelt, man hatte für den Jarl und seine Familie, für König Harald und seine Berater sowie für William de Warenna und seine Vertrauten Stühle und Bänke aufgestellt.

Jalvaror Blavorr kam, und einige seiner Krieger begleiteten ihn. In der Schlaufe an seinem Gürtel steckte

* Diese Markierung wurde bei den Wikingern Einhaselung genannt.

seine Axt. Ihm wurde seine Seite des Kampfplatzes zugewiesen, und er begab sich dorthin.

»Holt Ronguor Thorbjorn!«, gebot Jarl Eliwagar mit lauter, klarer Stimme, und drei seiner Leibwächter eilten davon. Bald darauf erschien einer von ihnen, ging ganz dicht an den Jarl heran und flüsterte ihm etwas ins Ohr. Der Krieger trat zurück, und Eliwagar erhob sich mit einem Ruck. »Hört her, ihr Männer und Frauen!«, rief er. »Ronguor Thorbjorn, der das Gottesurteil forderte und dem ich den Holmgang gewährte, wurde in der vergangenen Nacht in seinem Gefängnis erschlagen!«

Geraune erhob sich. Eliwagar gebot Ruhe. »Man hat Thorbjorn feige ermordet, und Grund hierfür dürfte wohl Jalvaror Blavorrs Angst vor diesem Kampf gewesen sein!«

Die Menschen hielten angesichts dieser schwerwiegenden Anschuldigung den Atem an. Die Augen aller richteten sich auf Jalvaror, der den Jarl mit düsterem Blick musterte, aber schwieg. Er wusste, dass er sich auf keinen Fall zu irgendeiner Äußerung hinreißen lassen durfte, die falsch ausgelegt und dann gegen ihn verwendet werden konnte.

Die beiden anderen Leibwächter trugen den Leichnam in den Kreis und legten ihn auf den Kampfteppich. Dessen Ecken waren mit Schlaufen an Pfählen befestigt, die in den Boden gerammt waren, den Tjösnur. Die klaffende Wunde in Thorbjorns Schädel konnte nur von einem kraftvollen Hieb mit einer Streitaxt herrühren.

Dumpfes Stimmengewirr erhob sich, sogar einige Rufe wurden laut, darunter auch Schmährufe, die dem Mörder galten.

Meldun Eliwagar hob die Arme. »Seid still, Männer und Frauen! – Jalvaror Blavorr!«

»Ich höre dich, Jarl Eliwagar.«

»Hast du Ronguor Thorbjorn in der Nacht heimtückisch ermordet? Wenn du es warst, dann rate ich dir, den Mord zu gestehen. Denn ich werde nicht ruhen, bis ich die Bluttat aufgeklärt habe, und dann kann der Mörder weder Gnade noch Barmherzigkeit erwarten.«

»Nein, Jarl Eliwagar, ich habe Thorbjorn nicht getötet«, erklärte Jalvaror. »Und das können die Männer bestätigen, die mit mir die Nacht auf dem Schiff verbrachten. Ich bin nicht einen Augenblick lang von Bord gewesen.«

»Vielleicht hast du jemanden beauftragt, den Mord für dich zu verüben!«, stieß Eliwagar hervor.

»Nein, auch das ist nicht der Fall, Jarl Eliwagar«, versetzte Jalvaror mit fester Stimme. »Es gab keinen Grund, mich vor diesem Zweikampf zu fürchten. Außerdem würde es gegen mein Ehrgefühl gehen, einen wehrlosen, in Ketten liegenden Mann zu erschlagen. Jeder, der mich kennt, weiß das!«

Zustimmendes Gemurmel erklang.

»Wir werden herausfinden, ob du die Wahrheit sprichst, Jalvaror Blavorr. Ich werde einen Krieger bestimmen, der an Ronguor Thorbjorns Stelle gegen dich antreten wird, einen Mann, der Thorbjorn sehr nahegestanden hat. Der Kampf wird über Schuld oder Unschuld entscheiden. – Elfraor Thorbjorn, tritt vor!«

In der Menschenansammlung entstand Bewegung, als sich ein großer, dunkelhaariger Mann mit breiten Schultern und muskulösen Armen einen Weg durch die Menge bahnte. »Ich stehe zur Verfügung, Jarl. Ronguor war mein Bruder, und ich bin bereit, an seiner Stelle gegen Jalvaror Blavorr zu kämpfen. Möge mir Odin einen starken Arm, Schnelligkeit und ein scharfes Auge schenken!«

»Ja, Elfraor Thorbjorn, du wirst für deinen Bruder kämpfen«, sagte Eliwagar. »Nimm also seinen Platz ein. Ihr beide kennt die Regeln. Jeder von euch hat drei Schilde. Wenn sie zerhauen sind, habt ihr nur noch das Schwert oder die Axt zur Verteidigung. Die Einhaselung zu verlassen, ist verboten. Das würde man als Flucht werten und dem Feigling ein unrühmliches Ende bescheren.«

Elfraor Thorbjorn schritt zu den drei Schilden und dem im Boden steckenden Schwert, nahm einen der Schilde und zog seine Axt aus der Schlaufe am Gürtel. »Ich bin bereit«, stieß er hervor.

»Dann kämpft!«, rief Eliwagar und setzte sich.

Die beiden Kontrahenten standen einander gegenüber und belauerten sich. Elfraor Thorbjorn war etwas größer als Jalvaror und in den Schultern auch breiter, und ihn beflügelte eine tödliche Leidenschaft, denn er gab Jalvaror die Schuld am Tod seines Bruders. Jalvaror wirkte kühl und besonnen, in seinen Augen lag eine steinerne Ruhe, seine Absichten wurden von keinerlei Emotionen gesteuert.

»Vergesst nicht das Ritual!«, rief König Harald. »Die Götter sollen über den Kampf wachen!«

Der Mann, der den Kampfteppich vorbereitet hatte, trat auf diesen, nahm die Beine auseinander, beugte sich weit nach vorn, schaute zwischen seinen Beinen hindurch hinauf zum Himmel, griff sich mit der rechten Hand ans Ohr und murmelte magische Worte. Dann gab er den Kampfplatz frei.

Langsam gingen die beiden Gegner aufeinander zu, den Arm mit der Axt angewinkelt, über den oberen Rand des Schilds hinweg den jeweils anderen beobachtend.

Urplötzlich vollführte Thorbjorn einen Ausfallschritt auf Jalvaror zu und versuchte, ihn mit dem Schild zu rammen. Gleichzeitig schlug er nach ihm.

Jalvaror setzte das linke Bein zurück und sicherte sich auf diese Weise festeren Stand, sodass er durch den Anprall kaum ins Wanken geriet. Dabei riss er den Schild über den Kopf, und die Schneide der gegnerischen Axt traf einen der Eisenbeschläge mit derartiger Wucht, dass Funken flogen.

Jalvaror schlug von der Seite her und hätte Thorbjorn an der Hüfte getroffen, wäre dieser nicht im letzten Moment zurückgesprungen. Doch Jalvaror setzte sofort nach. Es krachte trocken, als die Schilde gegeneinanderprallten. Thorbjorn schwang die Axt erneut von oben her, um Jalvaror den Schädel zu spalten, aber der warf sich zur Seite, und der Schlag verfehlte ihn.

Doch er geriet ins Straucheln, konnte das Gleichgewicht nicht bewahren und kniete schnell nieder, um einen Sturz zu verhindern. Er war für die Spanne zweier Atemzüge absolut mit sich beschäftigt, und diese Gelegenheit ließ sein Gegner nicht ungenutzt. Mit einem wilden, triumphierenden Aufschrei vollführte er einen langen Schritt, und seine Hand mit der Axt sauste erneut nach unten.

Jalvaror riss den rechten Arm hoch und fing den Hieb mit dem Stiel seiner Axt ab. Mit einem Ruck erhob er sich, stieß Thorbjorn zurück, beugte sich weit nach vorn, schlug nach den Beinen seines Gegners – und traf.

Mit einem Aufschrei brach Thorbjorn auf das zertrümmerte linke Knie nieder, und in dem Moment, als ihn der Schmerz überwältigte und ihm fast den Verstand raubte, durchschnitt ihm die Schneide von Jalvarors Axt den Kehlkopf. Blut sprudelte aus der klaffenden Wunde.

Dass er gleich sterben würde, schien Thorbjorn noch bewusst zu werden, denn seine weit aufgerissenen Augen zeigten blankes Entsetzen, bevor sein Oberkörper zur Seite kippte.

Ein Stöhnen ging durch die Rotte der Dorfbewohner und Soldaten, die den Kampf verfolgt hatten. Der war für alle überraschend schnell entschieden worden.

Jalvaror wandte sich den Plätzen des Jarls und des Königs zu. Hoch aufgerichtet stand er da, während Thorbjorns Blut von der Klinge seiner Axt tropfte. »Ich habe die Wahrheit gesprochen. Die Götter bestätigen es.«

»Ja, es sieht ganz danach aus«, antwortete Eliwagar widerwillig.

»Dann hast du auch sicher nichts dagegen, Jarl Eliwagar, wenn ich noch in dieser Stunde aufbreche, um vor der Küste Jütlands auf Asbjorn Erikssons Rückkehr zu warten.«

»Bring ihn mir, Jalvaror Blavorr, und bring die Tochter des englischen Lords. Andernfalls …«

Die unausgesprochene Drohung brachte Jalvarors Blut zum Sieden, und er hatte Mühe, den hochschießenden Hass zu kontrollieren und seine Axt nicht nach dem Jarl zu schleudern, um dessen Mund ein grimmighöhnisches Grinsen spielte.

Von der Kuppe einer flachen Anhöhe aus konnten Elinor und ihre Begleiter den Strand sehen. Zwei der Schiffe, die sie zurückgelassen hatten, waren nur noch ausgebrannte Wracks. Die anderen beiden schwammen mit eingeholten Segeln weit draußen auf dem Meer.

»Die Soldaten aus Winchester waren hier«, presste Elinor hervor, »aber wie es scheint, konnten sich unsere Leute mit zwei Schiffen in Sicherheit bringen. Warten wir die Dunkelheit ab, dann zünden wir Feuer an, um ihnen zu signalisieren, dass sie uns holen sollen.«

»Ich glaube nicht«, murrte einer der Krieger, »dass die Soldaten verschwunden sind.« Während er sprach, sah sich der Mann um. Hügel und Wald boten selbst einer Abteilung berittener Krieger genug Möglichkeiten, sich zu verbergen. »Sie warten wahrscheinlich nur darauf, dass wir uns zum Strand begeben, um uns dann niederzumachen.«

»Das müssen wir auf uns zukommen lassen«, meinte Elinor.

»Nein, das werden wir nicht!«, widersprach der Krieger. »Wir sind nach Wessex gesegelt, um hier Beute zu machen und viele Christen zu erschlagen. Jetzt sind die meisten von uns tot, unser Anführer wird in Winchester einen grausamen und ehrlosen Tod erleiden, und sobald wir uns auf den Strand wagen, sterben auch wir.« Er zeigte ein kantiges Grinsen, das mehr ein Zähnefletschen war. »Von jetzt an übernehme ich das Kommando, Elinor de Warenna. Die Götter haben mir einen Weg gewiesen, wie wir ohne weitere Verluste auf die Schiffe gelangen und ungeschoren nach Dänemark zurücksegeln können.«

Elinor begriff. »Du willst Verrat an Asbjorn Eriksson begehen, dem du die Treue geschworen hast!«

»Eriksson ist so gut wie tot«, versetzte der Krieger spöttisch, »und einen Toten kann man nicht mehr verraten. – Packt sie!«

Ehe Elinor sich versah, wurde sie zu Boden geworfen. Man drehte ihr die Arme auf den Rücken und fesselte ihr die Hände. Einer der Krieger wandte sich an jenen, der das Kommando an sich gerissen hatte: »Wir müssen mit den Briten Verhandlungen aufnehmen, Hakonsson.«

Ein anderer sagte: »In der Tat, diese Möglichkeit, unser aller Leben zu retten, muss dir wahrlich ein Gott eingeflüstert haben. Die Skalden werden Lieder über den Helden Bauger Hakonsson singen, und unsere Enkel werden noch von deiner Heldentat erzählen.«

Hakonssons Gesichtsausdruck verriet, dass er sich durchaus geschmeichelt fühlte, seine Züge nahmen aber einen bösen Ausdruck an, als Elinor fauchte: »Und ich werde dich verfluchen, Hakonsson, und Forseti* wird in seiner prächtigen Halle Glitnir über dich zu Gericht sitzen und dich für deinen niederträchtigen Verrat bestrafen!« Elinor zerrte an den Fesseln, doch dadurch schnitten die Schnüre nur tief in ihre Handgelenke.

Hakonsson beugte sich über sie und schlug ihr mit der flachen Hand ins Gesicht. »Sei still, elendes Weib! Wenn wir in Jütland sind, behalte ich dich als meine Sklavin. Und es wird ganz von dir selbst abhängen, ob es dir bei mir gut gehen wird oder nicht!«

Elinor kochte vor Wut, aber sie war absolut hilflos. Sie hatte Mühe, die Tränen zurückzuhalten, die ihr die eigene Ohnmacht in die Augen trieb.

Hakonsson rief zwei Namen, und als die Krieger vortraten, sagte er: »Geht mit einer weißen Fahne zum Strand.« Er wusste, dass die Briten die Bedeutung einer weißen Fahne kannten; schon die römischen Parlamentäre hatten sie benutzt, als sie vor vielen, vielen Generationen Britannien besetzt hatten. »Ich bin mir sicher, dass die Briten ebenfalls Unterhändler schicken. Sagt ihnen, dass wir freien Abzug fordern. Sollten sie ihn uns nicht gewähren, schneiden wir Elinor de Warenna die Kehle durch.«

---

* Gott der Gerechtigkeit, der gerechte Richter

Ein Stück heller, fast weißer Stoff, den man aus dem Hemd eines der Krieger herausriss, wurde an einen Speer gebunden, und mit dieser provisorischen Parlamentärsflagge schritten die beiden Krieger, die Hakonsson ausgewählt hatte, den sacht abfallenden Hang hinab zum Strand.

Westlich trieben fünf Reiter ihre Pferde aus den Hügeln und galoppierten heran. Das Wappen auf ihren Schildern wies sie als Soldaten von König Ethelred aus. Am Strand kreisten sie die beiden Nordmänner ein.

Es dauerte einige Zeit, dann verließ einer der von Hakonsson ausgesandten Unterhändler den Pulk und lief den Hügel hinauf, hinter dessen Kamm seine Gefährten warteten. »Sie wollen sich davon überzeugen, ob sich tatsächlich William de Warennas Tochter bei uns befindet«, berichtete er.

»Dann mögen zwei von ihnen herkommen und sich vergewissern, dass sie unsere Geisel ist«, versetzte Hakonsson.

Der Bote machte wieder kehrt.

Kurz darauf trieben zwei der Soldaten ihre Pferde den Hang empor. Die Nordmänner hatten Elinor auf die Beine gestellt. Die Reiter brachten ihre Pferde zum Stehen, und einer stieß ungläubig hervor: »Das soll Elinor de Warenna sein?« Er starrte die schmutzige und blutbesudelte junge Frau in der typischen Kleidung der Nordmänner an, und in seinem Blick lag unübersehbarer Zweifel.

»Ich bin es in der Tat«, erklärte Elinor in ihrer Sprache. »Mein Vater hat sich geweigert, das geforderte Lösegeld für mich zu zahlen, und nun gehöre ich zu Asbjorn Eriksson.«

»Mylady, Eure Geschichte hat die Runde in ganz Wessex gemacht. Euer Vater ist mit zwei Schiffen nach

Skandinavien gesegelt, um Euch aus den Händen der Barbaren zu befreien. Der König selbst hat ihm dazu geraten.«

»Mein Vater ist ...« Elinors Stimme versagte, sie schluckte. »Aber warum ...« Erneut brach ihre Stimme.

»Euer Vater konnte nicht zulassen, dass Dutzende, vielleicht Hunderte seiner Untertanen von den heidnischen Teufeln abgeschlachtet wurden, und so unterwarf er seine eigenen Belange dem Wohl seines Landes. Als die Bewohner seines Lehens jedoch nicht mehr gefährdet waren, begab er sich zum König und forderte von ihm die Erlaubnis, das Land zu verlassen und nach Euch zu suchen.«

»O mein Gott«, flüsterte Elinor ergriffen. »Das ... das konnte ich nicht ahnen ...« Dann wies sie mit dem Kinn auf Hakonsson und stieß hervor: »Glaubt diesem Mann kein Wort. Er hat nicht vor, mich laufen zu lassen, wenn ihr ihm und seinen Leuten freies Geleit gewährt. Er will mich in Dänemark zu seiner Sklavin machen.«

Einer der Nordmänner sprach zu Hakonsson, und der trat daraufhin hinter Elinor, legte ihr den linken Arm um den Oberkörper, drückte ihr die Schneide seiner Axt an die Kehle und grollte, wobei er die britannischen Soldaten wild anfunkelte: »Wie auch immer, euer König wird kaum Verständnis dafür aufbringen, wenn ihr ihren Tod herausfordert.«

»Was hat er gesagt?« Der Sprecher der Briten sah Elinor an, als er dies fragte, und sie übersetzte Hakonssons Drohung. Danach fügte sie hinzu: »Asbjorn Eriksson hat diese Expedition angeführt und wurde mit anderen Verwundeten wahrscheinlich nach Winchester gebracht. Sollte er hingerichtet werden, wird das auch mein Tod sein. Bestellt das Eurem König.«

Der britannische Soldat erklärte, dass er seinem Vorgesetzten die Forderung der Nordmänner überbringen würde. Elinor gab dies an Hakonsson weiter, und der knurrte: »Er soll die richtige Entscheidung treffen, Weib, sag ihm das. Andernfalls töten wir erst dich und anschließend viele von ihnen.«

Die beiden Reiter stoben davon, und wenig später galoppierten alle fünf zurück zwischen die Hügel, wo der Haupttrupp auf der Lauer gelegen hatte, um etwaige zurückkehrende Barbaren abzufangen.

»Du hast, als du mit ihm gesprochen hast, den Namen Asbjorn Eriksson genannt«, sagte Hakonsson, nachdem er die Hand mit der Axt sinken gelassen und Elinor zu Boden gestoßen hatte.

»Ich habe ihm gesagt, dass man mich töten wird, wenn sie ihn in Winchester hinrichten.«

»Glaubst du, er kommt, um dich zu retten, dummes Weib?«, höhnte Hakonsson. »Selbst wenn sie ihn nicht dem Henker überantworten, frei lassen sie ihn auf keinen Fall. Dann verrottet er eben in einem britannischen Kerker. Es spielt keine Rolle.«

Eine halbe Stunde später tauchten zwei Berittene auf.

»Jetzt wird sich entscheiden, ob du lebst oder stirbst«, sagte Hakonsson zu seiner Geisel.

»Wenn du mich tötest, werdet auch ihr hier am Strand sterben. Meinen Leichnam wird man zur Burg meines Vaters bringen, und ich werde ein christliches Begräbnis erhalten. Eure blutigen Überreste aber werden hier verrotten.«

Hakonsson trat vor sie hin und schlug ihr brutal die Faust ins Gesicht.

In Elinors Augen loderte grenzenloser Hass.

Asbjorns Lider flatterten und zuckten schließlich in die Höhe. Sein Blick war verschwommen, hoch über sich sah er nur milchiges Grau. Nach und nach stellte sich bei ihm die Erinnerung ein, und sein Bewusstsein begann, verworrene Bilder zu fabrizieren. Er kämpfte gegen britannische Soldaten, und rund um ihn wurden Männer reihenweise niedergemetzelt.

Er spürte einen stechenden Schmerz im Rücken und stöhnte laut. War er tot? Aber war das, was er sah, Walhall? Wo war die Pracht der Halle, wo waren die Schilde, aus denen ihr Dach bestand, wo die Speere, die als Dachsparren dienten?

Geräusche sickerten an Asbjorns Gehör. Es handelte sich um das Pochen von Hufen und das Rumpeln von Karren, um Quietschen und Klirren, und manchmal erklangen auch Stimmen. Er registrierte, dass der Boden unter ihm schaukelte, manchmal durchfuhr ihn ein harter Stoß, der heftige Schmerzen durch seinen Körper jagte – und er begriff, dass er auf einem rollenden Karren lag.

Asbjorn wollte sich bewegen, aber der stechende Schmerz zuckte bis unter seine Schädeldecke, und eine Welle der Benommenheit überschwemmte sein Bewusstsein.

Aber die Nebel in seinem Gehirn lichteten sich allmählich. Es gelang ihm, den Kopf etwas anzuheben, und er sah zwei Männer aus seiner Mannschaft auf der Ladefläche liegen. Einer starrte blicklos zum Himmel hinauf, der andere hielt die Augen geschlossen. Sie waren an Händen und Füßen gefesselt, so wie er selbst, wie er nun feststellte.

»He!«, stieß er hervor, und in die leeren Augen des einen Mannes kam etwas Leben.

Er richtete sogar den Oberkörper auf und sagte: »Wir hatten das Pech, Asbjorn, nicht im Kampf getötet zu werden. Nun sind wir Gefangene der Briten, und sie bringen uns nach Winchester, wo wir ehrlos sterben sollen.«

»Hast du eine Ahnung, ob Elinor lebt?«, fragte Asbjorn.

»Nein. Sie haben unsere Toten einfach liegen lassen. Es waren viele, sehr viele. Wahrscheinlich sind alle tot. Wenn Elinor nicht auf einem der anderen Fuhrwerke liegt, dann lebt sie sicherlich nicht mehr.«

»Sie war eine von uns«, murmelte Asbjorn mit schwacher Stimme. »Wenn sie im Kampf gefallen ist, dann haben die Walküren sie nach Asgard in die Burg Odins gebracht und sie ist nicht wirklich tot.«

Einer der britannischen Soldaten trieb sein Pferd neben das Fuhrwerk und schaute auf die drei Männer hinab, die auf der Ladefläche lagen. »Ich spreche ein wenig eure Sprache«, gab er zu verstehen. »Bevor ich in Wessex Soldat im Heer von König Ethelred wurde, lebte ich in East Anglia, das die Brüder Ragnarsson erobert haben. Ich war einige Zeit ihr Gefangener, doch mir gelang die Flucht. Gehört ihr zu dem großen heidnischen Heer, das Northumbria und East Anglia überrannt hat und das jetzt sein Unwesen in Mercia treibt?«

»Nein«, antwortete Asbjorn. »Wir sind auf eigene Faust von Dänemark aus nach Wessex gekommen. Würdest du einem Gefangenen eine Frage beantworten, Soldat, da du doch selbst einer warst?«

»Wenn ich dazu in der Lage bin.«

»Befindet sich unter den anderen Gefangenen eine junge Frau? Sie ist Britin, ihr Name ist Elinor.«

»Eine Frau? Nein. Wieso eine Britin?«

»Sind alle meine Gefährten bei dem Kampf gefallen?«, erkundigte sich Asbjorn, ohne auf die Frage des Soldaten einzugehen.

»Einer Handvoll ist die Flucht gelungen. Aber sie

kommen nicht weit. Dort, wo ihr eure Schiffe zurückgelassen habt, wartet eine ganze Abteilung Berittener. Deine Gefährten sterben entweder am Strand, oder man bringt auch sie nach Winchester, wo sie öffentlich gevierteilt werden, was auch euer Schicksal ist.«

Der Hoffnungsfunke, dass Elinor überlebt hatte, begann in Asbjorn zu glimmen, aber die nagende Sorge um die geliebte Frau blieb. Ging die kleine Gruppe Überlebender am Strand in die Falle der königlichen Soldaten, würden auch die letzten seiner Männer fallen und mit ihnen Elinor, die sich dazu entschieden hatte, als Schildmaid mit ihm nach Wessex zu segeln, zu kämpfen und – zu sterben.

»Odin«, murmelte er, »ich fürchte den Tod nicht. Aber ich bitte dich, lass nicht zu, dass auch Elinor ihr Leben verliert …«

Der andere Gefangene stieß hervor: »Du bist diesem Weib verfallen, und das war unser Fluch. Du hättest sie nicht mitnehmen dürfen, denn sie ist eine Christin, und die Götter haben dich bestraft, weil du ihr die Freiheit geschenkt und sie zu einer von uns erhoben hast. Damit hast du die Götter herausgefordert, ihren Zorn entfacht, und alle, die sich dir angeschlossen haben, müssen dafür büßen.«

»Ihr Gott ist Odin«, entgegnete Asbjorn. »Es war kein Frevel, sondern Odins Wille, dass ich sie am Leben gelassen und ihr die Freiheit geschenkt habe.«

»Sie ist eine Hexe!«, versetzte der Mann gehässig. »Wir sind ihrem Schadenzauber zum Opfer gefallen. Sie hat dich mit ihrer Schönheit geblendet. Ihr ganzes Handeln war nur darauf gerichtet, es dir zu vergelten, dass du ihren Bruder erschlagen und sie entführt hast. Du hättest auch sie erschlagen sollen, dann wäre uns vieles erspart geblieben.«

Tags darauf erreichten sie Winchester. Römer hatten die Stadt gegründet, und die Sachsen hatten sie mit einer hölzernen Wehrbarrikade und einem tiefen umlaufenden Graben gesichert.

Man brachte die Gefangenen ins Verlies eines großen Gebäudes aus Stein, wo sie angekettet wurden. Es waren insgesamt dreizehn Nordmänner. Ihre Wunden waren verbunden worden, doch nun lagen sie auf fauligem Stroh. Einige Tonkrüge mit brackigem Wasser standen herum, das die durstigen Gefangenen gierig tranken.

Das Gewölbe, in dem sie sich befanden, war etwas über mannshoch. Die Wände waren feucht, in den Ecken hingen verstaubte Spinnennetze. Es roch nach Moder, Schimmel und Exkrementen. Asbjorn hatte das Gefühl, in diesem trostlosen Verlies lebendig begraben zu sein.

Die Wunde in seinem Rücken schmerzte, und ihn fröstelte es, denn es war kühl in dem Gefängnis. Niemand sprach. Die Männer waren erschöpft und vom Blutverlust geschwächt, und sie hatten auf dem Weg nach Winchester nur wenig Nahrung erhalten. Ihre Gesichter waren hohlwangig, die fiebrigen, entzündeten Augen lagen in tiefen dunklen Höhlen, die Lippen waren trocken und rissig.

Zudem wühlte das Wissen in ihnen, dass sie einen kläglichen, wenig ehrenvollen Tod sterben sollten, und es zermürbte sie, dass ihnen Walhall verschlossen bleiben würde. Sie würden nicht an Odins Tafel den Met aus dem Euter der Ziege Heidrun trinken, nicht das Fleisch des Ebers Saehrimnir speisen und den Liedern Bragis lauschen. Ragnarök, der letzte große Kampf am Ende aller Zeiten gegen das Heer des Feuerriesen Surt, würde ohne sie stattfinden. Diese Aussicht war schlimmer als der Tod.

»Was meint Ihr, Lord de Warenna«, sagte Jarl Eliwagar mit einem aufgesetzten Lächeln um den Mund, »würde Ethelred einem Friedensangebot des Königreichs Norwegen zustimmen?«

Sie befanden sich in der Halle von Eliwagars Haus, saßen an der Tafel, aßen gebratenes Wildschweinfleisch und tranken dazu Met. Auch Eliwagars Weib und seine beiden Söhne waren anwesend, während es König Harald vorzog, mit seinem Stab allein zu speisen.

»Warum nicht?«, antwortete de Warenna. »Er ist ein sehr gemäßigter Herrscher, der sich auf die Verteidigung seines Reichs beschränkt und nie ambitioniert war, irgendwelche Eroberungskriege zu führen. Ja, ich denke, Ethelred wäre bereit, einen Friedensvertrag zu unterzeichnen, wenn er die Garantie bekäme, dass kein Nordmann jemals wieder seine Hände nach Wessex ausstreckt.«

»Es soll große Flächen ungenutzten Landes in Wessex geben«, sagte Eliwagar. »Fruchtbares Land. König Ethelred könnte doch nichts dagegen haben, dass Siedler aus Norwegen dieses Land bewirtschaften, wenn sie Steuern zahlen und dem Reich so einen wirtschaftlichen Aufschwung verschaffen.«

»Auch darüber würde der König wohl mit sich reden lassen«, meinte de Warenna und trank einen Schluck Met. »Die Frage ist aber, ob König Harald Interesse an einem solchen Vertrag hat«, gab er zu bedenken, nachdem er den Krug wieder abgesetzt hatte. »Im Moment ist sein oberstes Bestreben, Norwegen unter seiner Herrschaft zu einen. Täglich kommen junge Leute in den Hardangerfjord, die seinem landesweiten Aufruf folgen und sich seiner Streitmacht anschließen. Er braucht sie für seinen Krieg und kann sie nicht nach Wessex schicken, damit sie dort Landwirtschaft und Viehzucht betreiben.«

»Ob sich Haralds Bestreben eines Tages auszahlt, ist fraglich«, grummelte Meldun Eliwagar. »In all den Provinzen, die er erobert hat, brodelt und gärt es wie in einem Vulkan. Die Menschen, die er unter seine Herrschaft gezwungen hat, sind unzufrieden, und irgendwann wird es zum Aufstand kommen. Zugleich plündern, brandschatzen und morden unsere Leute in Eurem Land, Lord de Warenna. Seid Ihr nicht der Meinung, dass man dem Einhalt gebieten sollte? Habt Ihr Euch noch nie vorgestellt, dass sich König Harald nicht nur um die Innenpolitik Norwegens kümmern, sondern auch außenpolitisch tätig sein und Beziehungen knüpfen sollte? Beziehungen mit Britannien, den fränkischen Königreichen und, und, und?«

»Harald hat seine Berater«, entgegnete de Warenna. »Mit ihrer Unterstützung wird er den Weg gehen, den er für den richtigen hält. Meine Mission in Norwegen hat keinen politischen Hintergrund. Selbst wenn Ethelred bereit wäre, Frieden zu schließen und Teile seines Landes für die Besiedlung freigäbe, bleibt die Frage, ob Harald einen solchen Friedensvertrag überhaupt möchte.«

»Wenn ein vernünftiger Mann auf dem Thron Norwegens säße, wäre ein solcher Friede sicherlich greifbar«, ließ Eliwagar verlauten, dann aber zuckte er mit den Schultern. »Doch Harald ist jung, eine Nachfolge ist nicht absehbar. Also … sprechen wir nicht weiter darüber.«

»Die Frage nach einer Nachfolge kann sich jedoch sehr schnell stellen«, mischte sich Eliwagars Weib ein. »Denn gegen feindliche Schwerter, Äxte, Lanzen und Pfeile ist auch ein König nicht gefeit, wenn er seine Krieger in den Kampf führt. In diesem Falle sollte sehr schnell ein geeigneter Mann den Thron besteigen, wenn das Land nicht in Chaos versinken soll.«

»Da mögt Ihr recht haben, Mylady«, pflichtete de Warenna ihr bei, und mit einem süffisanten Grinsen fügte er hinzu: »Und an wen denkt Ihr dabei als König Haralds Nachfolger?«

Die Frau und Jarl Eliwagar wechselten einen bedeutungsvollen Blick.

De Warenna wurde schlagartig ernst und sagte mit harter Stimme: »Ich glaube Eure Gedanken zu erraten, Jarl Eliwagar. Doch ich muss Euch enttäuschen. Ich bin hier, um meine Tochter zu finden und sie nach Hause zu bringen. Auf keinen Fall will ich in Norwegen politisch tätig werden. Es würde unter Umständen diplomatische Verwicklungen geben, die Ethelred tunlichst vermeiden will. Dann würde er von mir Rechenschaft fordern, und ich kann es mir nicht leisten, bei meinem König in Ungnade zu fallen. Also bitte, Jarl, lasst mich bei Euren finsteren Plänen und Ränken aus dem Spiel.«

Kapitel 15

Sie sprachen kaum miteinander. Jeder der dreizehn Gefangenen war sich trotz der Anwesenheit der anderen seiner Einsamkeit bewusst. Hoffnungslosigkeit hatte sich in die Gemüter gefressen und führte bei einigen zu einer geradezu fatalistischen Gleichgültigkeit. Sie lebten noch, waren aber dennoch schon tot. Dabei war es nicht der Tod an sich, den sie fürchteten, es war das Sterben, das auf ganz besonders brutale und grausame Art geschehen sollte.

Sie sollten gevierteilt werden. Man würde sie mit Händen und Füßen zwischen vier Pferde oder Ochsen spannen und die Tiere dann antreiben. Dadurch wurden die Glieder ausgekugelt, Sehnen und Muskeln wurden überspannt und gaben schließlich nach, wodurch sich in der Regel zunächst ein Arm vom Rumpf trennte, dann der zweite und zum Schluss eins der Beine, sodass der Verurteilte in besagte vier Teile gerissen wurde. Durch den enormen Blutverlust kam dann das Ende schnell herbei.

Asbjorn wusste jedoch, dass diese bei den Briten äußerst beliebte Hinrichtungsmethode bis dahin entsetzlich lange andauern konnte.

Hin und wieder musste der Henker sogar nachhelfen, indem er mit dem Messer Sehnen und Muskeln des Opfers zerschnitt, damit das ausgekugelte Glied endlich abriss. Zumeist tat er dies aber erst, wenn der Verurteilte vor Schmerz das Bewusstsein verloren hatte, sodass es keinen Sinn mehr machte, ihn weiter zu foltern …

In dem Verlies war es fast finster. Lediglich durch zwei kleine Löcher in der Wand dicht unter der Decke, durch die gerade mal der Arm eines ausgewachsenen Mannes passte, sickerte etwas Tageslicht. Die Gefangenen konnten so wenigstens Tag und Nacht unterscheiden.

Seit drei Tagen saßen sie nun in diesem Loch. Zweimal täglich brachte man ihnen Mais- oder Hirsebrei, etwas trockenes Brot und Wasser. Asbjorns Wunde hatte sich nicht entzündet und begann, gut zu verheilen, und trotz des wenig nahrhaften Essens fühlte er, dass er langsam wieder zu Kräften kam.

Seine Gedanken kreisten um zwei Dinge. Das war einerseits Elinors Schicksal. Er war ihr vom ersten Moment an verfallen gewesen, schon nachdem er in das Zelt eingedrungen war und ihren Bruder erschlagen hatte. Hatte sie womöglich doch einen Zauber über ihn gelegt, der ihn davon abgehalten hatte, sie zu vergewaltigen und ihr dann die Kehle durchzuschneiden? Er konnte seine Gefühle für sie nicht in Worte fassen. Ihre Schönheit fesselte ihn, ihre Weiblichkeit erregte ihn. Zunächst hatte er in ihr nichts anderes als eine Beute gesehen, die er für sich beanspruchte, die er benutzen und irgendwann, wenn er sie satthatte, ablegen wollte wie einen zersplitterten Schild.

Das hatte sich geändert. Er, der Barbar, der im Frühling und im Herbst in seiner Heimat Felder und Äcker bestellte und im Sommer zum Plündern und Morden in irgendwelche fremde Länder segelte, hatte gelernt, die Christin, diese Fremde, zu respektieren – und sie schließlich zu lieben.

Jetzt lag ihr Schicksal für ihn in absoluter Dunkelheit, und die Ungewissheit nagte in ihm wie ein widerliches Wesen, das ihm in den Leib gekrochen war.

Er dachte aber auch an seine Familie. Ihm war in den letzten Tagen erst so richtig bewusst geworden, dass er nicht nur Meldun Eliwagar und König Harald verraten hatte, sondern auch die gesamte Blavorr-Sippe. Hatte Eliwagar sie für sein Verbrechen zahlen lassen? Dann lebten sie möglicherweise schon nicht mehr, oder sie waren versklavt worden. Der Gedanke ließ ihn schwermütig werden, und er kam zu dem Schluss, den Tod verdient zu haben.

Er war bereit, für die Schuld, die er auf sich geladen hatte, bei der es sich wahrscheinlich sogar um eine Blutschuld handelte, zu büßen.

Das vage, dämmrige Licht, das durch die beiden Wandlöcher in das Verlies sickerte, verriet Asbjorn, dass es Tag wurde. Hinter ihm lag wieder eine unruhige Nacht voll quälender Gedanken. Sobald ihn der Schlaf übermannt hatte, hatten die Albträume begonnen; Gesichter, vom Schmerz verzerrt, Augen, die ihn voller Hass angestarrt hatten … Es waren die Gesichter und Augen von Arnorr Blavorr und Myrun, seinen Zieheltern, und die von Jalvaror, Dagrun und ihren Kindern …

Tonnenschwer lasteten die Schuldgefühle auf Asbjorn und drohten ihn zu erdrücken.

Schemenhaft konnte er die am Boden liegenden Gestalten seiner Gefährten wahrnehmen. Der Gestank war bestialisch, denn die beiden Löcher reichten nicht aus für einen Austausch der verbrauchten Luft mit frischer, aber Asbjorn registrierte es nur noch unterbewusst.

Ein Klirren an der Tür verriet, dass die Wächter gekommen waren, um ihnen wieder schmutzige Schalen mit Brei sowie schimmeliges Brot und Wasser zu bringen. Quietschend und knarrend schwang die schwere, mit Eisenbändern beschlagene Tür aus Eichenholz auf. Vier Wachen, mit Lanzen und Schwertern bewaffnet, traten in den Kerker. Ihnen folgten einige Knechte, die das Essen brachten und an die Gefangenen verteilten.

Einer der Wächter rief: »Wer von euch ist Asbjorn Eriksson?«

Der Gerufene gab sich zu erkennen. Der Wächter gab zweien seiner Kameraden einen Wink. Sie gingen zu Asbjorn und nahmen ihm die Ketten ab. »Steh auf!«

Asbjorn erhob sich ächzend. Die Ketten hatten es ihm nicht ermöglicht aufzustehen, und als er dies nun tat, schmerzten seine Gelenke, und auch von der Wunde in seinem Rücken strahlte ein ziehender Schmerz aus.

»Odin ist an deiner Seite, Asbjorn!«, rief einer der Gefangenen. »Ertrage die Qual tapfer und ohne Klagen, dann holen dich die Walküren vielleicht doch nach Walhall. Sei also stark!«

»Gehen wir!«, sagte einer der Soldaten und stieß Asbjorn vor sich her.

»Wir sehen uns in Walhall, Asbjorn!«, rief ein anderer Gefangener.

»Ihr dreckigen Heiden werdet in der Hölle schmoren!«, blaffte einer der Wächter.

Asbjorn wurde eine steinerne Treppe hinaufgetrieben. Als sie ins Freie traten, blendete ihn das Tageslicht, und er schloss für einen Moment die Augen.

Er war sich sicher, zum Hinrichtungsplatz geführt zu werden, und dennoch ging er aufrecht, denn er war der unumstößlichen Überzeugung, den Tod verdient zu haben, und er verspürte das geradezu euphorische Gefühl, durch seinen gewiss schmerzhaften Tod etwas von seiner erdrückenden Schuld abtragen zu können.

Man brachte ihn zu der Festung und dort in einen Raum, zehn mal zehn Schritte groß. Die aus Quadern errichteten Wände waren kahl. Auf einem großen Tisch brannten einige Talglichter, und drei Stühle standen dahinter. Hinter dem Tisch mit den Stühlen befand sich eine Tür, die eine Weile später aufgezogen wurde und durch die drei Männer traten. Zwei von ihnen waren deutlich über fünfzig Jahre, grauhaarig und mit langen Bärten. Die beiden trugen braune Kutten, und vor der Brust eines jeden baumelte ein handtellergroßes Kruzifix.

Der dritte hingegen war ungefähr Mitte dreißig, dunkelhaarig, sein Bart war kurz, und bekleidet war er mit einem knöchellangen Mantel von dunkelblauer Farbe, der am Kragen, an den Ärmeln sowie am Saum mit weißen Pelzen verbrämt und mit goldenen und silbernen Fäden bestickt war. Auf seinem Kopf saß eine eiserne Krone. Er nahm auf dem mittleren der drei Stühle Platz, und erst, als er saß, ließen sich auch die beiden Grauhaarigen nieder.

Die Wächter, die Asbjorn hergebracht hatten, sanken aufs Knie, und der Gefangene ahnte, wen er vor sich hatte.

»Auf die Knie, Barbar!«, fauchte einer der Grauhaarigen in Asbjorns Sprache. »Du hast Seiner Majestät König Ethelred von Wessex vor dir und ihm den gebotenen Respekt zu erweisen!«

»Ethelred ist nicht mein König. Mögen die, über die er herrscht, vor ihm auf den Knien rutschen.« Mit trotzigem Blick starrte Asbjorn dem König entgegen, der wiederum ihn interessiert beäugte. »In Norwegen bin ich ein freier Mann!«

»Dies ist nicht Norwegen«, erklärte der Grauhaarige, dann sprach er mit dem König. Der sagte etwas, woraufhin sich der Grauhaarige wieder an Asbjorn wandte. »König Ethelred meint, dass man dir deinen Stolz lassen soll. Er legt keinen Wert auf die Ehrerbietung eines heidnischen Barbaren. – Uns hat die Kunde erreicht, dass sich in deinem Gefolge die Tochter eines unserer Lehnsherrn befunden hat. Du weißt sicher, von wem die Rede ist.«

Asbjorn verspürte einen Stich in der Brust. »Ihr sprecht von Elinor«, stieß er hervor. »Bitte sagt mir, was aus ihr wurde. Lebt sie? Ist sie in Sicherheit?«

»Die Überlebenden deiner Barbarenhorde haben mit ihrer Person freien Abzug erpresst. Sie sind mit zwei Drachenbooten auf dem Weg nach Norwegen.«

»Sie lebt also!«, entfuhr es Asbjorn. »Odin hat mein Flehen erhört. Wäre ich frei, würde ich ihm ein Dankopfer bringen.« Dass die beiden Schiffe nicht nach Norwegen, sondern nach Dänemark segelten, erwähnte er nicht. Es spielte für den König und die beiden Priester, sicherlich zwei seiner engsten Vertrauten, keine Rolle.

»Du betest den falschen Gott an, Barbar. Und wie es aussieht, ist es dir sogar gelungen, Elinor vom Glauben an die Heilige Dreifaltigkeit abzubringen.«

»Ihr Gott hat Elinor nicht geholfen«, versetzte Asbjorn. »Er und ihr Vater überließen sie ihrem Schicksal, so wie auch euer Gott den eigenen Sohn dem Kreuz überließ. Der Gott, an den sie einst glaubte, und dieser Jesus Christus, der Sohn, den er im Stich ließ, und der dritte im Bunde, dieser Geist, den ihr Christen als Taube darstellt … sie alle sind schwach und unzuverlässig. Odin und die Asen aber sind stark, und während sie die Menschen überdauern, um nach ihnen in den letzten Kampf zu ziehen, sterben eure Gottheiten zusammen mit den Menschen, von denen sie angebetet werden, da sie nur in deren Vorstellung existieren.«

»Für diese Aussage müsste man dich auf dem Scheiterhaufen verbrennen, elender Heide!«, knirschte der Priester.

»Tut es. Ich werde nicht klagen.«

Der Kleriker winkte ungeduldig ab. »Stimmt es, dass Elinor de Warenna als Schildmaid mit dir in unser Land gekommen ist, um zu brandschatzen, zu plündern und zu morden?«

»Ja, sie ist eine von uns geworden.«

Der Priester sprach wieder zu Ethelred. Der hörte mit reglosem Gesicht zu, und als der Grauhaarige geendet hatte, sagte er: »Wahrscheinlich hat man sie gezwungen, unserem Glauben abzuschwören und einen Schild sowie eine Waffe zu nehmen und sie gegen ihre Glaubensbrüder einzusetzen. Sagt ihm, Priester, er möge sich besser nicht darauf verlassen, dass sich Elinor de Warenna in Sicherheit befindet.

Lasst ihn nicht im Unklaren darüber, dass sie von seinen Leuten als Geisel benutzt wurde, dass man sie auch weiterhin als solche missbrauchen wird und dass der Mann, der das Kommando über den Rest seiner Horde übernommen hat, sie zu seiner Sklavin machen will.«

Der Priester übersetzte. Asbjorn musterte ihn zweifelnd. Unglauben prägte jeden Zug seines Gesichts.

»Bestimmt weißt du auch nicht«, fuhr der Kleriker fort, »dass William de Warenna nach Norwegen gesegelt ist, um seine Tochter aus euren schmutzigen Händen zu befreien. Wir werden mit deiner Hinrichtung warten, bis er aus Skandinavien zurückkehrt. Vielleicht gelingt es ihm ja, Elinor de Warenna zu befreien, dann werden wir dich am Tag ihrer Rückkehr nach Britannien vierteilen. Wenn nicht, können wir sie möglicherweise gegen dich austauschen. Dass man dir das Kommando über vier Schiffe übertragen hat, sagt uns, dass du kein unwichtiger Mann bei deinem Volk bist.«

Asbjorn unterließ es, den dreien zu erzählen, dass er bei seinem Volk wahrscheinlich als Verräter galt und für vogelfrei erklärt worden war. Auch Jarl Persson von Jütland würde seinetwegen mit Sicherheit keinem Gefangenenaustausch zustimmen. Im Gegenteil, er würde toben vor Wut, weil er, Asbjorn Eriksson, zwei Schiffe verloren hatte und die beiden anderen ohne die erhofften Schätze zurückkehrten. Und da Elinor zu ihm, Asbjorn, gehörte, würde er sie möglicherweise dafür zur Rechenschaft ziehen.

Er konnte ja nicht ahnen, dass Jarl Persson tot war. Er hatte keinerlei Ahnung, was sich während seiner Abwesenheit in Skandinavien zugetragen hatte.

Dass man die Rückkehr de Warennas abwarten wollte, verschaffte ihm jedoch eine Galgenfrist. Und solange ein Funke Leben in ihm war, würde er alles daransetzen, den Briten zu entkommen.

Ein Streifen der Hoffnung zeichnete sich für ihn am pechschwarzen Horizont ab.

»Warum lässt du König Harald nicht einfach von einem Bogenschützen aus dem Hinterhalt töten?«, fragte Ragnhild Eliwagar, die Gattin des Jarls. Sie lagen auf ihrem Lager. Im Raum war es finster, es herrschte Stille, denn auch im Dorf hatte man sich zur Ruhe begeben. »Man würde sich sofort für einen Nachfolger entscheiden müssen, und der Einzige, der dafür infrage käme, bist du. Warum zögerst du?«

»Ich habe de Warenna tiefe Einblicke in meine Wünsche und Absichten gewährt«, antwortete Meldun Eliwagar. »Er würde sofort den richtigen Schluss ziehen und ganz sicher sein Wissen preisgeben. Dann wählen sie mich nicht zum König, sondern schneiden mir den Blutadler in den Rücken. Nein, Weib, ich muss warten, bis de Warenna das Land wieder verlassen hat. Dann wird sich eine Gelegenheit ergeben, ich werde mich zum König ausrufen lassen, und du wirst Königin von Norwegen sein.«

»Das kann noch dauern.«

»Ich hoffe, dass Jalvaror Blavorr den Verräter Eriksson abfangen wird und mit ihm de Warennas Tochter in den Hardangerfjord bringt. De Warenna wird dann unverzüglich nach Britannien zurücksegeln. Es ist nur eine Frage der Zeit.«

»Und wenn Jalvaror Blavorr die junge Britin nicht zurückbringt?«

»Dann hat de Warenna zwei Möglichkeiten. Entweder er macht sich selbst wieder auf die Suche nach ihr, oder er gibt auf und kehrt zurück nach Wessex. Im Hardangerfjord wird er ganz sicher nicht bleiben.«

»Wenn Ronguor Thorbjorn nicht gewesen wäre, hättest du nie erfahren, dass Asbjorn Eriksson möglicherweise nach Dänemark geflohen ist. Jalvaror Blavorr jedenfalls wollte es dir verschweigen. Wenn es ihm gelingt, den Verräter bis zum letzten Tag des Heuert an dich auszuliefern, willst du ihn dann tatsächlich straffrei ausgehen lassen, nachdem er dich so schändlich hintergehen wollte?«

»Warum fragst du das?«

»Nach allem, was geschehen ist, wirst du von der Blavorr-Sippe keine Treue mehr erwarten können. Im Sognefjord, wo sie leben und wo wir lebten, ehe du hier im Hardangerfjord Jarl von Hordaland geworden bist, werden sie deine Autorität untergraben und die Einwohner möglicherweise sogar gegen dich aufwiegeln.«

»Das wäre ein todeswürdiges Verbrechen!«

»Wer soll sie anklagen, wenn du Opfer ihrer Intrigen geworden bist? Und sei versichert, dass sie vor deiner Familie nicht haltmachen werden.«

»Was willst du mir sagen, Weib?«

»Sie könnten zum Stolperstein auf deinem Weg zum Königsthron werden.«

»Mmh«, brummte Meldun Eliwagar, »du bringst mich zum Grübeln, Ragnhildr. Ich sehe es schon, du denkst weit voraus, weiter als ich. Ich werde vielleicht morgen die Seherin befragen.«

»Das wäre ein Fehler«, sagte seine Frau. »Es könnte vielleicht sogar ein tödlicher Fehler sein, denn wenn du gegen Jalvaror Blavorr und seine Sippe vorgehen müsstest, und sie hätte dich zuvor vor ihm und seiner Familie gewarnt, könnte dies dich und deine politischen Ambitionen entlarven. Sprich lieber mit Nikulas Thorbjorn. Seine Brüder sind tot, den einen hat Jalvaror Blavorr im Kampf erschlagen, der andere wurde in der Nacht vor dem Holmgang meuchlings ermordet. Nikulas Thorbjorn ist ganz gewiss nicht gut auf Jalvaror Blavorr zu sprechen, und sicherlich lässt sich sein Hass auf alle Blavorrs übertragen.«

»Die Thorbjorns sind eine große Sippe …«, murmelte Meldun Eliwagar. »Ja, du magst recht haben, Ragnhild. Nikulas Thorbjorn könnte der richtige Mann sein, um mir den Weg zur Macht zu ebnen. Ich will gleich morgen mit ihm sprechen.«

Unheilvolle Pläne begannen, in Eliwagars Kopf Form anzunehmen, und schließlich glaubte er zu wissen, was zu tun war.

»Du hast mir den richtigen Weg gewiesen, Ragnhild«, murmelte er. »Du wirst die erste Frau im geeinten Königreich Norwegen sein.«

»Noch lange wird man deinen Namen kennen, Meldun«, war Ragnhild Eliwagar überzeugt. »Du bist von den Göttern auserwählt …«

Gunnarr Grimmsson legte mit seinen Schiffen bei dem Dorf Hvolris an. Er und eine kleine Gruppe, unter ihnen seine Söhne, gingen von Bord, und eine Abordnung aus dem Dorf von fünf älteren Männern näherte sich ihnen. Etwas entfernt hatten sich die übrigen Einwohner der Siedlung eingefunden. Sie hatten die Anlegemanöver der verschiedenen Schiffe beobachtet, und nun galt ihr Augenmerk dem, was sich auf dem breiten hölzernen Landungssteg abspielte. Dabei wirkten sie bedrückt und äußerst ernst.

»Seid gegrüßt«, sagte einer der Männer aus dem Dorf, nachdem die kleine Gruppe vor Grimmsson und seinen Begleitern stehen geblieben war. Jedem der fünf Alten war die Unsicherheit anzumerken; offensichtlich fühlte sich keiner von ihnen wohl in seiner Haut.

»Was gibt es?«, fragte Grimmsson, dem das seltsame Benehmen der Leute nicht entging, und wenig erfreuliche Ahnungen befielen ihn. »Waren etwa Schiffe aus Norwegen hier? Schiffe von König Harald?«

»Es ist viel geschehen während deiner Abwesenheit, Grimmsson«, begann der Sprecher der Gruppe vorsichtig, und er schien seine nächsten Worte erst im Kopf zu formulieren, ehe er fortfuhr. »Ein Norweger namens Jalvaror Blavorr war mit drei Schiffen hier. Er und seine Männer sind nach Vibjerg marschiert, und dort hat ein Kampf mit den Kriegern des Jarls stattgefunden.«

»Wie ist der Kampf ausgegangen?«

»Blavorr hat ihn für sich entschieden. Der Jarl und seine Söhne sind tot. Sie wurden hingerichtet und dies aufgrund der Aussage … deiner Frau.«

Grimmssons Miene verfinsterte sich. »Was hatte meine Frau damit zu tun?«

»Ich ... es ging wohl um eine Behauptung des Jarls, die sie ihm widerlegte. Blavorr ließ daraufhin dessen Söhne enthaupten, Persson selbst ließ er an den Beinen aufhängen und ihm die Kehle durchschneiden. Und nachdem Blavorr mit seiner Mannschaft abgezogen war ...«, die Stimme des Mannes hatte zu zittern begonnen, »... bekamen deine Familie und deine Sippe die Wut der Untertanen des Jarls zu spüren.«

»Was hat man ihnen angetan?«, entrang es sich Grimmsson atemlos. Der Ausdruck in den Gesichtern der fünf Alten ließ das Schlimmste erwarten.

»Sie ... sie haben sie umgebracht und ihre Häuser niedergebrannt.«

Gunnarr Grimmssons Gesicht verwandelte sich von einer Maske sprachloser Ungläubigkeit in eine bleiche Grimasse grenzenlosen inneren Schmerzes. Ein Atemzug lähmenden Entsetzens entrang sich seiner Brust, dann stieß er hervor: »Sie haben sie *umgebracht!* Bei Odin! Und ...«

Das endgültige Begreifen ließ seine Stimme brechen, und in den Tiefen seiner Augen zeigte sich ein Feuer, wie es nur dämonischer Hass erzeugen kann.

Einer seiner Söhne stieß entsetzt hervor: »Alle? Haben sie *alle* ermordet? Auch die Frauen und Kinder?«

»Alle«, murmelte der Alte. »Ihre Leichen haben sie hinausgefahren in den Wald und sie dort für die wilden Tiere zum Fraß abgelegt.«

Sie standen wie erstarrt, während der Schreck in langen, heißen Wogen durch ihre Adern pulsierte. Schließlich aber hatten Grimmsson und seine Söhne die schreckliche Nachricht verarbeitet, und Grimmsson sagte mit erzwungener, geradezu unheimlicher Ruhe: »Es ist gut. Ihr könnt nichts dafür. Geht zurück zu euren Leuten.«

Sie beeilten sich, wegzukommen, während Gunnarr Grimmsson leise zu seinen Söhnen und den vier anderen Männern der kleinen Gruppe sagte: »Die Bluttat schreit nach Rache. Doch in der Mannschaft befinden sich Krieger aus Vibjerg. Wir müssen verhindern, dass sie uns in den Rücken fallen, wenn wir den Ort angreifen. Sprecht mit unseren Männern, sagt ihnen, dass ich während des Fußwegs nach Süden das Kommando geben werde, die Dänen niederzumachen, und das hat dann unverzüglich zu geschehen, um sie zu überrumpeln. Keiner darf am Leben bleiben.«

Auch die Mannschaften gingen von Bord. Die Krieger formierten sich, und Gunnarr Grimmsson befahl den Abmarsch. Sein ganzes Denken, Fühlen und Handeln war nur noch auf blutige Vergeltung ausgerichtet. Sein Herz war kalt und tot, und er kannte nur noch ein Ziel: die Vernichtung jener, die seine Familie und seine Sippe ausgelöscht hatten. Hass pulsierte durch seine Blutbahnen wie ein tödliches Fieber …

Am Horizont, in rauchiger Ferne, wo Himmel und Ozean zu verschmelzen schienen, zeigten sich zwei schwarze Punkte.

Ein Mann stand am Bug des Drachenschiffes, das zusammen mit zwei weiteren Booten nicht weit vor der Westküste Jütlands ankerte. »Zwei Schiffe nähern sich von Westen!«, rief er über die Schulter. »Einzelheiten sind noch nicht zu erkennen, aber es sind ebenfalls Drachenboote!«

Jalvaror, der auf einer Truhe saß, erhob sich, ging zum Bug und beschattete mit der flachen Hand die Augen, denn die Sonne stand im Südwesten und blendete ihn. »Asbjorn ist mit *vier* Schiffen nach Wessex gesegelt«, murmelte er.

»Vielleicht tauchen die beiden anderen noch auf«, meinte der Mann, der die Schiffe zuerst wahrgenommen hatte. »Oder er hat zwei Boote verloren.«

»Das wird sich zeigen.« Jalvaror drehte sich um und rief: »Zwei Schiffe nähern sich uns!« Dann kommandierte er: »Anker einholen, an die Ruder! Signalisiert es den beiden anderen Schiffen. Wir schneiden ihnen den Weg ab, und sobald die Boote auf uns treffen, nehmen wir sie zwischen uns. Ich weiß nicht, ob es zum Kampf kommen wird, doch macht euch darauf gefasst.«

Die beiden Schiffe glitten schnell näher, denn der Wind stand für sie günstig, wehte von Westen und blähte die Segel.

»Rudert!«, rief Jalvaror, als die Schiffe bis auf etwa tausend Klafter heran waren.

Schließlich erkannte Jalvaror eines der Boote als jenes, mit dem Asbjorn auf dem Weg von Wessex nach Norwegen während des Sturmes die Flucht ergriffen hatte, und eine geradezu überwältigende grimmige Genugtuung bemächtigte sich seiner.

»Es ist Asbjorns Schiff!«, rief er. »Die Götter sind mit uns!«

Den beiden Drachenbooten wurde der Weg zur Küste abgeschnitten, und Bauger Hakonsson, der in Wessex das Kommando übernommen hatte, war ratlos. Er hatte keine Ahnung, ob man ihm und seinen Leuten auf den drei Booten freundlich oder feindlich gesinnt war, und so gab er den Befehl, die Segel einzuholen und sich zu bewaffnen, um für den Fall des Falles gewappnet zu sein.

Jalvarors Schiff fuhr längsseits an jenes heran, das er als das von Asbjorn identifiziert hatte. Schließlich lagen sich die Boote gegenüber und … Jalvarors Blick erfasste Elinor, die im Heck des Drachenboots stand und geradezu fassungslos zu ihm herüberstarrte.

Allerdings konnte Jalvaror nirgends seinen Ziehbruder ausmachen. Dafür erkannte er einige der Männer, die zu Asbjorns Mannschaft gehört und sich ihm offenbar angeschlossen hatten.

Einer rief: »Wer seid ihr, und warum haltet ihr uns auf?«

»Wo ist Asbjorn Eriksson?«, rief Jalvaror zurück. »Ich sehe ihn nirgends. Aber ich sehe Elinor de Warenna, wegen der Eriksson zum Verräter wurde.«

»Du bist also kein Freund von Asbjorn Eriksson«, erkannte Hakonsson. »Hast du ihn hier erwartet, um ihn zu töten?«

»Das überlasse ich dem Jarl von Hordaland und König Harald von Norwegen! Ich will Eriksson lediglich an sie ausliefern!«

»Du wirst ohne ihn zu dem Jarl und eurem König zurückkehren müssen. Eriksson hat uns in Wessex in eine Falle geführt, und wir haben drei Viertel unserer Krieger sowie zwei Schiffe verloren. Eriksson selbst wurde gefangen genommen und nach Winchester gebracht. Wahrscheinlich haben ihn die Briten schon hingerichtet.«

Daraufhin ließ Elinor ihre Stimme erklingen: »Er hat Asbjorn verraten, indem er mich als Geisel benutzt hat, um für sich und den Rest der Mannschaft freien Abzug zu erzwingen. Hakonsson will …«

»Bringt sie zum Schweigen!«, brüllte Hakonsson, und sofort stürzten sich zwei Krieger auf Elinor, rissen sie zu Boden, und einer trat ihr brutal gegen den Kopf. Elinor schrie gequält auf.

»Sie ist die Tochter eines britannischen Edelmanns!«, rief Hakonsson. »Eriksson hat sie zu seiner Hure gemacht und ihr sogar gestattet, als Schildmaid zu kämpfen. Doch sie hat uns nur Unglück beschwert, und die Götter haben Eriksson dafür bestraft, dass er die Christin auf eine Stufe mit freien Männern und Frauen stellen wollte! Uns traf die Strafe der Götter ebenfalls, weil wir mit ihm nach Wessex gesegelt sind. Nun ist die Christin meine Sklavin!«

»Ich komme an Bord«, erklärte Jalvaror.

Eine lange Planke wurde über die Bordwand geschoben, bis sie auf der des anderen Drachenboots auflag. Jalvaror gab einigen seiner Männer einen Wink, dann balancierte er geschickt über die schmale Brücke, und eine Handvoll Krieger folgte ihm. Misstrauisch wurden sie von Hakonsson und dessen Kriegern beobachtet.

Jalvaror trat vor Hakonsson hin. »Du wirst mir die Britin ausliefern«, erklärte er. »Und auf dieses Schiff erhebe ich ebenfalls Anspruch. Eriksson hat es gestohlen, und ich werde es seinem rechtmäßigen Besitzer, dem Jarl von Hordaland, zurückgeben!«

»Wer bist du, dass du dir anmaßt, solche Forderungen an mich zu stellen?«, knirschte Hakonsson.

»Mein Name ist Jalvaror Blavorr, und mein Auftrag lautet, Asbjorn Eriksson gefangen zu nehmen und ihn an Jarl Eliwagar auszuliefern. Außerdem habe ich mich verpflichtet, Elinor de Warenna ihrem Vater zurückzubringen.«

»Da habe ich auch ein Wort mitzureden!«, stieß Hakonsson hervor. »Dein Fehler, Blavorr, dass du auf mein Schiff gekommen bist, denn nun …«

Jalvaror fackelte nicht lange und spaltete Hakonsson mit der Axt die Stirn. Wie vom Blitz getroffen sank Hakonsson zu Boden.

»Norweger!«, rief Jalvaror, und er meinte jene Krieger, die sich zusammen mit Asbjorn nach Dänemark abgesetzt und die Tragödie in Wessex überlebt hatten. »Ich garantiere jedem von euch Straffreiheit, wenn ihr euch jetzt besinnt und auf meine Seite wechselt!«

Einer rief: »Die Dänen haben uns sowieso nur schamlos ausgenutzt. Wenn wir nicht nach Wessex gesegelt wären, um seine Habgier zu befriedigen, hätte uns Jarl Persson an König Harald ausgeliefert. Wir sind diesen hinterhältigen Hunden nichts schuldig. Erschlagt sie und werft sie ins Meer als Futter für die Fische!«

Das war es nicht, was Jalvaror beabsichtigt hatte, doch die norwegischen Krieger witterten die Gelegenheit, wieder in die Heimat zu ihren Familien zurückkehren zu dürfen, und stürzten sich bereits brüllend auf die Dänen. Sie machten sie brutal nieder, ehe diese wirklich begriffen, wie ihnen geschah.

Auf dem zweiten Schiff, das von Wessex gekommen war, befanden sich ausschließlich Krieger aus Jütland, und sie begriffen die Gefahr, in der sie schwebten. Befehle wurden gebrüllt und die Ruderbänke besetzt. Die entsetzten Dänen versuchten, das Schiff aus der Umklammerung durch die norwegischen Boote zu manövrieren, doch die Norweger reagierten augenblicklich, keilten es ein, und die Krieger sprangen ohne zu zögern über die Bordwände.

Ein heftiger Kampf entbrannte, doch der wurde schnell zu einem blutigen Massaker, als Jalvarors Männer schon nach kurzer Zeit die Oberhand gewannen. Sie brachten das Schiff unter ihre Kontrolle, und die wenigen Dänen, die noch lebten, wurden entwaffnet und gefesselt.

Jalvaror ging zu Elinor, setzte sich auf eine Kiste und sagte: »Berichte mir, was sich zugetragen hat. Ich will alles hören.«

Elinor setzte sich neben ihn und begann zu erzählen …

»Du bist also davon überzeugt, dass Asbjorn noch lebt«, murmelte Jalvaror, nachdem Elinor geendet hatte.

»Sie werden ihn nicht hinrichten, solange sie davon ausgehen müssen, dass ich mich als Geisel in der Hand seines Volkes befinde«, war Elinor überzeugt.

»Dann muss ich nach Winchester und versuchen, ihn zu befreien!« Sein unergründlicher Blick ruhte auf dem schönen Gesicht der Frau, das jedoch von Bauger Hakonssons brutalen Schlägen gezeichnet war. »Davon, dass ich ihn Meldun Eliwagar übergebe, hängt das Leben meiner ganzen Sippe ab. Dein Vater befindet sich im Hardangerfjord bei Eliwagar. Dort ist auch König Harald mit seinem Heer. Sie haben mit deinem Vater eine Art Frieden geschlossen. Ich kann dich allerdings nicht an deinen Vater übergeben. Denn du bist der Garant dafür, dass meine Familie leben darf.«

»Ich … verstehe«, murmelte Elinor. »Du musst also Asbjorn vor dem Henker … vor einem *britannischen* Henker bewahren, um ihn an einen norwegischen auszuliefern.«

»Er hat ein todeswürdiges Verbrechen begangen«, erklärte Jalvaror. »Wenn nicht er dafür büßt, lässt Eliwagar meine Sippe dafür büßen. Sie muss die Konsequenzen tragen für die Verbrechen jedes ihrer Mitglieder, wenn man denjenigen, der das Verbrechen verübt hat, nicht zur Rechenschaft ziehen kann. Es ist mir nicht möglich, Asbjorn zu helfen. Er hätte sich der Folgen seiner Tat bewusst sein müssen.«

»Er hat mir von Eliwagar erzählt. Er ist habgierig, heimtückisch und gehässig.«

»Mag sein. Aber er ist der Jarl. Und von ihm hängt das Wohl oder Wehe meiner Sippe ab. Asbjorn hat einen schwerwiegenden Fehler begangen und muss dafür geradestehen. Das ist Gesetz, so wollen es die Götter, so wird es geschehen.«

Kapitel 16

Die wenigen überlebenden Dänen wurden an Land gebracht und freigelassen. Jalvaror teilte die Mannschaft seiner drei Schiffe so auf, dass nun auch die beiden erbeuteten Boote ausreichend besetzt waren, und die kleine Flotte nahm Kurs nach Westen. Da sie gegen den Wind fuhren, wurden die riesigen Segel eingeholt und die Ruder eingesetzt.

Einige Zeit begleiteten sie noch Möwen, doch dann versank die Sonne hinter dem Horizont, und die kreischenden Vögel kehrten um. Wenig später kam die Nacht.

Elinor wusste, dass sie nach wie vor eine Gefangene war. Im Gegensatz zu Hakonsson behandelte Jalvaror sie jedoch anständig. Sie saß im Heck, hatte den Rücken gegen die Bordwand gelehnt, die Beine angezogen und die Fersen gegen die Planken gestemmt.

Das Firmament voller Sterne mutete unendlich an, und dennoch fragte sie sich, ob es nicht doch irgendwo ein Ende nahm. Elinor stellte sich vor, dass dort oben der Himmel war, wo Gott auf seinem Thron und Jesus Christus zu seiner Rechten saß. Heerscharen von Engeln befanden sich um sie herum, über ihnen schwebte die weiße Taube – der Heilige Geist.

Der Himmel!

War das nicht Asgard?, durchfuhr es Elinor. Und nicht der Christengott, sondern Odin thronte dort in seiner Burg Gladsheim. Von seinem Thron Hlidskialf überblickte er die neun Welten, und er war nicht von Engeln umgeben, sondern von den Walküren und gefallenen Helden, den Einherjern. Dort oben, der helle Schein, war das Bifröst, die Regenbogenbrücke, die Asgard mit Midgard, der Welt der Sterblichen, verband? Würde sie über diese Brücke gehen, irgendwann, wenn sie Midgard verließ? Würde Heimdall, der göttliche Bewacher der Brücke, sie passieren lassen?

Sie hatte dem Glauben an die Heilige Dreifaltigkeit abgeschworen. Sie hätte an Odin, Thor, Freya und all die anderen Götter Asbjorns glauben wollen. War das falsch? War das, was geschehen war, die Strafe dafür?

Ein geradezu schmerzlicher Zwiespalt war in Elinor aufgebrochen. Ihre Gedanken schweiften ab und konzentrierten sich auf ihren Vater. Er hatte sie nicht einfach abgeschrieben. Er stellte das Wohl seiner Untertanen über das ihre und … über sein eigenes. Je länger Elinor darüber nachdachte, umso klarer wurde ihr, wie schwer es für ihn gewesen sein musste, sich für die Menschen seines Landes und gegen sie und damit gegen sich selbst zu entscheiden.

Mehr und mehr brachte sie für ihn Verständnis auf. Aber konnte sie zu ihm zurückkehren und wieder das Leben eines Edelfräuleins führen? Sie sehnte sich nach Asbjorn Eriksson, den Heiden, den Barbaren. Man würde sie vielleicht gegen Asbjorn austauschen, doch es würde ihm weder die Freiheit zurückgeben noch sein Leben retten. Und sie wäre Gefangene in ihrem eigenen Land, auf der Burg ihres Vaters. So empfand sie es zumindest. Denn alles in ihr schrie danach, für immer mit Asbjorn zusammen zu sein – was ihr jedoch verwehrt bleiben würde. Auf Asbjorn warteten in Norwegen die Henkersknechte.

Eine schattenhafte Gestalt näherte sich ihr, nahm

Form an, und sie erkannte Jalvaror. Er kauerte sich vor ihr nieder und sagte: »Ich werde dich nicht den Briten übergeben, auch wenn es mir gelingt, durch dich Asbjorn freizupressen.«

»Sondern?«, fragte sie geradezu gleichgültig.

»Ich bringe dich zusammen mit Asbjorn in den Hardangerfjord, wo ich dich deinem Vater übergebe.«

»Die Briten werden deinen Plan durchschauen.«

»Das brauchen sie nicht, denn ich werde ihnen sagen, was ich beabsichtige.«

Elinor schüttelte den Kopf. »Und du denkst, dass sie damit einverstanden sind? Wenn Sie Asbjorn noch nicht gevierteilt haben, dann werden sie das unverzüglich nachholen und dich dabei zusehen lassen, um dich danach ebenfalls zwischen vier Pferde zu binden.«

»Das werden sie nicht, denn sie werden nicht riskieren, dass ich dich töten lasse.«

»Und wenn doch?«

Im Mond- und Sternenlicht glitzerten seine Augen. Elinor spürte seinen durchdringenden, stechenden Blick auf sich gerichtet, und sie fühlte die tiefe Kluft, die zwischen ihnen war und die sich kaum überbrücken ließ. Er war unberechenbar, er raubte und tötete ohne die geringsten Skrupel, was ihn auf die Stufe mit einer mordenden, den niedrigsten Trieben gehorchenden Bestie stellte. Und erneut spürte sie, dass sie die Werte, die man ihr als Christin vermittelt hatte, nicht einfach so abschütteln konnte.

Du sollst nicht töten!

Das war eines der Gebote, die Moses einst auf dem Berg Sinai von Gott in Stein gemeißelt ausgehändigt bekam.

Du sollst nicht begehren deines Nächsten Hab und Gut!

Als Elinor daran dachte, dass sie bereit gewesen war, diese Gebote zu brechen, dass sie mit Asbjorn nach Wessex gesegelt war, um als Schildmaid zu kämpfen, zu töten und zu plündern, dass sie mit ihren Pfeilen tatsächlich das Leben von Christen ausgelöscht hatte, hasste sie sich dafür.

»Dann sterben wir eben alle«, beantwortete Jalvaror ihre Frage und richtete sich auf. »Übermorgen früh werden wir die Südküste von Wessex erreichen. Dann werde ich Verbindung mit König Ethelred oder, falls er nicht in Winchester weilt, mit einem anderen aufnehmen, der dort etwas zu sagen hat. Und dann wird sich herausstellen, wie viel ihnen das Leben der Tochter von William de Warenna wert ist.«

Jalvaror ging davon und überließ Elinor ihren quälenden Gedanken.

Ein neuer Tag brach an. Der Wind hatte sich gedreht, die Nordmänner hatten die Ruder eingezogen und die Segel gesetzt, und die Drachenboote kamen gut voran. Je mehr sie sich Britannien näherten, desto schlechter wurde allerdings das Wetter, und in der Nacht kam sogar ein Sturm auf.

Aber Thor war gnädig. Alle fünf Schiffe überstanden den Sturm, und als der Tag die Nacht erneut vertrieb, schälte sich aus den dünnen Nebeln die Küste Britanniens.

Sie segelten an der Ostküste in südliche Richtung und wandten sich dann nach Westen, um schließlich bei einem flach auslaufenden Strand zu ankern.

Jalvaror stand am Bug seines Schiffes und ließ den Blick in die Runde schweifen. Zweihundert Schritte vom Strand entfernt wurde das Land hügelig. Er war ein wenig unschlüssig, denn er hatte keine Ahnung, ob ihre Ankunft beobachtet worden war. Er ging allerdings davon aus, da er wusste, dass König Ethelred die Küsten und Grenzen von Wessex bewachen ließ, doch auf den Hügeln und auch in den Einschnitten dazwischen blieb es ruhig.

»Ich gehe mit einer kleinen Gruppe an Land!«, verkündete Jalvaror. »Wenn wir beobachtet werden, dann zeigen sie sich uns, wenn wir sie aus der Reserve locken.«

»Und wenn sie euch erschlagen?«, fragte einer.

»Dann müsst ihr einen neuen Anführer wählen. Presst Asbjorn frei und bringt ihn zu Jarl Eliwagar.« Er bestimmte einige Krieger, die mit von Bord gehen sollten. Wenig später sprangen er und sechs Männer ins Wasser, das ihnen nicht ganz bis zu den Hüften reichte, und wateten an Land. Sie überquerten den Kiesstreifen, der mit monotoner Gleichmäßigkeit von der schäumenden Brandung überspült wurde, und marschierten in Richtung Norden, wo sich bewaldete Hügel befanden.

Jalvarors Rechnung ging auf. Zwischen zwei Anhöhen trieb ein Dutzend Reiter ihre Pferde hervor. Es waren Soldaten mit roten Wämsern und Kettenhemden sowie eisernen Helmen auf den Köpfen. Als sie nahe genug heran waren, konnten die Nordmänner das königliche Wappen auf ihren Schilden sehen.

Die Hufschläge vermischten sich mit dem Rauschen der Brandung. Die Soldaten vermittelten grimmige Entschlossenheit und Feindschaft. Sie hatten die Schwerter gezogen, und die Klingen funkelten matt.

Die sieben Fremden jedoch ließen ihre Waffen stecken. Jalvaror hob sogar die rechte Hand und zeigte den Reitern wie zum Zeichen des Friedens die Handfläche, was sie veranlasste, zehn Schritte vor den Nordmännern die Pferde zu parieren. Einige Zeit tastete man sich mit forschenden Blicken ab, bis Jalvaror schließlich fragte: »Versteht einer von euch unsere Sprache?«

»Leidlich!«, antwortete ein Soldat. »Was wollt ihr?«

»Wir wollen mit euch verhandeln«, erklärte Jalvaror.

Der Soldat verzog spöttisch den Mund. »Verhandeln? Die einzige Sprache, die ihr versteht, ist die der Gewalt. In dieser Sprache können wir uns gern verständigen. Verhandeln, habe ich mir sagen lassen, ist nicht eure Stärke.« Herausfordernd fixierte er Jalvaror, und herausfordernd war auch seine ganze Haltung.

»Wir sind nicht hier, um zu kämpfen.«

»Wieso kommt ihr dann mit fünf Schiffen?«

»Auf einem der Schiffe befindet sich Elinor de Warenna«, sagte Jalvaror, als wäre dies die Antwort auf die ihm gestellte Frage. »Sie ist meine Gefangene. Ich möchte sie austauschen.«

»Einige von euch dreckigen Barbaren befinden sich in Winchester im Kerker«, knurrte der Soldat. »Willst du sie etwa freipressen?«

»Vornehmlich einen von ihnen – sein Name ist Asbjorn Eriksson. Aber ich werde darüber nicht mit *dir* verhandeln. Schaff mir jemanden her, der etwas zu sagen hat. Ihr habt vier Tage Zeit. Sollte sich bis dahin niemand hier eingefunden haben, mit dem ich verhandeln kann, töte ich Elinor de Warenna.«

»Nun gut«, entgegnete der Soldat, »ich spreche mit unserem Hauptmann darüber. Er soll bestimmen, ob er einen Kurier nach Winchester schickt, der deine Forderung übermittelt.«

»Wir warten hier auf seine Entscheidung«, entgegnete Jalvaror.

Die Soldaten zogen die Pferde herum und stoben zurück zwischen die Hügel, und Jalvaror und seine Gefährten kehrten auf das Schiff zurück. Er ignorierte

Elinors fragenden Blick, und die junge Frau unterließ es, Fragen zu stellen.

Schon eine halbe Stunde später trieben drei Reiter ihre Pferde ins Wasser, das den Tieren bei Jalvarors Schiff lediglich bis unter die Bäuche reichte. Der Soldat, der vorhin schon als Sprecher der Gruppe aufgetreten war, rief: »Der Hauptmann hat zwei Kuriere nach Winchester geschickt. Sie können bis übermorgen Abend zurück sein. So lange musst du dich gedulden.«

»Ihr habt vier Tage Zeit«, versetzte Jalvaror.

Tatsächlich erschienen die drei Reiter am Abend des dritten Tages erneut.

»Wie hat man sich in Winchester entschieden?«, fragte Jalvaror. »Ist man bereit, zu verhandeln?«

»König Ethelred will mit dir über einen Gefangenenaustausch sprechen«, bestätigte der Soldat. »Allerdings will er nicht hier mit dir verhandeln, denn er findet den Strand und die Wildnis zu diesem Zweck unangemessen. Er bittet dich, nach Winchester zu kommen. Die Stadt und seine Festung bieten den nötigen Rahmen …«

»… um uns die Schädel einzuschlagen, wie?«

»Bei deinen Leuten befindet sich Elinor de Warenna als Geisel. Sie und das Wort des Königs garantieren, dass dir in Winchester nichts zustoßen wird. Wir haben Pferde für dich und eine kleine Anzahl deiner Vertrauten. Wenn du zustimmst, brechen wir morgen bei Sonnenaufgang auf.«

»Dass der König mit mir zu verhandeln bereit ist, sagt mir, dass Asbjorn noch lebt.«

»Das verdankt er dem Umstand, dass Elinor de Warenna eine Geisel seines Volkes ist. Allein daran siehst du, dass der König ihr Leben nicht gefährden will. Du kannst dich also unbesorgt nach Winchester begeben.«

»In Ordnung«, sagte Jalvaror. »Kommt morgen früh mit den Pferden an den Strand. Und noch etwas. Wir werden nicht ohne unsere Waffen nach Winchester gehen.«

»Niemand fordert von euch, dass ihr sie ablegt.«

Am späten Nachmittag des übernächsten Tages erreichten sie Winchester. Jalvaror sah die befestigte Siedlung, und ihm war klar, dass es völlig unmöglich gewesen wäre, Asbjorn mit Gewalt zu befreien. Das hätte ein großes Heer und sicherlich eine unverhältnismäßig lange Belagerung erfordert. Er, Jalvaror, verfügte weder über die entsprechende Anzahl an Kriegern noch über die Zeit, denn die Frist, die ihm Eliwagar gesetzt hatte, lief mit jedem Tag, der verstrich, unerbittlich ein Stück mehr ab.

Bei Jalvaror befanden sich wieder die sechs Männer, die schon bei seinem ersten Kontakt mit den Soldaten des Königs bei ihm gewesen waren. Man geleitete sie in die Festung, wo man ihnen ein Quartier zuwies. Sie erfuhren eine Behandlung wie Gesandte eines fremden Landes. Diejenigen, mit denen sie zu tun hatten, begegneten ihnen zwar kühl und distanziert, aber keineswegs feindselig. Sie wurden mit vorzüglichen Speisen und Wein bewirtet, und in den Räumen, die man ihnen zur Verfügung stellte, gab es sogar große Holzzuber, die mit bronzenen und eisernen Beschlägen versehen waren und in denen sie baden konnten.

Es mangelte ihnen an nichts. Jalvaror vermutete, dass König Ethelred damit seinen Willen, ernsthafte Verhandlungen zu führen, und seine ehrlichen Absichten unter Beweis stellen wollte. Für den kommenden Vormittag war er zum König bestellt. Er sah dem Treffen mit dem Herrscher gelassen entgegen, denn nach allem, was er bisher herausgefunden hatte, war Ethelred sehr daran gelegen, dass die Tochter seines Lehnsherrn de Warenna heil zurück zu ihrem Vater gelangte. Er, Jalvaror, befand sich also in einer guten Verhandlungsposition.

Schließlich war es so weit. Sie befanden sich in jenem Raum mit den kahlen Steinwänden, wo schon Asbjorn dem König vorgeführt worden war. Auf dem großen Tisch flackerten Talglichter, und dahinter standen die drei Stühle für den König und zwei seiner Vertrauten. Auf der anderen Längsseite des Tisches hatte man diesmal jedoch sieben Stühle aufgestellt, und zwar für Jalvaror und seine Begleiter. Zwei Wachen mit Lanzen bewachten den Eingang zu dem kleinen, schmucklosen Saal.

Nachdem die Nordmänner Platz genommen hatten, erschienen der König und die beiden Priester. Hinter ihnen betraten vier weitere Bewaffnete den Raum und stellten sich zu beiden Seiten der kleinen Tür an der Wand auf. Ethelred trug seinen knöchellangen dunkelblauen Mantel mit den Pelzbesätzen und den wertvollen Stickereien sowie die eiserne Krone.

Man saß sich gegenüber, taxierte sich, und schließlich sagte der König: »Ich kenne Euer Anliegen, und ich habe bereits eine Entscheidung getroffen.«

Einer der Priester übersetzte.

»Ich bin Jalvaror Blavorr«, stellte sich dieser vor. »Euer König möge mir seinen Entschluss mitteilen.«

Der Priester führte ein kurzes Gespräch mit dem König, dann wandte er sich wieder an Jalvaror und sagte: »Seine Majestät, König Ethelred von Wessex, möchte den Gefangenenaustausch vornehmen. Er lässt Euch fragen, ob Ihr schon eine Vorstellung habt, wann und wo dieser stattfinden soll.«

»Gar nicht«, antwortete Jalvaror. »Ich werde Elinor de Warenna nach Norwegen bringen und sie dort ihrem Vater übergeben, der Gast bei Jarl Meldun Eliwagar im Hardangerfjord ist. Asbjorn Eriksson hingegen werde ich König Harald und Jarl Eliwagar ausliefern, damit sie über ihn ihr Urteil sprechen.«

Während der Priester übersetzte, verdüsterte sich die Miene des Königs, dann ergriff er das Wort. Er sprach schnell und energisch, doch Jalvaror musste warten, bis der Priester ihm das, was Ethelred gesagt hatte, übersetzte.

Der König zweifelte an, dass er sich auf Jalvarors Wort verlassen konnte, und dieser erwiderte daraufhin: »Wenn ich bis zum letzten Tag des Heuert – ihr Christen nennt den Monat Juli – Asbjorn Eriksson nicht bei Jarl Eliwagar abgeliefert habe, lässt er meine Familie töten. Seine Forderung schließt die Übergabe Elinor de Warennas an ihren Vater ein. Das ist der Grund, aus dem ich den Austausch nicht so durchführen kann, wie ihn König Ethelred erwartet. Aber er hat mein Wort, dass Elinor de Warenna zu ihrem Vater gebracht wird.«

»Und wenn seine Majestät nicht mit einer derartigen Abwicklung der Angelegenheit einverstanden ist?«

»Dann wird Elinor sterben.«

»Was unweigerlich den Tod Eurer Familie nach sich ziehen würde.«

Jalvarors Gesicht verschloss sich. »Sprich mit deinem König«, forderte er, und seine Stimme klang wie Donnergrollen.

Der Priester richtete das Wort an Ethelred von Wessex. Schweigend hörte er zu, und er wirkte dabei konzentriert und durchaus auch interessiert. Als der Kleriker geendet hatte, sprach er, und der Geistliche dolmetschte: »Asbjorn Eriksson, den ihr freipressen wollt, ist in Wessex eingefallen und hat gemordet, gebrandschatzt, geplündert, und seine Krieger haben unsere Frauen vergewaltigt. Uns ist bekannt, dass er Elinor de Warenna zu seiner Sklavin gemacht hat, in dieser Zeit aber wurde sie seine Geliebte, und sie kam zurück in ihre Heimat, mit dem festen Vorsatz, als Schildmaid aufseiten der Barbaren zu kämpfen und brave Christen zu töten. Welchen Grund, glaubt Ihr, gäbe es für uns, sie unter den von Euch genannten Voraussetzungen gegen Eriksson einzutauschen?«

»Sie ist und bleibt die Tochter William de Warennas. Ja, richtig ist, sie war Asbjorn Erikssons Gefangene.« Und dann, als Jalvaror fortfuhr, sprach er aus, was er sich für diesen Fall längst im Kopf zurechtgelegt hatte. »Der Unerträglichkeit ihrer großen persönlichen Not gehorchend hat sie ihm vorgegaukelt, ihn zu lieben und an seiner Seite als Schildmaid kämpfen zu wollen. Es war Berechnung, denn ihr Bestreben war es, zurück nach Wessex zu gelangen, um hier die erste beste Gelegenheit zu nutzen, Eriksson zu entkommen und auf die Burg ihres Vaters zurückzukehren.«

»Und warum hat sie sich nicht zu erkennen gegeben, als unsere Soldaten die Horde Erikssons einholten und vernichtend schlugen?«

»Sie war gekleidet wie ein Nordmann, sie kämpfte gegen die königlichen Soldaten, und keiner von ihnen hätte darauf geachtet, wenn sie im Kampfgetümmel behauptet hätte, Elinor de Warenna zu sein. Sie musste kämpfen und fliehen, wenn sie nicht erschlagen oder erstochen werden wollte.«

Der Priester gab die Ausführungen an den König weiter.

Nachdem Ethelred wieder einige Zeit gesprochen hatte, sagte der Kleriker: »Ihr habt berichtet, dass William de Warenna Frieden mit König Harald und Jarl Meldun Eliwagar geschlossen hat. Seine Majestät ist deshalb überzeugt, dass Ihr zu Eurem Wort stehen und Elinor ihrem Vater übergeben werdet. Und weil das so ist, werden wir Euch Asbjorn Eriksson ausliefern, damit ihr ihn in Norwegen dem Urteil König Haralds überantworten könnt. Seine Majestät will damit weder Euch noch Eurem König, sondern seinem treuen Lehnsherrn de Warenna einen Gefallen erweisen. Der Edelmann hat die Treue zu seinem Land und damit zu seinem König nachdrücklich unter Beweis gestellt, als er seine persönlichen Interessen und Belange dem Allgemeinwohl und damit dem Wohl des Landes und der Krone unterordnete.«

»Ich bin Eurer Majestät zutiefst verbunden und zu Dank verpflichtet«, sagte Jalvaror, und es klang sogar aufrichtig. »Nur eine Bitte habe ich noch.«

Die linke Braue des Priesters hob sich, was seinem Gesicht einen überheblichen Ausdruck verlieh. »Ihr solltet die Geduld Seiner Majestät nicht über Gebühr strapazieren, Jalvaror Blavorr«, warnte der Kleriker.

»Das liegt mir fern. Ich möchte lediglich darum bitten, Asbjorn Eriksson zu verschweigen, dass ich ihn befreit habe, um ihn in Norwegen seinen Henkern auszuliefern.«

»Weshalb soll er das nicht erfahren?«

»Er könnte mir Schwierigkeiten machen.«

»Wie meint Ihr das?«

»Er hasst Jarl Eliwagar, und er würde alles tun, um zu verhindern, dass der Jarl über ihn triumphiert. Auf dem Weg zu den Schiffen würde er jede noch so geringe Gelegenheit beim Schopf packen, um zu entkommen. Sobald ich ihn an Bord meines Drachenboots habe, lasse ich ihn in Ketten legen, aber das ist auf dem Weg dorthin nicht möglich, und ihn mit Schnüren oder Stricken zu fesseln wird nicht ausreichen, denn sein Hass ist stärker als jeder Strick. Er würde, um der Auslieferung zu entgehen, wahrscheinlich sogar den Freitod wählen.«

»Aber ein toter Asbjorn Eriksson nützt Euch nichts«, begriff der Priester, »und Ihr wollt ganz sichergehen.«

»So ist es.«

»Seine Majestät entspricht Eurer Bitte«, erklärte der Geistliche, nachdem er mit König Ethelred Rücksprache gehalten hatte.

Asbjorn wurde noch in derselben Stunde aus dem Kerker geholt. Seine Rückenwunde war gut verheilt, und wenn er sich vorsichtig bewegte, schmerzte sie kaum noch.

Jalvaror und seine Begleiter saßen auf Pferden, als sein verräterischer Ziehbruder aus jenem Gebäude geführt wurde, in dessen Keller sich die Verliese befanden. Die Tiere standen ruhig und peitschten lediglich mit den Schweifen nach den blutsaugenden Bremsen an ihren Seiten.

Asbjorn blieb abrupt stehen und starrte Jalvaror fassungslos an. »Bei Odin und den Asen …!«, entfuhr es ihm. »Du?« Die Verwunderung stand riesengroß in seinen Augen.

»Du siehst richtig, Asbjorn. Die Götter haben mich geschickt, um dich aus britannischer Gefangenschaft zu befreien.« Ein starres Lächeln lag in Jalvarors Zügen.

In Asbjorns Augen loderte jäh die Flamme des Misstrauens. »Ich beginne, mir eine Reihe von Fragen zu stellen.« Er legte den Kopf etwas schief. »Wie kann es sein, dass du als freier Mann hier mitten in Winchester unter Hunderten britannischer Soldaten auf einem Pferd sitzt?« Er schob das Kinn etwas vor und kniff die

Augen zusammen. »Hat König Harald etwa Frieden mit Ethelred geschlossen?«

»Ich habe König Ethelred versichert, dass wir sein Land künftig nicht mehr heimsuchen, wenn er dich freilässt.«

»Du kannst nicht für alle Stämme Skandinaviens sprechen!«, stieß Asbjorn hervor, und das argwöhnische Funkeln in seinen Augen nahm an Intensität zu.

»Ich spreche für die Sippe Blavorr. Dazu gehörst auch du. Unser letzter Besuch in Wessex hat vielen von Ethelreds Untertanen den Tod gebracht. Jedes Leben, das erhalten bleibt, weil wir uns von Wessex fernhalten, ist es ihm wert, dich freizulassen. Das bringt seinem Land mehr, als dich hinrichten zu lassen. Er hat dich mir übergeben unter der Voraussetzung, dass wir spätestens morgen Abend Wessex verlassen.« Er wies auf ein lediges, aber gesatteltes und gezäumtes Pferd. »Lass uns keine Zeit mehr verlieren und steig auf. Ich weiß nicht, wie lange Ethelreds gnädige Stimmung anhält.«

»Ich glaube dir kein Wort!«, fauchte Asbjorn. »Sag mir die Wahrheit! Was ist das für ein Spiel?«

»Es ist kein Spiel, Bruder!«, versetzte Jalvaror. »Wenn du tatsächlich denkst, dass ich dich hereinlegen will, dann bleib hier und lass dich von vier Pferden in Stücke reißen. Mein einziges Problem wäre dann, Elinor zu erklären, warum du es abgelehnt hast, den britannischen Kerker zu verlassen.«

»Elinor?«

»Sie befindet sich auf meinem Schiff und kann es kaum erwarten, dich in die Arme zu schließen.«

»Stimmt das?« Asbjorn sah Jalvarors Begleiter an, und als sie nickten, setzte er sich mit einem Ruck in

Bewegung, eilte zu dem Pferd und setzte sich ungestüm in den Sattel.

Dann aber verharrte er erneut. »Ich kann nicht nach Norwegen zurück. Den Grund brauche ich dir nicht zu erklären, Bruder.«

»Wir bringen Elinor und dich nach Dänemark zu Gunnarr Grimmsson. Ich war bei ihm, und wir haben uns ausgesöhnt. Eliwagar hat davon keine Ahnung. Er darf es auch niemals erfahren.«

Eine Abteilung britannischer Soldaten zu Pferd folgte den Nordmännern, die zum Stadttor ritten und die Brücke überquerten.

Sie schonten die Pferde nicht und kamen gegen Mittag des nächsten Tages bei den Schiffen an, übergaben die Pferde den britannischen Soldaten, die sie begleitet hatten, und gingen an Bord.

»Elinor!«, rief Asbjorn, als er nach Jalvaror über die Bordwand gestiegen war und die junge Frau sah. Er wollte zu ihr eilen, doch Jalvaror rief einer Gruppe Krieger zu: »Packt ihn und legt ihn in Ketten!«

Asbjorn wirbelte aus seiner Bewegung zu ihm herum, und seine Miene zeigte pure Fassungslosigkeit. Im nächsten Moment aber sah es ganz so aus, als wollte er sich auf Jalvaror stürzen, um ihn mit bloßen Händen zu erwürgen.

Doch da wurde er schon zu Boden gerissen, zum Mast geschleppt und dort mit eisernen Spangen an Hand- und Fußgelenken festgekettet. Zwei Krieger hielten Elinor gepackt, weil sie Anstalten gemacht hatte, Asbjorn helfend beizuspringen. Sie wand sich in ihrem harten Griff, warf sich hin und her, kreischte, fauchte und versuchte, sich loszureißen, doch die Fäuste der Krieger waren wie Stahlklammern, und schließlich gab sie schwer atmend auf.

»Dreckiger Hund!«, giftete Asbjorn und zerrte an den Ketten. »Wie konnte ich dir vertrauen?«

»Ich konnte *dir* nicht vertrauen«, versetzte Jalvaror kalt. »Darum habe ich dich in Sicherheit gewiegt. Ich brauche dich lebend, wenn ich will, dass meiner Familie, die einst auch deine war, kein Unheil widerfährt. Also war es mir ausgesprochen wichtig, dich lebend auf das Schiff zu bekommen. In ein paar Tagen werde ich dich an Jarl Eliwagar und König Harald übergeben, und ich muss keine Angst mehr um meine Eltern, meine Frau und meine Kinder sowie alle anderen Angehörigen unserer Sippe haben.«

Asbjorn starrte Jalvaror an, doch das wütende Lodern in seinen Augen ließ allmählich nach. »Ich habe es befürchtet«, murmelte er schließlich. »Nachts bin ich mit der Angst eingeschlafen, dass Eliwagar meine Familie für meine Taten zur Verantwortung zieht, und am Morgen wachte ich mit dieser Angst wieder auf. Der Gedanke war erdrückend, und er wurde von Tag zu Tag unerträglicher. Eliwagar ist noch niederträchtiger, als ich vermutet habe.«

»Er zählt dich zur Sippe der Blavorrs«, sagte Jalvaror. »Die Sippe haftet für die Verbrechen jedes ihrer Angehörigen, wenn dieser nicht zur Rechenschaft gezogen werden kann. So lautet unser Gesetz; es hat nichts mit Eliwagars Charakter zu tun. Du hast nicht nur den Jarl bestohlen und verraten, sondern auch den König. Die Strafe hierfür kennst du. Wenn ich dich bis zum letzten Tag des Heuert nicht lebend an Eliwagar ausliefere, tötet er meine Familie.«

»Das will ich auf keinen Fall«, erklärte Asbjorn mit brüchiger Stimme. »Es ist in Ordnung, Jalvaror. Hättest du mir das bereits in Winchester gesagt, wäre ich dennoch mit dir gegangen. Es hätte keiner List bedurft, um mich in Sicherheit zu wiegen.«

»Ich habe befürchtet, du würdest es nicht ertragen, dass Eliwagar über dich triumphiert.«

»Was geschieht mit Elinor?«

»Ihr Vater hat mit Eliwagar und König Harald eine Art ... eine Art kleinen Frieden geschlossen. Er ist Eliwagars Gast im Hardangerfjord. Ich werde ihm seine Tochter übergeben, und er wird mit ihr nach Britannien zurückkehren.«

»Auf mich wartet der Blutadler, nicht wahr?«

»Ich weiß es nicht. Vielleicht lässt dich Eliwagar auch im Moor ertränken. Es gibt verschiedene Möglichkeiten, einen Verräter zu bestrafen. Du wirst das, was sich Eliwagar für dich ausdenkt, ertragen müssen. Wenn du jammerst und klagst, wird dir der Einzug in Walhall verwehrt sein. Dann wird dich Hel holen, und je nachdem, wie sie deine Vergehen einstuft, verbannt sie dich vielleicht sogar nach Nastrand.«

»Ich werde zu Odin beten, dass er mir die Kraft gibt, die Schmerzen zu erdulden. Und noch etwas, Bruder ...« Er senkte seine Stimme, um ganz sicherzugehen, dass nur Jalvaror ihn hörte. »Du musst nicht befürchten, dass ich dich in irgendeiner Art belaste. Eliwagar wird nie erfahren, wessen Pfeil Niobjorg Bryngeror getötet und in wessen Auftrag der Mörder gehandelt hat. Ich habe schon genug Unglück über dich ...«, er stockte, »... über *uns alle* gebracht ...«

Jalvaror fuhr mit fünf Schiffen in den Hardangerfjord ein, und als die Ansiedlung in Sicht kam, befahl er, die Segel einzuholen. Bald schon legten die Schiffe an.

Meldun Eliwagar wartete zusammen mit Harald Hårfagre und William de Warenna am Ende des Landungsstegs. Sowohl der Jarl als auch der König hatten ihre bewaffneten Leibwachen an ihrer Seite, während sich bei de Warenna dessen Berater befanden.

»Du kehrst mit fünf Schiffen zurück«, sagte Eliwagar statt einer Begrüßung, nachdem Jalvaror mit vier seiner Männer von Bord gegangen war. »Wie ich feststelle, hast du das Boot, das Asbjorn Eriksson gestohlen hat, zurückgebracht und ein weiteres Schiff erbeutet. Bringst du auch den Verräter und die Tochter von William de Warenna?«

»Beide befinden sich auf meinem Schiff«, erklärte Jalvaror, nachdem er in Richtung König Haralds eine Verneigung angedeutet hatte. »Damit dürfte deiner Forderung Genüge getan sein, Jarl Eliwagar. Ich habe meine Mission vor Ablauf der Frist erfüllt und ...«

»Packt ihn!«, blaffte Eliwagar, und seine Leibwächter traten blitzartig vor, als hätten sie nur auf den Befehl gewartet.

Mit dem Begreifen und dem Erkennen der unmittelbaren Gefahr riss Jalvaror die Axt aus der Schlaufe am Gürtel.

»Macht ihn nieder!«, kreischte Eliwagar. »Er ist der letzte ...«

Jalvaror hörte nicht auf das, was Eliwagar noch brüllte, denn zwei der Leibwächter waren heran und stachen mit ihren Schwertern nach ihm.

Er schlug mit der Axt die auf ihn zuzuckenden Klingen beiseite, trat einen der Krieger in den Leib und drosch dem anderen die Schneide der Axt seitlich gegen den Kopf, sodass er mit zerschmettertem Schädel zusammenbrach.

Nun hatten auch Jalvarors Krieger ihre Äxte oder Schwerter gezogen, und ein heftiger Kampf entbrannte. König Harald hatte seinen Leibgardisten befohlen, in den Kampf einzugreifen. Die Dorfbewohner, die aus einiger Distanz alles beobachteten, hielten den Atem an.

»Zurück zum Schiff!«, brüllte Jalvaror und spaltete den Schädel eines Angreifers, bekam eine Fontäne warmen Blutes ins Gesicht und war für einen Moment blind. Er fuhr sich hastig mit dem Handrücken seiner Linken über die Augen und konnte daraufhin seine Umgebung verschwommen wahrnehmen. Er warf sich mehr instinktiv als von einem bewussten Willen geleitet zur Seite, und es geschah gerade noch rechtzeitig, um einem Schwertstreich auszuweichen.

Mit einem gezielten Beinstoß brachte er den Angreifer zu Fall. Im nächsten Moment schlug ihm Jalvaror die Axt in die Brust und sprang über ihn hinweg.

Auch seine vier Gefährten schlugen mit kompromissloser Entschlossenheit auf die Krieger des Jarls und des Königs ein, während sich Harald, Eliwagar und de Warenna schleunigst in Sicherheit brachten.

Schließlich befanden sich Jalvaror und seine Gefährten wieder an Bord. Auf dem Steg lagen die von ihnen niedergemachten Krieger tot oder sterbend in ihrem Blut. Jalvaror durchschlug die Taue, mit denen das Schiff bereits festgemacht war, und befahl die Flucht. »Eine Falle!«, rief er der Mannschaft zu. »Meldun Eliwagar hat sich als wortbrüchig erwiesen und uns verraten!«

Die Männer an Bord wussten nicht, was zwischen Jalvaror und Eliwagar vorgefallen war, doch für sie war klar, dass der Jarl ein falsches und darum ehrloses Spiel getrieben hatte. Zudem wurden sie nun vom Dorf her mit Pfeilen beschossen, und das zwang sie zum Handeln.

Einer der Krieger wurde in die Brust getroffen und fiel sterbend ins Wasser, während das Drachenboot vom Steg ablegte. Kräftige Ruderschläge trieben es auf die anderen, im Fjord dümpelnden Schiffe zu. Pfeile zersplitterten an den Schilden, die an der Bordwand aufgereiht waren. Einem Krieger bohrte sich eins der Geschosse in den Kopf, und er brach tot über dem Ruder zusammen.

Jalvaror verspürte grenzenlosen Hass auf Eliwagar und Harald, die ihn mit einer kaum zu überbietenden Heimtücke in die Falle hatten tappen lassen. Zugleich aber war er voller Sorge. Die Worte des Jarls klangen wie eine geisterhafte Weissagung in ihm nach: *»Er ist der letzte …«* Irgendetwas formte sich im Hintergrund seines Bewusstseins, das ihn zutiefst beunruhigte.

»Wir segeln in den Sognefjord!«, entschied er.

Kapitel 17

Ehe sie in den Sognefjord einfuhren, ließ Jalvaror ankern und die Führer der einzelnen Schiffe zu sich an Bord kommen. »Ich bin davon überzeugt, dass uns Eliwagar und König Harald einige Boote hinterherschicken«, erklärte er. »Darum werde ich nur mit einem Schiff zum Dorf segeln. Die anderen Boote verbergen sich in der Bucht weiter südlich, und sollten uns feindliche Schiffe in den Fjord folgen, nehmen wir sie in die Zange.«

Die Unterführer kehrten auf ihre Schiffe zurück, und während Jalvarors Drachenboot in den Fjord einlief, segelten die anderen vier zu der bezeichneten Bucht. Falls ihnen Schiffe folgten, blieben Jalvarors Getreue für deren Mannschaft verborgen, denn die bewaldete Landzunge, hinter der sie ankerten, erstreckte sich weit ins Meer hinein und verbarg sie vor unliebsamen Blicken.

Der Sognefjord ist der längste Fjord Norwegens, und Jalvaror musste sich noch eine gute Stunde gedulden, bis das Dorf am Nordufer auftauchte. Alles schien unverändert. Dennoch bedrückten Jalvaror quälende Ahnungen und verzehrende Sorgen, die sich nicht verdrängen ließen.

Asbjorns Fragen hatte er nur ganz knapp beantwortet, hatte er ja selbst keine Ahnung, was ihn zu Hause erwartete. Aber da war die dumpfe Angst, die seine Brust einengte. Dem eisigen Wind seiner Gedanken ausgesetzt – diesen geradezu unerträglichen Gedanken, an deren Ende etwas Dunkles, Unheilvolles stand –, starrte er auf die mit Schilf gedeckten Häuser.

Der Ort vermittelte Frieden und Beschaulichkeit. Aber Jalvaror spürte ganz deutlich, dass dieses Bild, das sich ihm bot, unecht war, trügerisch.

Es war später Nachmittag, und die Männer und Frauen gingen ihrer Arbeit nach. Dennoch liefen einige Menschen auf den Anlegesteg. Jalvaror war sich sicher, dass sein Schiff auch aus den Häusern und Werkstätten heraus beobachtet wurde, denn es konnte Freunde, ebenso gut aber auch Feinde an Bord haben, und man wollte gewappnet sein.

Tatsächlich kamen, als sich das Schiff auf etwa fünfzig Schritte dem Bootssteg genähert hatte, bewaffnete Männer aus den Häusern und rotteten sich dort, wo die Anlegestelle am Ufer auflag, zusammen.

Asbjorn zerrte an seinen Ketten. Neben ihm saß Elinor auf einer Kiste. »Warum lässt er mich nicht frei?«, stieß Asbjorn wütend hervor. »Er hat doch am eigenen Leib zu spüren bekommen, was für eine hinterlistige Schlange Eliwagar ist.«

»Du solltest ihn jetzt nicht danach fragen«, mahnte Elinor. »Jalvaror ist ungeduldig und gereizt, denn er befürchtet, dass Eliwagar nicht gewartet hat, bis die Frist abgelaufen ist.«

»Das ist auch meine Angst«, murmelte Asbjorn. »Gebe Odin …«

Elinor fiel ihm ins Wort. »Jalvaror wird dir die Schuld am Schicksal seiner Familie geben!«

»Zu Recht«, versetzte Asbjorn, und es klang fast demütig. »Und ich bin bereit, die Konsequenzen zu tragen. Vorher aber …«

Er verstummte, weil sich Jalvaror ihnen näherte. Sein

Gesichtsausdruck zeigte deutlich seine Empfindungen und düsteren Gedanken. Zudem ging etwas von ihm aus, das Asbjorn regelrecht körperlich berührte – etwas Drohendes, eine Feindseligkeit, die Asbjorn streifte wie ein eisiger Atem. »Ich sehe am Landungssteg keinen einzigen Mann unserer Sippe.« Jedes Wort schien bleischwer von seinen Lippen zu tropfen. »Ich kann auch keine von unseren Frauen noch unsere Kinder ausmachen.« Seine Stimme sank herab zu einem unheilvollen Grollen. »Sollten sich meine Befürchtungen bewahrheiten, dann wehe denen, die Schuld daran tragen.«

Asbjorn hielt seinem eisigen Blick stand. »Ich bin bereit, die Verantwortung zu tragen. Doch ich bitte dich um eins, Jalvaror: Sollte Eliwagar unsere Sippe für meinen Verrat zur Rechenschaft gezogen haben, dann lass mich dir helfen, sie zu rächen. Danach kannst du mich töten.«

Eine Weile lang, die sich zur Ewigkeit zu dehnen schien, starrte ihn Jalvaror unter zusammengeschobenen Brauen an, dann wandte er sich abrupt ab und ging zurück zur Bordwand, ohne ein weiteres Wort gesagt zu haben.

»Ich glaube nicht, dass er dir diese Bitte gewährt«, sagte Elinor leise. »Er … er macht mir Angst. Er ist völlig unberechenbar.«

Das Schiff machte längsseits am Bootssteg fest. Jalvaror kletterte über die Bordwand und ging auf die Menschen zu, die sich zusammengerottet hatten. Sein forschender Blick tastete dabei die Gesichter ab, doch die, die er suchte, konnte er nicht entdecken. In seinen Eingeweiden rumorte die Angst vor dem, was er gleich erfahren würde, das Herz schlug in seiner Brust wie eine Trommel. Die ernsten Mienen, in denen das Unbehagen lag, das die Männer und Frauen verspürten, ließen seine düsteren Ahnungen fast schon zur Gewissheit werden.

Die Männer, die sich bewaffnet hatten, nahmen keine feindselige Haltung ein. Niemand sagte etwas, die Stille, die eingetreten war, hing wie ein Fluch über dem Fjord.

Jalvaror erhob die Stimme: »Ich vermisse meine Eltern, meine Frau, meine Kinder, meine Onkel, Tanten und Vettern. Warum seid ihr alle hier auf dem Landungssteg versammelt und sie nicht?«

Ein älterer Mann nahm sich ein Herz und erwiderte: »Es ist acht Tage her, Jalvaror, als in der Nacht das Dorf überfallen wurde. Es war eine Strafaktion. Du ahnst sicher, was geschehen ist.«

»Meine Eltern, meine Frau und die Kinder … sie sind tot, nicht wahr?« Jalvaror sprach es mit einer geradezu unheimlichen Ruhe.

Der Mann nickte. »Es hat einige weitere Tote gegeben. Auch der Bruder deines Vaters und dessen ältester Sohn wurden erschlagen und ebenso der Mann deiner Schwester und dein Vetter Grimkell. Die anderen haben sie mitgenommen. Wir wissen nicht, wohin sie sie gebracht haben.«

»Waren es Männer des Königs?«

»Ja. Unter ihnen war aber auch einer, den du kennst.«

»Sag mir seinen Namen.«

»Nikulas Thorbjorn. Wir denken sogar, dass er die Gruppe angeführt hat. Man hat ihm wahrscheinlich das Kommando übertragen, weil er die örtlichen Verhältnisse hier sehr gut kennt.«

Jalvarors Herz übersprang einen Schlag, und vor seinen Augen verschwammen die Bilder. Seine erdrückenden Ahnungen waren zur bitteren Gewissheit geworden. Es war wie ein grotesker Traum, aber es war die grausame Wirklichkeit, und sein fiebernder Verstand sagte ihm mit brutaler Offenheit, dass er seine engsten Verwandten niemals mehr wiedersehen würde. Er war wie betäubt, und in ihm starb etwas ab.

Ein dumpfer Laut, ein Stöhnen – es war wie ein Aufbäumen gegen das Begreifen, dass er alles verloren hatte – entrang sich ihm, dann richtete sich sein Blick voller Qual auf den Sprecher der kleinen Gruppe. »Warum habt ihr es nicht verhindert?«, fragte er mit einer ihm selbst fremden Stimme. Er stand vor den Trümmern einer Illusion – der Illusion, seine Kinder aufwachsen zu sehen und seinen Sohn Ulfar zu einem guten Krieger zu erziehen. Vielleicht hätten die Götter ihm und Dagrun sogar noch weitere Söhne geschenkt …

»Hätten wir eingegriffen, wären wir alle abgeschlachtet worden. Es hätte deiner Familie nicht geholfen, Jalvaror.«

»Ihr heißt das Vorgehen des Königs doch nicht gut?«, knurrte Jalvaror.

»Es war ein Verbrechen«, versetzte der Mann. »Aber wer soll den König anklagen?«

»Dass Nikulas Thorbjorn den Mördertrupp angeführt hat, sagt mir, dass ein anderer dahintersteckt«, grollte Jalvaror. Schmerz und Hass gruben ihre Spuren in sein wettergegerbtes, hohlwangiges Gesicht, das von tausend Strapazen und Entbehrungen zeugte. Seine Stimme sank herab zu einem heiseren, gehässigen Geflüster. »Einer, der befürchtet hat, dass wir Blavorrs vielleicht zu mächtig geworden sind, dass wir zu viel Einfluss auf die Bewohner dieser Siedlung und der Umgebung haben könnten. Einer, der die Blavorrs schon lange hasste und nur auf den richtigen Anlass gewartet hat, um sie bis auf den letzten Mann zu vernichten. Um ein Haar wäre es ihm – mit königlicher Hilfe – gelungen. Aber dafür wird er bezahlen.«

»Du sprichst von Jarl Eliwagar, nicht wahr?«

Jalvaror nickte. »Er und kein anderer war die treibende Kraft.«

»Auch hier im Dorf ist man davon überzeugt. Die Menschen munkeln es hinter vorgehaltener Hand, nur laut wagt dies keiner auszusprechen.«

»Auf welcher Seite steht das Dorf?«, fragte Jalvaror.

»Deine Familie war sehr beliebt und respektiert in der Gemeinschaft«, erklärte der ältere Mann. »Was man ihr angetan hat, schreit nach Vergeltung. Niemand wusste, ob du je wieder hierher zurückkehren würdest, Jalvaror Blavorr. Wir hielten also still. Doch jetzt bist du zurück ...«

»Und ich habe den Verräter Asbjorn Eriksson als meinen Gefangenen mitgebracht. Er hat den Stein geworfen, der den Erdrutsch auslöste, und er wird genauso bezahlen wie Eliwagar. – Bei der Einfahrt zum Fjord warten vier weitere Schiffe auf meine Rückkehr. Meine Boote sind nicht ausreichend mit Kriegern besetzt. Wer also mit mir kommen will ...«

Noch ein weiterer Gedanke ließ Jalvaror dieses Angebot machen. Er wusste nicht, inwieweit er sich auf die Männer an Bord seiner Schiffe verlassen konnte. Sie verachteten Meldun Eliwagar, dessen Handeln sie für ehrlos hielten. Zuerst hatte er die schwer erkämpfte Beute von ihrem Raubzug nach Wessex ganz für sich allein in Anspruch genommen und dann auch noch ihrem Anführer eine heimtückische Falle gestellt. Dass zwei von ihnen bei der Flucht aus dem Hardangerfjord ihr Leben gelassen hatten, bewies, wie rücksichtslos Eliwagar auch gegen sie vorging und dass er sie seinen Feinden zurechnete.

Dennoch war ihre Flucht eher spontan erfolgt, denn sie hatten die Situation nicht überschauen können und auch keine Zeit zum Nachdenken gehabt. Sie hatten sich, indem sie Jalvaror zu entkommen halfen, auch gegen König Harald gewandt. Das war den Männern erst später zur Gänze bewusst geworden.

Allerdings mussten sie nun seinen Zorn fürchten und konnten schon allein deshalb nicht in ihre Dörfer heimkehren. Dies galt vor allem für jene, die sich damals zusammen mit Asbjorn nach Dänemark abgesetzt hatten. Jalvaror hatte ihnen Straffreiheit zugesichert, doch er war selbst beim König in Ungnade gefallen …

»Ich frage die Männer«, erklärte der Alte aus dem Dorf. »Du musst jedoch bedenken, Jalvaror, dass unsere Familien zurückbleiben müssen und den Stimmungen Eliwagars ausgeliefert sind. Am Ende verwandelt der Jarl unseren Ort in ein Leichenfeld.«

Ein bitterer Zug kerbte sich in Jalvarors Mundwinkel. »Du hast recht. Ich will nicht noch mehr Unrecht herausfordern.«

Jalvaror sagte es nicht ohne einen unüberhörbaren Unterton der Enttäuschung, dann machte er kehrt, kletterte zurück an Bord und gab den Befehl, die Leinen loszumachen. Das Schiff legte ab, langsam trieb es vom Landungssteg weg. Die Gefühle der Menschen, die zurückblieben, waren zwiespältig. Sie waren hin- und hergerissen von der Furcht vor Jarl Eliwagar und dem König und ihrer Verbundenheit zu Jalvaror Blavorr, dem großes Unrecht widerfahren war. Ihre Angst war jedoch größer als ihr Unrechtsempfinden.

Jalvaror konnte nur hoffen, dass die Männer an Bord seiner Schiffe mehr von Ehre hielten als die seines Heimatdorfs …

Jalvaror trat vor Asbjorn hin und starrte ihn an. »Sie sind tot«, brach es aus ihm hervor. »Alle. Vater, Mutter, Dagrun, Ulfar und Ingibjorg …« Mit einem Ruck zog er die Axt aus der Schlaufe an seinem Gürtel. »Und du elender Hund hast sie auf dem Gewissen!«

Seine Faust mit der Axt zuckte hoch.

In dem Moment aber, als sie herniederfuhr, um Asbjorns Leben zu beenden, fiel ihm Elinor in den Arm. »Er ist dein Bruder!«, brüllte sie ihn an. »Willst du zum Kain werden?«

Jalvaror wollte sie abschütteln, doch Elinor klammerte sich fest. Dabei bewies sie Kräfte, die man ihrer zarten Gestalt niemals zugetraut hätte. Es war ein stummes, aber zähes Ringen, in dem Jalvaror unvermittelt aufgab, als wäre bei ihm eine Ernüchterung eingetreten.

»Asbjorn hat mir erzählt, dass Eliwagar eure Familie schon seit längerer Zeit mit Missgunst und Neid bedacht hat«, rief Elinor zwischen keuchenden Atemzügen. »Dass er eure Familie mit seiner Niedertracht und seinem Hass verfolgt hat, war doch der Grund, warum Asbjorn nicht mehr nach Norwegen in den Sognefjord zurückgekehrt ist. Auch ohne seinen Verrat hätte Eliwagar deine – eure! – Familie vernichtet. Er hätte keinen noch so geringen Anlass ungenutzt gelassen, um die Blavorrs zu reizen, sie herauszufordern und zu einem Fehler zu verleiten, um sie dann auszulöschen.«

Jalvaror schloss die Augen. In seinem angespannten Gesicht arbeitete es krampfhaft, doch schließlich trat er zurück, hängte die Axt wieder in die Schlaufe und sagte zu Asbjorn: »Arnorr Blavorr hat dich an Sohnes statt angenommen, und ich habe immer in dir einen Bruder gesehen. Vielleicht … vielleicht bin auch ich nicht ganz unschuldig an dem, was geschehen ist. Als du Eliwagar und den König vor der Schlacht von Solkiel verraten hast, hätte ich einschreiten müssen. Ich jedoch habe dich gedeckt und sogar Hogni beauftragt …« Jalvaror verstummte, seine Rechte wischte ungeduldig durch die Luft, doch dann ergriff er wieder das Wort: »Ich werde meine Familie blutig rächen. Und ich werde deiner Bitte entsprechen, Asbjorn: Wir beide werden kämpfen, bis Eliwagar tot vor unseren Füßen liegt.«

Jalvaror wandte sich den Kriegern zu, die alles beobachtet und gehört hatten. »Befreit ihn von seinen Ketten und gebt ihm eine Axt und einen Schild.« Und zu Asbjorn sagte er: »Schwörst du bei Odin, dass du an meiner Seite gegen Meldun Eliwagar kämpfen wirst, wenn es sein muss, bis zum letzten Atemzug, Asbjorn Eriksson?«

»Das schwöre ich bei Odin, Bruder.«

Jalvaror richtete den Blick auf Elinor. »Und was ist mit dir? Gehst du von Bord? Willst du zu deinem Vater zurück?«

Elinor schüttelte heftig den Kopf, und all die wechselseitigen Gefühle, die sich in den letzten furchtbaren Tagen in ihr aufgestaut hatten, brachen nun hervor. Auf einmal schwammen ihre Augen in Tränen, und sie stieß hervor: »Mit William de Warenne, meinem Vater, habe ich endgültig gebrochen. Er muss in Eliwagars schäbiges Spiel eingeweiht gewesen sein und hat das Verbrechen an eurer Familie geduldet, vielleicht sogar gutgeheißen. Ich … ich bleibe bei Asbjorn … meinem Gefährten und Mann.«

Als Asbjorns Ketten fielen, nahm er die junge Britin in die Arme und drückte sie fest an sich.

»Ich ahnte es«, stieß Jalvaror hervor. »Sie haben drei Schiffe hinter uns hergeschickt, drei Skeiden*. Wahr-

* So nannte man die Schiffe mit 20 Ruderplätzen

scheinlich befinden sich auf jedem der königlichen Boote dreißig bis fünfunddreißig Kämpfer, während unsere Boote nur schwach besetzt sind.«

Die drei Schiffe mit König Haralds Banner glitten schnell näher, teilten mit ihrem Bug das Wasser, und die Krieger an Bord machten sich bereit, Jalvarors Drachenboot, das ihnen entgegenkam, zu entern.

Sicherlich waren sie irritiert, denn sie hatten fünf Schiffe erwartet, und nun fragten sie sich bestimmt, wo die anderen vier geblieben waren.

Die Frage wurde beantwortet, als weit hinter ihnen vier rot-weiß gestreifte Segel erschienen, und diese Boote waren nicht minder schnell als die königlichen Schiffe.

»Da kommen schon unsere Leute!«, rief Jalvaror, der wusste, dass sich nun zeigen würde, ob die Männer ihm wirklich die Treue hielten. »Nehmt eure Waffen und die Schilde! In diesem Kampf geht es um die Ehre eines jeden von uns! Die Walküren kämpfen auf unserer Seite, und solltet ihr fallen, bringen sie euch nach Walhall!«

Kisten und Fässer wurden an die Bordwände herangetragen, auf die die Krieger steigen konnten, um so mit einem Satz auf die Bordwand zu gelangen und ohne Verzögerung aufs feindliche Schiff zu springen. Die Kämpfer machten sich bereit. Die vier Boote, von denen Jalvaror hoffte, dass ihre Mannschaft noch auf seiner Seite stand, näherten sich ebenso rasch wie der Feind.

Asbjorn hatte am linken Arm einen Schild, in der rechten Hand die Axt. Neben ihm stand Elinor, die mit Pfeil und Bogen bewaffnet war und in deren Gürtel überdies eine Axt steckte. Sie war wieder die Schildmaid, als die sie mit Asbjorn nach Wessex gesegelt war.

»Wenn wir die drei Schiffe versenkt haben, musst du mir sagen, wer Kain war«, sagte Asbjorn.

»Eine biblische Gestalt«, versetzte Elinor. »Er hat seinen Bruder erschlagen. Aber es ist unwichtig. Konzentrieren wir uns auf unsere Gegner.«

Asbjorn nickte, schlug mit der Axt gegen den Schild und rief den Namen Odins. Die Krieger stimmten ein. Das Klirren und Krachen, mit dem sie gegen die Schilde trommelten, trieb zusammen mit dem vielstimmigen Choral der Odin-Rufe über das Wasser den Kämpfern des Königs entgegen. Die begannen daraufhin ihrerseits, ihre Schilde mit den Äxten und Schwertern zu bearbeiten und den Namen des obersten Gottes zu brüllen.

Zwei der Skeiden nahmen Jalvarors Schiff zwischen sich, die dritte wurde quergestellt und verstellte ihm so den Weg nach Westen. Wenn sie dieses Boot nicht rammen und Gefahr laufen wollten, selbst unterzugehen, mussten sie ihre Fahrt stoppen.

Die Riemen waren eingezogen, damit sie nicht brachen. Die Schiffe lagen so dicht beieinander, dass die Krieger nicht einmal springen mussten, um auf das andere Boot zu gelangen; ein langer Schritt genügte.

Wenig später tobte bereits ein blutiger Kampf. Mit der Heftigkeit und vernichtenden Gewalt eines Orkans warfen sich die Krieger aufeinander, laut brüllend und nur vom Willen beseelt, so viele Feinde wie möglich zu töten.

Elinor schoss einen Pfeil nach dem anderen ab. Ihr Gesicht verriet immense Anspannung, sie hatte die Zähne zusammengebissen, in ihren Augen schien es zu lodern. Doch mit jedem getöteten Feind wuchs ihr innerer Triumph.

Asbjorn kämpfte wie im Rausch. Er wich Axthieben aus, wehrte sie mit dem Schild oder blockte sie mit der eigenen Axt ab, benutzte das linke Bein immer wieder wie einen Rammbock und tötete mit wuchtigen Hieben einen Gegner nach dem anderen. Das Blut seiner Feinde spritzte gegen die Bordwände, auf den Boden, über die reglosen Gestalten, die bereits kreuz und quer auf den Planken lagen, und tropfte von seinem Gesicht, seinem Schild und der Schneide seiner Axt. Niemand brüllte mehr den Namen Odins, es gab nur noch die unartikulierten Laute, die die Schwert- und Axthiebe der Kämpfenden begleiteten, und die grässlichen Todesschreie, in denen das Wimmern und Stöhnen der Verwundeten und Sterbenden unterging.

»Wir müssen uns behaupten, bis die Verstärkung eintrifft!«, brüllte Jalvaror mit kippender Stimme und zertrümmerte den Kopf eines Gegners, sprang über den zusammensackenden Körper hinweg und rammte mit dem Schild einen feindlichen Krieger, der ihm die Seite zuwandte. Nun fuhr dieser zu Jalvaror herum, aber der donnerte ihm schon die Kante seines Schilds gegen den kahl geschorenen Kopf, und der fürchterliche Schlag schickte den Mann zu Boden. Jalvaror hackte noch zwei-, dreimal auf ihn ein, richtete sich auf und brüllte erneut: »Die Verstärkung triff jeden Moment ein! Haltet durch, ihr tapferen Helden!«

Der Antrieb aus Hass und Zorn, an Bitterkeit und Schmerz hatte sich bei Jalvaror mit brachialer Gewalt Bahn gebrochen, und die aufgestauten Emotionen entluden sich.

Ob seine Worte im Kampfgetümmel jemand hörte, war fraglich. Aber seine Krieger kämpften mit größtem Mut, töteten unbarmherzig und kompromisslos, und Jalvaror verspürte maßlose Erleichterung und sogar Stolz, dass sie so bedingungslos zu ihm hielten. Als er ihnen mitgeteilt hatte, was seiner Familie zugestoßen war, hatte er befürchtet, sie würden sich aus Sorge um die eigenen Angehörigen von ihm abwenden. Doch die feige und ungerechte Tat Meldun Eliwagars hatte die Wut in ihnen auf den verräterischen Jarl und einen König noch geschürt, der solch ein schreiendes Unrecht zuließ.

In der Zwischenzeit hatte Elinor ihren letzten Pfeil verschossen, und nun kämpfte auch sie mit der Axt. Sie befand sich auf Jalvarors Schiff und tötete Feinde, die nach wie vor über die Bordwand kamen und in ihrer Reichweite landeten. Sie empfand nicht einmal etwas dabei, als wäre ihre Seele abgestumpft und ihr Herz zu Eis erstarrt. Ihr Kampf wurde zu einer mitleidlosen, selbstvergessenen Raserei …

Asbjorn, der in ihrer Nähe kämpfte, nahm wahr, dass sie von zwei Gegnern gleichzeitig attackiert wurde, sprang hinzu und hackte einem von ihnen die Wirbelsäule entzwei. Als er sich dem anderen zuwenden wollte, brach dieser schon zusammen; aus einer klaffenden Wunde an seinem Hals sprudelte dunkles Blut, und Elinor wandte sich einem anderen Gegner zu.

Schließlich erreichten sie die vier Schiffe, die zu Jalvarors kleiner Flotte gehörten, und das gegenseitige Abschlachten wurde noch brutaler, noch exzessiver, der Lärm steigerte sich zum tosenden Inferno. Die Kämpfenden standen auf den verschiedenen Schiffen in dem Blut, das auf den Schiffsböden auseinanderlief, und sie ignorierten die Wunden und Schmerzen, die ihnen zugefügt wurden.

Jalvarors Krieger siegten. Die Kämpfer des Königs wurden bis auf den letzten Mann niedergemetzelt. Aber auch Jalvarors Mannschaft war um die Hälfte dezimiert. »Wir segeln mit zwei Schiffen nach Dänemark«, sagte er, kaum dass der Kampf entschieden war, »und zwar nach Vibjerg, wo Gunnarr Grimmsson lebt. Die anderen

Boote verbrennen wir mitsamt den Leichen. Zündet sie an, Männer, und dann nehmen wir Kurs nach Westen, um später über die Große Bucht* nach Jütland zu gelangen.«

Bald quollen dicke Rauchschwaden von den Schiffen zum Himmel. Sie waren dunkel, fast schwarz, denn das Eichenholz war nass vom Blut der Krieger. Sie ballten sich am Himmel zu unförmigen Wolkengebilden zusammen und wurden vom Wind nach Osten getrieben.

»Wo hast du kämpfen gelernt?«, fragte Asbjorn die junge Britin.

»Ich habe auf der Burg meines Vaters des Öfteren zugesehen, wenn die Söldner mit dem Schwert oder der Axt geübt haben. Irgendwie habe ich es verinnerlicht. Ich hatte selbst keine Ahnung, dass ich dazu in der Lage bin.«

Sie saßen nebeneinander auf einer Kiste. Der Wind stand günstig und trieb sie in der Großen Bucht in südliche Richtung. Kreischende Möwen begleiteten sie, denn sie waren nicht allzu weit von der Westküste Schwedens entfernt.

Jalvaror trat auf sie zu. »Ich weiß nicht, was uns in Vibjerg erwartet«, knurrte er. »Es kann wieder Kampf geben.«

»Wir fürchten ihn nicht!«, sagte Asbjorn entschlossen.

»Wir werden uns in einem fremden Land befinden«, gab Jalvaror zu bedenken. »Ich habe Jarl Persson und seine Söhne hinrichten lassen. Sicher ist das in der Zwischenzeit König Horik zu Ohren gekommen. Es ist fraglich, ob er sich das gefallen lässt.«

---

* Gemeint ist der Skagerrak

»Der Jarl wollte ihn betrügen«, erinnerte Elinor.

»Wir müssen es auf uns zukommen lassen«, murmelte Jalvaror.

»Sollte es einen Kampf geben, werden wieder viele deiner Männer ihr Leben verlieren«, sagte Elinor.

»Sie gehen nach Walhall …«

»Davon hast *du* nichts. Keiner von uns hat etwas davon.« Mit ironischem Unterton fragte sie ihn: »Ist in Walhall überhaupt noch ein Platz frei? Wie viele Einherjer will Odin noch um sich versammeln, bis es zum Ragnarök kommt? Und wann wird das sein? Ich sage dir, Jalvaror, wir brauchen die Krieger nicht in Walhall, sondern hier auf Erden. Als Einherjer mögen sie vielleicht für Odin wichtig sein, für dich aber sind sie gewiss um einiges wichtiger, wenn du deine Sippe rächen willst.«

Jalvaror starrte Elinor an, als hätte sie eben kompletten Unsinn von sich gegeben, und schließlich sagte er: »Es ist das Bestreben jedes Kriegers, im Kampf zu sterben und in Walhall einzuziehen.« Mit einem Mal geriet er ins Schwärmen, seine Augen begannen zu leuchten, seine Stimme hob sich und nahm einen geradezu euphorischen Klang an. »Walhall … eine prächtige Halle mit fünfhundertvierzig Toren, durch die jeweils achthundert Einherjer nebeneinander einziehen können. Ragnarök wird durch drei Jahre blutiger Kämpfe und dann einen ebenso langen und harten Fimbulwinter* angekündigt. Die Wölfe Skalli und Hati verfolgen die Sonne, weil sie sie verschlingen wollen. Daraufhin fallen Sterne vom Himmel, und die Erde beginnt zu beben. Bäume werden entwurzelt, Berge stürzen ein, die Ketten, die den Fenriswolf halten, zerbrechen, und

* Die erste der vier Katastrophen, die Ragnarök einleiten

die Midgardschlange kommt an Land, das im Meer versinken wird.«

Elinor winkte ab. »Die Christen nennen das Ende der Welt den Jüngsten Tag, und angekündigt wird er von den vier apokalyptischen Reitern. Doch egal, ob Ragnarök oder Jüngster Tag, das Ende der Welt liegt in ferner Zukunft. Wir aber werden übermorgen in Jütland sein, und du selbst schließt nicht aus, dass wir weitere Krieger verlieren. Das können wir uns nicht leisten.«

»Sie hat voll und ganz recht mit dem, was sie sagt«, mischte sich Asbjorn ein. »Wenn wir in unserem Kampf gegen Eliwagar erfolgreich sein wollen, brauchen wir lebende Krieger. Doch die Männer auf diesen Schiffen sind dir nicht aus Überzeugung gefolgt, Jalvaror, sondern weil die Situation sie überrumpelt hat. Sie kämpfen nur deshalb an deiner Seite, weil sie nun die Rache von König Harald und noch mehr die von Meldun Eliwagar fürchten müssen, denn bestimmt sehen sie in ihrer unüberlegten Flucht aus dem Hardangerfjord einen Verrat.«

»Ich habe mit einigen der Männer gesprochen«, widersprach Jalvaror. »Viele von ihnen zürnen Meldun Eliwagar, weil sie sich von ihm um ihre Beute aus Wessex betrogen fühlen. Und sie sehen in König Harald einen willensschwachen Mann, da er sich von Eliwagar für dessen verräterisches Spiel vor den Karren hat spannen lassen. Zudem hat sich unter ihnen inzwischen herumgesprochen, dass er Gunnarr Grimmsson meucheln lassen wollte. Es ist nicht nur Furcht vor der Rache Haralds, die sie antreibt, sondern auch der Zorn über so viel Ehrlosigkeit.«

»Dennoch«, sagte Asbjorn, »wenn sie das Gefühl haben, dass du sie in den Untergang führst, kannst du dir ihrer Treue nicht mehr sicher sein.«

»Was schlägst du dann vor?«, fragte Jalvaror.

»Ich gehe allein nach Vibjerg und sehe dort nach dem Rechten«, sagte Asbjorn. »Da ich einige Zeit dort gelebt habe, kenne ich mich dort aus. Und je nachdem, was ich feststelle, werden wir unser weiteres Vorgehen danach richten.«

Elinor nickte beipflichtend.

»Ich bin einverstanden«, erklärte auch Jalvaror.

Am übernächsten Tag – es war um die Mitte des Vormittags – warfen sie an der Ostküste Jütlands, im sogenannten Kattegat, die Anker. Asbjorn verabschiedete sich von Elinor, indem er sie lange und innig küsste, dann sprang er ins Wasser, watete ans Ufer und stapfte landeinwärts.

Es war ein heißer Tag im Juli. Nicht eine Wolke war am Himmel zu sehen, und das Land lag unter einem flirrenden Hitzeschleier. Asbjorn hatte eine Trinkflasche aus Ziegenleder bei sich, bewaffnet war er lediglich mit der Axt. Schon bald setzte ihm die Hitze zu. Schweiß rann ihm übers Gesicht, brannte ihm in den Augen und entzündete sie. Der Schweißgeruch zog Stechmücken an, die ihn quälten und sich nicht vertreiben ließen. Bis Vibjerg musste er noch viele, viele Klafter marschieren, und darum sagte er sich, dass er sich ein Pferd besorgen musste.

Der Gedanke nahm immer festere Formen an, und Asbjorn stieg von Zeit zu Zeit auf einen Hügel, von dem aus er einen weiten Ausblick hatte, in der Hoffnung, einen Bauernhof oder eine kleine Ansiedlung zu erspähen.

Er musste fast bis zum Abend laufen, seine Füße brannten, waren schwer wie Blei, und er schleppte sich nur noch dahin, als sich vor ihm ein Gehöft aus dem

Sonnenglast schälte. Es handelte sich um ein mit Stroh gedecktes Langhaus, zu dem ein halbes Dutzend Wirtschaftsgebäude gehörten. In mehreren Gehegen weideten Schafe und Ziegen, auf einer Koppel standen zwei Milchkühe, und im Hof pickten Hühner im Staub auf der Suche nach etwas Fressbarem.

Freiwillig würde man ihm kein Pferd geben, davon war Asbjorn überzeugt. Darum hatte er erst gar nicht vor zu fragen. Er zog sich in eine Buschgruppe zurück, hockte sich hin und beobachtete das Anwesen. Einmal kam ein schwerer Wagen mit wuchtigen Scheibenrädern, die an große Schilde erinnerten, von Süden herauf. Er wurde von zwei Ochsen gezogen, und auf dem Wagenbock saßen zwei Männer. Im Hof wurden die Ochsen ausgespannt und zur Tränke geführt. Eine Frau kam aus der Tür des Langhauses und rief etwas. Einer der Männer antwortete und verschwand in einem Schuppen.

Die Sonne näherte sich unaufhaltsam dem Punkt, an dem sie hinter dem Horizont versinken würde, die Schatten wuchsen schnell, die Luft kühlte ab. Hin und wieder trank Asbjorn einen kleinen Schluck. Die Pause tat ihm gut. Der Schweiß auf seiner Haut trocknete, seine Augen brannten nicht mehr, und sein Blick hatte sich geklärt.

Schließlich ging die Sonne unter. Aus dem Rauchabzug des Wohnhauses quoll Holzrauch. Der Himmel über den Bergen im Westen brannte hellrot. Aus den Tiefen der Täler zogen die ersten Dunstschwaden empor, krochen die Hänge hinauf und hüllten Bäume, Felsen und Sträucher ein.

Schließlich verblasste auch der rötliche Schimmer auf den Hügeln, und die grauen Schatten der Dämmerung begannen, alles einzuhüllen. Im Osten blinkten fahl die ersten Sterne über dem bizarren Horizont, dann wurde es endgültig dunkel.

Asbjorn erhob sich und schlich, jeden sich bietenden Schutz ausnutzend, auf den Hof. Nirgendwo war Lichtschein zu sehen. Wahrscheinlich waren die Bewohner des Anwesens mit Einbruch der Dunkelheit zu Bett gegangen.

Der Norweger stand im Schlagschatten des Stalles und lauschte. Er konzentrierte sich auf all seine Sinne, aber außer dem Säuseln des Nachtwinds und dem Rascheln der Blätter an Bäumen und Sträuchern drang kein Geräusch an sein Ohr.

Asbjorn gab sich einen Ruck und setzte sich in Bewegung. Unter den Sohlen seiner Stiefel knirschte Staub. Bald darauf stand er beim Stalltor. Im Sternenlicht sah er einen hölzernen Riegel, der sich ohne Weiteres aus der Halterung heben ließ. Asbjorn zog das Tor auf. Im Stall war es finster wie in einem Mauseloch. Der penetrante Gestank von Exkrementen, vermischt mit dem der Ausdünstung der Tiere, stieg ihm in die Nase.

Er blieb stehen und bohrte den Blick in die Dunkelheit, vernahm Schnauben und Prusten und folgte diesen Lauten. Plötzlich waren die typischen Geräusche zu vernehmen, wie sie ein großes Tier verursacht, wenn es sich erhebt. Wieder war ein Prusten zu hören, dann ein Stampfen … und dann ertastete Asbjorns Hand den warmen Pferdekörper. Schnell fand er heraus, dass der Bauer dem Tier lediglich einen Strick um den Hals gelegt hatte, der an der Futterraufe verknotet war. Asbjorn löste den Knoten im Finstern, dann führte er das Pferd zum Tor, das sich als helleres Rechteck deutlich in der Finsternis abzeichnete.

Draußen zerrte er das Tier sofort hinter den Stall, schwang sich mit einem geschmeidigen Satz auf dessen Rücken und trieb es mit den Fersen an. Den Strick um den Hals des Vierbeiners benutzte er, um sich festzuhalten. Er lenkte das Pferd, indem er Druck mit den Oberschenkeln ausübte.

Asbjorn atmete auf. Es war einfacher gewesen als erwartet. Er ließ das Pferd nach Westen laufen …

Kapitel 18

Asbjorn schonte das Pferd nicht und erreichte am übernächsten Nachmittag Vibjerg. In einem Einschnitt zwischen zwei Anhöhen hielt er an, wo er von Strauchwerk und Bäumen gedeckt wurde.

Dort, wo einmal Grimmsson mit seinen Leuten gelebt und wo man auch ihm und Elinor Quartier zugewiesen hatte, sah er nur noch Brandschutthaufen. Zwischen den kreuz und quer liegenden verkohlten Balken wucherte bereits hüfthohes Unkraut.

Vibjerg selbst war noch so, wie er es in Erinnerung hatte. Zwischen den Häusern bewegten sich Menschen, hauptsächlich Männer. Ihre Gesichter konnte Asbjorn aus der Entfernung allerdings nicht erkennen.

Nachdem er alle Eindrücke, die sich ihm boten, aufgenommen hatte, ließ er sich vom Pferderücken gleiten, band das Tier an einem der Sträucher fest und schlich näher an das Dorf heran. Schließlich erreichte er die Rückseite eines Wohnhauses am Rand des Dorfplatzes. Er lugte um die Ecke und sah die abgetrennten und schon halb verwesten Köpfe von etwa zwei Dutzend Menschen, die an der Eiche aufgehängt waren. Man hatte sie mit den Haaren an den Ästen festgeknotet. Die Haut hatte sich von der Fäulnis bereits schwarz verfärbt, die Lippen hatten sich über die Zähne zurückgezogen, sodass ein totenschädelähnliches Grinsen die dunklen Gesichter verzerrte. Unwillkürlich fragte sich Asbjorn, ob das die Köpfe von Gunnarr Grimmsson und seinen Angehörigen waren; die verbrannten Häuser ließen diesen Schluss jedenfalls zu.

Zwei Männer schritten ganz in Asbjorns Nähe vorüber, und er erkannte sie, denn sie hatten zu Grimmssons Männern gehört.

Er trat hinter dem Haus hervor und rief: »He, einen Augenblick!«

Sie wandten sich ihm zu, und als er bei ihnen angekommen war und anhielt, sagte einer: »Wo kommst du denn her, Eriksson? Du bist doch nach Wessex gesegelt. Wo ist deine Mannschaft? Was ist geschehen?«

»Genau diese Frage stelle ich euch«, entgegnete Asbjorn. »Die Siedlung, in der wir lebten, ist niedergebrannt. Was sind das für Köpfe, die an der Eiche aufgehängt sind? Von Jalvaror Blavorr habe ich erfahren, dass Jarl Persson und seine Söhne tot sind. Weilt Grimmsson hier in Vibjerg?«

»Ja, er ist hier. Wir sind zurückgekehrt, nachdem wir in Avaldsnes Pech hatten. Aber unsere Angehörigen waren alle tot. Die Dorfbewohner hatten sie ermordet und ihre Leichen den wilden Tieren zum Fraß vorgeworfen.«

»Weil Grimmssons Frau den Jarl einer Lüge überführt hatte, nicht wahr?«

»Ja. Jalvaror Blavorr ließ den Jarl und seine Söhne hinrichten. Als er Vibjerg verlassen hatte, rächten sich die Dorfbewohner an Grimmssons Sippschaft. Aber dann kamen wir zurück, und Grimmsson hielt grausam Gericht. Die Köpfe, die an der Eiche hängen, gehörten jenen, die seine Familie und unsere Leute umgebracht haben.«

»Ich muss Grimmsson sprechen«, sagte Asbjorn.

»Folge uns, wir bringen dich zu ihm.«

Grimmsson bewohnte das Haus, das einmal Jarl Persson gehört hatte. Er und Asbjorn umarmten sich, dann ließ Grimmsson Met, Brot und Schinken bringen und forderte Asbjorn auf, zu essen und zu trinken.

Nachdem er den letzten Bissen mit einem Schluck Met hinuntergespült hatte, begann Asbjorn: »Ich kenne deine Geschichte in groben Zügen, Gunnarr. Hör mir nun zu, ich will dir meine und die meines Bruders Jalvaror Blavorr erzählen.«

Gespannt lauschte Gunnarr Grimmsson den Ausführungen seines Gastes, und manchmal entrang sich ihm ein Laut der Überraschung oder des Zorns. Asbjorn endete mit den Worten: »Nun liegt Jalvaror mit zwei Schiffen und etwa vierzig Kriegern an der Ostküste von Jütland vor Anker. Jalvaror möchte sich mit dir gegen Jarl Eliwagar verbünden. Jeder von euch hat ihm blutige Rache geschworen. Was meinst du?«

»Die Idee gefällt mir«, antwortete Grimmsson. »Ja, in der Tat. Wenn es gegen Eliwagar geht, würde ich mich sogar mit Loki, dem hinterhältigen Lügengott, verbrüdern. Allerdings …« Grimmsson brach ab und schürzte die Lippen.

»Warum sprichst du nicht weiter?«, fragte Asbjorn. »Nenn mir deine Bedingung.«

»Wir haben zu wenige Schiffe und auch viel zu wenige Krieger.«

»Das ist wohl wahr«, bestätigte Asbjorn nickend. »Darum müssen wir Männer rekrutieren. Auf dem Weg zu dir habe ich mir darüber Gedanken gemacht. Wir sollten Krieger in jenen Provinzen anheuern, die König Harald in der Schlacht von Solkiel erobert hat. In den Dörfern und Ansiedlungen dort ist man mit den neuen Herren nicht einverstanden. Die Menschen sind unzufrieden, denn die Jarls, die Harald eingesetzt hat, erheben hohe Steuern, um seinen nächsten Feldzug zu finanzieren. In Rogaland, Hordaland und Møre rumort es, und es finden sich gewiss genug junge, waffenfähige Männer, die sich uns anschließen.«

»Ich bin dabei«, stieß Grimmsson hervor.

»Gut«, murmelte Asbjorn. »Komm mit deinen Schiffen zum Sognefjord. Bei der Einfahrt in den Fjord treffen wir uns. Sagen wir, in einer Woche. Ist das in Ordnung?«

»Natürlich. Mich hält hier nichts mehr. Ich muss sogar damit rechnen, dass König Horik Männer schickt, um meine Leute und mich zu erschlagen. Ich werde Odin und den Asen Opfer bringen und mich mit reichlichen Gaben ihrer Unterstützung im Kampf gegen Meldun Eliwagar versichern.«

»Ja, opfere den Göttern, Gunnarr, und stimme sie gnädig. Dann werden sie uns auch beistehen. Denn ebenso wie wir wollen die Götter Gerechtigkeit.«

Fünf Wochen später – es war ein regnerischer Tag, die Wolken hingen tief, und ein heftiger Wind peitschte sie nach Osten – fuhren sie mit sieben Drachenbooten und mehr als zweihundert Kriegern in den Hardangerfjord ein. Sie hatten in den vergangenen Wochen die Fjorde von Rogaland, Hordaland und Møre abgefahren und regen Zulauf von jungen Kriegern erfahren, und zwei Stammesführer hatten ihnen sogar jeweils ein Boot zur Verfügung gestellt.

Die Männer, mit denen Jalvaror aus dem Hardangerfjord geflohen war, hatten ihm weiterhin die Treue gehalten. Und je mehr Unterstützung und neue Krieger sie erhalten hatten, desto entschlossener waren auch sie, Harald von seinem Thron zu stoßen, damit sie und ihre Sippe wieder in Freiheit leben konnten.

Sie wollten Eliwagar und die königliche Streitmacht

überraschen. Schnell, von einem scharfen Wind getrieben, glitten die Schiffe durch den weit ins Land hineinreichenden Meeresarm. Die Männer wollten das Dorf und die etwas entfernter lagernde Armee des Königs überfallen und ein Blutbad anrichten.

Plötzlich aber tauchten in den Seitenarmen des Fjords Schiffe auf. »Bei Odin!«, entfuhr es Jalvaror, der neben Asbjorn und Elinor im Bug eines der Drachenboote stand. »Sie kommen von allen Seiten! Das sind doppelt so viele Schiffe, wie wir haben. Unsere Mission wurde verraten!«

Asbjorns Rechte verkrampfte sich dermaßen um den Stiel der Axt, dass die Knöchel weiß unter der Haut hervortraten. »Oder wir wurden früher entdeckt als gedacht, sodass der König und sein Speichellecker Eliwagar die nötige Zeit hatten, uns diesen Hinterhalt zu legen. Das Überraschungsmoment haben wir jedenfalls nicht auf unserer Seite.«

»Wir müssen mit unseren Booten einen Kreis bilden!«, brüllte auf dem nächsten Schiff Gunnarr Grimmsson. »Holt die Segel ein! An die Riemen, Männer! Beeilt euch!«

»Ich sehe zwei Schiffe mit der Flagge meines Vaters«, presste Elinor hervor. »Er hat sich also tatsächlich vor Meldun Eliwagars Karren spannen lassen.«

Schnell rückten die gegnerischen Schiffe näher. Die Männer auf den Booten, die Jalvaror und Grimmsson befehligten, ruderten mit aller Kraft. Schließlich lagen die Schiffe so, dass sie einen Kreis bildeten, und die Krieger stellten sich an den äußeren Bordwänden auf, den Schild am einen Arm, die Axt oder das Schwert in der anderen Hand. Die Gesichter wirkten angespannt, der kalte Schimmer in ihren Augen ließ keinen Zweifel an ihrer Entschlossenheit aufkommen.

Die angreifenden Schiffe hatten sie eingekreist. Auch auf ihnen waren die Segel eingeholt worden, und auch dort standen die Krieger mit verkniffenen Mienen für den Angriff bereit.

Es krachte, und Holz barst, als die ersten Schiffe zusammenstießen, und die Männer hatten Mühe, sich auf den Beinen zu halten.

»Odin!«, erklang es, und der Schrei wurde aus unzähligen Kehlen wiederholt. Dann sprangen die Krieger König Haralds auf die Bordwände und von dort aus auf die gegnerischen Boote.

Ein furchtbares Gemetzel nahm seinen Anfang, und der Hardangerfjord wurde erneut Schauplatz eines grausamen Blutvergießens. Niemand konnte sich entziehen, niemand gegen diesen Strom aus vernichtender Brutalität anschwimmen. Töten oder getötet werden, etwas anderes gab es nicht.

In dem Gewoge aus Leibern waren Freund und Feind oftmals nicht zu unterscheiden, und man tötete einfach jeden, der einem in die Quere kam, denn wer zögerte, starb. Die Krieger steigerten sich in eine blutige Ekstase. Klirren, Krachen und frenetisches Gebrüll gingen ineinander über.

»Wir verlieren diesen Kampf!«, brüllte Asbjorn, der in der Nähe Jalvarors kämpfte. Sein gehetzter Blick suchte Elinor, konnte sie aber nirgends entdecken.

»Wir versuchen, auszubrechen!«, schrie Jalvaror. Er hackte einem Gegner den Unterarm ab, dann begann er, Befehle zu brüllen. Einige Krieger kämpften sich den Weg zu den Bänken frei, griffen nach den Rudern und schoben sie durch die Öffnungen, um damit ihr Drachenboot vom gegnerischen Schiff abzustoßen.

Asbjorn schlug einem feindlichen Krieger die Axt in den Leib, eilte Jalvaror zu Hilfe, der von drei Gegnern bedrängt wurde. Er hackte wild auf sie ein, und als sie blutüberströmt am Boden lagen und Jalvaror nicht mehr in Gefahr war, schrie er: »Wo ist Elinor?«

»Ich habe sie auf der Bordwand gesehen!«, versetzte Jalvaror und zerschmetterte einem Feind den Schädel.

Langsam entfernte sich ihr Boot aus dem Kreis und steuerte auf eine Lücke zwischen den feindlichen Schiffen zu. Ehe die Gegner sie schließen konnten, war das Drachenboot hindurch. Eliwagars Krieger und die des Königs, die sich noch auf Jalvarors Schiff befanden, wurden niedergemacht und über Bord geworfen.

Wie ein Pfeil schoss das Schiff über das Wasser in westliche Richtung.

Jalvaror und Asbjorn waren zum Heck gelaufen. »Ich sehe drei Schiffe, die uns folgen!«, schrie Jalvaror. »Es sind ... es sind unsere Leute! Aber nur drei! Bei den Göttern, dass wir dermaßen vernichtend geschlagen werden ...«

Seine Stimme brach. Die blutige Niederlage traf ihn tief. Verschwunden war die innere Kraft, die bei der Einfahrt in den Fjord seine Augen zum Leuchten gebracht hatten. Übrig geblieben war nichts als unsägliche Enttäuschung.

»Sie haben Elinor«, entrang es sich Asbjorn. »Gebe Odin, dass sie im Kampf gefallen ist. Lebend möchte ich sie nicht in Eliwagars schmutzigen Händen wissen.«

»William de Warenna wird ...«

Asbjorn unterbrach Jalvaror, indem er sagte: »Er ist nicht stark genug, um Eliwagar und dem König die Stirn zu bieten.«

Den drei Schiffen, die Jalvaror als ihre Verbündeten identifiziert hatte, folgten vier Boote. Es waren Schiffe mit dem königlichen Banner. »Im Augenblick ist es nur wichtig, ihnen zu entkommen«, knirschte Jalvaror.

»Auf eine Fortsetzung des Kampfes möchte ich mich auf keinen Fall einlassen. – Rudert!«, brüllte er. »Wir müssen hinaus aufs offene Meer gelangen!«

Asbjorn befand sich in einer fürchterlichen Gemütsverfassung. Er wurde nur noch von seinen Gefühlen beherrscht, und an oberster Stelle stand die Sorge um Elinor, die in ihm etwas geweckt hatte, das er vorher nie gekannt hatte. Es war Liebe. Nun war Elinor tot, oder sie befand sich in Eliwagars Gewalt, was Asbjorn als noch viel schlimmer empfand.

Das Verhängnis hatte mit seinem Verrat an Eliwagar und am König seinen Anfang genommen. Hatte er damit die Götter erzürnt? Waren sie ihm weniger freundlich gesinnt als dem niederträchtigen, skrupellosen Jarl und seinem Gönner, dem despotischen König?

Die alte Seherin Halldora kam ihm in den Sinn. Er entsann sich ihrer Worte und sagte sich, dass alles so gekommen war, wie sie es ihm prophezeit hatte. Am Ende hatte der Tod gestanden. Würde es sein Tod sein?

Egal. Ohne Elinor wollte er gar nicht mehr leben.

Die Krieger des Königs und die von Jarl Eliwagar sowie die Söldner William de Warennas hatten einen grandiosen Sieg errungen, wenn sie auch einen hohen Blutzoll dafür hatten entrichten müssen. Dutzende ihrer Krieger waren gefallen oder schwer verwundet.

Harald, Eliwagar und de Warenna trafen sich zusammen mit ihren Vertrauten im Haus des Jarls. Der ließ Met auftragen, dann befahl er seiner Leibwache, einen der Gefangenen vorzuführen.

Der Krieger war gefesselt, sein Gesicht war dunkel gefärbt vom eingetrockneten Blut. Er wurde von seinen Wächtern auf die Knie gezwungen, und Meldun Eliwagar ergriff das Wort, indem er fragte: »Wie heißt du?«

Statt zu antworten, spuckte der Krieger verächtlich auf den Boden. Trotzig starrte er Eliwagar an.

Der Jarl nickte einem der Wächter zu, die sich zu beiden Seiten des Gefangenen aufgestellt hatten. Der griff in die Haare des Gefangenen und bog dessen Kopf mit einem brutalen Ruck weit in den Nacken. Der Mund des Gequälten sprang auf, ein Ächzen stieg aus seiner Kehle, in seinen Augen wühlte der Schmerz. »Jarl Eliwagar hat dich etwas gefragt!«, fauchte der Wächter. »Also antworte! Nenn Jarl Eliwagar deinen Namen.« Er nahm seine Hand aus den Haaren des Gefangenen.

Der Krieger schwieg.

»Na schön«, knurrte Eliwagar. »Du ziehst es vor, stumm zu bleiben. Dein Wunsch sei dir erfüllt. – Reißt ihm die Zunge heraus und bringt den Nächsten.«

Der Gefesselte wurde gepackt und nach draußen gezerrt. Und schon wenig später wurde ein anderer, blutbesudelter Krieger vor den Tisch geführt, an dem König Harald zwischen Meldun Eliwagar und William de Warenna saß. Auch diesem Mann hatte man die Hände auf den Rücken gebunden, er musste niederknien, und auch ihn fragte Eliwagar nach seinem Namen.

In dem Moment, als der Gefangene antworten wollte, erklang von draußen ein schrecklicher Schrei voller Pein, und als er verklungen war, stieß Eliwagar hervor: »Solltest du es ebenfalls vorziehen, den Schweigsamen zu spielen, lasse ich auch dir die Zunge aus dem Hals reißen. Diesem Schrei nach zu urteilen ist das eine ziemlich schmerzhafte Prozedur. Du hast die Wahl. Also, wie heißt du?«

»Gautr Sigmundsson.«

»Na also, es geht doch«, knurrte der Jarl. »Sag mir, wer den Befehl über die Schiffe führte, die in feindseliger Absicht in den Hardangerfjord gekommen sind.«

»Gunnarr Grimmsson und Jalvaror Blavorr.«

Eliwagar zeigte ein eisiges Grinsen. »Ich dachte es mir. Wo hatten sie die vielen Schiffe und Krieger her?«

»Ihnen wurden ein großer Teil der Krieger sowie zwei Schiffe von den Führern einiger Stämme in Rogaland, Hordaland und Møre zur Verfügung gestellt.«

»Wir werden die Verräter bestrafen!«, rief König Harald wütend. »Ich lasse ihnen die Rippen vom Rückgrat hacken ...«

Sir Archibald unterhielt sich flüsternd mit William de Warenna. Der Edelmann murmelte etwas, dann wandte sich Sir Archibald an Eliwagar und sagte: »Der Lord vermutet, dass sich auf einem der Schiffe auch Asbjorn Eriksson und seine Tochter Elinor befunden haben. Er bittet Euch, Jarl Eliwagar, den Gefangenen dahingehend zu befragen.«

Eliwagar richtete sein Augenmerk wieder auf den Gefesselten. »Ich nehme an, dass Asbjorn Eriksson auch mit dabei war. Du weißt sicher, von wem ich spreche.«

Der Gefangene nickte. »Er fuhr auf Jalvaror Blavorrs Schiff.«

Einer der Wächter sagte: »Da sich Blavorr weder unter den Toten noch den Gefangenen befindet, ist sein Schiff wohl eines von den vieren, die entkommen konnten. Aber einige unserer Boote verfolgen sie.«

Eliwagar nickte und richtete wieder das Wort an den Gefangenen. »In Erikssons Gewalt befindet sich eine junge Britin«, sagte er. »Ihr Name ist Elinor de Warenna. Kannst du mir etwas über sie erzählen?«

»Bei Eriksson und Blavorr befand sich eine Schildmaid. Ihren Namen kenne ich nicht. Aber sie ist jung, hat blonde Haare und ist sehr schön.«

»Sie befindet sich unter den Gefangenen«, sagte einer von Eliwagars Leibwächtern.

»Schafft sie herbei!«, gebot Jarl Eliwagar. »Und ihn«, er wies auf den Gefangenen, »bringt zu den anderen Verrätern. Morgen opfern wir sie den Göttern zum Dank dafür, dass wir rechtzeitig gewarnt wurden und über unsere Feinde triumphieren konnten.«

Elinor wurde hereingeführt. Auch sie war schmutzig und blutbesudelt, und ihre Hände waren ebenfalls gefesselt.

Als William de Warenna sie sah, sprang er auf. Polternd kippte der Stuhl um, auf dem er gesessen hatte. »Elinor! Tochter! Dem Himmel sei Dank!«

Elinor würdigte ihren Vater nicht eines einzigen Blickes. Der Edelmann starrte sie an, als wollte er nicht glauben, was er sah. Sie unterschied sich äußerlich in keiner Weise von den Barbaren. Nichts an ihr erinnerte noch an ihre edle Herkunft.

Elinor war mit einem Hemd und einer Hose aus ungefärbtem Leinen bekleidet, darüber trug sie einen langärmligen wollenen Kittel, der ihr bis über die Knie reichte und gegürtet war. Um die Schultern hatte sie sich einen Rechteckmantel aus einem Schaffell gehängt, der rechts durch eine bronzene Spange gehalten wurde.

»Ich fordere, dass meine Tochter unverzüglich in meine Obhut übergeben wird!«, keuchte de Warenna, und Sir Archibald übersetzte.

Eliwagars Gesicht verschloss sich, und er antwortete: »Zunächst einmal ist sie unsere Gefangene. Sie hat Seite an Seite mit den Verrätern gekämpft und wird nicht anders behandelt als alle anderen Gefangenen.«

Sir Archibald gab die ablehnende Antwort des Jarls seinem Herrn weiter, und de Warenna fauchte: »König Harald soll ein Machtwort sprechen! Bittet ihn, Sir Archibald, dem Jarl zu befehlen, mir meine Tochter auf der Stelle zu übergeben.«

»Du bist nicht mehr mein Vater!«, fauchte Elinor ihn an. »Ich gehöre zu Asbjorn Eriksson und habe als Schildmaid an seiner Seite gegen die Krieger des Königs und des Jarls sowie gegen deine Söldner gekämpft. Viele von denen, die gestorben sind, habe ich getötet. Dem Glauben an die Heilige Dreifaltigkeit habe ich abgeschworen. Mein Gott ist Odin, ich bete zu den Asen und …«

»Hör auf, Verblendete!«, platzte es entsetzt über die blutleeren Lippen von William de Warenna. »Was ist das für ein heidnischer Zauber, dem du verfallen bist, Tochter? Was hat Asbjorn Eriksson mit dir angestellt? Er ist einer von denen, die deinen Bruder und viele deiner Freunde erschlagen haben. Deine Mutter wartet in Wessex darauf, dass ich dich zurückbringe. Sie grämt sich zu Tode und …«

»Ich liebe Asbjorn Eriksson, und wenn ich zwischen dem Tod und dir wählen soll, so entscheide ich mich für den Tod!«

Ungläubig fixierte de Warenna seine Tochter. Seine Lippen bebten, in seinem Gesicht zuckten die Muskeln.

»Was hat sie gesagt?«, fragte König Harald, dessen Haare lang und struppig auf den Rücken und weit über die Brust hingen.

Sir Archibald dolmetschte Elinors Erklärung. Als er geendet hatte, sagte der König: »Wenn das so ist, dann ist sie genauso zu behandeln wie die übrigen Gefangenen. Sie hat sich am Hochverrat Gunnarr Grimmssons und Jalvaror Blavorrs beteiligt und ist für dieses Verbrechen nach unseren Gesetzen zu bestrafen. Sagt das Eurem Herrn.«

Sir Archibald schluckte, räusperte sich und übersetzte. William de Warenna hörte mit ausdruckslosem Gesicht zu, dann stieß er hervor: »Fragt den König, ob das sein letztes Wort ist.«

»Es ist mein letztes Wort«, erklärte Harald, nachdem der Berater des Edelmanns die Frage an ihn weitergegeben hatte. »Seine Tochter hat sich entschieden. Sie würde ihm, ihrem Vater, kaum noch Freude bereiten. Sie hat als Schildmaid ihr Leben dem Kampf verschrieben – nun muss sie die Konsequenzen tragen, die sich aus ihrer Wahl ergeben.«

»Ich habe Euch meine Männer zur Verfügung gestellt, König!«, brauste de Warenna auf, nachdem Sir Archibald übersetzt hatte. »Wir haben einen Friedensvertrag geschlossen. Jarl Eliwagar hat mir zugesichert, dass man mir Elinor übergibt, sobald sie aus der Gewalt Erikssons befreit ist!«

Der britannische Edelmann stand vor dem König, der noch auf seinem Platz saß, hatte sich zu ihm hinuntergebeugt, und es sah aus, als wollte er sich mit dem nächsten Atemzug auf ihn stürzen. Einige Männer der Leibwache, die hinter König Harald standen, griffen bereits nach den Waffen, um gegebenenfalls einzuschreiten.

»Verliert nicht die Kontrolle über Euch, Mylord«, mahnte der immer besonnene Sir Archibald. »Es wird sich ein Weg finden, Lady Elinor nach Hause zu bringen.«

De Warenna atmete tief durch, trat einige Schritte zurück und stieß hervor: »An diesem Tisch sehe ich keinen Platz mehr für mich. Wir gehen!«

Gefolgt von seinem Stab schritt er zur Tür. Elinor beachtete er nicht mehr. Ehe er aber die Halle verließ, drehte er sich noch einmal um und rief: »Das letzte Wort in dieser Angelegenheit ist noch nicht gesprochen!«

Als niemand antwortete, machte er abrupt kehrt, und gleich darauf krachte hinter ihm die schwere Tür zu.

Eliwagar schaute Elinor an und sagte: »Ich kenne den Schlupfwinkel Grimmssons und Blavorrs in Jütland.

Ronguor Thorbjorn hat mir den Ort verraten: Vibjerg! Ich denke, ich werde einige Schiffe ausrüsten und sie nach Jütland schicken, um dem Treiben der Verräter ein für alle Mal ein Ende zu setzen. – Bringt sie zurück zu den anderen Gefangenen!«

Als Elinor von den Wächtern nach draußen geschleppt wurde, folgte ihr der begehrliche Blick des Jarls. Er wurde jedoch abgelenkt, und das Feuer der Habgier in seinen Augen erlosch, als der König seine Stimme erklingen ließ und sagte: »William de Warenna hat mit einer Drohung auf den Lippen dein Haus verlassen, Jarl Eliwagar.«

»Ich werde ihm gegenüber die nötige Vorsicht walten lassen, mein König. Außerdem werde ich ihn auffordern, den Hardangerfjord und schließlich auch Norwegen zu verlassen. Nach seiner Drohung bin ich nicht mehr gehalten, die Gesetze der Gastfreundschaft zu achten.«

»Wir brauchen ihn nicht mehr«, versetzte König Harald. »Ich glaube aber nicht, dass er so ohne Weiteres an Bord seines Schiffes geht und das Land verlässt. Ich denke vielmehr, dass er versuchen wird, uns Ärger zu bereiten.«

»Ich verstehe«, antwortete Meldun Eliwagar.

In diesem Moment betraten drei Männer die Halle. Sie verneigten sich vor Harald. »Die vier feindlichen Schiffe sind uns leider entkommen, mein König.«

Harald presste sekundenlang die Lippen zusammen, dann sagte er: »Ich hätte die Verräter gern bis auf den letzten Mann zur Rechenschaft gezogen, aber wie es scheint, haben die Götter diesem Abschaum noch einmal eine Gnadenfrist verschafft. Es ist eben so. Grimmsson und Blavorr haben fast die Hälfte ihrer Schiffe und mehr als die Hälfte ihrer Mannschaft verloren. So schnell, denke ich, wagen sie sich nicht nach Norwegen zurück.«

Eliwagar blickte skeptisch drein, sagte aber nichts.

Der König fuhr fort: »Lass alles für das morgige Opferzeremoniell vorbereiten, Jarl. Und noch etwas: Nachdem wir heute Grimmsson und seine Anhängerschaft vernichtend geschlagen haben, bedarfst du meines Schutzes nicht mehr. Ich habe nachgedacht, und mir ist klar geworden, dass ich mit meinem Heer nicht im Hardangerfjord überwintern kann, da hier die Versorgung meiner Krieger nicht gewährleistet ist. Darum werde ich in den nächsten Tagen das Heerlager abbrechen und nach Nordosten ins Landesinnere ziehen. Dort wird die Landwirtschaft viel intensiver betrieben, die Felder sind ertragreicher, und es gibt mehr Viehwirtschaft, weil mehr Weideland zur Verfügung steht. Weiter im Land dürfte die Versorgung meiner Truppen also gesichert sein.«

»Meine Gattin und ich werden es sehr bedauern, wenn Ihr uns verlasst, mein König«, heuchelte Eliwagar. »Wobei ich allerdings zugeben muss, dass es eine sehr kluge Entscheidung ist.«

»Jarl Eliwagar bittet Euch, Lord de Warenna, in sein Haus zu kommen. Er möchte mit Euch unter vier Augen sprechen.«

William de Warenna saß mit seinen Beratern an dem Tisch in der Halle des Hauses, das ihm Eliwagar zur Verfügung gestellt hatte. Sein Gesicht mutete im vagen und flackernden Schein eines Talglichts düster und maskenhaft an, und seine Augen glitzerten wie Raubtieraugen.

»Worüber möchte er denn mit mir sprechen?«, fragte er den Boten.

»Das hat er mir nicht gesagt. Er meinte aber, es wäre sehr wichtig, und Ihr solltet seiner Bitte auf jeden Fall Folge leisten.«

»Unter vier Augen bedeutet, dass ich allein kommen soll, wie?«, fragte de Warenna misstrauisch.

»So habe ich es verstanden.«

Der Lord nahm einen Schluck aus dem tönernen Becher, der vor ihm auf dem Tisch gestanden hatte, dann sah er der Reihe nach seine Berater an und fragte: »Was meint Ihr, werte Herren?«

»Ich denke, der Jarl will wegen Elinor mit Euch sprechen, Mylord«, antwortete Sir Archibald. »Wenn er Euch allein in sein Haus bittet, dann, weil er wahrscheinlich jegliches Aufsehen vermeiden will.«

»Ja«, murmelte de Warenna und fügte bedeutungsvoll hinzu: »Vor allem bei König Harald will er keines erregen.« Er wandte sich dem Boten des Jarls zu. »Sag deinem Herrn, dass ich auf dem Weg zu ihm bin.«

Der Bote verschwand, und William de Warenna knurrte: »Eliwagar trägt sich mit ehrgeizigen Plänen. Ich denke, er will mir ein Geschäft vorschlagen.« Er trank den Becher leer, stand auf, warf sich seinen Mantel über die Schultern und verließ das Haus.

Eliwagar saß am Tisch in der Halle seines Hauses. In zwei eisernen Feuerschalen loderten Flammen und sorgten für ausreichend Helligkeit. Auf dem Tisch standen ein großer Krug voll Met und zwei Becher.

»Es freut mich, dass Ihr meiner Einladung gefolgt seid, Mylord«, erklärte Eliwagar. »Setzt Euch und trinkt mit mir.«

»Ihr habt mir ausrichten lassen, es sei wichtig«, versetzte de Warenna und ließ sich nieder.

»Ich will mit Euch wegen Eurer Tochter sprechen.«

»Ihr habt mir erklärt, sie sei Eure Gefangene.«

»Das ist sie, ohne Frage. Oder seht Ihr das anders?« Er wartete die Antwort erst gar nicht ab, sondern fügte sogleich hinzu: »Und weil es so ist, kann ich auch über ihr Schicksal entscheiden.«

De Warenna kniff die Augen leicht zusammen. »Das beinhaltet gegebenenfalls auch Eure Bereitschaft, mir Elinor zu übergeben, nicht wahr?«

Eliwagar nickte und grinste süffisant. »Das hätte natürlich seinen Preis.«

»Und der wäre?«

Eliwagar beugte sich weit über den Tisch und flüsterte: »Der Kopf des Königs.«

»Ein verdammt hoher Preis«, stieß de Warenna hervor, der sich aber kaum überrascht zeigte, denn er hatte nichts anderes erwartet.

»Ist Euch Eure Tochter diesen Preis nicht wert?«

»Sie hat sich von mir losgesagt.«

»Was Ihr auf keinen Fall zu akzeptieren bereit seid, Lord.«

»Ich soll Euch also zur Königskrone verhelfen, Jarl«, resümierte de Warenna. »Habt Ihr schon einmal daran gedacht, dass uns das beide den Kopf kosten kann?«

»Man muss im Leben bereit sein, Risiken einzugehen«, meinte Eliwagar.

»Wieso seid Ihr Euch so sicher, dass man Euch zum König machen wird, wenn Harald überraschend das Zeitliche segnet?«

»Meine Anhänger werden mich zum König ausrufen, so einfach ist das. Widerstand wird im Keim erstickt. Ihr könnt mir mit Euren Söldnern dabei helfen, de Warenna.«

»Und mir damit König Ethelreds Zorn zuziehen. Wenn ich, ein britannischer Lehnsmann, mich in die innerpolitischen Verhältnisse Norwegens einmische, kann das zu immensen diplomatischen Verwicklungen führen, und die kann Ethelred zum jetzigen Zeitpunkt alles andere als gebrauchen, da das große Heer der Brüder Ragnarsson Wessex bedroht. Wenn er mir das Lehen nimmt, kann ich betteln gehen.«

»Mit mir als König von Norwegen bekäme er vielleicht sogar einen wertvollen Verbündeten gegen die Brüder Ragnarsson, die ja bekanntlich ein dänisches Heer befehligen.«

»Ich weiß nicht, ob Ethelred einem Usurpator das notwendige Vertrauen entgegenbringen würde.«

»Ihr wisst, was Eure Weigerung zur Folge haben wird?«, fragte Eliwagar lauernd.

»Gebt mir zwei Tage Zeit, Jarl. Ich muss darüber nachdenken. Zwei Tage, das ist sicher nicht zu viel verlangt. Übermorgen Abend teile ich Euch meine Entscheidung mit.«

Eliwagar schüttelte den Kopf. »Morgen will König Harald die Gefangenen den Göttern opfern, und Eure Tochter wird dabei sein. Entscheidet Euch *jetzt* – und trefft vor allem die *richtige* Entscheidung! Andernfalls wird Elinor morgen so wie die anderen Gefangenen mit durchschnittener Kehle und vollkommen ausgeblutet an einem der Bäume rund um den Opferplatz hängen, so lange, bis das Fleisch von ihren Knochen fällt.«

Im Wechselspiel von Licht und Schatten starrten sich die beiden Männer an. Eliwagars durchdringender Blick schien nach seinen unmissverständlichen Worten den nötigen Druck auf de Warenna auszuüben, denn der britannische Edelmann sagte: »Es ist gut, Jarl. Ich werde Euch den Kopf von König Harald bringen, und zwar, ehe diese Nacht vorbei ist!«

»Eliwagar will, dass ich Harald ermorden lasse und ihm, dem Jarl, dann mit meinen Söldnern zur Königskrone verhelfe«, sagte William de Warenna, als er sich wieder im Kreis seiner Berater befand.

Mit seinen Worten löste er zunächst Bestürzung, ja Fassungslosigkeit aus. Sir Archibald war der Erste, der seine Verwirrung überwand. »Er erpresst Euch mit dem Leben Eurer Tochter, schätze ich.«

»Ja. Entweder bringe ich ihm bis morgen früh den Kopf des Königs, oder Elinor wird morgen zusammen mit den anderen Gefangenen den Götzen dieser wilden Heiden geopfert.«

»Habt Ihr Euch schon entschieden, Mylord?«

»Ich habe ihm meine Zusage gegeben.«

Im Kreis der Berater herrschte aufs Neue tiefe Betroffenheit.

»Ihr wollt tatsächlich …?«

»Nein, natürlich nicht! Glaubt Ihr, ich sage diesem irren Barbaren die Wahrheit? Wir befreien Elinor, fliehen mit ihr zu unseren Schiffen und verlassen unverzüglich den Hardangerfjord. Sir Archibald, veranlasst, dass sich unsere Männer zwei Stunden nach Mitternacht auf die Schiffe begeben und diese klar zum Auslaufen machen. Sucht mir fünf unserer erfahrensten und erprobtesten Kämpfer aus. Mit ihnen hole ich Elinor aus dem Gehege, in das diese Barbaren sie gesperrt haben wie ein Tier. Nach ihrer Befreiung begeben wir uns sofort auf mein Schiff und legen ohne Verzögerung ab.«

»Beten wir zum Herrn, dass alles reibungslos abläuft«, murmelte Sir Archibald voll gemischter Gefühle.

Kapitel 19

Der Mond war eine dünne Sichel und schien durch ein Loch in der Wolkendecke im Südwesten. Die Nacht war finster, vereinzelt zogen Fledermäuse auf der Suche nach Beute durch die Luft, und hier und dort tanzte ein Lichtpunkt durch die Dunkelheit, ein Glühwürmchen auf der Suche nach einem Partner. Auf den Wiesen rund um die Ansiedlung zirpten die Grillen.

Bei dem Gehege, von dem William de Warenna gesprochen hatte, handelte es sich um einen Pferch, der aus oberarmdicken Stangen errichtet war. Die darin untergebrachten Gefangenen waren dreizehn Männer und Elinor. Sie saßen am Boden des Geheges, mit den Armen an die untersten Querstangen gefesselt. Zudem lag um den Hals eines jeden ein Strick, der über ihnen an der zweiten Querstange befestigt war. Vier Krieger, bewaffnet mit Äxten und Lanzen, bewachten sie. Sie waren an den vier Seiten des Geheges postiert und standen dort reglos wie Statuen.

Das primitive Gefängnis befand sich etwas abseits vom Dorf, gleich neben dem Opferplatz, und war von Buschwerk und Wald umgeben. Auf den Hainen rund um den Kultplatz wuchsen knorrige Eichen.

Auf einmal schlichen schattenhafte Gestalten wie Schemen lautlos aus dem Schutz der Büsche und Bäume und glitten auseinander. Sie gingen zu Boden und krochen wie riesige Eidechsen durch das kniehohe Gras auf die Wachposten zu.

Dann aber wurde es rings um den Pferch lebendig. Hinter den Sträuchern und dicken Baumstämmen traten Männer hervor, Schwerter und Äxte in den Händen, und eine klirrende Stimme rief: »Der Platz ist umstellt! Erhebt euch, aber lasst eure Waffen am Boden liegen!«

Die Worte verklangen, und für kurze Zeit geschah nichts. Dann aber wuchsen die schattenhaften Gestalten aus dem Gras empor, sechs an der Zahl. Ein knapper Befehl erklang, und der Kreis aus Kriegern, der den Pferch und die Briten einschloss, zog sich enger.

Aus diesem Kreis löste sich nun ein Mann, blieb aber nach zwei Schritten schon wieder stehen und rief halblaut: »De Warenna, kommt her!«

Es war Meldun Eliwagar, der ein Schwert in der rechten Hand hielt.

Elinors Kopf ruckte herum, und wie ein Hauch kam es über ihre Lippen: »Vater …?« Er war gekommen, um sie zu befreien? Er war ihretwegen hier?

William de Warenna trat vor Eliwagar hin. »Ich konnte den Handel mit Euch nicht eingehen, Jarl«, versuchte er, sich zu rechtfertigen, und seine Stimme klang dabei belegt. »Ich hätte mir damit selbst den Boden unter den Füßen weggezogen.«

»Ihr habt mich belogen, de Warenna! Und Ihr wolltet mich hintergehen! So dankt Ihr mir also meine Gastfreundschaft. Das ist schäbig!« Dann sagte Eliwagar lauter, damit jeder es hören konnte: »Von welchem Handel sprecht Ihr? Ich weiß nichts von einem Handel!« Bevor sich de Warenna über diese dreiste Lüge erregen konnte, fuhr er fort: »Nachdem der König die Herausgabe Eurer Tochter verweigert hat, war mir klar, dass Ihr versuchen würdet, sie zu befreien. Nun ja, de Warenna, auf Verrat kenne ich nur eine Antwort. Nämlich *diese!*«

Und damit rammte er William de Warenna das Schwert mit einer derartigen Wucht in den Leib, dass es ihn durchbohrte und auf dem Rücken zwei Handspannen weit herausragte.

Der Aufschrei, der dem Edelmann in die Kehle stieg, erstickte und wurde zu einem gurgelnden Laut. Ehe er zu Boden sank, zog Eliwagar die Klinge aus seinem Körper und trat zurück. De Warenna brach auf die Knie, seine Hände verkrampften sich über der Wunde, sein Oberkörper schwankte vor. »Dafür ... werdet Ihr ... in der Hölle schmoren, Eliwagar. Ich ... ich verfluche ...«

Der Jarl nahm das Schwert mit beiden Händen, ein kraftvoller Hieb von der Seite her, und der Kopf de Warennas wurde vom Rumpf getrennt und verschwand im hohen Gras. Der Oberkörper des Briten kippte nach vorn und schlug zu Boden.

Elinor, die dies beobachtet hatte, schrie auf vor Entsetzen. Obwohl sie mit ihrem Vater gebrochen hatte, schien es ihr, als würde sich eine scharfe Klinge in ihr Herz senken und es zerteilen.

»Macht sie nieder!«, stieß Jarl Eliwagar laut hervor, und seine Krieger stürzten sich wie ein Rudel ausgehungerter Wölfe auf die fünf britannischen Söldner, die mit dem Edelmann gekommen waren, um Elinor zu befreien. Sie wurden von den Äxten und Schwertern der Nordmänner regelrecht in Stücke gehackt.

Elinor sah das alles mit an, und ihr wurde bewusst, dass diese Männer ihretwegen ihr Leben verloren. Tränen liefen ihr über die Wangen.

Durfte eine Schildmaid Tränen vergießen? Es war ihr egal.

»Folgt mir!«, gebot der Jarl und begann zu laufen. Sein Ziel war das Haus, das er de Warenna und seinen Beratern zur Verfügung gestellt hatte. Mit dreien seiner

Krieger drang er ein, während der Rest seiner Mannschaft zum Lager der Söldner eilte, um sie im Schlaf zu überraschen und sie niederzumachen.

Doch sowohl das Haus als auch das Lager waren verlassen.

»Zu den Schiffen!«, schrie der Jarl.

Der ganze Pulk verfiel in einen Laufschritt. In der Bucht, in die der hölzerne Landungssteg hineinragte, dümpelten die Drachenboote des Königs, einige Schiffe des Jarls sowie die beiden britannischen Kriegsschiffe. Letztere aber befanden sich ein ganzes Stück entfernt im Fjord, wo das Wasser tief genug war, sodass die Schiffe nur noch mit einem Boot oder schwimmend zu erreichen waren.

Als sich die Krieger des Jarls auf dem Landungssteg zusammenrotteten, wurde deren Schiffsbesatzung wohl klar, was passiert sein musste, denn sogleich wurden die Ruder aus den dafür vorgesehenen Öffnungen geschoben, und die Schiffe glitten in westlicher Richtung davon.

»Schick sie auf den Grund des Meeres, Thor, Gott des Donners und des Sturms!«, knirschte Jarl Eliwagar wütend. »Schlag deinen Amboss und verbrenne sie mit der Hitze deiner Blitze!«

Am Morgen erstattete Eliwagar König Harald Bericht.

»Du bist ein weiser, vorausschauender Mann, Jarl«, lobte der König. »Ich würde dir gern einen Wunsch erfüllen, falls du einen solchen hast.«

Eliwagar hatte tatsächlich einen …

Nachdem Eliwagar den König verlassen hatte, begab er sich klammheimlich zu der Seherin Waelkyrige, die ihm helfen sollte, seinen Plan in die Tat umzusetzen. Anschließend ging er zum Opferplatz, wo er und Harald sich Odins Wohlwollen und das der anderen Götter sichern wollten.

Soweit die Krieger nicht zur Bewachung des Schiffslandeplatzes und des Dorfes eingeteilt waren, hatten sie sich um den Opferplatz eingefunden. Der wurde von einem hüfthohen Zaun aus dünnen, ineinandergeflochtenen Weidenruten begrenzt. Zudem war die gesamte Einwohnerschaft des Dorfes anwesend. Auf einem etwa zwei Fuß hohen Podium hatte man für den König und seine Berater sowie für den Jarl, dessen Familie und auch dessen engste Vertraute Bänke aufgestellt, damit sie das grässliche Schauspiel von erhöhter Warte aus verfolgen konnten.

In der Mitte des eingegrenzten Bereichs erhob sich der Opfertisch, eine dicke Steinplatte, die waagrecht auf kniehohen Findlingen lag. Ein Priester in einem knöchellangen weißen Gewand, dessen Gesicht abgesehen von den schwarz gefärbten Augenhöhlen hellgrau, fast weiß geschminkt war, stand neben dem Altar, zwei weitere Priester hatten auf seiner anderen Seite Aufstellung genommen.

Die Gefangenen wurden herbeigeführt. Sie waren mit einem ähnlichen Gewand bekleidet, wie es die Priester trugen, und um ihre Stirn lagen geflochtene Blumenkränze. Man hatte sie gewaschen, denn die Götter sollten sich an ihnen erfreuen und nicht durch den heruntergekommenen Anblick, den sie bei ihrer Gefangennahme geboten hatten, erzürnt werden.

Den Schluss bildete Elinor, die bemüht war, die schreckliche Angst, die sie empfand, hinter einem ausdruckslosen Gesicht zu verbergen. Doch auf dem Grund ihrer blauen Augen konnte man viele widerstreitende Gefühle erkennen. Sie bereute zutiefst die forschen

Worte, die sie in Anwesenheit König Haralds und des Jarls zu ihrem Vater gesagt hatte, und sie gab sich die Schuld an seinem sinnlosen, grausamen Tod. Darum fürchtete sie nicht nur die Schmerzen, die man ihr sicherlich gleich zufügen würde, und auch nicht den Tod, sondern mehr noch das göttliche Strafgericht, dem sie sich würde stellen müssen.

Nach langer Zeit hatte sie in der Nacht zum ersten Mal wieder zu Gott, zu Jesus Christus und zur Jungfrau Maria gebetet, inbrünstig und reuevoll. Das Fegefeuer würde das Mindeste sein, was ihr drohte …

Die todgeweihten Krieger jedoch hielten die Häupter hoch erhoben und zeigten nicht die geringste Angst. Der erste von ihnen wurde zu dem Opfertisch geführt. Man entledigte ihn seiner Fesseln, dann stieg er, ohne dass man ihn zwingen musste, auf die Steinplatte und legte sich rücklings darauf, den Blick zum Himmel gerichtet, ein leises Gebet an Odin richtend. Er zuckte nicht einmal zusammen, als der Priester die lange Klinge des Messers, das er aus seinem Gewand geholt hatte, an seinem Kehlkopf ansetzte. »Odin, Vater aller Götter, Gott des Krieges und des Todes – nimm dieses Opfer an und beschütze König Harald, Jarl Eliwagar, ihre Familien und Freunde und alle, die hier stehen und deines Beistands und des Beistands der Asen bedürfen.«

Mit dem letzten Wort schnitt er tief in die Kehle des zum Tode Verurteilten. Blut pulsierte mit jedem Herzschlag aus der klaffenden Wunde, sammelte sich zu beiden Seiten des Kopfes in kleinen Mulden, die in den Stein gemeißelt waren, und rann in die fingernagelbreiten und ebenso tiefen Rinnen; sie führten zu den beiden Seitenrändern des Opfertisches, und von dort tropfte der rote Lebenssaft des Geopferten in Tonschalen, die für diesen Zweck aufgestellt waren.

Nach einigen unkontrollierten Zuckungen lag der Körper auf dem Tisch still, und die Wunde hörte zu bluten auf. Die beiden anderen Priester trugen den Toten fort, schleppten ihn aus dem abgegrenzten Areal und hängten ihn an einer der Eichen auf.

Der nächste Krieger mit dem Blumenkranz auf dem Kopf wurde zum Opfertisch geführt …

Schließlich war nur noch Elinor übrig. Sie hielt den Kopf gesenkt, als sie zum Altar geführt wurde. Es war ihr nicht mehr möglich, einen klaren Gedanken zu fassen. Sie ging wie eine Schlafwandlerin, und jeder Wille in ihr war erloschen.

Dreizehn ausgeblutete Leichen hingen rund um die Kultstätte an den Eichen. Die Krähen saßen schon in den Baumkronen und warteten darauf, dass die Zuschauer ins Dorf oder in ihr Lager zurückkehrten, um ihr schauerliches Mahl zu beginnen.

Der grauenvolle Altar glänzte rot vom Blut der Getöteten. Nach jeder Opferung hatte der Priester mit einem Zweig das Blut aus den Schalen in die Runde verspritzt. Elinor hatte da noch gedacht, wie sehr sich doch die Rituale ähnelten. Die Christen benutzten Weihwasser …

In ihren Augen irrlichterten Panik und Entsetzen, ihr Herz raste und drohte in der Brust zu zerspringen. Dann stand sie vor dem Opfertisch, und sie sah die Fliegen, die auf dem dickflüssigen Blut herumkrochen. Gleich würde sich das ihre mit dem auf der Steinplatte vermischen …

Ihre Fesseln fielen, doch Elinor machte keine Anstalten, auf den Opfertisch zu steigen. Der Priester mit dem Messer gab den beiden anderen einen Wink, doch als sie Elinor packten, erhob sich König Harald und rief:

»Genug! Elinor de Warenna hat zwar den Tod verdient, doch ich habe sie Jarl Eliwagar geschenkt, und der hat bestimmt, dass sie künftig seine Sklavin sein soll.«

Ein bedauerndes Geraune ging durch die Menschenansammlung. Man hatte den Tod der Christin als Höhepunkt der Zeremonie erwartet. Die Priester hatten innegehalten und schauten den König verunsichert an …

Als Harald den Jarl kurz vor der Opferzeremonie nach seinem Wunsch gefragt hatte, hatte dieser geantwortet: »Überlasst mir Elinor de Warenna als meine Sklavin, mein Gebieter!«

Harald war damit zunächst nicht einverstanden gewesen: »Sie hat auf der Seite von Hochverrätern gegen mich gekämpft, viele meiner Krieger getötet und damit dazu beigetragen, mein Heer zu schwächen! Sie hat den Tod verdient!«

»Aber sie kennt die genaue Lage von Vibjerg in Jütland, zu dem sich Grimmsson und Blavorr sehr wahrscheinlich begeben werden, um ihre Wunden zu lecken«, hatte Eliwagar argumentiert. »Sie wird meine Krieger und mich auf dem schnellsten Weg dorthin führen, und ich werde Vibjerg dem Erdboden gleichmachen, ehe die Verräter dort überhaupt zum Nachdenken kommen.«

Harald war unschlüssig gewesen. »Meine Untertanen werden dennoch ihren Tod fordern.«

»Ich habe da einen Plan, mein König«, hatte Eliwagar gesagt, und nachdem er diesen Harald auseinandergesetzt hatte, hatte sich dieser einverstanden erklärt. »Gut, wenn es dein Wunsch ist, diese Frau zu deiner Sklavin zu machen, so soll es mir recht sein. Wahrscheinlich ist das für eine Christin sogar eine schlimmere Strafe als der Tod …«

Nun erhob sich Eliwagar von seinem Platz und ergriff das Wort, indem er laut sagte: »Die Götter haben der Seherin einen Blick in die Zukunft gewährt. Waelkyrige wird euch berichten, was die Götter sie haben sehen lassen.«

Ein altes, runzliges und gebeugtes Weib mit dünnen weißen Haaren, die weit über ihren Rücken hingen, schlurfte auf den Opferplatz und blieb am Fußende des Altars stehen. Obwohl es in der Runde absolut still geworden war, hob sie die knorrigen Arme, als wollte sie Ruhe gebieten, bevor sie keifend rief:

»Mir zeigte sich Odin persönlich, und ich sah Thor sowie Balder und Heimdall, den Wächter. Sie sind mit dreizehn Opfern zufrieden und wollen die Christenfrau nicht als vierzehnte Gabe. Sie wiesen mich darauf hin, dass die Feinde des Königs und des Jarls Zuflucht in Dänemark, in einem Ort namens Vibjerg, gesucht haben. Nur die Christin weiß genau, wo dieser Ort zu finden ist. Es ist der Wille der Götter, dass sie Jarl Eliwagar und seine Krieger zu diesem Ort führt, damit die Verräter und Diebe bestraft werden.«

»Dürfen wir die Anweisungen der Götter ignorieren, nur weil es uns nach einem weiteren Spektakel gelüstet?«, rief Jarl Eliwagar in die Runde. »Sollen wir das Christenweib opfern, obwohl die Götter sie ablehnen? Mit ihrer Hilfe können wir die Abtrünnigen, die uns belogen, bestohlen und verraten haben, die unsere Freunde und Verwandten ermordet und ihre Häuser niedergebrannt haben, aufspüren und sie mit aller Härte bestrafen! *Das* ist der Wille der Götter, und aus dem Mund Waelkyriges haben sie ihn uns kundgetan. Wir wollen Odin, Thor, Balder und alle anderen Asen nicht erzürnen. Wer nicht dieser Meinung ist, der möge jetzt sprechen – oder sich dem Willen der Götter unterwerfen!«

Niemand meldete sich zu Wort.

»Dann bringt mir die Sklavin!«, gebot Eliwagar. »Denn so wollen es die Götter!«

Es war nach Einbruch der Dunkelheit, als Jarl Eliwagar zu seiner Gattin sagte: »Es ist an der Zeit, die britannische Sklavin zu verhören. Ich will von ihr alles erfahren, was sich zugetragen hat, seit sich Asbjorn Eriksson nach Dänemark zu Gunnarr Grimmsson abgesetzt hat. Und ich will dabei ungestört sein, darum befrage ich sie in dem Haus, das ich William de Warenna und seinem Rat zur Verfügung gestellt hatte. Lass in der Halle dort für Licht sorgen, außerdem soll für mich ein Krug voll Met und ein Becher zum Trinken bereitgestellt werden.«

»Es wird gemunkelt, dass sie eine Hexe ist, die Asbjorn Eriksson mit einem Zauber in ihren Bann geschlagen hat«, versetzte Ragnhildr, die Gemahlin des Jarls. »Vielleicht verhext sie auch dich.«

»Unsinn. Eriksson war ihrer Schönheit erlegen. Das ist das Geheimnis ihres Zaubers. Doch von Äußerlichkeiten habe ich mich noch nie blenden lassen. Sei also unbesorgt, Frau.«

Sie starrte ihren Mann an, als würde sie versuchen, seine Gedanken zu erforschen. Dann aber wandte sie sich ab und verließ das Haus, um die Anordnungen des Jarls weiterzugeben. Nach einer Weile kehrte sie zurück. »Es ist alles vorbereitet, mein Gemahl.«

»Gut, dann gehe ich jetzt hinüber in das Haus. Lass die Sklavin vorführen. Und noch einmal, Frau: Ich möchte auf keinen Fall gestört werden.«

Sie schoss ihm einen tief betroffenen Blick zu, den er aber ignorierte. Dann machte er sich auf den Weg.

Die Halle des Hauses, das er für sein Vorhaben gewählt hatte, wurde von zwei Feuern in eisernen Schalen sowie drei zusätzlichen Fackeln erleuchtet. Auf dem Tisch stand wie befohlen ein Krug, daneben ein Becher aus Ton. Der Jarl setzte sich.

Zwei Krieger brachten Elinor. Sie war nur mit einer langen, ärmellosen Leinenkutte bekleidet, ihre blonden Haare waren hochgesteckt, ihr Gesicht war ungesund bleich, und die Augen lagen tief in den Höhlen. Sie wurde vor den Tisch geführt, und der Jarl bedeutete den beiden Kriegern, ihn mit der jungen Britin allein zu lassen. Sie entfernten sich und schlossen die Tür hinter sich.

Der Jarl starrte Elinor lange Zeit wortlos an. »Bist du eine Hexe?«, fragte er plötzlich. »Verstehst du dich auf die Kunst des Zauberns?«

»Nein, Mylord.«

»Mylord!« Eliwagar lachte rasselnd. »Das hört sich gut an. Ja, du darfst mich Mylord nennen.« Er verschränkte die Arme vor der Brust und lehnte sich auf seinem Stuhl zurück. »Ohne mich wärst du jetzt tot, und dein Leichnam würde an einer der Eichen rund um den Opferplatz hängen.«

»Ich weiß, Mylord. Ich verdanke Euch mein Leben.«

»Mir und der Seherin. Es war nicht billig, sie zu der Rede zu veranlassen, die sie gehalten hat. Aber … nun ja …« Eliwagar zuckte mit den Schultern. »Sag mir, hast du wirklich deinem Glauben abgeschworen?«

»Ich bin mir nicht mehr sicher.«

»Es spielt auch keine Rolle. Du hast mit Eriksson einige Zeit in Vibjerg gelebt und weißt deshalb genau, wo dieser Ort in Jütland zu finden ist.«

»Warum fragt Ihr, Mylord?«

»Weil das hier sonst niemand so genau weiß. Doch

ich habe vor, dieses Nest voller Verräter, Diebe und Mörder auszuheben, und du wirst mich und meine Männer hinführen.«

»Ich kenne den Weg nicht, Mylord«, versetzte Elinor.

»Denk nach, dann fällt er dir sicher ein.« Eliwagar erhob sich und kam um den Tisch herum. Vor Elinor blieb er stehen.

»Nachdem wir von Bord gegangen waren, sind wir einen halben Tag lang durch die Ödnis marschiert, Mylord«, murmelte Elinor. »Hügel, Felsen, Flüsse, Bäche und Wald – viel Wald. Ich bin einfach hinter den anderen hergelaufen. Mehr kann ich Euch nicht sagen.«

»Na schön. Ich will deinem Gedächtnis etwas auf die Sprünge helfen.« Er packte Elinor, wirbelte sie herum, sodass sie ihm den Rücken zuwandte, drückte ihren Oberkörper nach vorn auf den Tisch und schob ihr den Kittel hoch. Elinor spürte seine Hand in ihrem Schritt. Blankes Entsetzen packte sie, und ihr entrang sich ein Ächzen. Dann fühlte sie, wie er in sie eindrang. Sogleich begann er zu stoßen und gab dabei grunzende Laute von sich.

Er nahm sie in geradezu viehischer Weise. Ekel krampfte Elinor den Magen zusammen und begann, in ihren Eingeweiden zu wühlen. Sie hatte Mühe, den Brechreiz zu unterdrücken. Der Jarl war brutal und rücksichtslos, doch Elinor ließ es über sich ergehen und verspürte trotz aller Demütigung eine gewisse Genugtuung: Er konnte sie nicht schwängern, sie würde nie seinen Bastard austragen müssen. Denn sie trug bereits die Frucht ihrer Liebe zu Asbjorn Eriksson unter dem Herzen. Sie hatte noch mit niemand darüber gesprochen. Seit sie begnadigt worden und vom Opferplatz weggeführt worden war, hatte sich ihr ganzes Denken nur um die Frage gedreht, wie sie vermeiden konnte, dass ihr Kind in Gefangenschaft geboren wurde, um ein Leben lang Sklave zu sein. Wahrscheinlich wäre es besser gewesen für sie und das Kind, hätte man ihre Leiche an einer der Eichen aufgehängt …

Der Jarl begann exzessiv zu stöhnen, dann trat er zurück, zog sich die Hose hoch und schnürte sie zu. »Ist dir der Weg jetzt wieder eingefallen?«, fragte er keuchend, aber mit höhnischem Unterton.

Elinor richtete sich auf und drehte sich zu ihm um. Der Saum ihres Kittels fiel nach unten.

»Ich … Mylord, ich … ich muss den Marsch nach Vibjerg Schritt für Schritt noch einmal im Kopf durchgehen.«

»Lass dir nicht zu viel Zeit, Weib. Das nächste Mal überlasse ich dich meinen Kriegern. Ich glaube nicht, dass du mit denen so viel Freude haben wirst wie mit mir.« Meldun Eliwagar ging wieder um den Tisch herum und ließ sich davor nieder. »Nun gut, jetzt will ich von dir hören, was sich zugetragen hat, nachdem Eriksson während des Sturms auf der Rückfahrt von Wessex geflohen ist. Ich habe eine ganze Reihe von Fragen, die du mir möglicherweise beantworten kannst. Eigentlich sind es gar keine Fragen. Du sollst mir vielmehr ein paar Dinge bestätigen, die ich längst zu wissen glaube. Es geht um den Verrat an König Harald und meiner Person vor der Schlacht von Solkiel, und es geht um den Mord an meinem engsten Vertrauten Niobjorg Bryngeror.«

Elinor lag auf ihrem Lager aus Stroh im hinteren Teil des Ziegen- und Schafstalls und starrte in die Dunkelheit. Sie fühlte sich entehrt und beschmutzt. Doch darunter schwelte eine Glut aus Hass und dem brennenden Wunsch nach Vergeltung.

Allerdings war sie sich nicht mehr sicher, wen sie

anflehen sollte, Jarl Eliwagar für seine Schandtaten zu bestrafen. Sie wollte sein wie Asbjorn, wollte zu seinem Volk gehören und dieselben Götter anbeten wie er. Eine Zeit lang war ihr das sogar gelungen. Sie hatte zu Odin, Thor und Freya gebetet. Doch die Götter schienen taub zu sein für ihr Flehen. Andererseits galt dies auch für den Christengott und seinen Sohn Jesus sowie den Heiligen Geist. Warum hatte Thor den intriganten Jarl nicht längst mit seinem Hammer erschlagen? Warum hatte Gott nicht den Erzengel Michael mit dem Flammenschwert geschickt, damit er Eliwagar zur Rechenschaft zog?

Ihre Gedanken schweiften weiter ab. Sie fragte sich, ob Asbjorn tatsächlich nach Dänemark zurückgekehrt war, nachdem ihre Mission im Hardangerfjord so kläglich gescheitert war. Hielt er sie für tot, oder wusste er, dass König Harald und Eliwagar sie gefangen genommen hatten?

Sie dachte allerdings auch an ihre Mutter, und sie verspürte tiefes Mitleid. An dem Morgen, an dem sie geopfert werden sollte, hatte man Elinor den abgeschlagenen Kopf ihres Vaters gezeigt. Dann hatten sie ihn auf eine Lanze gespießt und am Weg vom Gehege zum Opferplatz zur Schau gestellt.

Es war barbarisch, von heidnischer Grausamkeit, und es würde ihr wohl nie gelingen, die grässlichen Bilder aus ihrer Erinnerung zu tilgen.

Plötzlich vernahm sie ein schabendes Geräusch, dann glaubte sie das Atmen eines Menschen ganz in ihrer Nähe zu vernehmen. Im nächsten Moment flüsterte eine raue Stimme: »Nicht erschrecken, Elinor de Warenna. Mein Name ist Blavorr – Oddmar Blavorr …«

»Blavorr?«, entfuhr es der jungen Britin überrascht. »Gehörst du zur Sippe von Jalvaror?«

»Nicht so laut. Ja, Jalvaror und ich sind Vettern. Ich bin einer von denen, die nach dem Überfall auf unsere Sippe aus dem Sognefjord verschleppt wurden und nun in Hordaland als Eliwagars Leibeigene ihr Dasein fristen.«

»Ich kann dir nicht helfen, Oddmar Blavorr. Auch ich bin nur eine Sklavin des Jarls.«

»Sie haben dich heute Abend zu ihm gebracht. Was wollte er von dir? Du musst es mir sagen, Elinor, denn ich habe vor, zu fliehen und mich zu Jalvaror durchzuschlagen. Wenn Eliwagar etwas gegen ihn plant, hat er es dir gegenüber vielleicht angedeutet. Hat er vor, Jalvaror und Gunnarr Grimmsson zu jagen?«

»Er will, dass ich ihn nach Vibjerg führe, denn er glaubt, dass ich die genaue Lage des Ortes kenne und dass sich Jalvaror, Asbjorn und Grimmsson dort verstecken.«

»Dann tu dies, Elinor de Warenna«, knurrte Oddmar Blavorr. »Aber versuche, möglichst viel Zeit zu schinden. Wenn es mir gelingt, Jalvaror rechtzeitig zu warnen, schickst du den Hund geradewegs in einen Hinterhalt und damit in seinen Untergang. Seine Gebeine sollen in Dänemark verrotten.«

»Es ist ein weiter Weg bis Vibjerg, Oddmar«, entgegnete Elinor. »Wie willst du das schaffen?«

»Ich stehle ein Boot. Davon liegen genügend in der Bucht. Bis Stavanger in Rogaland ist es nicht allzu weit, und von Stavanger aus laufen Handelsschiffe nach Dänemark und Schweden aus. Auf einem der Boote werde ich anheuern.«

»Der Jarl wird dir seine Leute hinterherschicken.«

»Seine Hunde werden meine Fährte in der Bucht verlieren. Ein Boot hinterlässt im Wasser keine Spuren. Und wenn du dichthältst ...«

»Von mir erfährt er kein Sterbenswort.«

»Sag mir, wie ich am schnellsten nach Vibjerg gelange, Elinor.«

Ohne darüber nachzudenken, dass dies eine Falle sein konnte, antwortete sie: »Such ein Schiff, das nach Hvolris segelt. Das ist ein Ort im Limfjord, der Jütland von Westen nach Osten in zwei Teile schneidet. Von Hvolris aus musst du kerzengerade nach Süden marschieren, und nach etwa einem halben Tag gelangst du nach Vibjerg.«

»Gut. Ich werde mich unverzüglich auf den Weg machen. Wenn sie morgen früh merken, dass ich weg bin, kann ich schon auf dem offenen Meer sein.«

»Möge Odin seine schützenden Hände über dich halten, Oddmar, und möge Thor den Atem anhalten und Mjöllnir ruhen lassen, solange du mit dem Boot unterwegs bist.«

Als Elinor bei Sonnenaufgang die Schafe und Ziegen aus dem Stall trieb, sah sie vor dem Wohnhaus des Jarls einige Krieger mit Pferden und einem halben Dutzend Hunden an langen Leinen. Der Jarl rief irgendetwas, das Elinor nicht verstand, und die Männer – es waren sieben – sprangen auf die Pferde, zerrten sie herum und trieben sie an. Bellend und jaulend tobte die Hundemeute vor dem Pulk los in Richtung Schiffsanlegeplatz.

Da nahm Eliwagar die junge Britin wahr, sagte etwas zu seinen Vertrauten und setzte sich in Bewegung. Gefolgt von seinem Stab aus Beratern und Leibwächtern schritt er auf Elinor zu, die abwartend stehen geblieben war.

Zwei Schritte vor ihr hielt der Jarl an, stemmte die Hände in die Seiten, zeigte ein schmieriges, widerwärtiges Lächeln und sagte: »Du hattest die ganze Nacht Zeit, darüber nachzudenken, wie man nach Vibjerg gelangt. Ist es dir eingefallen?«

»Wir sind vom offenen Meer aus in einen Fluss gesegelt, Mylord, vielleicht war es auch ein Fjord, der so schmal ist wie ein Fluss. Nach einiger Zeit sind wir in der Nähe eines Dorfes von Bord gegangen und losmarschiert, Stunde um Stunde …«

»Wie heißt das Dorf?«

»Ich weiß es nicht.«

»Hat der Fluss oder Fjord einen Namen?«

»Auch das weiß ich nicht, Mylord.«

»Muss ich dir wieder auf die Sprünge helfen?« Das schmierige Lächeln wurde zu einem grässlichen Grinsen. »Ich kann damit auch meine Krieger beauftragen.«

»Ich versuche, mir den Weg ins Gedächtnis zu rufen, Mylord. Ich erinnere mich, dass wir den Fluss in Richtung Westen befahren haben. Vorher sind wir durch die Große Bucht gesegelt, die im Osten an der Küste Schwedens endet.«

»Ich werde dich heute Abend noch einmal unter vier Augen befragen, Elinor de Warenna. Doch glaub mir, meine Geduld kennt Grenzen. Du wirst dir wünschen, tot zu sein, wenn ich meine Krieger auf dich loslasse.« Abrupt wechselte er das Thema. »Einer meiner Sklaven ist in der Nacht geflohen. Es ist einer aus der Blavorr-Sippe.« Forschend musterte er Elinors Gesicht, als würde er in ihren Zügen die Antwort auf eine Frage suchen, die er nicht gestellt hatte.

»Davon ist mir nichts bekannt, Mylord«, erklärte Elinor. »Die Zeit, einen Eurer Bediensteten kennenzulernen, hatte ich noch nicht.«

»Nun, ich denke, er kommt nicht weit. Und wenn ihn meine Männer erwischen, wird es wieder einen

Blavorr weniger geben. Irgendwann werde ich sie alle von dieser Erde getilgt haben.«

Jarl Eliwagar war der Meinung, dass vier Schiffe mit insgesamt hundertzwanzig Kriegern als Besatzung ausreichten, um Vibjerg zu überfallen, Jalvaror Blavorr, Asbjorn Eriksson, Gunnarr Grimmsson und all ihre Anhänger zu töten und das Dorf vollständig zu vernichten.

Mit der Unterstützung durch König Harald konnte er nicht mehr rechnen, denn dessen Streitmacht wandte sich bereits vom Hardangerfjord aus nordwärts, um ins Zentrum Norwegens vorzudringen und dort einen Platz zu finden, an dem die Versorgung den Winter über sichergestellt sein würde.

Dass er in feindlicher Absicht in ein fremdes Land eindrang, interessierte Eliwagar nicht. Er fürchtete Jalvaror Blavorr und Gunnarr Grimmsson, und darum wollte er sie vernichten, um jeden Preis.

Eine Woche war vergangen, seit Oddmar Blavorr geflohen war. Eliwagars Häscher hatten ihn nicht erwischt. Nach und nach hatte Elinor dem Jarl den Weg nach Vibjerg beschrieben, und nun legte er mit seinen Schiffen bei Hvolris an.

Es war noch ziemlich früh, und über dem Fjord wogte der Morgennebel. Der Himmel war bleigrau, das ganze Land wirkte düster.

Eliwagar ließ zwei Dutzend Krieger zur Bewachung seiner Boote zurück, mit dem Rest seiner Mannschaft machte er sich auf den Weg nach Vibjerg.

Sie mochten etwa die Hälfte der Strecke zurückgelegt haben und befanden sich in einer Senke, die von Hügeln und Wald begrenzt war, als sich der Klang eines Horns erhob und durch weitere Hornstöße fortgetragen wurde.

Eliwagar gebot seinen Kriegern, anzuhalten, und sie nahmen die Schilde vom Rücken und die Axt oder das Schwert in die Hand. Sie sandten unruhige Blicke Richtung Waldrand.

Und dann brachen Bewaffnete aus dem Unterholz hervor. Eliwagar und seine Mannschaft waren eingekreist. Es waren wohl an die zweihundert Kämpfer, die nur auf den Befehl warteten, loszustürmen und über die Eindringlinge aus Norwegen herzufallen.

Weiter südlich trieben fast ein Dutzend Reiter ihre Pferde aus einem ebenfalls bewaldeten Hügeleinschnitt. Während einer weiterritt, blieben die anderen zurück. Der einsame Reiter näherte sich den norwegischen Kriegern, hielt in einiger Entfernung vor Jarl Eliwagar an und rief: »Es war nicht klug von euch, den Fuß in feindseliger Absicht auf dänischen Boden zu setzen. Eine Dreistigkeit sondergleichen, die König Horik von Dänemark nicht hinzunehmen bereit ist.«

»Unsere Absichten richten sich nicht gegen Horik und auch nicht gegen Dänemark!«, beteuerte Eliwagar. »Allerdings haben sich in eurem Land einige norwegische Gesetzesbrecher verkrochen. Meine Mission ist es, sie zu stellen und zu bestrafen. Sobald das erledigt ist, verlassen wir euer Land.«

»Ihr sprecht von Gunnarr Grimmsson, Jalvaror Blavorr und Asbjorn Eriksson, nicht wahr?«

»Sie haben sich des Hochverrats schuldig gemacht!«

»Aber König Horik haben sie einen Dienst erwiesen, als Jalvaror Blavorr einem betrügerischen und intriganten Jarl das Handwerk legte. Und der König hat Blavorr und dessen Leute unter seinen Schutz gestellt.«

»Damit hat er sich eine Laus in den Pelz gesetzt!«, stieß Eliwagar verächtlich hervor.

»Nun, Blavorr, Eriksson und Grimmsson befinden sich

unter den Reitern«, erklärte der Unterhändler. »Ihr solltet Euch bereit erklären, mit ihnen zu sprechen, Jarl Eliwagar.«

»Und wenn nicht?«

»Dann wird diese Senke Euer Grab.«

Ein böses Grinsen schlich sich in Eliwagars Züge.

»Ich kann es kaum erwarten, den dreckigen Verrätern Auge in Auge gegenüberzutreten.«

Kapitel 20

Sie trafen sich eine halbe Stunde später, ungefähr in der Mitte zwischen beiden Heeren. Meldun Eliwagar war mit zweien seiner Berater gekommen.

»Wie ist es euch gelungen, König Horik auf eure Seite zu ziehen, obwohl du seinen Jarl und dessen Söhne hast hinrichten lassen, Jalvaror Blavorr?«, fragte er grimmig.

Jalvaror Blavorr, Asbjorn Eriksson und Gunnarr Grimmsson waren nicht von den Pferden gestiegen. Zwischen ihnen und dem Jarl von Hordaland stand die Feindschaft wie eine unsichtbare Wand, und eine Versöhnung war ausgeschlossen. Die Unterredung würde von Hass gelenkt werden – der schlechteste Vermittler, den man sich vorstellen kann.

»Hat dich Elinor de Warenna geführt?«, wollte Jalvaror wissen, ohne dass er auf die Frage des anderen einging.

Eliwagar verschränkte die Arme vor der Brust. Er stand breitbeinig zwischen seinen beiden Beratern und verströmte ein hohes Maß an Arroganz. »Sie hat mir den Weg dermaßen gut beschrieben, dass ich darauf verzichten konnte, sie mitzunehmen.« Er heftete den Blick auf Asbjorn. »Die kleine Britin weiß jetzt, was ein richtiger Mann ist, Eriksson. Ich hatte eine Menge Freude mit ihr, und ich glaube nicht, dass sie sich noch nach dir zurücksehnt.«

Unwillkürlich zuckte Asbjorns Hand zur Axt an seinem Gürtel, und in seinen Augen brannte unbändiger Zorn.

»Ruhig, Asbjorn«, mahnte Jalvaror. »Lass dich nicht provozieren. Du wirst die Sache noch früh genug mit ihm ausmachen können.«

»Er soll an seiner Feigheit ersticken!«, presste Asbjorn hervor. »Sich an einer wehrlosen Gefangenen zu vergreifen, ist ... ehrlos!«

»Ich frage mich, woher du deine Überheblichkeit nimmst, Eliwagar«, sagte Jalvaror. »Bist du dir nicht bewusst, dass ich deine lächerliche Armee bis auf den letzten Mann niedermachen könnte? König Horik hat mir genügend Leute zur Verfügung gestellt. Nachdem mein Vetter Oddmar von deinem Plan berichtet hat ...«

»Mein Sklave ist also zu dir geflohen!«, wurde er unterbrochen. »Nun, ich hätte es mir denken können. Was deine Übermacht an Kriegern betrifft, sollst du wissen, dass meine Leute kämpfen werden wie Berserker. Du und König Horik – ihr werdet einen hohen Preis zahlen, wenn ihr mich angreift. Ich und meine Krieger stehen unter dem Schutz der Götter. Abgesehen von Loki hassen und verachten sie Verrat, und noch mehr hassen und verachten sie diejenigen, die ihn begehen.«

»Sie hassen und verachten aber auch Frauen- und Kindermord, Vergewaltigung und schlechte Eigenschaften wie Niedertracht und Habgier, Eliwagar. Das sind die Charakterzüge, die sich in deiner Person vereinen. Du sprichst von einem hohen Einsatz zu unseren Lasten? Glaub mir, der Preis, den du zahlen musst, ist höher.« Jalvaror legte die Hände übereinander auf den Widerrist seines Pferdes. Das Tier stand ganz ruhig. »Nun habe ich dich da, wo ich dich haben wollte, Eliwagar. Ich will dein Leben, und den Grund hierfür kennst du, du elender Frauen- und Kinderschlächter.«

»Soll das eine Herausforderung zum Zweikampf sein?«, blaffte Eliwagar.

»Befindet sich Nikulas Thorbjorn bei deiner Truppe?«, erkundigte sich Jalvaror und ignorierte Eliwagars Frage erneut.

»Warum willst du das wissen?«

»Er hat auf deinen Befehl hin für die Blutnacht im Sognefjord gesorgt.«

»Natürlich befindet er sich unter meinen Kriegern. Im Gegensatz zu euch Blavorrs ist er mir treu ergeben. Dich hasst er, denn du hast seine Brüder erschlagen.«

»Ich habe Elfraor Thorbjorn im ehrlichen Zweikampf getötet. Aber ich glaube zu wissen, wer Ronguor in der Nacht vor dem Kampf so niederträchtig in seinem Gefängnis ermordet hat. Ich denke, er wurde zum Schweigen gebracht, von jemandem, der befürchten musste, dass Ronguor etwas ausplaudern würde, das einiges ins Rollen gebracht hätte.«

»Du sprichst in Rätseln!«, blaffte Eliwagar. »Drück dich gefälligst deutlicher aus!«

»Als Ronguor mich auf dem Schiff angegriffen hat, tat er dies vielleicht gar nicht, weil er sich von mir provoziert gefühlt hat. Er hatte den Auftrag, mich zu töten. Dann hätte ich Asbjorn natürlich nicht gefangen nehmen und an dich ausliefern können, und du hättest ganz offen Arnorr Blavorr und seine Sippe wegen Asbjorns Verrat in Haftung nehmen können. Wir Blavorrs waren dir schon lange ein Dorn im Auge, nicht wahr, Eliwagar?«

»Ich habe sie dafür in Haftung genommen, als ich mir sicher war, dass du mit Eriksson gemeinsame Sache machst.«

»Nein, du hast sie ermorden und versklaven lassen, sobald du dir der Unterstützung von König Harald sicher warst. Wäre ich zum gleichen Zeitpunkt auf hoher See gestorben, hättest du dein Ziel erreicht gehabt. Doch Ronguor Thorbjorn hat versagt, und weil er dir gefährlich werden konnte, musste er sterben.«

»Das sind Vermutungen und Annahmen, die du aus der Luft greifst, Blavorr!«, versetzte Eliwagar.

Jalvaror winkte ab. »Im Grunde spielt es keine Rolle mehr. Ich werde dich für den Mord an meiner Familie und den Mitgliedern meiner Sippe zur Verantwortung ziehen, und du wirst auch für alle deine anderen Schandtaten büßen, auch für jene, die dir nicht nachzuweisen sind.«

Er wandte den Kopf und warf Asbjorn einen Blick zu, woraufhin dieser sein Pferd antrieb, an Eliwagar und seinen Beratern vorbeiritt und erst anhielt, als er drei Pferdelängen vor Eliwagars Kampftruppe angekommen war. »Nikulas Thorbjorn, tritt vor!«

In dem Pulk entstand Bewegung, dann trat ein hochgewachsener, breitschultriger Mann aus dem Verbund und rief: »Was willst du, Asbjorn Eriksson? Mit Verrätern spreche ich normalerweise nicht, aber …«

Blitzschnell zog Asbjorn seine Axt aus der Schlaufe, und im nächsten Moment wirbelte sie durch die Luft.

Die Klinge fuhr Thorbjorn krachend in die Brust. Er starb noch im Stehen, dann brach er zusammen.

Ein Aufschrei ging durch die Rotte, die Eliwagar mitgebracht hatte, und einige stürmten, von Wut überwältigt, auf Asbjorn zu.

Es war wie das Signal für die Truppe, die unter Jalvarors Kommando stand. Brüllend rannten die Krieger in die Senke.

Asbjorn führte sein Schwert in einer Scheide mit sich, die an seinem Sattel befestigt war. Er zog es und trieb sein Pferd den angreifenden Kriegern aus Hordaland entgegen. Einige ritt er nieder, dann begann er, mit brachialer Gewalt unter seinen Feinden zu wüten, schlug und stach auf sie ein und schien selbst unverwundbar zu sein.

Jalvaror und Gunnarr Grimmsson attackierten Eliwagar und dessen Begleiter. Grimmsson kümmerte sich um die Berater und verwickelte sie in einen mörderischen Kampf. Jalvaror sprang vom Pferd, um sich Eliwagar zu einem ehrlichen Duell zu stellen. Der warf sich ihm mit der Axt in der Faust entgegen.

Zwischen den beiden begann ein Kampf auf Leben und Tod. Ihre Gesichter hatten fast tierische Züge angenommen, waren nur noch Ausdruck des gegenseitigen tödlichen Hasses und des puren Vernichtungswillens.

In der Senke tobte im nächsten Moment eine blutige Schlacht. Auf beiden Seiten wurde getötet und gestorben. Der Tod hielt furchtbare Ernte, und die Walküren hatten alle Hände voll zu tun, die Seelen der Helden nach Walhall zu geleiten. Hel, die Tochter von Loki und der Riesin Angrboda, die Schwester des Fenriswolfs und der Midgardschlange, kam kaum nach, den Rest der Getöteten, denen der Einzug in Walhall verwehrt blieb, nach Niflheim zu schaffen.

Jalvaror wehrte Eliwagars wuchtige Axthiebe ab, schlug seinerseits zu, und der Jarl wich zurück, um dann wieder anzugreifen.

Ihre Äxte krachten aufeinander, verhakten sich, und Jalvaror zog seinen Gegner an der Axt zu sich heran. Er stieß ihm die Stirn ins Gesicht, und aus Eliwagars Nase schoss das Blut.

Der Jarl stolperte zurück, halb blind vom plötzlichen Schmerz, der ihm die Tränen in die Augen trieb. Dennoch gelang es ihm, Jalvarors nächstem Axthieb auszuweichen. Gleichzeitig schlug er zu, und die Klinge seiner Axt streifte über Jalvarors Brust, riss das Wams und die Haut darunter auf.

Jalvaror sprang nach hinten, und als Eliwagar ihm folgte, unterlief Jalvaror den nächsten Axthieb seines Todfeinds, drosch ihm den Stiel seiner Axt ins Gesicht und traf die bereits blutende, anschwellende Nase.

Eliwagar taumelte, entging mit viel Glück dem nächsten Hieb seines Gegners und schlug blindlings mit der Axt um sich, während er sich mit der freien Hand die Tränen aus den Augen wischte.

Wie zwei Wölfe standen sie sich wieder gegenüber, und wie auf ein geheimes Kommando hin griffen sie einander gleichzeitig an. Erneut krachten ihre Äxte aufeinander, noch einmal und immer wieder, bis sich Jalvaror duckte und Eliwagars Axt über ihn hinwegsauste.

Er schlug nach Eliwagars Kopf, doch weil der verbrecherische Jarl wieder nach hinten sprang, traf Jalvaror nur dessen Wange und schlitzte sie auf. Eliwagar schrie nicht einmal, griff erneut an und ließ dabei seine Waffe senkrecht niedersausen.

Jalvaror wich blitzschnell zur Seite aus, schlug seinerseits zu, und das Blatt seiner Axt glitt über Eliwagars Oberschenkel, fraß sich durch das Hosenbein, durch Haut und Fleisch.

Der beißende Schmerz nahm dem Jarl kurz die Konzentration. Jalvaror prellte ihm die Axt mit einem kraftvollen Hieb aus der Hand, packte dann seine eigene Waffe mit beiden Händen und rammte Eliwagar den Stiel quer in das lädierte Gesicht.

Mit einem letzten, verlöschenden Stöhnen kippte Eliwagar auf den Rücken und blieb liegen.

Innerhalb kurzer Zeit war die Schlacht entschieden. Jalvaror und seine Männer hatten gesiegt. Ihre Übermacht war erdrückend gewesen. Etwa die Hälfte der norwegischen Krieger, die Eliwagar angeführt hatte, war tot. Die andere Hälfte ergab sich und wurde entwaffnet.

Jalvaror war es gelungen, Meldun Eliwagar zu überwältigen, und nun lag der Jarl von Hordaland an Händen und Füßen gefesselt und aus der Wunde am Oberschenkel, dem Schnitt an der Wange und aus der Nase blutend am Boden. Vor ihm hatten sich Jalvaror, Asbjorn und Gunnarr Grimmsson aufgebaut. Ein jeder von ihnen hatte kleinere Verletzungen davongetragen, doch den Schmerz ignorierten sie.

Ohne die Spur einer Gemütsregung sagte Jalvaror: »Du hast meine engsten Verwandten ermorden lassen und den Rest meiner Sippe versklavt. Dich im Kampf zu töten, wäre viel zu gnädig gewesen, und ich hätte dir sogar noch eine Ehre erwiesen, die du nicht verdienst. Ich habe für dich einen jämmerlichen Tod vorgesehen: Du wirst den Blutadler ertragen müssen. Er ist die einzige angebrachte Antwort auf deine perfiden Verbrechen.«

»König Harald wird …«

»Er wird gar nichts«, unterbrach ihn Jalvaror. »Von meinem Vetter habe ich erfahren, dass er mit seiner Armee den Hardangerfjord verlassen wollte, um ins Landesinnere zu ziehen. Er hat innerpolitisch Großes vor und wird deinetwegen König Horik kaum den Krieg erklären. Wir bringen dich und deine Männer nach Vibjerg, wo du König Horik persönlich kennenlernen wirst. Deine Krieger gehen in die Sklaverei, du hingegen …«, eine Welle des Hasses überschwemmte Jalvarors Gemüt und verzerrte seine Stimme, »… gehst nach Nastrand, und dort wird dich Nidhöggr verschlingen.«

König Horik war ein Mann von ungefähr dreißig Jahren, mittelgroß und sehr schlank. Sein Gesicht hatte feine

Züge, seine wachen grauen Augen verrieten hohe Intelligenz, sein blonder Bart und sein gleichfarbenes Kopfhaar waren kurz geschnitten und gepflegt.

Er saß zusammen mit Jalvaror und Gunnarr Grimmsson in dessen Haus, das einmal Jarl Persson gehört hatte. Auf der anderen Seite des Tisches, an dem sie Platz genommen hatten, kniete Meldun Eliwagar, schmutzig, blutend, das Gesicht zerschlagen und mit gefesselten Händen. Hinter Eliwagar stand ein halbes Dutzend Bewaffneter, unter ihnen Asbjorn Eriksson.

»Von deiner Überheblichkeit ist nicht mehr viel geblieben, Eliwagar«, stieß Jalvaror hervor. »Wahrscheinlich war sie aber nur aufgesetzt, und in Wirklichkeit hat dich die Angst darunter zerfressen.«

»Ihr umgebt Euch mit Verrätern und gemeinen Dieben, König Horik«, knirschte Eliwagar. »Sie hatten keine Skrupel, ihren König und ihren Jarl zu verraten und zu bestehlen. Es sind gewissenlose Verbrecher, und eines Tages, wenn es ihnen zum Vorteil gereicht, werden sie auch Euch verraten. Haben sie nicht Euren Jarl und seine Söhne ermordet? Sie machen vor nichts und niemandem halt.«

»Sie haben mir die Augen geöffnet«, versetzte Horik gelassen. »Als ich hörte, dass Jalvaror Blavorr meinen Jarl und seine Söhne hat hinrichten lassen, bin ich sofort nach Vibjerg gereist, um Gericht zu halten. Aber zu dem Thing kamen viele Menschen aus dem Umland, und ihre Aussagen machten mir sehr schnell klar, dass Jarl Persson ein Lump war, der den Tod verdiente. Er hat mich betrogen und es sogar in Kauf genommen, dass zwischen König Harald und mir ein Konflikt entstand, der vielleicht nur mit Waffengewalt zu lösen gewesen wäre.«

»Das ändert nichts an der Tatsache …«

König Horik schnitt Eliwagar mit einer herrischen Handbewegung das Wort ab. »Gunnarr Grimmsson und Jalvaror Blavorr wurden von mir freigesprochen, als sie geschlagen aus Norwegen zurückkehrten, und sie haben mir im Gegenzug die Treue geschworen. Ich wollte Gunnar Grimmsson daraufhin zum Jarl hier in Vibjerg machen, aber er meinte, dass Jalvaror Blavorr für diese Aufgabe der geeignetere Mann sei, und verzichtete zu dessen Gunsten.«

»Ihr habt den Verräter zum Jarl ernannt?«, keuchte Eliwagar und zerrte an seinen Fesseln.

»Ja, denn ich vertraue ihm«, erklärte Horik. »Man hat mich über deine Machenschaften aufgeklärt, Eliwagar. Dir ist es nicht darum gegangen, Asbjorn Eriksson zu bestrafen. Nein, du hast dich von vorneherein – aus welchen Gründen auch immer – nur mit dem Gedanken getragen, die Sippe der Blavorrs auszulöschen. Wäre es anders gewesen, hättest du bis zum letzten Tag des Heuert gewartet und deine Leute nicht schon vorher losgeschickt, um die Blavorr-Sippe zu vernichten.«

»Ich musste davon ausgehen, dass Jalvaror Blavorr mit dem Verräter Asbjorn Eriksson unter einer Decke steckte. Ich konnte meiner Sklavin, dieser Elinor de Warenna, einige Dinge entlocken, die sie den Gesprächen zwischen Eriksson und Jalvaror Blavorr entnommen hatte. So konnte Grimmsson dem Strafgericht durch König Harald nur entgehen, weil Eriksson ihn gewarnt hat, und für den Mord an meinem Vertrauten Niobjorg Bryngeror kommt kein anderer als Jalvaror Blavorr infrage.«

»Elinor de Warenna hat uns einen großen Dienst erwiesen, Eliwagar«, sagte Jalvaror. »Mein Vetter Oddmar hat vor seiner Flucht mit ihr gesprochen. Sie hat dich, als sie dir den Weg nach Vibjerg beschrieb, in jenen Hinterhalt geschickt, der dir zum Verhängnis wurde. Und da sie wohl davon ausging, dass es keine Rolle mehr spielt, ob du weißt, wer Grimmsson gewarnt und deinen Vertrauten getötet hat, hat sie dich eingeweiht. Es spielt in der Tat keine Rolle mehr, denn morgen schon wirst du den Blutadler am eigenen Leib zu spüren bekommen.«

»Hätte ich bloß nicht verhindert, dass König Harald der britannischen Hure den Hals aufschlitzen lässt ...!«, brach es wild über Eliwagars Lippen.

»Dagegen hätte ihr Vater sicherlich einiges einzuwenden gehabt«, meinte Asbjorn.

»Dem Dummkopf habe ich zuvor höchstpersönlich den Kopf abgeschlagen!«, stieß Eliwagar gehässig hervor. »Doch wenn die Kunde von meinem gewaltsamen Tod den Hardangerfjord erreicht – und das wird sie ganz sicher –, dann wird man nachholen, was ich versäumt habe, und die Hure auf den Opferstein legen. Und danach wird ihr Kadaver an einer Eiche hängend verfaulen.«

Asbjorn stand kurz davor, die Selbstkontrolle zu verlieren. Sein Mund hatte sich böse verkniffen, in seinen Augen flackerte tödlicher Hass, und seine Rechte legte sich auf die Klinge der Streitaxt an seinem Gürtel.

Jalvaror schoss ihm einen warnenden Blick zu, der Asbjorn nicht entging. Abrupt wandte er sich ab und verließ das Haus. Draußen atmete er tief durch.

»Ich muss Elinor befreien«, erklärte Asbjorn, als er mit Jalvaror allein in der Halle des Hauses saß, das sie für sich beansprucht hatten, während Met und gebratenes Fleisch serviert wurden.

»König Horik lässt niemals zu, dass wir wegen der Britin mit unseren Schiffen in den Hardangerfjord fahren und dort für ein Blutbad sorgen«, entgegnete Jalvaror. »Vergiss sie, Bruder. Es gibt tausend andere Weiber, die schön sind und die mit dir das Lager teilen, wenn du sie fragst. Wir sind nun Dänen, wir dienen Horik, und wir tun nichts, was ihn verärgern könnte.«

»Ich will keine tausend anderen Weiber, Bruder«, grollte Asbjorn. »Ich will Elinor, denn ich liebe sie. Und ihre Befreiung muss nicht gewaltsam und blutig erfolgen.«

»Wie sonst? Im Hardangerfjord gibt es genug Leute, die Eliwagar die Treue halten. Glaubst du, sie lassen Elinor laufen, wenn du kommst und ihnen berichtest, dass wir ihrem Jarl den Blutadler in den Rücken geschnitten haben?«

»Wir tauschen Elinor gegen Eliwagar aus«, verriet Asbjorn seinen Plan.

Jalvaror schaute ihn an, als würde er an seinem Verstand zweifeln. »Sag mal, ist das dein Ernst? Würdest du ihm wirklich die Freiheit schenken, nur um deine Britin zurückzubekommen? Hast du vergessen, dass er unsere Eltern, mein Weib und meine Kinder und noch einige weitere nahe Verwandte hat ermorden lassen und viele von uns versklavt hat?«

»Für Elinor würde ich meinen rechten Arm geben«, erklärte Asbjorn. »Du hast Dagrun und deine Kinder geliebt, Jalvaror. Du weißt, wie es ist, einen Menschen zu verlieren, mit dem man innerlich so stark verbunden ist. Ich liebe Elinor mehr als mein Leben, und darum kann ich nicht zulassen, dass man sie tötet.«

»Du wirst es kaum ändern können, Bruder.« Plötzlich verschloss sich Jalvarors Gesicht, sein Blick wurde hart, und er presste zwischen den Zähnen hervor: »Du solltest diese Gedanken, die du da hegst, schleunigst verdrängen. Am besten ersäufst du sie mit viel, viel Met.«

»Keine Sorge, Bruder. Mein Leichtsinn hat unsere Familie schon einmal ins Unglück gestürzt. Eliwagar muss büßen. Es wird sicher einen anderen Weg geben, Elinor zu befreien und sie zu mir zu holen. Und wenn nicht … Ich werde es akzeptieren müssen.«

»Kann ich dir trauen, Asbjorn? Oder willst du mich mit deinen Worten lediglich in Sicherheit wiegen?«

»Vertrau mir, Bruder.«

Jalvaror fixierte ihn voller Zweifel.

Die gefangenen norwegischen Krieger befanden sich in einem Gehege, das man auf dem Dorfplatz errichtet hatte. Sie waren gefesselt und wurden von einem Dutzend Bewaffneter bewacht. Eliwagar aber war in einem Stall angekettet und saß am Boden auf einer Lage Stroh.

Es ging auf den Abend zu, und im Stall war es düster. Der Gestank war penetrant, und in den Ecken hingen verstaubte Spinnennetze mit unzähligen toten Fliegen.

Nicht die geeignete Umgebung, sich auf den Tod vorzubereiten. Eliwagars Kinn war auf die Brust gesunken, und er ließ sich treiben von der unkontrollierten, geradezu überwältigenden Flut der Gedanken, die ihn beschäftigten.

Er hatte Angst vor dem Sterben. Der Blutadler war die grausamste Art, vom Leben in den Tod zu gehen. Diese unermesslichen Qualen ohne einen Laut des Schmerzes zu ertragen, erschien ihm unmöglich. Aber nur, wenn er nicht klagte, würde er nach Walhall gelangen können.

Der Gedanke, dass seine letzte Nacht anbrach, ließ ihn innerlich erzittern, rann wie ein Fieberschauer durch seine Adern und brachte sein Herz zum Rasen.

Jemand betrat den Stall, Schritte näherten sich, dann erklang eine Stimme: »Schläfst du, Eliwagar?«

Da erst hob der Gefangene sein lädiertes Gesicht. Seine zerschnittene Wange brannte wie Feuer, der Bart darüber war mit Blut verkrustet, seine Nase war geschwollen, und die dunklen Blutergüsse unter den Augen deuteten darauf hin, dass sie gebrochen war. »Willst du dich an meiner Hilflosigkeit weiden, Asbjorn Eriksson? Ich kann mir vorstellen, dass dein Triumph grenzenlos ist. Wirst du mir morgen die Rippen vom Rückgrat hacken, oder macht es Blavorr selbst?«

»Ich würde es zu gern übernehmen.«

»Dann mach es. Den Triumph, mich jammern zu hören, wirst du …«

»Ich werde dich befreien, Eliwagar«, unterbrach ihn Asbjorn. Er hatte auf einmal leise gesprochen und hockte sich dicht neben Eliwagar hin. »Sicherlich willst auch du morgen früh nicht mehr hier sein, darum nehme ich nicht an, dass du mir irgendwelche Probleme bereiten wirst.«

Eliwagar überwand seine Überraschung schnell. »Das tust du doch nicht, weil du Mitleid mit mir hast«, knurrte er heiser.

»Ich bringe dich nach Norwegen zurück, und dort tausche ich dich gegen Elinor aus.«

»Dagegen werden nicht nur Jalvaror Blavorr und Gunnarr Grimmsson, sondern auch König Horik einiges einzuwenden haben.«

»Ich werde sie nicht fragen«, flüsterte Asbjorn. »Es muss schnell und reibungslos vonstattengehen, Eliwagar.« Er wies auf die Beinwunde des Verurteilten. Der Verband darüber hatte sich bräunlich verfärbt, aber die Verletzung blutete offenbar nicht mehr. »Kannst du gehen?«

»Ich werde die Zähne zusammenbeißen«, behauptete Meldun Eliwagar. »Kein Problem.«

Asbjorn nickte grimmig. »Ich habe mit ein paar meiner Männer gesprochen, die mir treu ergeben sind, und sie haben sich bereit erklärt, mir zu helfen. Wenn sie also kommen, um dich aus dem Stall zu holen, mach ihnen keine Schwierigkeiten. Sie holen dich nicht ab, um dir die Kehle aufzuschlitzen. Es sind meine Männer.«

»Und wenn es schiefgeht?«

»Dann schneidet man wahrscheinlich morgen uns beiden den Blutadler in den Rücken«, knurrte Asbjorn. »Jalvaror lässt den Stall bewachen. Die Männer haben mich zwar hereingelassen, weil ich behauptete, ich müsste mit dir sprechen, aber wenn wir dich hier herausholen wollen, werden wir sie ausschalten und dann auf dem schnellsten Weg verschwinden müssen. Außerhalb des Orts werden Pferde bereitstehen, und bei Sonnenaufgang können wir schon mit einem Schiff nach Norwegen unterwegs sein.«

»Meine Schiffe liegen bei Hvolris vor Anker«, eröffnete ihm Eliwagar. »Ich habe mehr als zwanzig Männer zurückgelassen …«

»In Ordnung. Eines deiner Schiffe wird uns nach Norwegen bringen. Doch mach dir keine falschen Hoffnungen, Eliwagar. Ich werde nicht zögern, dir den Hals durchzuschneiden, wenn deine Leute nicht mitspielen.«

»Ich werde mich bereithalten«, zischelte Eliwagar, der neue Hoffnung schöpfte. Und zugleich erwachte in ihm auch wieder die Heimtücke. Wenn er erst einmal vor Blavorr und König Horik in Sicherheit wäre, würde sich eine Gelegenheit ergeben, Asbjorn Eriksson zu überlisten und seinem Dasein ein Ende zu bereiten. Und dann würde die Britin büßen. Ihr hatte er das alles zu verdanken, die Gefangennahme, die Demütigung, sein zerschnittenes Gesicht – einfach alles.

Asbjorn erhob sich und verließ den Stall …

… und wurde auf dem Hof von Jalvaror mit der Frage in Empfang genommen: »Was wolltest du bei Eliwagar?«

Durchdringend starrte Jalvaror ihm ins Gesicht, als versuchte er, darin die Antwort zu erkennen.

»Ich habe ihn verhöhnt«, antwortete Asbjorn, nachdem er seinen Schrecken überwunden hatte. »Ich wollte ihm meinen Triumph vor Augen führen, ihn demütigen und ihm die letzten Stunden seines Lebens schwer machen.«

Jalvaror zeigte ein kantiges Grinsen. »Ich glaube dir kein Wort, Bruder«, sagte er fast sanft. »Was hast du vor? Ich glaube es zwar zu wissen, aber ich will es aus deinem Mund hören. Also sprich!«

»Es ist so, wie ich es dir gesagt habe«, stieß Asbjorn trotzig hervor.

»König Horik hat uns in seinem Land die Möglichkeit eines Neuanfangs eröffnet, Asbjorn«, erklärte Jalvaror. »Wir haben ihm Treue geschworen. Du solltest diese Gelegenheit nicht leichtfertig vertun. Denn dann wärst du nicht nur in Norwegen ein Ausgestoßener, ein Verfemter, sondern auch in Jütland, wahrscheinlich sogar in den ganzen dänischen Gebieten. Ist sie dir das wert?«

»Du machst dir unnötig Sorgen, Bruder.«

»Es ist nicht deine Art, dich vor einen wehrlosen Mann hinzustellen, um ihn zu demütigen. Ich kenne dich, Asbjorn – besser als jeder andere. Und es täte mir leid um dich. Es täte mir ehrlich leid.« Jalvaror machte abrupt kehrt und ließ Asbjorn einfach stehen.

Dieser befeuchtete sich mit der Zungenspitze die trockenen Lippen. Er hat dich durchschaut, sinnierte er. Und er wird nicht tatenlos zusehen …

Während er zu dem Haus schritt, das er und Jalvaror bewohnten, zerbrach sich Asbjorn den Kopf nach einem Ausweg. Er wollte Elinor auf keinen Fall aufgeben. Doch um sie freizubekommen, brauchte er Eliwagar. Ihn aus Vibjerg zu entführen, bedeutete aber, erneut einen Verrat zu begehen, und zwar an König Horik und … an Jalvaror.

Asbjorn erinnerte sich an den Schwur, den er geleistet hatte, als ihn sein Ziehbruder gefragt hatte, ob er an seiner Seite gegen Meldun Eliwagar kämpfen würde. Bis zum letzten Atemzug, so hatte er es geschworen …

Odin, gib mir einen Rat!

Im Haus setzte er sich an den Tisch in der Halle, stemmte die Ellenbogen auf die Holzplatte und nahm das Gesicht in beide Hände. Er trug schwer an seiner Unschlüssigkeit. Elinor oder Jalvaror – er musste eine Entscheidung treffen!

In ihm brach ein Zwiespalt auf, denn wie immer er sich auch entschied, es würde zu Lasten eines Menschen sein, den er liebte. Wer von beiden war ihm wichtiger?

Nach langem Hin und Her kam Asbjorn schweren Herzens zu einem Entschluss …

Er saß noch am Tisch, als Jalvaror die Halle betrat. Seit ihrem Gespräch waren keine fünfzehn Minuten verstrichen. Da Asbjorn keine Kerze entzündet und auch kein Feuer gemacht hatte und die Dämmerung draußen weiter fortschritt, war es düster im Raum.

»Ah, Asbjorn!«, stieß Jalvaror hervor. »Du sitzt so allein hier herum und bläst Trübsal. Haben dir meine Ermahnungen zu denken gegeben?«

»Ja, ich habe nachgedacht, Bruder«, erwiderte Asbjorn. »Und am Ende meiner Gedanken war mir klar, dass Meldun Eliwagar den Tod verdient hat und dass morgen der Adler über ihm schweben soll, der Adler, der er selber sein wird, nämlich der Blutadler.«

Jalvaror wirkte ungeheuer erleichtert. »Kein Weib auf der Welt ist es wert, dass ein Mann ihretwegen einen Treueid bricht und sein Leben zerstört.« Er setzte sich zu seinem Ziehbruder. »Ich bin Jarl und verfüge nicht mal über eine Dienerin, die uns Met bringt!«, rief er lachend. »Das werde ich sehr schnell ändern. Du weißt, wo der Met in diesem Haus aufbewahrt wird, Bruder. Hol einen Krug und zwei Becher, damit wir trinken können. Und morgen Abend feiern wir ein großes Fest. Wir feiern Eliwagars Tod und besaufen uns, während ihm draußen die Raben die Augen aus dem Schädel picken und die Wölfe ihm das Fleisch von den Knochen reißen.«

»Es soll ein Fest zu Ehren der Angehörigen unserer Sippe sein, die Eliwagar in seiner Niedertracht hat ermorden lassen«, pflichtete Asbjorn ihm bei. »Unser Vater wird es stolz an der Tafel der Einherjer verkünden, und er wird mit Odin auf unseren Erfolg trinken.« Asbjorn erhob sich und verließ die Halle, um Met zu holen.

Gleich darauf kehrte er zurück. Er stellte das Holztablett mit dem Krug und den beiden Bechern auf den Tisch, zeigte Jalvaror ein Grinsen, ging um ihn herum, als wollte er sich zu seinem Platz begeben – und zog blitzschnell die Axt aus seinem Gürtel!

Jalvaror nahm es aus den Augenwinkeln wahr. Er wollte aufspringen und sich herumwerfen. Aber da traf ihn schon die flache Seite des Axtblatts an der Schläfe.

Vor seinen Augen schien die Welt in Flammen aufzugehen, dann versank alles um ihn herum, und er stürzte besinnungslos zu Boden …

»Tut mir leid, Bruder, aber ich muss verhindern, dass du meinen Plan gefährdest«, knurrte Asbjorn.

Er steckte die Axt in die Schlaufe an seinem Gürtel zurück und holte einige Schnüre hervor, mit denen er Jalvaror Hände und Füße fesselte. Dann schleppte er ihn in den angrenzenden kleinen Raum, der zum Schlafen diente, und legte ihn auf eines der Lager. Nachdem er Jalvaror einen Knebel in den Mund geschoben und diesen festgebunden hatte, verließ er das Haus.

Es war inzwischen ziemlich dunkel, nur über dem Horizont im Westen leuchtete der Himmel zwischen dunklen Wolkenbergen schwefelgelb, was den Ort in ein seltsames Zwielicht tauchte.

Asbjorn begab sich in die Nähe des Stalls, in dem Eliwagar angekettet war. Vor der Tür standen noch immer die zwei Wachen mit Lanzen. Asbjorn musste befürchten, dass Jalvaror nach ihrem Gespräch vor dem Stall noch den Auftrag erteilt hatte, die Wachen zu verstärken. Schließlich aber kam er zu dem Schluss, dass dem nicht so war, denn es tauchten keine weiteren Krieger auf.

Er verließ seinen Beobachtungsposten, kehrte in ihr Haus zurück und ging mit einer brennenden Fackel in die Schlafkammer. Jalvaror war in der Zwischenzeit aus der Ohnmacht erwacht. Mit einer Mischung aus Verbitterung und Zorn starrte er Asbjorn an.

»Du kannst es sicher nicht verstehen, Bruder«, murmelte Asbjorn, »und es tut mir furchtbar leid, dass ich dich ein weiteres Mal enttäusche. Aber ich liebe Elinor, sie ist mir wichtiger als mein Leben, und ich würde alles unternehmen, um sie aus der Sklaverei im Hardangerfjord zu befreien.«

Der Knebel hinderte Jalvaror, etwas zu erwidern. Aber sein Blick verriet, dass in ihm ein Sturm der Gefühle tobte.

Asbjorn verließ die Kammer und schloss hinter sich die Tür. In der Halle trat er die Fackel aus, dann verließ er das Haus.

Das gelbe Leuchten am Westhimmel war mittlerweile der Nacht gewichen. Zwischen den Häusern und Wirtschaftsgebäuden herrschte Finsternis. Die meisten Menschen in Vibjerg hatten sich längst zur Ruhe begeben.

Asbjorn lief zum Rand der Ansiedlung, die inmitten einer hügeligen Moränenlandschaft lag. Dort boten Buschgruppen und Wald Deckung, und er wurde dort bereits erwartet. Es handelte sich um zehn Männer. »Habt ihr die Pferde?«, fragte Asbjorn.

»Ja«, erhielt er zur Antwort. »Sie stehen weiter hinten. Wann holen wir Eliwagar aus dem Stall?«

»Jetzt. Ari, Kylan – ihr kommt mit mir. Ihr anderen wartet hier.«

Zu dritt verschwanden sie in der Dunkelheit und schlichen sich schließlich von der Rückseite des Stalls an. Die beiden Wachen vor der Stalltür hatten sich mit dem Rücken an die Wand gelehnt und hielten die Köpfe gesenkt. Offenbar dösten sie vor sich hin. Bevor sie etwas bemerkten, wurden sie niedergeschlagen. Dann schleifte man ihre schlaffen Körper in den Stall.

Jalvaror schlug mit seiner Axt die Befestigung von Eliwagars Kette vom Balken ab. Eliwagar wurde auf die Füße gezerrt und zur Tür gestoßen.

Nachdem sie sich versichert hatten, dass die Luft rein war, huschten sie nach draußen und um den Stall herum, um eins zu werden mit der Nacht.

Minuten später ritten sie im Schritttempo nach Norden, und als sie weit genug von der Ansiedlung entfernt waren, sodass die trommelnden Hufschläge sie nicht mehr verraten konnten, ließen sie die Pferde galoppieren.

Sie wussten nicht, wann man in Vibjerg die Befreiung des Gefangenen entdecken würde. Jederzeit konnte einer der Wächter aus der Bewusstlosigkeit erwachen und Alarm schlagen. Bis dahin mussten sie so viel Vorsprung wie möglich gewinnen.

Tatsächlich dauerte es fast eine halbe Stunde, bis einer der Wachposten zu sich kam und das ganze Dorf zusammenrief. Wenig später fand man auch Jalvaror gefesselt und geknebelt in seiner Schlafkammer.

Mit Gunnarr Grimmsson an seiner Seite begab er sich in jenes Haus, das König Horik während seines Aufenthalts in Vibjerg zusammen mit seinem Stab bewohnte. Asbjorn erstattete ihm Bericht, und als er geendet hatte, sagte der König: »Ich sehe Asbjorn Erikssons Tat nicht als Verrat und Bruch seines Treueids an. Er hat uns lediglich um das Schauspiel gebracht, Meldun Eliwagar jämmerlich sterben zu sehen. Dennoch kann ich nicht dulden, dass man mich derartig hintergeht. Ließe ich dies durchgehen, würden mich meine Untertanen nicht mehr respektieren und mich für einen Schwächling halten, dem man auf der Nase herumtanzen kann.«

»Erlaubt, mein König, dass *wir* Asbjorn Eriksson verfolgen«, stieß Jalvaror hervor. Er hatte eine Schwellung an der Schläfe, und ihm tat der Kopf weh. Aber noch mehr schmerzte es ihn, dass ihm Asbjorn einmal mehr in den Rücken gefallen war. Seine Enttäuschung hatte sich erneut in Zorn verwandelt, und der Sinn stand ihm nur noch danach, Asbjorn für diese Untreue zur Rechenschaft zu ziehen. Die brüderlichen Gefühle, die er für ihn immer noch empfunden hatte, würde er ein für alle Mal begraben müssen.

»Ja«, sagte Horik, »folgt ihm und bringt ihn mir nach

Vibjerg. Ich stelle euch achtzig meiner Krieger zur Verfügung und warte hier auf eure Rückkehr.«

»Danke, mein König.« Jalvaror legte die rechte Hand flach vor den Leib und verneigte sich. »Wir brechen unverzüglich auf. Nach Spuren brauchen wir nicht zu suchen. Ich kann mir denken, was Asbjorns Ziel ist.«

»Odin und die Asen mögen euch beide und die Krieger, die ihr anführt, beschützen«, sagte König Horik. »Doch vergiss nicht, Jalvaror Blavorr: Nicht dein Ziehbruder hat deine Familie und so viele Mitglieder deiner Sippe ermorden lassen. Es war Jarl Eliwagar. Asbjorn Eriksson ist lediglich der drängenden Stimme der Liebe gefolgt.«

Jalvaror antwortete nicht darauf. Stattdessen sagte er an Gunnarr Grimmsson gewandt: »Verlieren wir keine Zeit!«

Kapitel 21

Die Pferde schnauften und röhrten, als Asbjorn mit seinen Gefährten und dem Gefangenen in Hvolris anlangte. Weißer Schaum tropfte von ihren Nüstern, ihre Flanken zitterten, und ihr Fell war nass vom Schweiß.

Die Schiffe lagen im Dunkeln. Drei Drachenboote hatten am Ufer festgemacht, ein Langschiff lag an einem Steg. Nur das Plätschern des Wassers war zu hören, denn es war fast windstill, und die Menschen im nahen Dorf schliefen.

Sie saßen ab und Asbjorn wandte sich an Eliwagar, dessen Hände nach wie vor mit der Kette verbunden waren, die ihm auch Asbjorn nicht abzunehmen gedachte. »Du wirst jetzt deinen Männern befehlen, sich waffenlos an Bord des Langschiffs zu begeben. Hat es einen Namen?«

»*Visundur.*«

»Gut. Gib den entsprechenden Befehl. Jeder, den wir mit einer Waffe antreffen, stirbt. Sie sollen sich an die Ruder begeben und das Heck des Schiffs frei lassen. Vorwärts, Eliwagar, sag es ihnen!«

»Wir müssen näher heran«, erklärte Eliwagar, und als sie nahe genug bei den Schiffen waren, rief er: »Wache! Hier ist Jarl Eliwagar! Hört mich jemand?«

Der Kopf und die Schultern eines Mannes zeigten sich über dem Rand der Bordwand eines der Schiffe. »Bist du es wirklich, Jarl?«

»Natürlich. Pass auf, was ich dir jetzt sage: Du wirst

die anderen wecken, und dann begebt ihr euch alle zur *Visundur*, meinem Langboot. Ohne Waffen! Hörst du, lasst eure Waffen zurück! Diejenigen, die auf der *Visundur* Wache halten, sollen sie über Bord werfen!«

»Aber …« Der Mann war verwirrt. »Warum forderst du das, Jarl?«

»Asbjorn Eriksson hat mich aus König Horiks Gewalt befreit, doch nun bin ich sein Gefangener. Er will mich in Norwegen gegen die britannische Sklavin austauschen. Sicher werden wir bereits von Jalvaror Blavorr und Gunnarr Grimmsson sowie einer Schar mordlüsterner Krieger verfolgt!« Er gab Asbjorns Befehl weiter, das Heck freizulassen, und fügte hinzu: »Macht schnell! Wir müssen zusehen, dass wir unverzüglich in die Große Bucht gelangen!«

Rufe wurden laut, auf den Booten wurde es lebendig, und nach einiger Zeit erklang es: »Wir sind zum Auslaufen bereit, Jarl.«

»Gehen wir an Bord!«, bestimmte Asbjorn und trieb Eliwagar mit einem Stoß in den Rücken vorwärts. Laut rief er: »Sollte ich die geringste Hinterlist bemerken, büßt es euer Jarl!« Und Eliwagar zischte er ins Ohr: »Und denk immer daran, dass ich dir den Blutadler erspare!«

Asbjorn stieß Eliwagar vor sich her über den Landungssteg zum Schiff. Die Krieger, die ihm halfen, folgten ihnen und verteilten sich an Bord so, dass sie die Besatzung unter Kontrolle hatten. Eliwagar musste sich im Heck auf eine Kiste setzen, und Asbjorn blieb stehen und überwachte, wie das Schiff vom Landungssteg abgestoßen wurde und langsam in die Mitte des Fjords trieb. Dann traten die Ruderer in Aktion.

»Ich hoffe für dich, Eliwagar, dass deine Leute vernünftig sind und nichts Unüberlegtes wagen«, knurrte Asbjorn. »Sonst schneide ich dir die Kehle durch.«

»Du drohst, mich zu töten?«, stieß Eliwagar hasserfüllt hervor. »Wenn ich tot bin, wirst du die kleine Britin nie wieder in deinen Armen halten.«

Es hatte in Vibjerg nicht genügend Pferde gegeben für all die Männer, die Asbjorn und seine Gefährten verfolgten, und so eilten sie unter der Führung von Jalvaror Blavorr und Gunnarr Grimmsson im Laufschritt Richtung Norden.

Sie kamen im Morgengrauen in Hvolris an. Natürlich war Asbjorns Aufbruch in der Nacht nicht unbeobachtet geblieben, und so erfuhr Jalvaror, dass dessen Schiffe mindestens drei Stunden Vorsprung hatten. Wenn sie erst das Meer erreichten, waren sie kaum noch einzuholen.

Jalvaror machte sich mit den drei Drachenbooten, die Meldun Eliwagars Krieger zurückgelassen hatten, und mehr als achtzig Kriegern an die Verfolgung.

Der Tag vertrieb die Nacht. Für kurze Zeit ließ sich sogar die Sonne sehen, doch dann verdichteten sich die Wolken wieder, und das ganze Land links und rechts war in diffuses Grau gehüllt. Der Limfjord war in östlicher Richtung nicht breiter als ein mittlerer Fluss, und man konnte in den Büschen und Wäldern an seinen Ufern die Vögel hören.

Jalvaror hatte das Gefühl, vor Ungeduld platzen zu müssen. Er und Grimmsson befanden sich auf dem vordersten Schiff. Die Segel waren noch nicht gesetzt, die Ruder tauchten im gleichmäßigen Rhythmus ins Wasser.

Er, Jalvaror Blavorr, war aufs Neue der Jäger, sein Ziehbruder Asbjorn wieder der Gejagte. Doch je länger er darüber nachdachte, desto mehr kam er zu dem Schluss, dass eigentlich gar nicht Asbjorn sein Ziel war. Es war Meldun Eliwagar. Nur ihn wollte er haben, um ihn für die Ermordung seiner Familie büßen zu lassen.

Es war eine Fahrt ins Ungewisse, denn er hatte keine Ahnung, was die Vorsehung für ihn bereithielt. Sein Schicksal lag in den Händen der Götter, und er war bereit, ihre Entscheidungen zu akzeptieren.

»Wohin kann Asbjorn wollen?«

Jalvaror, der tief in Gedanken versunken gewesen war, zuckte zusammen, sah Gunnarr Grimmsson an, und der versonnene Ausdruck verschwand aus seiner Miene. »Ich denke, in die Nähe des Hardangerfjords, wo Elinor festgehalten wird. Asbjorn wird alles unternehmen, um den Austausch so schnell wie möglich durchzuführen, und sich dann mit Elinor absetzen.«

»Wohin? In Norwegen kann er nicht bleiben, zurück nach Dänemark kann er auch nicht. Wessex können wir ebenfalls ausschließen. Wohin also kann er fliehen, wenn er den Verräter Eliwagar gegen die britannische Sklavin ausgetauscht hat?«

Jalvaror hob die Schultern, ließ sie wieder sinken und meinte: »Es ist nur etwas mehr als ein Menschenalter her, seit unsere Pioniere nach Westen aufs offene Meer gefahren sind und das reiche Britannien entdeckten. Vor zehn Jahren hat ein Norweger namens Naddoddur auf dem Weg zu den Färöern eine Insel entdeckt, der er den Namen Snæland* gab. Erste Siedler wandern angeblich bereits nach dorthin aus. Warum sollte nicht auch Asbjorn versuchen, dort Fuß zu fassen?«

»Und was wirst du tun, wenn dir Asbjorn in die Hände fällt?«

Jalvaror presste die Lippen zusammen und starrte

* Es handelt sich um Island, entdeckt im Jahre 860

an Grimmsson vorbei auf einen unbestimmten Punkt in der Ferne. »Mit seiner Leichtfertigkeit hat er großes Unglück über die Sippe der Blavorrs gebracht«, knurrte er schließlich. »Wäre Elinor seinerzeit nicht dazwischengegangen, hätte ich ihm mit meiner Axt den Schädel gespalten. Er schwor mir, nicht zu ruhen, bis Eliwagar für das Verbrechen an unserer Familie gebüßt hat. Und nun hat er mich aufs Neue hintergangen und den Mörder seiner gerechten Strafe entzogen. Ich bin … ich bin wütend auf ihn.«

»Ja, er hat dich hintergangen, Jalvaror. Aber hat er jemandem damit geschadet?«

»Ich weiß, Gunnarr, du bist ihm zu Dank verpflichtet.«

»Wenn er nicht gewesen wäre, gäbe es mich schon lange nicht mehr«, bestätigte Gunnarr Grimmsson.

Jalvaror dachte bei sich, dass es gut war, dass Grimmsson die volle Wahrheit nicht kannte. Aus seinem Mund sollte er sie auch nie erfahren …

Asbjorn segelte in den Sognefjord und legte am Landungssteg jenes Dorfes an, in dem er gelebt hatte, ehe sie mit vier Schiffen nach Wessex auf Raubzug gegangen waren und er anschließend nach Jütland zu Gunnarr Grimmsson geflohen war.

Die Ankunft des Schiffs war gemeldet worden, und wieder versammelten sich die Dorfbewohner und erwarteten, Schulter an Schulter stehend, das Boot. Es waren zumeist alte Männer, Frauen und Kinder. Die waffenfähigen Männer waren entweder tot, hatten sich dem Heer König Haralds angeschlossen oder waren mit Jarl Eliwagar nach Hordaland gesegelt. So konnte man die waffenfähigen Männer, die sich noch in dem Dorf befanden, an einer Hand abzählen.

Das Boot legte an, und Asbjorn sprang auf den hölzernen Steg. Seine Stiefel dröhnten auf den Bohlen, als er auf die Menschenrotte zuschritt. In der Menge rief jemand: »Was willst du hier, dreckiger Verräter? Warum hat Thor dir nicht längst mit seinem Hammer den Schädel eingeschlagen?«

Einige Schritte vor der Menge blieb Asbjorn stehen und sagte laut: »Mein Verrat besteht darin, dass ich einen verdienten Mann aus unseren Reihen und seine Familie davor bewahrt habe, meuchlings ermordet zu werden. Aber ich bin nicht hier, um mich vor euch zu rechtfertigen. Ich werde einige Zeit im Sognefjord bleiben und die Gebäude beziehen, die einst die Sippe der Blavorrs bewohnt hat. Meldun Eliwagar ist mein Gefangener.«

Geraune und Gemurmel wurde laut. Die Menschen waren verwirrt, viele sogar fassungslos. Sie waren Eliwagars Untertanen, auch wenn dieser nicht geliebt wurde und eher gefürchtet war.

»Ein Mensch, der mir sehr nahesteht, ist seine Gefangene im Hardangerfjord«, fuhr Asbjorn fort. »Ich werde Eliwagars Getreuen dort das Angebot unterbreiten, ihren Jarl gegen die Frau auszutauschen, die ich zum Weib nehmen will. Sobald der Austausch vollzogen ist, verlasse ich den Sognefjord, und zwar für immer. Jetzt macht Platz und lasst uns durch!«

Er drehte sich um und winkte. Eliwagar wurde von Bord gebracht, und die Krieger, die sich Asbjorn angeschlossen hatten, sprangen ebenfalls auf den Steg. Eliwagars Männer jedoch blieben auf dem Schiff. Ihnen hatte Asbjorn aufgetragen, sich zum Hardangerfjord zu begeben, Elinor abzuholen und sie zum Sognefjord zu bringen, wo sie gegen den Jarl ausgetauscht werden sollte. Anschließend würde Asbjorn das Schiff übernehmen und mit Elinor und seinen Leuten nach Westen segeln. Auf einer der Inseln, die in den vergangenen Jahren entdeckt und nach und nach erschlossen worden waren, würde sich ein Platz für sie finden, an dem sie bleiben konnten.

Doch die Menschenmenge machte keine Anstalten, Asbjorn und seine Leute hindurchzulassen. Im Gegenteil, von der Meute ging plötzlich etwas Bedrohliches aus, das Asbjorn wie ein heißer Atem zu berühren schien.

»Wollt ihr es uns verwehren, für einige Zeit im Dorf zu bleiben?«, rief er mit klirrender Stimme.

»Wir wollen dich hier nicht, Eriksson!«, rief eine Frau. »Deinetwegen mussten Arnorr Blavorr, seine Frau, seine Schwiegertochter und sogar Jalvarors Kinder sterben. Und das ist nicht alles. Es wurden weitere Mitglieder der Blavorr-Sippe getötet, und diejenigen, die nicht erschlagen wurden, hat man versklavt. Arnorr Blavorr hätte dich damals nicht aufnehmen, sondern im Fjord ertränken sollen!«

»War ich es, der Nikulas Thorbjorn und die Krieger des Königs geschickt hat, damit sie die Blavorrs abschlachten?«, rief Asbjorn, der ganz deutlich spürte, dass die Stimmung der Menschen am Ufer jeden Moment kippen konnte. Er schloss nicht mehr aus, sich den Weg in das Dorf freikämpfen zu müssen. Die Luft schien plötzlich wie vor einem schweren Gewitter aufgeladen zu sein.

»Geht an Bord und verschwindet!«, brüllte ein älterer Mann.

Asbjorn trat hinter Eliwagar, zog seine Axt aus der Schlaufe und drückte die Schneide leicht gegen den Kehlkopf des Jarls. »Wollt ihr, dass ich ihn vor euren Augen töte?«, rief er wütend.

»Das wirst du nicht wagen, weil du dann das Christenweib nie wiedersehen wirst«, zischelte Eliwagar. »Soll ich ihnen das sagen?«

»Tu es nur«, knirschte Asbjorn. »Ich frage mich nämlich allmählich, ob ich dich überhaupt brauche, um Elinor zu befreien. König Harald ist mit seinem Heer längst aus dem Hardangerfjord abgezogen, was bedeutet, dass das Dorf, in dem Elinor festgehalten wird, nur schwach mit Kriegern besetzt ist. Die meisten deiner waffenfähigen Männer sind ja König Horiks Gefangene. Ich könnte also gut auf dich verzichten.«

Eliwagars Selbstsicherheit stürzte in sich zusammen, denn Asbjorn lag mit seinen Rückschlüssen absolut richtig. Die Angst, dass ihm Asbjorn die Kehle aufschlitzen könnte, kam jäh und stürmisch wie ein Eishagel. Er musste zweimal ansetzen, bevor er mit belegter Stimme rief: »Ihr müsst ihm gehorchen! Er wird nicht zögern, mich zu töten, wenn ihr ihn nicht gewähren lasst. Also macht Platz!«

Kurze Zeit geschah nichts, doch dann traten die Menschen widerwillig beiseite. »Gehen wir.« Asbjorn trieb Eliwagar vor sich her, ohne die Schneide der Axt von dessen Hals zu nehmen. Während sie zum Haus des getöteten Arnorr Blavorr und seiner Familie schritten, legte das Boot Eliwagars vom Anlegesteg ab, um nach Hordaland und in den Hardangerfjord zu segeln.

Asbjorn spürte ganz deutlich, dass die Sympathie, die man ihm früher entgegengebracht hatte, in Ablehnung und vielfach sogar Hass umgeschlagen war. In seinen Adern floss nicht das Blut der Blavorrs, und man gab ihm die Schuld an ihrem Tod. Vielleicht war es auch die Angst vor Eliwagar und seinem Gönner König Harald, der die Menschen so feindselig stimmte.

Wenig später betrat Asbjorn das Haus, in dem er aufgewachsen war. Im hinteren Teil, wo sich die Schlaflager der Bewohner befanden, waren die Wände und der Boden mit dem eingetrockneten Blut der Erschlagenen besudelt. Auch auf den Lagern selbst zeigten sich große dunkle Flecken.

Asbjorn verspürte ein Würgen im Hals, seine Gefühle drohten ihn zu überwältigen, und er musste sich fast gewaltsam zügeln, um Eliwagar nicht an Ort und Stelle für die feige Bluttat zur Rechenschaft zu ziehen.

»Wir werden nachts Wachen aufstellen«, ordnete er an. »Ich kann den Menschen hier nicht mehr vertrauen. Und ich will nicht, dass alles umsonst gewesen ist.«

Wer ihn hörte, wusste, was er meinte. Dass er Jalvaror ein zweites Mal enttäuscht hatte, schien ihm ungemein zuzusetzen.

»Mein Gatte befindet sich also in der Gewalt von Asbjorn Eriksson«, sagte Ragnhild Eliwagar, die Gemahlin des Jarls. »Und der elende Verräter will ihn gegen diese Hexe aus Britannien austauschen. Doch wie konnte es geschehen, dass mein Gemahl in Gefangenschaft geriet?«

»Wir wurden verraten«, antwortete einer der Männer, die mit Eliwagars Schiff angekommen waren. Sie hatten sogleich die Frau des Jarls aufgesucht, um ihr zu berichten. Man erzählte ihr auch, dass König Horik den Abtrünnigen in Jütland Asyl gewährt und Jalvaror Blavorr sogar zum Jarl erhoben hatte.

Während sie dies alles erfuhr, spann Ragnhild Eliwagar bereits finstere Gedanken, dann gebot sie: »Bringt die Hexe her!«

Drei ihrer Bediensteten eilten davon.

Elinor befand sich zusammen mit einigen weiteren Frauen am Ufer des Fjords und wusch Wäsche. Die drei

Schergen verloren keine Worte, sondern packten sie grob an den Armen und zerrten sie mit sich.

Wenig später starrte sie ängstlich in Ragnhilds zorniges Gesicht. »Du hast nur Unglück über uns gebracht, du britannische Hure!«, wurde sie angefaucht. »Was ist das für ein Zauber, mit dem du Eriksson und alle, die mit dir zu tun hatten, belegst?«

»Es ist kein Zauber, Gebieterin«, beteuerte Elinor. Sie hatte keine Ahnung, warum man sie vor die Frau des Jarls gebracht hatte. »Ich war Asbjorn Erikssons Gefangene, und er betrachtete mich als seine Beute ...«

Ragnhild fiel ihr unwirsch ins Wort. »Du hast auch meinen Mann verhext! Ich weiß, dass du ihn dazu gebracht hast, dich zu besteigen! Und du hast dafür gesorgt, dass er in Jütland in einen Hinterhalt geriet!«

»Ist der Jarl ... tot?«, fragte Elinor zaghaft und mit bangem Herzen, denn sie ahnte, was ihr bevorstand, wenn dem so war.

»Er ist deinem verbrecherischen Geliebten auf Gedeih und Verderb ausgeliefert!«, giftete Ragnhild. Sie trat vor Elinor hin und schlug ihr mit der flachen Hand ins Gesicht. »Man sollte dich erschlagen und deinen Kadaver den wilden Tieren zum Fraß überlassen.«

Ragnhilds Hand zeichnete sich rot auf Elinors Wange ab. In ihrer Wut war die Frau des Jarls unberechenbar, und das böse Flirren in ihren Augen verriet, dass sie sich mit unheilvollen Gedanken trug. Elinor bereitete sich auf das Schlimmste vor.

Doch plötzlich erlosch das Irrlicht in Ragnhilds Augen, und sie stieß hervor: »Das Leben meines Mannes ist mir wichtiger als der Wunsch, dich zu töten, Hure. Darum bringen wir dich zum Sognefjord, um dich gegen ihn auszutauschen.« Zu den Umstehenden sagte sie: »Wir brechen morgen früh auf. Ich selbst werde das Kommando übernehmen. Die Männer sollen sich bewaffnen.«

»Wir werden mit zwei Schiffen segeln müssen, Herrin«, sagte der Wortführer der Männer, die Asbjorns Forderung übermittelt hatten. »Auf die *Visundur* hat Eriksson Anspruch erhoben, und das ist Teil der Bedingungen, unter denen er den Jarl an dich ausliefert. Er will mit dem Schiff offenbar aus Norwegen fliehen.«

»Dann macht ein zweites Schiff klar!«, zischte Ragnhild. »Möge Thor die See aufwühlen und Njörd den Verräter samt seiner Hure und seinem treulosen Anhang hinunter auf den Meeresgrund ziehen. Jeder waffenfähige Mann soll sich morgen früh am Bootssteg einfinden.«

Bei Anbruch des Tages meldete man Jalvaror Blavorr, dass zwei Schiffe den Hardangerfjord verließen. Als sie außer Sichtweite waren, segelte Jalvaror mit seinen Schiffen in den Fjord, um das Dorf anzusteuern, in dem Jarl Eliwagar residierte.

Die Dorfbewohner erspähten die Drachenboote und flohen in die Wälder. Es waren nur noch Alte, Frauen und Kinder. Doch Jalvaror schickte ihnen einige Männer hinterher, und diese brachten zwei Stunden später ein gutes Dutzend der angsterfüllten Menschen zurück, unter ihnen zwei weißhaarige Männer mit wettergegerbten Gesichtern, an die sich Jalvaror wandte.

»Ihr habt nichts zu befürchten«, erklärte er. »Zumindest dann nicht, wenn ihr meine Fragen beantwortet.«

»Dann stell deine Fragen«, sagte einer der Alten.

»Heute Morgen haben zwei Schiffe den Fjord verlassen. Was ist ihr Ziel?«

»Der Sognefjord«, antwortete der Weißhaarige. »Dort soll die britannische Sklavin gegen Jarl Eliwagar ausgetauscht werden. Er befindet sich in der Gewalt von Asbjorn Eriksson, und dieser hat gedroht, den Jarl zu töten, hätte Ragnhild dem Austausch nicht zugestimmt.«

»Und wo befindet sich Ragnhild Eliwagar nun?«

»Auf einem der Schiffe.«

»Sie fährt mit?«, fragte Jalvaror überrascht.

»Ja. Ich weiß nicht genau, was sie vorhat, aber sie ist voller Hass auf Asbjorn Eriksson. Noch mehr aber hasst sie die Britin, weil die ihren Mann erst verhext und dann verraten hat.«

»Du denkst also, Ragnhild Eliwagar plant eine Hinterlist?«

Der Alte nickte. »Sie wird Eriksson und die Britin bestimmt nicht ungestraft davonkommen lassen. Vielleicht will sie sich sogar die Fähigkeiten der Hexe aneignen …«

»Dazu müsste sie die Britin töten und ihr Fleisch essen«, murmelte Jalvaror.

Der Alte schwieg bedeutungsvoll.

Jalvaror wandte sich an Gunnarr Grimmsson. »Wir segeln zum Sognefjord. Ragnhild will sich an Asbjorn und Elinor rächen. Ich hingegen will ihren Mann Meldun Eliwagar für den Mord an meiner Familie zur Rechenschaft ziehen. Sollen die Götter jenen von uns unterstützen, dessen Sache sie für die gerechtere halten.«

»Darauf vertraue ich«, knurrte Grimmsson. »Mögen die Götter es mir gestatten, Meldun Eliwagar eigenhändig zu erschlagen.«

Gegen Mittag setzte Regen ein, der zum Teil wolkenbruchartige Ausmaße annahm. Wind jagte durch den Fjord und heulte wie ein hungriger Wolf, beugte die Wipfel der Bäume, ließ die Stämme knarren, zerrte an den Sträuchern und fauchte und stöhnte zwischen den Häusern.

Asbjorn und einige weitere Männer saßen an der großen Tafel in der Halle des Hauses, das einst Arnorr Blavorr erbaut hatte. Meldun Eliwagar saß bei einem dicken Stützbalken auf dem festgestampften Lehmboden, und um seine Handgelenke lagen nach wie vor die Eisenspangen, die man ihm in Vibjerg angelegt hatte und die mit einer ellenlangen Kette verbunden waren. Die Kette war über Eliwagars Kopf mit einem Eisenhaken, den man ins Holz getrieben hatte, am Stützbalken befestigt.

Die anderen Männer, die Asbjorn begleiteten, hatten sich in den Schuppen und im Stall vor dem Unwetter verkrochen. Der Sturm rüttelte am Haus. Die Stimmung der Männer war betrübt, denn die Ungewissheit zerrte an ihren Nerven. Einer sagte: »Thor erweckt mit seinem Atem wieder die alten Stimmen unseres Landes zum Leben. Doch heute, so scheint es mir, lässt er Mjöllnir ruhen.«

»Ich wünschte, er würde endlich die Luft anhalten und ausruhen«, murmelte Asbjorn. »Draußen, auf der offenen See, tobt der Sturm wahrscheinlich noch viel stärker, und das Schiff, das Elinor in den Sognefjord bringen soll, wird in irgendeiner geschützten Bucht ankern, um das Ende des Unwetters abzuwarten. Die Ungeduld zerfrisst mich geradezu.«

»Hast du eigentlich schon mal in Erwägung gezogen, dass Ragnhild Eliwagar nicht bereit sein könnte, den Austausch durchzuführen?«, fragte ein anderer der Männer.

»Sie hat immer den Eindruck erweckt, Eliwagar ein gutes und treues Weib zu sein. Sie wird das auch nicht allein entscheiden können, und überdies müsste sie König Haralds Zorn fürchten.«

Mit einem Ruck erhob sich Asbjorn und trat vor Eliwagar, der die Augen geschlossen hatte und dessen Kinn auf die Brust gesunken war. Asbjorn stieß ihn leicht mit dem Fuß an, und als Eliwagar das Gesicht hob und die Augen öffnete, knurrte Asbjorn: »Oder ist deine Frau auf dich dreckiges Schwein wütend, nachdem du deine Lüsternheit an Elinor de Warenna abreagiert hast wie ein geiler Bock?«

»Sie wird den Austausch durchführen«, versicherte Eliwagar.

»Bete zu Odin, dass sie es tut. Bete ganz besonders inbrünstig. Denn sollte sie dies nicht tun, werde ich dir Schmerzen zufügen, die du dir nicht vorstellen kannst.« Asbjorn beugte sich vor, griff in die strähnigen Haare des Gefangenen und bog diesem den Kopf in den Nacken. »Dann wirst du um den Blutadler betteln.«

In dem Moment flog die Tür auf, und ein Mann betrat die Halle. Das Haar klebte ihm tropfnass am Kopf, und er war bis auf die Haut durchnässt. »Die Hörner haben gemeldet, dass zwei Schiffe in den Fjord einlaufen!« Da er die Tür nicht zugezogen hatte, musste er schreien, um das Wüten des Sturms mit seiner Stimme zu übertönen.

»Das sind sie!«, stieß Asbjorn hervor. Er nahm die Hand aus Eliwagars Haar und richtete sich auf. »Endlich! Sag mir Bescheid, sobald die Boote in dein Blickfeld geraten.«

»Das werde ich.« Der Mann rannte wieder nach draußen, um zu seinem Beobachtungsposten beim Landungssteg zurückzukehren, und schloss hinter sich die Tür.

»Vielleicht ist es Jalvaror«, gab einer der Anwesenden zu bedenken.

Asbjorn sah ihn fast verdutzt an. »Woher sollte er

wissen, dass der Gefangenenaustausch im Sognefjord stattfindet?«

»Es war nur ein Gedanke«, murmelte der Krieger. »Wir sollten Jalvaror jedenfalls nicht unterschätzen. Ich kenne ihn und bin mir sicher, dass er uns auf den Fersen ist.«

Asbjorn ging zu seinem Platz zurück und ließ sich nieder, griff nach seinem Humpen und setzte ihn an die Lippen. Nach einem kräftigen Schluck Met wischte er sich mit dem Handrücken den Schaum aus dem Bart und knurrte: »Sobald wir Eliwagar gegen Elinor ausgetauscht haben, begeben wir uns auf das Schiff und nehmen Kurs nach Westen. Wir verlassen Norwegen endgültig. Jalvaror und Grimmsson können von mir aus ihren Kampf gegen Eliwagar fortsetzen. Ich werde mit Elinor auf irgendeiner Insel weit weg von hier neu anfangen, wir werden Kinder haben und ein gutes Leben in Ruhe und Frieden führen.«

»Wenn es dein Schicksal ist, wird es so sein«, versetzte der Krieger. »Jedoch hast nicht du das zu bestimmen; das tun allein die Götter.«

Die Zeit schien stillzustehen. Der Sturm ließ schließlich nach, und es nieselte nur noch. Asbjorn hatte das Gefühl, dass eine Ewigkeit vergangen war, als der durchnässte Posten erneut erschien und rief: »Zwei Männer nähern sich zu Fuß dem Dorf. Sicher haben die Schiffe sie irgendwo stromabwärts an Land gelassen. Soll ich die beiden in Empfang nehmen und herbringen?«

»Ja.«

Wieder wurde Asbjorns Geduld auf eine harte Probe gestellt. Ihm dauerte das alles viel zu lange. Die Zeit brannte ihm unter den Nägeln, denn insgeheim fürchtete auch er, dass Jalvaror ihn stellte, ehe er sich nach Westen absetzen konnte.

Er wollte keinen Kampf mit Jalvaror, in dem er nach wie vor seinen Bruder sah. Dass Jalvaror auch so dachte, bezweifelte er allerdings. Und sobald sie aufeinandertrafen, würde er Asbjorn zwingen, sich zur Wehr zu setzen. Hatte er seinem Ziehbruder zweimal das Leben gerettet, um ihn nun im Kampf töten zu müssen?

Alles in Asbjorn sträubte sich gegen diese Vorstellung. Allein der Gedanke war ungeheuerlich; das konnte nicht im Sinne der Götter sein.

Odin, verhindere es!, schrie eine Stimme in ihm. Was musste er opfern, damit es nicht so weit kam?

Endlich betraten die drei Männer die Halle. Der durchnässte Krieger, der die beiden anderen hergeleitet hatte, sagte: »Auf einem der Schiffe ist Ragnhild Eliwagar. Diese beiden bringen dir eine Botschaft von ihr.«

Herausfordernd taxierte Asbjorn die Neuankömmlinge, und einer von ihnen fühlte sich bemüßigt, das Wort zu ergreifen, indem er rief: »Der Sturm ist schuld daran, dass wir uns verspätet haben. Wir mussten eine Bucht anlaufen und abwarten, bis sich das Unwetter legte.«

Er ließ die Worte im Raum stehen, als erwartete er, Asbjorn würde nun erklärten, dass die Verspätung nicht so wichtig sei. Als Asbjorn jedoch in Stillschweigen verharrte, fuhr er fort: »Ragnhild lässt dich fragen, Asbjorn Eriksson, wann und wo der Austausch stattfinden soll. Außerdem will sie wissen, ob du außer der Übergabe der Britin und des Schiffs weitere Bedingungen an die Freilassung des Jarls knüpfst. Überdies sollen wir uns davon überzeugen, ob der Jarl unversehrt ist.«

»Ich stelle keine weiteren Bedingungen«, antwortete Asbjorn. »Ihr seht Eliwagar dort am Boden sitzen. Außer dass er wahrscheinlich erschöpft ist und im Kampf ein paar Blessuren davongetragen hat, ist er wohlauf – was ich allerdings auch von Elinor de Warenna hoffe.«

»Die Britin ist unversehrt.«

»Dann sollten wir den Austausch noch in dieser Stunde durchführen.«

»Ragnhild wäre sicher einverstanden. Die Frage ist noch, wie führen wir ihn durch, und wo soll die Angelegenheit erledigt werden?«

»Wir machen es auf dem Steg. Die *Visundur* soll dort anlegen. Wir geben euch ein Ruderboot, mit dem ihr zu euren Schiffen zurückkehren könnt. Bringt Elinor hierher, dann könnt ihr den Jarl mitnehmen. Und nachdem ihr die *Visundur* geräumt habt, verschwindet ihr aus dem Sognefjord. Sollte Ragnhild mit irgendeiner Heimtücke aufwarten, wird sie es bereuen. Das bestellt ihr von mir.«

»Ich werde es Ragnhild ausrichten«, versicherte der Bote, der bisher gesprochen hatte, dann führte der Krieger, der sie gebracht hatte, die beiden wieder fort.

»Löst seine Fessel«, kommandierte Asbjorn, und als Meldun Eliwagar wenig später auf einen Stuhl gedrückt wurde, trat er vor ihn hin. »Ich hätte gern zugesehen, wie man dir die Rippen vom Rückgrat hackt, Eliwagar. Darauf muss ich leider verzichten. Aber Jalvaror hat geschworen, dich zu töten, und wer ihn kennt, der weiß, dass er nicht eher ruhen wird, bis er diesen Schwur erfüllt hat. Es ist nur ein Aufschub. Glaub nicht, dass du gewonnen hast.«

Eliwagar schwieg.

Nach einiger Zeit meldete der Wachposten, dass Ragnhild Eliwagar mit einer Handvoll Krieger sowie der Geisel an Land gegangen sei und dass sie nun darauf warte, dass Asbjorn ihr den Jarl übergab.

»Gehen wir!«, bestimmte Asbjorn und erhob sich, rückte die Streitaxt an seinem Gürtel zurecht und wartete, bis auch die Männer am Tisch aufgestanden waren. Zwei nahmen Eliwagar zwischen sich, dann verließ Asbjorn als Erster das Haus.

Draußen erblickte Asbjorn die Dorfbewohner an den Fenstern der Häuser und in den Türen. Sie wagten sich nicht aus ihren Behausungen, vermochten aber ihre Neugier doch nicht zu unterdrücken.

Aus dem Wald hinter dem Dorf, der sich die Steilhänge hinaufzog, stieg Nebel wie weißer Rauch auf, der auch in Schlieren über dem Fjord schwebte. Von den Dächern tropfte Regenwasser, der Schlamm war knöcheltief, und der Dorfplatz bestand nur noch aus riesigen Pfützen.

Ragnhild Eliwagar und ihre Begleiter hatten den Landungssteg verlassen, an dem die *Visundur* und ein weiteres Drachenboot vertäut worden waren, und warteten am Ufer. Die Männer auf den beiden Schiffen standen an der Reling und harrten der Entwicklung der Dinge.

Fünf Schritte vor Ragnhild blieb Asbjorn stehen. Er hatte nur Augen für Elinor, die mit einem schmutzigen Leinenkittel bekleidet und barfuß zwischen den Kriegern aus dem Hardangerfjord stand. Ihre Augen leuchteten, als sich ihre Blicke trafen. Allein ihn zu sehen schien alles erduldete Leid wiedergutzumachen.

Ragnhild Eliwagar war gekleidet wie ein Mann, und sie war bewaffnet mit einem Schwert, das allerdings in der Scheide an ihrem mit bronzenen Beschlägen verzierten Gürtel steckte. »Du hast verhindert, dass mein Gemahl brutal hingerichtet wurde, Asbjorn Eriksson«, rief sie. »Hier ist die Britin. Sie ist unversehrt, und ich übergebe sie dir. Sobald sie sich in Bewegung setzt, lässt du meinen Gemahl gehen.«

»Lass vorher die *Visundur* räumen!«, forderte Asbjorn.

Ragnhild Eliwagar nickte. »Auch diese Bedingung bin ich bereit zu erfüllen. Ich hoffe, du verlässt Norwegen und kehrst niemals wieder zurück, Asbjorn Eriksson.«

»Solange Männer wie dein Mann und König Harald dieses Land und seine Provinzen regieren, ist es nicht erstrebenswert, hier sein Leben zu verbringen.«

Ragnhild Eliwagar vollführte eine halbe Drehung und rief: »Räumt die *Visundur*!« Dann wandte sie sich an Elinor. »Du kannst gehen. Mach, dass du mir aus den Augen kommst, Hexe!«

Elinor setzte sich in Bewegung …

… als sich hinter dem Dorf Gebrüll erhob!

Männer stürzten zwischen den Bäumen und hinter den Häusern hervor, schwangen Äxte und Schwerter und stürmten durch das Dorf. Zugleich schwangen sich die Krieger auf den Schiffen über die Bordwände, zogen ihre Äxte und Schwerter und rannten polternd über den Steg.

»Lauf, Elinor!«, schrie Asbjorn, der die Axt aus der Schlaufe riss, und eilte ihr entgegen.

Ragnhild Eliwagar und die kleine Gruppe, die mit ihr an Land gegangen war, wandten sich den vom Dorf heranstürmenden Kriegern zu, und jeder von Ragnhilds Begleitern hatte auf einmal eine Waffe in der Hand.

Asbjorn und Elinor trafen sich, und Asbjorn packte sie am Handgelenk und zerrte sie mit sich fort. Nachdem sie etwa dreißig Schritte gelaufen waren, hielten sie an und drehten sich um.

Am Ufer beim Landungssteg waren die Schiffsbesatzung und die unerwarteten Angreifer aufeinandergeprallt. Ein mörderischer Kampf war entbrannt. Asbjorn entdeckte Jalvaror, der mit seiner Axt wie ein Berserker wütete.

Asbjorn hatte seinen Arm beschützend um Elinors Schultern gelegt. Die Männer, die mit ihm zum Landungssteg gekommen waren, wurden von einer Gruppe Krieger von den Schiffen angegriffen.

Asbjorn sah, wie Eliwagar einem der Männer von hinten die Kette, die seine Handschellen miteinander verband, über den Kopf warf und ihn würgte.

»Lauf dort ins Haus!«, knirschte Asbjorn dicht neben Elinors Ohr und versetzte ihr einen leichten Stoß, dann rannte er los.

Einige weitere Krieger, die auf dem Anwesen Arnorr Blavorrs zurückgeblieben waren, stürmten heran, vom Kampflärm angelockt, schwangen ihre Waffen und brüllten wie eine Horde Dämonen.

Asbjorn bahnte sich schlagend und tretend einen Weg durch den Pulk und stand schließlich neben Eliwagar, dessen Gesicht vor Anstrengung verzerrt und gerötet war und der nun die Kette über den Kopf des Mannes hob, den er erdrosselt hatte. Der Körper des Getöteten fiel schlaff zu Boden.

»Eliwagar!«, knirschte Asbjorn. »Möge dir Hel das Mark aus den Knochen saugen und Nidhöggr dich verschlingen!«

Eliwagars Kopf ruckte herum, und er sah aus blutunterlaufenen Augen in Asbjorns vom Hass verzerrtes Gesicht.

Mit einem Hieb, in den er all seine Leidenschaft und Kraft legte, schlug Asbjorn zu – doch Eliwagar fing die Axt mit der Kette ab, die er zwischen seinen Handgelenken spannte, trat vor, wickelte die eisernen Glieder um den Stiel der Waffe und zog Asbjorn zu sich heran.

Der nahm eine Hand vom Griff der Axt, ballte die Faust und drosch sie Eliwagar ins Gesicht, genau auf das bereits gebrochene Nasenbein.

Eliwagar brüllte vor Schmerz, sackte in die Knie und presste beide Hände auf sein Gesicht, aus dem das Blut schoss.

Asbjorn befreite seine Waffe von der Kette, riss die Axt empor, ließ sie nach unten sausen – und durchtrennte die Kette zwischen Eliwagars Handgelenken.

Einen feindlichen Krieger, der mit dem Schwert auf ihn eindrang, wehrte er ab, zog ihm die Schneide seiner Axt durch die Gedärme, und als sich der Krieger vor ihm krümmte, schlug er ihm den Kopf ab.

Das Schwert, das der Hand des Enthaupteten entfiel, stieß er mit dem Fuß Eliwagar zu. »Nimm es!«, knirschte Asbjorn.

Eliwagar starrte ihn aus seinem blutverschmierten Gesicht an wie ein Erwachender.

»Ich erschlage keinen Wehrlosen, der vor mir am Boden kriecht«, knurrte Asbjorn. »Ich bin kein Henker, sondern ein Krieger! Aber dein Tod … er wird nicht ehrenhaft sein!«

Eliwagar fletschte die Zähne in grenzenloser Wut, packte das Schwert, erhob sich – und griff mit einem tierhaften Brüllen an.

Ein gutes Dutzend Schwerthiebe blockte Asbjorn mit der Axt, während Eliwagar bei jedem Schlag seinen Hass hinausbrüllte, dann wich Asbjorn dem Schwert aus, indem er zur Seite sprang.

Zugleich schlug er mit der Axt von der Seite her zu – und traf Eliwagars Kopf!

Sein Axtblatt durchschnitt beide Wangen und schlug auf ihrem Weg Backen-, Eck- und Schneidezähne aus Eliwagars Mund. Zugleich sprengte die Wucht des Hiebs den Kiefer aus den Gelenken.

Eliwagar sackte erneut in die Knie, und Schmerz und Schock lähmten seinen Körper, verwandelten ihn in einen zuckenden, blutspuckenden Haufen Fleisch.

Asbjorn besah sich sein Werk, während Eliwagar im Schlamm hockte und das Schwert seinen zitternden Händen entglitt. Das Blut lief unaufhaltsam aus seinem aufgeschlitzten, völlig entstellten Gesicht, der Unterkiefer hing haltlos und unnatürlich weit nach unten. Eliwagar gab röchelnde, gurgelnde Laute von sich, die nichts Menschliches an sich hatten.

»Kein ehrenhafter Tod!« Asbjorn spie die Worte auf den Gepeinigten hinab. »Du stirbst auf den Knien, ohne Waffe in der Hand! Die Tore Walhalls bleiben dir verschlossen!«

Mit den letzten Worten hob er die Axt – und versenkte ihr Blatt in Eliwagars Schädel.

Tief drang sie in den Kopf des Feindes, und Eliwagar verdrehte die Augen, dass nur noch das Weiße darin zu sehen war. Um die Axt aus der zertrümmerten Schädeldecke zu lösen, musste Asbjorn einen Fuß gegen Eliwagars Leib stemmen, dann schlug er noch einmal zu und noch einmal, und dieser dritte Schlag spaltete den Schädel seines Feindes bis zum Oberkiefer.

Ein Schwall Blut traf Asbjorns Gesicht, und obwohl der verbrecherische Jarl mit Sicherheit tot war, drosch Asbjorn noch einige Male auf den Kopf ein, wie von Sinnen, bis Eliwagars Antlitz nicht mehr zu erkennen war.

Asbjorn kämpfte weiter, trat und schlug um sich, verwundete, verstümmelte und tötete und trug so selbst einige Verletzungen davon. Aber er hatte sich in einen regelrechten Rausch gesteigert und war nicht aufzuhalten.

Und dann ... erreichte er Jalvaror!

Während sie ihre Feinde niedermetzelten, kreuzten sich ihre Blicke. Ein neuer Gegner tauchte vor Asbjorn auf und schlug von der Seite her mit der Axt nach ihm. Mehr instinktiv als von einem bewussten Willen geleitet duckte sich Asbjorn, er spürte den Luftzug des Hiebes in den Haaren, und in dem Moment, als er dem Krieger die Axt von unten her in den Leib treiben wollte, brach dieser mit zertrümmerter Wirbelsäule zusammen. Jalvaror hatte ihn getötet.

Die beiden Männer, die wie Brüder aufgewachsen waren, standen sich mit blutbesudelten Gesichtern und Händen gegenüber. Um sie herum war das brüllende und klirrende Inferno des Kampfgetümmels. Sie belauerten sich.

Asbjorn stand geduckt und nach vorn geneigt da, den rechten Arm leicht angewinkelt, in der Faust die blutverschmierte Axt. Jalvaror nahm eine ähnliche Haltung ein und hatte die Zähne fest zusammengebissen.

In dem Moment sprang ein gegnerischer Krieger von hinten an Jalvaror heran, den Arm mit der Axt zum tödlichen Schlag erhoben. Asbjorn riss die rechte Hand hoch und warf die Axt, die über Jalvarors Schulter hinwegwirbelte und tief in die Stirn des Angreifers eindrang.

Der Getroffene brach ansatzlos zusammen.

Jalvaror begriff, drehte sich halb herum und bückte sich, um Asbjorns Axt aus dem Schädel des Toten zu reißen. Seine Linke umklammerte den Stiel, ein Ruck, und die Waffe war frei.

Jalvaror richtete sich auf und – erschrak, denn unmittelbar vor ihm stand Asbjorn und starrte ihn aus weit aufgerissenen Augen an. Seine Lippen formten tonlose Worte, und …

Plötzlich brach er zusammen.

Er lag auf der Seite, und aus seinem Rücken ragte ein Schwert.

Und da sah Jalvaror Ragnhild Eliwagar, die schnell eine Axt vom Boden aufhob und auf ihn zuging. »Die Klinge war eigentlich für dich bestimmt, Jalvaror Blavorr!«, giftete sie, als sie heran war. »Nun erschlage ich dich mit der Axt. Stirb, elender Hund!«

Sie vollführte einen Ausfallschritt und schlug nach Jalvaror. Doch der wich geschickt aus, und Ragnhild lief, vom Schwung ihres eigenen Schlags nach vorn getrieben, direkt in Jalvarors von unten heraufgezogenen Hieb.

Ihre Füße verloren den Kontakt zum Boden, und für einen Moment schien sie quer in der Luft zu hängen, dann krachte sie auf den Rücken und verblutete binnen einiger Herzschläge, die ihr jedoch vorkommen mussten wie eine Ewigkeit.

Jalvaror achtete nicht mehr auf sie. Auch nicht mehr auf den Kampf, der um ihn herum tobte. Er ließ sich neben Asbjorn auf die Knie fallen, der ihn aus trüben Augen ansah. »Bruder«, brach es über Jalvarors bebende Lippen. »Das Schwert hat Ragnhild nach *mir* geworfen ...«

»Es ... ist gut so ... Bruder. Eliwagar ... ist auf dem Weg nach Helheim, und wenn die Götter ... wenn die Götter gerecht sind, dann ... dann schickt ihn Hel nach Nastrand, damit ihn ... der Drache verschlingt.«

»Nach Helheim ist auch Ragnhild unterwegs«, murmelte Jalvaror. »Ich vermute, sie hat ebenso viel Schuld auf sich geladen wie ihr Mann.«

»Ich ... ich sehe Walhall, Bruder. Die ... die Tore öffnen sich. Sie ... sie lassen mich ein. Wirst du ... mir einen ... Gefallen ... erweisen?«

»Jeden, Bruder.«

»Kümmere dich um Elinor. Sie … gehört zu uns. Ich … ich kann sie nicht mehr beschützen …«

Elinor, die von Jalvaror und dem Sterbenden unbemerkt hinzugetreten war, schluchzte und sank neben Asbjorn in den Schlamm. »Geliebter«, murmelte sie, »mein Ehemann … du darfst nicht sterben. Ich … ich trage dein Kind in mir, und es soll nicht ohne Vater …«

Elinor verstummte, als Asbjorn eine Hand hob. Es schien ihn unendliche Mühe zu kosten, sie bis an ihr Gesicht zu heben, doch dann strich er mit den Fingern zärtlich über ihre Wange, als wollte er ihr die Tränen wegwischen.

»Ein … ein Kind«, flüsterte er. »Noch … im Tode … erfüllst du mein Herz mit Freude und Glück.«

Erneut schluchzte sie auf, ergriff seine Hand, schmiegte ihre Wange hinein, wollte etwas sagen, doch die Tränen erstickten ihre Worte.

Asbjorn richtete den Blick auf Jalvaror. »Beschütze sie … Beschütze sie und mein Kind …«

Jalvaror nickte.

Im nächsten Moment schloss Asbjorn die Augen, sein Kopf rollte auf die Seite, sein Körper entspannte sich.

Und Elinor begriff, dass er tot war.

Ringsherum war der Kampf entschieden. Jalvarors Krieger hatten gemeinsam mit Asbjorns Männern ihre Gegner niedergekämpft. Die meisten derer, die mit Ragnhild Eliwagar gekommen waren, lagen tot im Schlamm, die anderen hatten sich ergeben.

Jalvaror steckte die Axt weg, griff mit beiden Händen nach Elinor, umklammerte ihre Oberarme und zog sie mit sanfter Gewalt in die Höhe. »Du brauchst nicht um ihn zu weinen, Weib. Er hat Walhall gesehen, und die Götter haben die Tore für ihn geöffnet. Schon heute

Abend sitzt er als Einherjer an Odins Tafel und feiert mit den anderen Helden. – Er wollte, dass ich mich um euch kümmere. Du und dein Kind, ihr steht unter meinem Schutz, solange ich lebe. Nur eine Bitte habe ich, Elinor: Wenn es ein Junge wird, dann nenne ihn Arnorr. Wird es ein Mädchen, dann gib ihm den Namen Myrun.«

»Das … das verspreche ich. Ja, Asbjorns Sohn soll Arnorr heißen – Arnorr Asbjornsson. Das, denke ich, ist ein guter Name.«

Elinor sprach es, lehnte ihre Stirn an Jalvarors Brust und weinte leise. Und in Gedanken sprach sie ein Gebet: *Es segne dich Gott, der Vater, der dich nach seinem Bild geschaffen hat. Es segne dich Gott, der Sohn, der dich durch sein Leiden und Sterben erlöst hat. Es segne dich Gott, der Heilige Geist, der dich zum Leben gerufen und geheiligt hat. Gott, der Vater und der Sohn und der Heilige Geist, geleiten dich durch das Dunkel des Todes. Gott sei dir gnädig im Gericht und gebe dir Frieden und ewiges Leben …*

Epilog

Island, zehn Jahre später …

Bei einem Langhaus aus Feldsteinen und Baumstämmen, das zu einer weitflächigen, von Äckern, Feldern und Wiesen umgebenen Siedlung gehörte, standen einige Mägde und Knechte und beobachteten den Kampf zwischen einer zierlichen blonden Frau, die noch keine dreißig Jahre alt war, und einem Mädchen von allenfalls acht Jahren, ebenfalls zierlich und blond und mit strahlenden blauen Augen.

Bei den Kämpfenden handelte es sich um die Britin Elinor de Warenna und ihre Tochter Myrun. Es war kein Kampf auf Leben und Tod, ihre Schwerter waren aus Holz, die Schilde dünn und leicht, denn sie hatten weder eiserne Beschläge noch eiserne oder bronzene Schildbuckel.

Die ehemalige Schildmaid, die mit Asbjorn Eriksson nach Wessex gezogen war, um gegen die Briten und ihren Vater zu kämpfen, brachte ihrer kleinen Tochter den Umgang mit Schwert und Schild bei, damit sich das Mädchen im Falle des Falles verteidigen konnte.

Elinor schlug mit dem Holzschwert nach ihrer Tochter. »Kontern!«, rief sie, und die Holzklingen kreuzten sich. Der nächste Schlag. »Abwehren!« Ihre Klinge krachte auf den kleinen Schild, den Myrun in die Höhe riss. »Und angreifen!«

Myrun unternahm einen Ausfallschritt, hieb nach Elinor. Diese jedoch wich geschmeidig aus und ließ die

Hand mit dem Schwert nach unten zucken. Kurz bevor die stumpfe hölzerne Klinge aber den Hals des Kindes berührt hätte, stoppte sie. »Jetzt wärst du tot«, sagte Elinor lachend.

Zornig warf Myrun Schwert und Schild in den Staub. »Ich lerne es nie, und dabei möchte ich eine Schildmaid werden, wie du eine warst. Wer hat dir das Kämpfen beigebracht?«

Einige der Umstehenden klatschten Beifall und lachten, dann verzogen sie sich. »Teils habe ich es mir bei den Übungskämpfen auf der Burg meines Vaters abgeschaut, teils hat es mir …« Elinor brach ab und hob den Arm, deutete in eine bestimmte Richtung und rief: »Da kommen dein Vater und dein Bruder, und ich habe das Abendessen noch nicht fertig. Die beiden werden hungrig sein.«

Jalvaror Blavorr und ein etwa zehnjähriger Junge ritten heran. Vor dem Haus schwangen sie sich von den Pferden, banden die Tiere an und kamen zu Elinor und dem Mädchen. Jalvaror lächelte, und der Junge rief: »Vater meint, dass ich ein guter Bauer werde, Mutter. Ich habe ihm genau sagen können, was auf welchen Äckern und Feldern wächst und wann dafür die Zeit zum Ernten ist.«

»Sicher wirst du ein guter Bauer, Arnorr, ein genauso guter wie dein Vater und dein Großvater.«

»Ich will Schildmaid werden!«, rief Myrun mit ihrer hellen Stimme.

Jalvaror Lächeln gefror für einen Augenblick, dann erklärte er mit ruhiger Stimme: »Wir kämpfen nicht mehr, Tochter. Wenn dir deine Mutter den Umgang mit Schwert, Axt und Bogen beibringt, dann nur, damit du dich schützen kannst. Wir sind vor vielen, vielen Jahren nach Island gegangen, weil wir Frieden und Ruhe haben wollen. Und das soll so bleiben.«

»Gib mir deinen Schild und das Schwert, Mutter«, forderte Arnorr. »Auch ich muss mich verteidigen können, wenn es einmal erforderlich ist. Vater hat mir von den Raubzügen der Dänen, Norweger und Schweden erzählt. Vielleicht kommen sie irgendwann auch in unser Land …«

Elinor übergab ihm den Schild und das Holzschwert, und Arnorr wandte sich seiner kleinen Schwester zu. »Nimm deine Waffe und den Schild und verteidige dich, Schildmaid! Ich bin ein Eindringling, der dich ausrauben will.«

Jalvaror und Elinor tauschten ein Lächeln. Er trat auf sie zu, nahm sie in die Arme und gab ihr einen langen Kuss. »Der Weizen wächst prächtig«, sagte er dann, »die Rüben-Setzlinge sind gut angewachsen, und im nächsten Monat säe ich den Mais. Wenn das Wetter so bleibt, werden wir in diesem Jahr eine gute Ernte haben.«

»Du bereust es also nicht, damals in Dänemark, in Vibjerg, alles aufgegeben zu haben, und dass du mit mir nach Island gesegelt bist? Dass du nie wieder auf Raubzug gehen und nur noch als friedlicher Bauer leben wirst?«

»Ich bereue es nicht und werde es auch nie. Du hast gelernt, mich zu lieben, und ich habe dich zu lieben gelernt. Meine größte Angst war, eines Tages friedlich, ohne Schwert oder Axt in der Hand, im Bett zu sterben und nie nach Walhall einzuziehen. Doch die hast du von mir genommen. Und ich bin mir in der Zwischenzeit gar nicht mehr so sicher, dass …«

»Aua!«, schrie Arnorr Asbjornsson und hüpfte auf einem Bein. »Du sollst mich doch nicht echt töten!«

»Du bist ein fremder Räuber, und ich bin eine Schildmaid!«, versetzte das Mädchen. »Du willst mein Hab und Gut – ich verteidige es. Gibst du etwa auf?«

»Niemals!« Arnorr Asbjornsson griff wieder an …

»Was?«, fragte Elinor.

»Nichts«, antwortete Jalvaror. »Es ist nichts. Ich habe genug gekämpft in meinem Leben, und Odin wird gar nicht umhinkönnen, als mir den Zutritt nach Walhall zu gewähren. Dann werde ich mit meinem Vater, mit Asbjorn und all meinen Freunden, die im Kampf gestorben sind, an der Tafel sitzen und feiern.«

Doch Elinor ließ nicht locker. »Was wolltest du eben sagen? Heraus damit!«

Er suchte nach Worten und erwiderte schließlich: »Nun ja, ich höre immer zu, wenn du unseren Kindern vom Paradies erzählst, vom ewigen Leben im Himmel, wo der Christengott seinen Thron stehen hat und dieser Messias, dieser Jesus, zu seiner Rechten sitzen soll. Es gibt dort keine Kämpfe, dort herrscht Friede, und ich weiß nicht … Vielleicht möchte ich nach meinem Tod gar nicht nach Walhall, weil dein Himmel auch einiges verspricht.«

»Während Frauen in Walhall keinen Zutritt haben, wären wir im Himmel für immer vereint, geliebter Mann«, sagte Elinor lächelnd.

»Jetzt hab ich dich!«, rief Arnorr und drückte Myrun die Spitze des Holzschwerts gegen die Brust. »Du bist tot, und ich werde dir alles wegnehmen, was du …«

Myrun schlug mit dem Schild sein Schwert weg, sprang ihn an und rammte ihn, sodass er das Gleichgewicht verlor und auf dem Hosenboden landete. Und schon stand sie vor ihm und drückte ihm die Schwertspitze gegen den Kehlkopf. »Und jetzt?«, rief sie triumphierend.

»Mit der Frau, die man liebt, für immer und ewig vereint zu sein, ist ausgesprochen erstrebenswert«, murmelte Jalvaror. »Vielleicht darf ich wählen, wenn es so weit ist. Aber nun … Ich bin hungrig.« Er klatschte in die Hände. »Schluss jetzt, Kinder! Eure Mutter hat das Abendessen zubereitet, wir wollen essen.«

Elinor schaute fast erschreckt drein, zog den Kopf etwas zwischen die Schultern und murmelte schuldbewusst: »Du wirst noch ein wenig warten müssen. Myrun und ich wollten doch Schwertkampf üben und …«

Jalvaror lachte auf, nahm sie erneut in die Arme und erstickte ihre weiteren Worte mit einem innigen Kuss.